D1417778

Destinées

Du même auteur

- *Mes amours au paradis*, 1998, Éditions JCL.
- *À la croisée des chemins*, 2000, Éditions JCL.

Marie-Christine Vincent

Destinées

Éditions de Mortagne

Données de catalogage avant publication (Canada)

Vincent, Marie-Christine, 1979-

Destinées

ISBN 2-89074-654-2

I. Titre.

PS8593.I449D47 2002 C843'54 C2002-940466-5
PS9593.I449D47 2002
PQ3919.2.V56D47 2002

Édition
Les Éditions de Mortagne
Case postale 116
Boucherville (Québec)
J4B 5E6

Distribution
Tél. : (450) 641-2387
Téléc. : (450) 655-6092
Courriel : edm@editionsdemortagne.qc.ca

Dépôt légal
Bibliothèque nationale du Canada
Bibliothèque nationale du Québec
Bibliothèque Nationale de France
1er trimestre 2002

ISBN : 2-89074-654-2

1 2 3 4 5 – 01 – 06 05 04 03 02

Imprimé au Canada

(Toute ressemblance avec des personnes ou des faits réels ne peut être que fortuite.)

Nous reconnaissons l'aide financière du gouvernement du Canada par l'entremise du Programme d'aide au développement de l'industrie de l'édition (PADIÉ) et celle du gouvernement du Québec par l'entremise de la Société de développement des entreprises culturelles (SODEC) pour nos activités d'édition.

À ma mère, Denise,
Merci d'être à mes côtés depuis toujours,
Merci de m'aider lorsque
Je souffre du « syndrome de la page blanche »,
Merci d'être si proche de moi.

REMERCIEMENTS

Je tiens à remercier les médecins de la Clinique médicale d'East Angus pour m'avoir permis de me faire photographier habillée « en médecin », dans leur clinique. Un merci tout spécial à Manon Boutin, leur secrétaire, grâce à qui tout ça a été rendu possible.

Merci à Alain Lavoie, du service de police de Laval, pour son aide précieuse concernant chacune des « enquêtes » de ce roman.

Merci à Thierry De Neys, infirmier à Charleroi, en Belgique. Les informations qu'il m'a fournies ont été fort utiles.

Enfin, je tiens particulièrement à remercier Édouard Poulin, ingénieur stagiaire, pour toute l'aide qu'il m'a apportée, non seulement au niveau « technique » mais aussi au niveau « support ». Ce n'est pas pour rien qu'il partage ma vie depuis plus d'un an ! Sincère merci, Édouard !

1

Une classe. Une sur douze.

Rémy Gaucher songea qu'il faudrait vraiment jouer de malchance pour qu'il s'agisse de la classe de deuxième année dans laquelle se trouvaient les filles de ses amis.

Le journaliste, accompagné du cameraman, arriva à l'école Sacré-Cœur immédiatement après un confrère de la presse écrite. Les policiers avaient délimité un vaste périmètre de sécurité et la lutte commença : les reporters arrivaient en nombre et étaient à l'affût des toutes dernières informations, les primeurs. Le relationniste de la police leur expliqua qu'un homme, armé d'un fusil de chasse, retenait en otage une classe de deuxième année. Un coup de feu avait été tiré avant que l'évacuation du reste de l'école ne soit complétée et le forcené jurait qu'il allait tuer des enfants si quiconque tentait de le déloger de la classe. Il n'avait pas encore déclaré ce qu'il exigeait en échange de la libération de ses petits otages et refusait de répondre lorsqu'on lui demandait si quelqu'un avait été blessé par le coup de feu. Les policiers chargés de la négociation tentaient de prendre contact avec lui, ce qui était difficile car l'homme décidait des moments où il utilisait son cellulaire.

Rémy, fébrile, fut le premier à mettre la main sur la liste des enfants inscrits dans le groupe touché. Le policier demanda aux journalistes de ne pas la divulguer tout de suite. Les autorités de l'école mettaient tout en œuvre pour prévenir les parents des enfants concernés, mais tous n'avaient pas encore été rejoints.

Le cameraman de la Chaîne nationale d'informations vit son partenaire blêmir en parcourant la liste de noms.

— Les deux petites sont dans cette classe..., murmura Rémy Gaucher. Je dois téléphoner à Mathieu et à Valérie.

Il saisit son téléphone cellulaire et composa le numéro de la boutique de Valérie. Son employée lui apprit qu'elle venait de quitter après avoir reçu un coup de fil.

Rémy en déduisit qu'un professeur ou un directeur de l'école l'avait rejointe avant lui.

Il appela donc à l'hôpital où travaillait Mathieu et dut insister fortement pour que l'infirmière accepte de déranger le médecin. Il eut beau jurer qu'il s'agissait d'une question de vie ou de mort, on lui répliqua tout bonnement que si le docteur Tourigny s'éloignait du polytraumatisé qui venait tout juste d'arriver, il serait aussi question de vie ou de mort pour cette personne.

Rémy ne croyait pas que la patience était une vertu ; aussi répliqua-t-il qu'entre la vie d'un patient et celle de sa fille, le docteur Tourigny n'hésiterait pas à choisir celle de sa fille.

Le journaliste songea que, sauf en de rares exceptions, s'attaquer à un enfant était la façon la plus efficace d'atteindre un adulte. Un système entier pouvait être remis en cause s'il arrivait malheur à un enfant. Un bébé, une fillette, un garçonnet, c'était l'innocence, la pureté, la dernière richesse d'un univers en dégradation constante. Dans un monde où de plus en plus de bombes explosaient, où on tuait pour quelques grammes de poudre blanche, où de plus en plus de tueurs en série sévissaient, la mort d'un enfant pouvait – mais pour combien de temps encore ? – déplacer les foules, alerter, faire hurler l'opinion publique, soulever des montagnes.

Le cameraman indiqua à Rémy qu'il serait en ondes dans cinq minutes. Plutôt que de préparer un texte, Rémy se demandait quelle serait la meilleure méthode d'apprendre l'odieuse nouvelle à son ami.

— Mathieu, c'est moi...

— Comment ça, *toi* ? Qu'avais-tu à m'annoncer de si urgent ? Tu as rencontré la femme de ta vie ?

Pour un urgentologue débordé, Mathieu n'en était pas moins d'excellente humeur.

Le médecin comprit tout de suite qu'il se passait quelque chose d'inhabituel, probablement quelque chose de grave, lorsque Rémy lui demanda de se rendre sur-le-champ à l'école de sa fille. Pour qu'un journaliste, ami ou non, lui fasse une telle requête, c'était que sa fille ne devait pas souffrir de la grippe ou d'un excès de fièvre.

Mathieu n'en demeura pas moins surpris d'entendre raconter les faits. Son étonnement fit place à la frayeur. Rémy avoua que la police divulguait l'information au compte-gouttes. Il expliqua où se trouvait le camion de la Chaîne nationale d'informations et invita Mathieu à le rejoindre aussitôt que possible.

Rémy Gaucher parlait à la caméra lorsqu'il entendit une voix féminine l'appeler. En tentant de ne pas perdre le fil de son discours, il jeta un coup d'œil rapide sur sa gauche et aperçut Valérie, une ravissante designer. La jeune femme s'arrêta prestement en s'apercevant qu'il était en ondes. Après avoir promis au chef d'antenne de lui faire signe dès qu'il y aurait du nouveau dans cette triste affaire, Rémy se dirigea vers la designer, la serra dans ses bras, lui caressa un instant la tête, osant même tirer sur sa longue tresse châtaine pour l'agacer, assurant que les filles allaient bien et spécifiant que Mathieu ne devrait pas tarder.

Valérie ne pouvait s'empêcher de penser, depuis l'appel angoissé de l'assistant-directeur, que si Sandrine devait mourir, Mathieu ne s'en remettrait jamais. Pas après ce qui était arrivé à sa femme.

Rémy pensait exactement la même chose en disant à Valérie toutes les phrases de circonstance qui, il le savait pourtant, n'apportent aucune consolation. Il les répétait depuis le début de sa carrière aux familles éplorées qu'il rencontrait jour après jour. Avec dépit, il constata qu'il ne savait rien dire de plus lorsque le drame touchait des gens qu'il aimait. Lui, comme personne d'ailleurs, ne pouvait rassurer un parent menacé de perdre ce qu'il avait de plus cher au monde. Le bien le plus précieux sur Terre devait pourtant être la vie mais pour un père, pour une mère, c'était son enfant.

Mathieu Tourigny ne faisait pas exception à cette règle. Sandrine était toute sa vie. Point. Sans Sandrine, plus rien n'aurait de sens pour lui.

Valérie demanda dans un murmure si elle devait tenter de téléphoner à son mari, Christopher, qui devait être quelque part dans un désert d'Égypte. Apprendre que sa fille était l'otage d'un détraqué pouvait peut-être lui importer, voire l'inquiéter ! Rémy rétorqua qu'il valait mieux attendre de connaître le dénouement de cette prise d'otages. De si loin, Christopher ne pourrait rien faire, sinon se sentir impuissant.

Rémy reconnaissait que son copain archéologue se souciait bien peu de sa femme et de sa fille. Valérie et Christopher s'étaient tous deux construit une vie parallèle qu'ils mettaient de côté lors des rares visites de Christopher qui retrouvait sa famille deux mois par an, parfois moins, rarement plus. Entre deux visites, chacun oubliait l'existence de l'autre. Enfin, presque. Valérie tentait encore de préserver l'intégrité de sa famille malgré l'absence et l'indifférence de son mari.

Rémy se dégagea des bras de la jeune femme pour recueillir les dernières informations.

Valérie observa le journaliste qui s'éloignait. En l'absence de son mari, comme toujours, elle était heureuse de pouvoir compter sur de fidèles amitiés. La vue de couples, jeunes et moins jeunes, enlacés, main dans la main ou simplement côte à côte, réunis dans l'épreuve, suffisait à lui rappeler cruellement l'absence de celui qui partageait sa vie et qui aurait dû être auprès d'elle en ce moment.

Rémy revint rapidement, la mine basse, n'ayant eu vent d'aucun nouveau développement. Les enfants semblaient bien se porter, mais leur ravisseur ne voulait toujours pas discuter avec les policiers. Rémy cacha à Valérie le bruit qui commençait à courir : la professeure des enfants aurait peut-être été tuée.

Il lui caressa affectueusement le bras, plus à l'aise dans le silence qu'avec des mots vides de signification.

— Et alors ? Du nouveau ?

Mathieu les avait rejoints au pas de course. Visiblement, il avait fait très vite. Il portait encore son uniforme d'urgentologue et son stéthoscope dépassait de la poche droite de sa chemise bleue. Ses cheveux noirs étaient ébouriffés, comme à peu près toujours lorsqu'il travaillait ; ils étaient si fins qu'ils se décoiffaient à rien. À l'hôpital, en situation de stress, il avait l'habitude de passer machinalement la main dans sa chevelure à tout moment.

Valérie se précipita dans ses bras, sachant qu'ils partageaient le même drame, la même panique. Mathieu la serra fort contre lui. S'il comprenait pourquoi elle avait si spontanément posé ce geste, il devait avouer que ça ne lui déplaisait pas du tout.

Rémy fut informé qu'il prendrait l'antenne dans douze minutes. Il parla pendant une dizaine de minutes, en direct, à la Chaîne nationale d'informations. Il décrivit l'ambiance qui régnait à l'école Sacré-Cœur, l'angoisse des parents bouleversés. Il assura aux proches des élèves des autres classes que leurs enfants ne couraient aucun danger. Ils étaient dans la cour de récréation, par groupes, et on les confiait à leurs parents au fur et à mesure qu'ils arrivaient. Quant aux parents des élèves de la classe de deuxième année du professeur Hélène Théberge, la direction leur demandait de se rendre près du secrétariat, où les attendaient des membres du personnel de l'école. Un à un, Rémy nomma les vingt-deux élèves de la classe. Il eut un pincement au cœur en prononçant les noms de Sandrine Tourigny et de Judith Grondin.

Lorsqu'il revint vers ses amis, Valérie était toujours dans les bras de Mathieu. Les yeux bruns de celui-ci étaient vides. Rémy se souvenait d'avoir déjà vu ce regard chez lui... Après la mort de Rosie.

Le journaliste consulta sa montre. Deux jours et un avant-midi sans fumer. C'était la première fois, depuis son adolescence, qu'il résistait aussi longtemps. Stressé, il n'y tenait plus. Il tendit la main.

— Donne-moi une cigarette.

Le cameraman hésita un instant puis lui tendit son paquet. Vu les circonstances, il n'osa pas lui rappeler ses bonnes intentions.

— Si les filles sortent d'ici bientôt, nous leur payons du Saint-Hubert pour souper, affirma Mathieu, afin de rompre le lourd silence.

Rémy sourit. Bien sûr, il espérait que la prise d'otages se terminerait dans peu de temps, mais il savait qu'elle pouvait aussi durer toute la nuit, voire davantage.

Pendant cinq minutes, tous les quatre, cameraman inclus, demeurèrent silencieux, insensibles au chahut qui régnait autour d'eux. Presque tous les parents des élèves de la classe retenue en otage étaient arrivés et se mêlaient au personnel de l'école, aux médias et aux policiers. Les pères étaient soucieux, les mères pleuraient, criaient parfois, réclamant qu'on leur rende leur enfant.

Bien entourée, blottie entre les bras forts de Mathieu, Valérie se sentait pourtant seule. Christopher était loin et ne se souciait que rarement des problèmes de sa famille. Si leur fille mourait, il lui faudrait d'abord réussir à le joindre ; ce ne serait pas facile. Ensuite, il faudrait le convaincre de revenir avant la fin de son expédition. Mission impossible ? Elle en fit part à Mathieu, bouleversée à l'idée que sa fille risquait la mort.

— Judith ne va pas mourir, Valérie.

Le ton de Mathieu ne laissait pas de place au doute. Son cœur en était toutefois rempli.

— Tu n'es pas seule. Tu sais que tu pourras toujours compter sur Rémy et sur moi. Si ma fille n'était pas elle aussi impliquée dans cette tragédie, je serais tout de même venu te soutenir.

— Merci. Beaucoup.

— Pas besoin de remerciements, Valérie.

Le journaliste, touché, échangea un clin d'œil avec la jeune designer.

Un concert de cris se fit entendre lorsqu'un policier de l'escouade tactique, encagoulé, armé, sortit de l'école, un enfant dans les bras. Mathieu et Valérie se précipitèrent, espérant de tout leur cœur que leur enfant suivrait. Valérie poussa un cri de déception et se mit à pleurer lorsqu'un policier expliqua que le forcené avait simplement envoyé cet enfant porter le message qu'il voulait transmettre *au monde entier* !

Mathieu serra Valérie contre lui, alors qu'ils observaient d'un œil jaloux les retrouvailles du petit garçon et de ses parents. Le bambin se portait bien mais ne voulait plus lâcher l'épaule réconfortante de son père qu'il agrippait de toutes ses forces.

Le message du forcené était d'une incroyable banalité.

Âgé de cinquante-cinq ans, il déclarait qu'il ne demandait qu'à travailler. En raison de coupures, on lui avait *volé* son emploi de gardien de nuit. Le directeur avait préféré embaucher un employé plus jeune pour le poste qui aurait normalement dû lui revenir. Il voulait travailler, tout simplement.

Valérie était indignée. La colère lui permettait de ne pas se laisser envahir complètement par la panique. Pour une raison aussi insignifiante, un homme armé tenait sa fille en otage depuis deux heures ! N'aurait-il pas pu choisir un moyen moins sensationnel pour se faire entendre ? Elle demanda à Rémy quelle procédure les policiers comptaient utiliser pour finalement inciter le kidnappeur à abandonner son siège.

Entre les bouffées de sa troisième cigarette, le journaliste répondit que les policiers allaient seulement négocier avec lui. Tenter un coup d'éclat en pénétrant dans la salle de classe pouvait empirer les choses. Le kidnappeur risquerait alors de se servir de son arme et d'être abattu par les policiers. Aucun agent ne prendrait le risque de traumatiser les enfants par un tel spectacle.

Rémy prêta son cellulaire à Mathieu. Catherine, la gardienne de Sandrine et de Judith, la dame de confiance du médecin, avait déjà téléphoné, angoissée. Leur ami Benjamin également. Il devait les rappeler. Quand la prise d'otages prendrait fin, Rémy devrait quitter ses amis pour faire son boulot. Il lui faudrait obtenir tous les détails possibles, quelques entrevues. Il leur demanda cependant de ne pas partir avant qu'il ait vu les fillettes, pour se rassurer, se convaincre qu'elles allaient bien, qu'elles retrouveraient bientôt l'innocence, la pureté, le confort de leur jeunesse.

Les informations circulaient très peu entre les policiers, le personnel de l'école et les parents. Les malentendus régnaient. Mathieu avait élevé la voix lors d'une discussion avec un policier. Il n'arrivait pas à comprendre qu'on puisse laisser de si jeunes enfants sans nourriture. Dix-neuf heures approchait. Et si la prise d'otages durait encore et encore, les enfants seraient-ils contraints au jeûne ? Il voulait que les policiers négocient pour apporter au moins une collation à ces enfants de sept et huit ans sans doute déjà épuisés et stressés. Valérie avait assisté à l'altercation sans dire un mot, le cœur brisé.

Rémy trouvait que la situation était plutôt mal gérée. Il était toutefois conscient qu'au Québec, il n'y avait aucun précédent. De mémoire, il se souvenait d'une prise d'otages dans une école maternelle, en France, au début des années 1990. Il avait oublié les détails mais il se rappelait que le siège avait duré au moins deux jours, qu'aucun enfant n'avait été blessé et que tout cela s'était soldé par la mort du malfaiteur. Un détail important différait toutefois entre les deux histoires : le Français avait une bombe attachée à la ceinture, en plus d'une arme. Il devenait alors encore bien plus difficile de l'arrêter, la menace de faire sauter la bombe changeant toutes les données.

Rémy téléphona à la station pour demander qu'on vérifie dans les archives. C'était en mai 1993, à Neuilly, en banlieue de Paris, qu'un homme dépressif avait séquestré vingt et un enfants et leur institutrice pendant quarante-six heures. Toutefois, lors de l'assaut final, il ne restait que six fillettes à l'intérieur de la classe. L'homme libérait les enfants un à un en échange de diverses choses : un enfant contre le repas du midi, un autre contre une importante somme d'argent, encore un autre contre un téléphone, etc. Songeant que ce ne serait peut-être pas une mauvaise idée d'utiliser la même tactique, Rémy en discuta avec le directeur de l'école. De loin, il le vit à son tour échanger avec un enquêteur. L'idée fit son petit bonhomme de chemin car, trente minutes plus tard, une petite fille fut libérée après qu'on eut déposé des repas devant la porte de la classe. Bien entendu, le forcené avait envoyé une autre fillette de la classe les chercher, n'osant pas sortir.

Vers vingt heures, un autobus de la Croix-Rouge arriva sur les lieux. Les parents comprirent que la direction de l'école ainsi que le service de police se préparaient à un long siège.

Assis sur la couverture que venait de lui apporter un bénévole de la Croix-Rouge, un café à la main, Mathieu se tenait tout près de Valérie. Il avait les idées noires. Urgentologue de métier, il avait l'habitude de côtoyer la souffrance et il connaissait la nature humaine. Observer les autres parents affectés était chez lui un réflexe naturel. Beaucoup d'hommes se contentaient de faire les cent pas, les bras croisés, le regard fixe. Plusieurs femmes parlaient entre elles, pleuraient, se fâchaient, tremblaient de peur et de colère. Pour lui, cependant, tout était différent. Il se sentait *glacé* de l'intérieur. Sa petite fille risquait de mourir et il ne pouvait pas imaginer sa vie sans elle. À la mort de son épouse, il avait construit sa vie autour de sa fillette, y trouvant les assises nécessaires pour continuer d'avancer dans le droit chemin. Il ne fallait même pas penser à la disparition de son enfant. Un gouffre noir et infini se creuserait alors devant lui.

Il eut un haut-le-cœur en prenant une gorgée de café. Ses yeux s'embuèrent alors qu'il fixait la porte de l'école. Il pria pour que sa fille lui fut remise bientôt. Elle serait sans doute sous le choc, épuisée tant physiquement que moralement, mais elle serait en vie. Pleine de vie, débordante d'amour et d'humour comme à son habitude...

Valérie serra la main de Mathieu. Elle savait à quel point il souffrait malgré son calme apparent. Elle ne trouvait pas les mots pour le rassurer mais elle se sentait proche de lui.

Les heures s'écoulaient lentement, minute après minute. Mathieu et Valérie n'échangeaient presque aucune parole. Même Rémy demeurait silencieux lors de ses présences près d'eux. Le journaliste mesurait un mètre quatre-vingt-dix. Il avait le teint foncé, la mâchoire carrée, des cheveux de jais et des yeux exceptionnels, d'un tel bleu qu'ils perçaient l'écran chaque fois qu'il apparaissait à la télévision. Cette dernière caractéristique contribuait du reste à faire de lui une personne que l'on remarquait. Son charisme et son assurance – apparente – faisaient le reste. Rémy se sentait extrêmement à l'aise devant une caméra. Hors d'ondes, il laissait cependant paraître son anxiété et sa fatigue.

Seconde après seconde, l'inquiétude montait, la colère grondait. Une équipe d'intervention sociale était maintenant sur les lieux. Même si la brunante laissait tranquillement place à la nuit, rien ne se calmait dans la cour de récréation de l'école Sacré-Cœur. Valérie s'était réfugiée entre les bras de Mathieu, serrée contre lui. Elle y était bien.

À l'intérieur de la classe, les enfants commençaient à s'impatienter. Sandrine Tourigny prenait soin de sa grande amie Judith Grondin. Plus effrayée et plus fatiguée qu'elle, Judith réclamait sa mère et ne pouvait s'empêcher de verser des larmes de temps en temps. Elle avait à peine touché au poulet qu'on lui avait servi au souper.

La professeure, Hélène, avait dû organiser un petit coin bien rudimentaire pour permettre aux enfants de faire leurs besoins : un simple seau vide, caché par une nappe attachée entre deux pupitres. Plus timide que la plupart des autres enfants, Judith refusait d'y aller.

— J'ai hâte de sortir de la classe, Hélène. Je m'ennuie de maman !

— Je sais, ma belle Judith, je sais. Que dirais-tu d'essayer de dormir un peu ?

La professeure caressa les cheveux de l'enfant et ceux de Sandrine, puis elle aida les deux fillettes à se « fabriquer » des oreillers avec leurs sac à dos. Elle dut ensuite s'occuper d'autres enfants, les cris, les larmes et la peur se succédant chez l'un ou chez l'autre depuis le début de la prise d'otages.

Minuit arriva. Les négociations avaient été rompues entre les policiers et le kidnappeur. Un seul autre enfant avait été libéré : un petit garçon que le stress avait rendu malade. Il devait son salut au fait qu'il rendait son agresseur nerveux. Les parents, qui étaient montés dans l'ambulance avec lui, avaient de la chance. Malgré le choc traumatique qu'il avait subi, leur enfant était sain et sauf.

Le bruit d'une détonation fit soudain sursauter tout le monde. En alerte, Mathieu renversa son café. Valérie poussa un cri de terreur. Rémy écarquilla les yeux. Quelqu'un avait tiré ! Était-ce la police ou le kidnappeur ? Quelqu'un avait-il été tué ?

Une grande panique régnait. Rémy, pourtant reporter depuis plusieurs années, fut décontenancé par ce qui se passait autour de lui. Les policiers eurent du mal à contrôler les parents et les proches. Tous voulaient pénétrer dans l'école pour aller chercher leur enfant. Ce serait alors la mort assurée pour une ou plusieurs personnes. Stressé, le forcené tirerait probablement à tout hasard sur les enfants ou sur tout ce qui bougeait. En plus des morts, les enfants qui survivraient seraient perturbés à vie par une telle horreur.

Les policiers négociateurs s'activaient : il *fallait* entrer en contact avec le forcené afin de savoir ce qui s'était passé. Dix minutes plus tard, l'un d'eux prit un porte-voix et appela les parents au calme.

— Le kidnappeur nous a confirmé que tous les enfants et la professeure se portaient bien. Il a simplement voulu nous effrayer en tirant dans un mur. Mesdames, messieurs, je vous prie de demeurer calmes.

— Facile à dire ! cria une mère, tout près de Rémy.

Les minutes filaient, s'enchaînant les unes aux autres pour former des heures. Le manque de sommeil et le surplus de caféine mettaient les nerfs de plusieurs personnes à vif. Il se passait rarement plus de trente minutes sans qu'un parent ne fasse une crise. Mathieu avait même dû intervenir pour calmer une mère éplorée.

Le bleu de la nuit fondit dans l'orangé du soleil levant. La cravate dénouée, le journaliste Rémy Gaucher était assis près de ses amis. Lui qui aimait fêter et s'amuser connaissait bien les nuits blanches et les levers du soleil. Pourtant, aucune nuit ne lui avait paru aussi interminable que celle qu'il venait de passer.

Mathieu, plus décoiffé que jamais, avait les yeux vides et creusés de cernes. Dans sa jeunesse, Rémy avait envié son ami ; il trouvait qu'il paraissait beaucoup mieux que lui. D'une taille plus standard, Mathieu jouissait d'un charisme plus tranquille. Il avait lui aussi les cheveux noirs, mais les yeux bruns. À l'école, on le remarquait pour son dévouement, pour ses qualités, pour ses résultats scolaires, et non pour la beauté de ses yeux ou les mauvais coups qu'il faisait. Aujourd'hui, la réalité frappait de nouveau Rémy. Malgré la tristesse profonde qu'il lisait dans ses yeux, Mathieu semblait solide comme un roc et sa présence était apaisante. Il n'avait aucun effort à faire pour que l'on se sente bien en sa compagnie. Rémy avait dû se forger une personnalité au fil des ans afin de parvenir à se démarquer.

Mathieu et Rémy s'étaient toujours beaucoup soutenus pendant leur adolescence. Aucun d'eux ne pouvait compter sur les membres de sa famille pour écouter ses états d'âme ou l'aider à résoudre un problème quelconque. Malgré leurs différences, ils étaient de plus en plus proches. Ils ne se l'étaient jamais clairement dit mais ils se considéraient comme des frères et ils comptaient énormément l'un pour l'autre. Rémy savait que Mathieu serait toujours là pour lui et vice versa. Depuis qu'ils étaient adultes, le journaliste avait plus souvent eu besoin d'aide et de conseils que le médecin. Voilà pourquoi Rémy aurait tant voulu trouver quelque chose à dire ou à faire pour soutenir son ami dans ce moment pénible.

Vers sept heures quinze, les journalistes furent interpellés. Représentant de la CNI, Rémy approcha avec son cameraman. En tout, une douzaine de médias étaient présents.

— Bonne nouvelle, semble-t-il, leur annonça un policier. L'homme a finalement accepté de libérer tous les enfants s'il obtient une entrevue, en direct, avec un journaliste de la presse télévisée. Ses premiers choix sont la Chaîne nationale d'informations et Radio-Canada. Toutefois, l'entrevue devra avoir lieu dans la classe, devant les élèves qui ne seront libérés que par la suite. Est-ce que l'une des deux chaînes peut organiser quelque chose ?

Rémy s'avança vers sa concurrente.

— Je suis personnellement concerné par cette histoire : ma filleule et une autre petite que je connais bien sont dans cette classe. La colère étant mauvaise conseillère, je crains de compromettre la sécurité des enfants.

La journaliste de Radio-Canada hocha la tête. Elle était consciente qu'il y avait des risques en pénétrant dans la classe. Elle se doutait que les policiers ne seraient pas loin mais jusqu'à quel point serait-ce fiable ? Le kidnappeur laisserait-il vraiment les enfants partir à la suite de son intervention ? Tenterait-il un dernier coup d'éclat en gardant captifs la journaliste et son cameraman ?

Rémy en avait vu de toutes sortes depuis ses débuts comme reporter, huit ans plus tôt, au point de devenir pratiquement blasé devant certains phénomènes. C'était cependant la première fois qu'un de ses proches était directement impliqué dans un événement grave, et il ne savait pas trop comment gérer cette nouvelle situation. Comme sa collègue, il avait songé aux risques que courrait le reporter qui irait dans la classe. Toutefois, ce n'était pas cela qui l'avait arrêté ; au contraire, il aimait les sensations fortes provoquées par une poussée d'adrénaline. C'était plutôt la crainte que des enfants soient blessés par sa faute. Judith, Sandrine... Instinctivement, les petites filles terrifiées auraient sans aucun doute le réflexe de se précipiter vers lui. Rémy s'imagina à leur âge, dans la même situation : quel enfant n'aurait pas ce réflexe ? Les fillettes connaissaient le journaliste depuis toujours et, pour elles, il représentait une figure rassurante. Il s'arrêta d'y penser avant d'avoir la nausée.

L'espoir naquit dans les yeux de Valérie lorsque Rémy lui annonça la nouvelle. Mathieu la serrait encore contre lui et, pour la première fois depuis la veille, un sourire se dessina sur ses lèvres.

Des minutes s'écoulèrent encore et encore, toujours aussi interminables.

— Regarde ! Regarde !

Les policiers de l'escouade tactique sortaient de l'école en portant les enfants. Plusieurs parents commencèrent à pleurer, d'autres à crier. C'étaient des cris que Rémy ne pouvait décrire. Un mélange de peur trop longtemps contenue, de joie, d'excitation, de surprise, d'appréhension...

Les policiers emmenèrent les petits dans l'aire réservée à leurs parents où chacun trouva des bras réconfortants dans lesquels se réfugier. Mathieu serra sa fille avec le désespoir des condamnés à mort.

Sandrine semblait bien. Elle était fatiguée mais alerte. Elle souriait et se disait heureuse de retrouver son père. Judith, plus réservée, plus craintive, semblait beaucoup moins vive et affichait un visage inexpressif. Elle restait blottie dans les bras de sa mère et parlait peu.

— Vous n'avez pas souffert ? Le monsieur n'a pas été méchant ? demanda Mathieu sans quitter sa fille des yeux.

— Non, répondit Sandrine. Il ne voulait pas qu'on sorte de la classe, c'est tout. Il avait un fusil comme celui de grand-papa Tourigny. Deux fois, il a tiré une balle dans le mur.

— Vous n'avez pas eu peur ?

— Un peu quand même ! Mais ce n'est pas grave, Judith et moi, on se protégeait !

— Je suis tellement soulagé, ma petite chérie !

Mathieu parvint à serrer les deux fillettes contre lui. Il tenait à s'assurer que Judith se portait bien, elle aussi. Valérie reprit rapidement sa fille et la serra entre ses bras, quelque peu inquiète de la voir si pâle et si calme.

— Eh ! Que je suis content de voir ces deux jeunes dames ! s'exclama Rémy en s'approchant en courant, écouteur dans l'oreille droite, micro à la main et cameraman sur les talons. Comment allez-vous, mesdemoiselles Grondin et Tourigny ?

— Elles vont très bien, répondit Mathieu. Dieu soit loué !

— Bonjour, Rémy ! Est-ce que je peux parler à la télévision, moi aussi ? demanda Sandrine.

Après un moment de surprise et d'hésitation, le sourire de Rémy s'élargit. L'idée d'une entrevue avec une petite victime était excellente, surtout que, la connaissant bien, Rémy se sentait plus à l'aise. Mathieu donna son accord. Judith, elle, refusa fermement de s'adresser à la caméra.

Rémy débuta son intervention en décrivant, appuyé par des images, la façon dont les enfants avaient été libérés.

— Maintenant, Marthe, je vais m'entretenir avec une jeune élève qui a été prise en otage.

Rémy se pencha près de Sandrine. Maintenant un peu intimidée, elle observait le journaliste et le gros micro qu'il tenait devant elle.

— Sandrine Tourigny, tu es dans la classe d'Hélène Théberge. Tu fais donc partie des élèves qu'un monsieur a gardé prisonniers. Comment ça s'est passé ?

— On ne pouvait pas partir, même quand la cloche a sonné ! Je ne pouvais pas aller chercher ma colla-tion dans ma boîte à lunch et j'avais faim. C'est pas drôle ! Ensuite, on a dormi par terre, mon sac à dos me servait d'oreiller.

— Comment agissait le monsieur avec vous ?

— Il était assez gentil. Il était assis sur le pupitre d'Hélène et il tenait un grand fusil.

— Est-ce que tu as eu peur, Sandrine ?

— Non. Mais des amis à moi avaient très peur parce que le monsieur avait un fusil. Et ça, c'est dangereux !

— Tu es contente d'être sortie de la classe, maintenant ?

— Oui. Je vais aller dormir chez moi. Et j'ai faim !

— Est-ce que tu veux revenir à l'école, Sandrine ?

— Bien oui. À condition que le monsieur, lui, ne revienne pas !

Ils éclatèrent d'un rire spontané et sincère. Rémy caressa la joue de la fillette pendant une seconde.

— Merci beaucoup, Sandrine. Tu as été très courageuse et je suis heureux que tu aies bien voulu me parler.

Pour toute réponse, elle lui tendit les bras et lui plaqua un gros baiser sur la joue. Ému, fatigué par le stress et la nuit blanche qu'il venait de passer, Rémy la prit dans ses bras et se tourna vers le cameraman. Dans son écouteur, Marthe Caza lui disait :

— Eh bien ! Rémy, on dirait que vous venez de faire une conquête !

— Marthe, cette petite est la fille de mon meilleur ami. Au cours des dernières heures, j'ai pu comprendre, à un degré moindre, la détresse que les parents ont ressentie. Heureusement, tout s'est bien terminé pour ces enfants.

2

Mathieu et Valérie avaient convenu de se retrouver quelques instants chez Mathieu, le temps de discuter avec les enfants et de s'assurer que tout le monde allait bien. Ensuite, ce serait l'heure d'aller se reposer.

Déjà dans la voiture, Sandrine raconta tous les événements à son père, dans les moindres détails. Mathieu fut étonné, encore une fois, du sens d'observation de cette enfant. Entre autres choses, elle avait remarqué que l'homme portait une chaussette rouge et... une bleue !

De son côté, Valérie n'eut droit qu'à quelques mots de la part de Judith. Elle avouait avoir eu peur, mais Sandrine lui tenait la main. Elle avait dessiné pendant plusieurs heures. Ensuite, elle avait essayé de dormir. Même si elle n'avait pour ainsi dire pas touché au poulet qu'on lui avait servi la veille, elle n'avait pas vraiment faim.

Valérie s'assit sur le divan du salon. Sa fille s'allongea près d'elle, posant la tête sur les cuisses de sa mère. Ainsi blottie, elle ne bougeait pas pendant que Valérie lui caressait affectueusement la figure et les cheveux.

Mathieu retrouva les Grondin au salon. Sandrine se serra contre lui. Peu à peu, son énergie tombait et ses yeux devenaient de moins en moins expressifs. Cathou, la gardienne, avait entrepris de préparer des crêpes.

— Tu ne vas pas bien, Judith ? Dis-moi ce que tu ressens, lui demanda Mathieu.

— Je suis fatiguée. J'ai mal partout !

— C'est à cause du stress, tout ça, ma grande. Allez, viens manger. Ensuite, tu rentreras chez toi, tu prendras un bon bain chaud et ta maman te fera un massage pour détendre tes muscles.

— D'accord, répondit-elle en se redressant. Mais j'ai hâte de dormir !

Le téléphone sonna alors qu'ils venaient d'entamer leurs crêpes. Benjamin, l'un des grands amis de Mathieu, avait été témoin de la libération des enfants via la Chaîne nationale d'informations et désirait savoir comment tous se portaient.

Les deux amis ne s'étaient pas vus depuis plus d'un mois. Benjamin, Mathieu, Rémy et Christopher étaient des amis d'enfance. Par la force des choses, ils se voyaient de moins en moins souvent. Benjamin était à la tête d'une industrie en pleine expansion. En dehors du travail, il passait le reste de son temps – très limité ! – auprès de sa femme et de leurs enfants. Rémy travaillait beaucoup et il avait des horaires variables. Ses loisirs consistaient à séduire les femmes et à profiter de ses conquêtes. Depuis quatre ans, l'archéologue Christopher Grondin se trouvait au Québec seulement deux mois par année. Après avoir terminé son doctorat en archéologie, il avait été engagé par une compagnie française à titre de chef de mission.

Mathieu n'avait pas plus de temps libre que ses amis. S'il était toujours passionné par son métier d'urgentologue, il regrettait parfois sa spécialisation. Le contexte dans le milieu hospitalier était pénible et il travaillait sans relâche pendant ses huit heures de garde. Rarement avait-il le temps de prendre plus de dix minutes pour son repas du midi. Quand quelques urgences graves se mêlaient aux visites banales – grippes, otites chez les enfants, divers maux ici et là... –, il ne lui restait plus une goutte d'énergie lorsqu'il quittait l'hôpital.

Les quatre amis en profitaient donc pour se retrouver lors des rares visites de Christopher.

Revenant à la table, Mathieu replaça une mèche de cheveux tombée devant les yeux de Judith.

— J'ai hâte d'être chez moi. Je suis fatiguée et j'ai froid, murmura-t-elle.

— D'accord, Judith. Essaie de manger encore quelques bouchées et nous rentrons.

Immédiatement après le départ de Valérie et de sa fille, Mathieu entreprit de donner le bain à Sandrine. La fillette mit plein de bulles dans la baignoire et se laissa couler dans l'eau chaude. Assis sur le rebord du bain, Mathieu l'admirait avec tendresse.

Elle savait répondre à toutes ses questions sur les événements de la journée, aux plus précises comme aux plus vagues. Son opinion sur l'état de Judith l'étonna. Tout en s'amusant à faire couler l'eau de son éponge en forme de cœur, Sandrine lui confia :

— Judith ne veut pas parler devant plusieurs personnes. Pas des choses importantes. Il y avait trop de monde. Si elle ne parle pas à Valérie, elle va me parler, à moi.

— Tu as raison. Es-tu contente d'avoir trois jours de congé supplémentaires ?

— Bof... J'aime bien l'école.

Après le bain, ils regardèrent un dessin animé, enlacés tendrement. Mathieu voulait que sa fille se détende et qu'elle évacue le stress avant de se mettre au lit. Elle éviterait peut-être ainsi de faire des cauchemars.

Au moment de se mettre au lit, Sandrine se dirigea dans la chambre de son père plutôt que dans la sienne. Son père qui la suivait alluma la lumière derrière elle et lui demanda ce qu'elle faisait là.

Sandrine prit la photo de sa mère, posée sur le bureau, et l'apporta dans le lit. Elle s'installa confortablement sous les couvertures. Quand elle regarda enfin son père, les yeux brillants, celui-ci riait.

— Tu as décidé que tu voulais dormir avec moi ? Sans me demander la permission ?

— J'ai peur dans ma chambre. Tout à coup que le monsieur revient et qu'il ne veut pas que je sorte de ma chambre ?

— Ce monsieur est en prison ou bien à l'institut psychiatrique. Ne te tracasse pas avec ça.

Mathieu eut du mal à savoir si Sandrine était sérieuse ou non. De toute façon, il était important de la rassurer et de lui redonner confiance. Il s'était donc assis à ses côtés, dans son grand lit, pour la dorloter et prendre le temps de la rassurer.

— Veux-tu me raconter une histoire sur maman ? Juste une petite, pour m'endormir... Tu veux bien ?

Mathieu se glissa sous les couvertures et il regarda la photo de Rosie, posée sur les genoux de sa fille. Si longtemps déjà... Sept ans, presque sept ans et demi, que le merveilleux rêve s'était transformé en cauchemar...

Il choisit rapidement l'histoire qu'il raconterait à Sandrine. Elle les connaissait toutes. Tout ce qu'il lui décrivait était réel. Il tenait à ce que sa fille ait une belle image de sa mère, cette femme qui aurait tant voulu la connaître, l'aimer...

Et il raconta :

— Quand ta maman a été enceinte de six mois, elle a eu un rendez-vous chez le radiologiste, pour passer une échographie. À ce moment-là, je faisais mon internat à l'urgence. Ta maman était en congé de son poste d'infirmière depuis qu'elle te portait dans son ventre. Elle était resplendissante. Tu lui ressembles de plus en plus, Sandrine chérie.

« Ta mère avait rendez-vous vers seize heures et je devais finir mon quart de travail au même moment. J'ai réussi à me sauver dix minutes plus tôt afin de la rejoindre dans le département de radiologie de l'hôpital.

« La technicienne, qui était une amie de ta maman, a fait l'examen pendant que le radiologiste observait les résultats. Sur l'écran, devine ce que nous avons vu, maman, le docteur, la technicienne et moi : le petit bébé que Rosie avait dans son ventre ! Le docteur nous a dit que nous aurions une petite fille.

« Maman était enchantée. Je savais qu'elle désirait très fort avoir une petite fille.

« Elle s'est tournée vers moi et elle m'a dit : "Nous l'appellerons Sandrine." J'ai été d'accord tout de suite. J'imaginais bien mon bébé en petite Sandrine.

« Maman et moi avons quitté l'hôpital heureux et de bonne humeur. Maman se sentait bien, ce qui était plutôt rare depuis qu'elle était enceinte. Elle voulait absolument que nous arrêtions dans un centre commercial. Qu'est-ce que nous avons acheté ? Une belle robe pour notre Sandrine ! Maman était euphorique. Qu'elle était belle à voir !

« Quand nous sommes revenus à la maison, elle m'a demandé d'installer un crochet au mur de notre chambre. Je me demandais bien pourquoi. Elle y a suspendu la petite robe que nous venions d'acheter et elle m'a expliqué que ce serait un souvenir qui lui permettrait, chaque fois qu'elle irait dans notre chambre, de se rappeler combien elle avait été heureuse d'apprendre qu'elle portait une belle petite Sandrine dans son ventre... »

Sept ans plus tard, Sandrine s'endormait en écoutant cette histoire qui, dans ces circonstances particulières, rendait Mathieu nostalgique.

— J'aurais aimé connaître maman...

— Je sais. Elle aussi aurait tellement voulu te connaître, ma petite !

Mathieu la serra contre lui alors qu'elle s'endormait. Il voyait, sur le visage de sa fille endormie, celui de sa femme... décédée.

Judith, quant à elle, se coucha aussi tendue qu'avant le bain et le long massage de sa mère. Elle craignait de s'endormir. Valérie ne trouva qu'une solution pour la rassurer et lui permettre de dormir : s'allonger à côté d'elle. Malgré son grand besoin de sommeil, un temps interminable s'écoula avant qu'elle ne parvienne à se détendre suffisamment pour s'endormir.

3

Valérie et Judith dormirent six heures entrecoupées de réveils en sursaut et de cauchemars. Au réveil, Judith semblait tout de même se porter mieux et elle mangea avec appétit le poisson que sa mère lui servit.

Valérie décida de tenter de joindre son mari. Quelle ne fut pas sa surprise d'obtenir rapidement la communication et d'entendre le réceptionniste lui expliquer, dans un anglais qui laissait sérieusement à désirer, qu'il transférait l'appel à la chambre de l'archéologue Christopher G-r-o-n-d-i-n.

Christopher s'étonna d'entendre la voix de sa femme au bout du fil. Il fit un effort pour se tirer du sommeil douillet dans lequel il reposait depuis plusieurs heures. Il fit signe à Érika, couchée à ses côtés, de garder le silence le plus absolu. Elle se tourna vers lui dans le lit, de façon à ne pas manquer un mot de sa conversation. Christopher était contrarié mais il ne pouvait rien dire, vu les circonstances.

— Comment vas-tu ? lui demanda sa femme, à l'autre bout du monde.

— Bien. Je dormais. Il y a quelque chose de spécial, Valérie ?

Il ne lui avait pas parlé depuis deux ou trois semaines et c'était tout ce qu'il trouvait à lui dire ! Christopher était conscient de son manque de spontanéité. Lors de ses toutes premières missions, sa femme et lui se parlaient le plus souvent possible et les « je t'aime » se mêlaient aux « tu me manques » et aux « raconte-moi tout ce qui t'arrive ! » Peu à peu, tout ça s'était envolé et il ne restait plus grand-chose de leur relation.

En cinq minutes, elle lui avait résumé le drame que les deux enfants venaient de vivre.

— C'est horrible ! Comment se sent Judith ?

— Elle s'est réveillée deux fois en te réclamant. Je ne sais pas pourquoi. C'est pour ça que je voulais te joindre le plus vite possible.

— Je vais lui parler avec plaisir.

— Je n'en peux plus, Christopher, déclara soudain Valérie d'un ton plus brusque. Je suis toujours toute seule quand des événements graves ou importants se produisent. Je n'ai jamais pu compter sur toi.

— Je rentre dans deux semaines, dit-il d'un ton las.

— J'avais besoin de mon mari hier !

— Rémy et Mathieu t'ont appuyée.

— Aux dernières nouvelles, je ne suis pas mariée avec eux !

— Je n'y peux rien. Que veux-tu que je te dise de plus ? Je pense à vous tous les jours, Valérie... Tu le sais, non ?

Érika éternua violemment. Le temps sembla se figer. Pendant quelques secondes, Christopher la contempla sans rien dire, stupéfait qu'elle ait osé poser un tel acte.

— À nous, oui ! Tu penses à ta collègue Érika, tu veux dire. La petite brune qui apparaît sur toutes les photos que tu rapportes de tes damnées expéditions !

Valérie avait haussé le ton tout en essayant de garder son calme pour ne pas alerter sa fille. Qu'il n'essaie pas de la mener en bateau ! Ce n'était pas un homme qui avait éternué, si près de lui. Elle aurait dû se douter bien avant... Tant de choses s'éclaircissaient... Tant de choses qu'elle aurait dû voir des mois plus tôt...

— Valérie, c'est Luc, un de mes collègues. Nous dormons à deux par chambre, tu le sais... Il faut réduire les dépenses.

— Arrête de te moquer de moi. Tu l'as assez fait au cours des dernières années. Nous devrons discuter sérieusement quand tu seras ici.

— Nous aurons deux semaines pour discuter, rétorqua sèchement Christopher. Passe-moi Judith. Les interurbains coûtent une fortune. Inutile de dépenser pour se disputer.

— Je suis vraiment déçue de notre mariage, tu sais. Je t'aimais sincèrement.

— Moi aussi.

Christopher l'entendit appeler leur fille et il fusilla sa maîtresse du regard. Elle avait remonté la couverture sous son nez et le regardait avec des yeux effrayés. Bonne comédienne, l'archéologue. Sans pouvoir se vanter de bien la connaître, il savait néanmoins qu'elle avait fait exprès. Il en aurait mis sa main au feu.

Pendant les dix minutes où il discuta avec sa fille, Christopher ne se sentit pas très brillant. Les choses les plus logiques qu'il balbutia étaient qu'il pensait souvent à elle et qu'il allait lui rapporter de beaux spécimens pour sa collection de pierres et de minéraux.

Complètement défait, découragé par ce qui l'attendait à son retour chez lui, Christopher se laissa tomber dans son lit. Érika vint l'embrasser.

— Je suis désolée, Chris. Mes allergies... Je n'ai pas pu m'empêcher. Ta femme était en colère ?

— Tu ne la comprends pas un peu ?

— Tu *te* jures de la quitter depuis plus de trois ans et tu ne l'as pas encore fait. Ce n'est pas la fin du monde. Il ne faut pas être égoïste : je te partage avec elle et je n'y vois pas d'inconvénients. Pourquoi ne ferait-elle pas la même chose ?

— Ça n'a pas l'air de marcher comme ça dans le monde réel ! Rendors-toi. Il faut prendre des forces, les deux prochaines semaines seront un véritable marathon. On ne peut pas partir d'ici sans avoir avancé un peu.

— On perd notre temps dans ce coin de pays perdu. Je l'ai toujours dit.

— Dors !

Il la repoussa et rabattit la couverture sur sa tête. Érika eut la bonne idée de se faire discrète par la suite.

Christopher savait qu'il était lâche. Sa carrière passait bien avant sa vie familiale et il aurait dû le reconnaître depuis longtemps. Quoique ça ne changeait pas grand-chose pour lui. La vie était confortable au Canada : une maison, des repas préparés, le budget tenu, les courses faites. En expédition, son seul désir était d'atteindre l'objectif de ses missions. La présence d'Érika à ses côtés était un bonus qu'il n'avait ni demandé ni recherché.

Il se doutait cependant que sa femme devait mener une vie beaucoup moins palpitante que la sienne. Elle l'attendait probablement pendant qu'il était en mission. Lors de ses visites, il n'était même pas le mari qu'elle était en droit d'avoir. Il préférait la présence de ses amis Benjamin, Mathieu et Rémy à celle de sa femme et de sa fille.

— Qu'est-ce qu'elle a eu, ta fille ? Tu pourrais certainement rentrer tout de suite si elle a besoin de toi. Pour ce qui reste à espérer de ce voyage...

— Érika, n'oublie pas que la règle d'or, en archéologie, c'est de ne jamais démoraliser le reste de l'équipe avec des commentaires ou des attitudes défaitistes. C'est comme ça dans toutes les équipes du monde. Tu ne feras pas de vieux os dans le métier sans respecter cette loi.

— Et ta fille ?

— Elle va bien.

— Je ne voulais pas t'exaspérer, Chris. Je te laisse t'évader de nouveau dans tes pensées !

Faire face à ses responsabilités. Lui qui n'avait jamais aimé ça devrait le faire dès qu'il poserait les pieds en sol canadien...

4

Après une journée de repos passée à dorloter sa fille, Valérie dut se résoudre à affronter les gens autour d'elle. En plus de s'être peu reposée au cours des derniers jours et d'avoir vécu un grand stress, elle devait vivre le deuil de son couple. Phénomène exceptionnel, elle avait pris deux journées de congé, laissant sa boutique entre les mains de son employée.

Catherine et Valérie emmenèrent Sandrine et Judith dans les magasins. Les deux fillettes ne trahirent pas leur réputation : elles possédaient une incroyable énergie pour courir les boutiques, bien plus que Valérie et Cathou.

Elles quittèrent le centre commercial avec un nouveau jeu de société. Pour Valérie, rien ne valait mieux que ces jeux où les enfants pouvaient apprendre tout en s'amusant.

Judith et Sandrine sautèrent de joie en s'apercevant que Valérie les emmenait à Fort Magik ! Pendant une heure, elles pourraient s'en donner à cœur joie dans ces jeux qui les fascinaient tant. Les labyrinthes, glissoires, piscines de balles, jeux d'équilibristes auraient pu les occuper pendant des jours. En les attendant, Catherine et Valérie prendraient un café à l'étage supérieur, là où elles pourraient les avoir à l'œil.

— Ça ne semble pas aller, Valérie..., s'enquit Cathou.

Elle savait très bien que quelque chose n'allait pas, mais elle ne voulait pas être indiscrète.

— Je crois que je vais divorcer, lui annonça Valérie. Je pourrais te citer mille raisons valables : je n'en peux plus d'être seule quand ça va mal. Et même quand ça va bien, est-ce que tu comprends ? Je reste fidèle à un homme que je vois peu et qui, pendant ses rares visites, a toujours mieux à faire que de rester avec sa femme et sa fille... Je me demande si je dois continuer ainsi...

— Je n'ai jamais vécu une situation comme la tienne, Valérie.

Cathou aimait encore beaucoup son mari. Il était toujours rentré scrupuleusement à la maison. Jusqu'au jour où elle l'avait attendu encore et encore. Il n'était jamais revenu... Il ne s'était pas remis de la crise cardiaque qui l'avait terrassé au bureau.

Elle confia à Valérie qu'à sa place, elle n'hésiterait pas. La jeune femme était intelligente, encore toute jeune. Ce serait trop dommage qu'elle ait un jour le sentiment d'avoir râté sa vie. Elle créait de beaux vêtements, sa boutique allait très bien et elle élevait une magnifique fillette qui faisait sa fierté.

Valérie admit que Cathou avait raison.

— Je ne connais pas beaucoup Christopher, mais il me semble tellement passionné par ses recherches !

— Par ses recherches, certes, mais aussi par sa partenaire de travail... Érika.

— Oh ! s'exclama Cathou. Es-tu certaine de ce que tu avances, Valérie ?

Valérie n'hésita pas à lui raconter ce qui s'était passé lors de la dernière conversation qu'elle avait eue avec son mari, puis la lamentable tentative d'explication de Christopher. Attristée, Catherine secoua la tête.

Sans respect mutuel, un couple ne méritait plus ce titre. Valérie ne devait pas demeurer avec son mari seulement pour leur enfant, ou pour éviter de reconnaître l'échec de son mariage. Elle comprenait Valérie de craindre ce que la décision de divorcer impliquerait.

Valérie souffrait.

— Comment Mathieu et toi avez-vous pu survivre ? J'ai du mal à renoncer à une union qui me rend malheureuse, alors que je n'aime plus vraiment mon mari. Mathieu a perdu une femme qu'il aimait, toi un mari que tu adorais...

— C'est dans les grandes épreuves qu'on mesure sa force, ma belle. Je crois également que le Seigneur nous envoie toute la force qu'il nous faut pour passer au travers... Aucune épreuve n'est trop grande pour nous.

Valérie baissa les yeux, juste à temps pour voir Judith éclater de rire en suivant son amie dans un grand toboggan. Pour sa fille, elle ferait face à son époux.

5

Depuis la veille, Catherine pensait beaucoup à ce que lui avait confessé Valérie. Ça la tracassait. À son arrivée dans la famille Tourigny, elle avait connu Mathieu si malheureux, si pitoyable... Elle ne voulait pas qu'une chose semblable se produise avec Valérie.

Pendant qu'elle faisait un brin de ménage dans la salle de bains, elle saisit des bribes de conversation entre les filles qui se trouvaient dans la chambre de Sandrine.

— Tu es chanceuse d'avoir une mère et un père, toi. Moi, j'ai seulement un père. Ma mère est au ciel, disait Sandrine en soupirant.

Cathou jeta un œil par la porte et la vit prendre la photo de sa mère, celle qui était toujours posée sur le bureau de son père. Les fillettes la contemplèrent.

— Ta mère est au ciel mais, tu sais, mon père est presque aussi loin que le ciel ! répliqua Judith.

Cathou en eut les larmes aux yeux. À la place de Christopher, elle aurait eu tellement de peine que sa propre fille parle ainsi de lui !

— Souvent, je dors avec la photo de ma mère. Je me sens moins seule dans mon lit.

— Ce soir, je vais me coucher avec une photo de mon père. J'en ai plusieurs, à la maison. On demandera à Cathou d'aller chez moi en chercher une. Comme ça, tu dormiras avec une photo de ta mère au ciel et moi, avec celle de mon père *presque-au-ciel.*

Valérie passa embrasser sa fille endormie, après une journée bien remplie : elle avait travaillé de neuf heures à vingt et une heures. Quand Catherine lui raconta la conversation qu'elle avait surprise entre les fillettes, Valérie ne put s'empêcher d'avoir des regrets sur tout. Sa rencontre avec Christopher, son mariage... C'était Rosie qui lui avait présenté ce beau brun aux cheveux déjà délavés par le soleil, un soir où Mathieu et lui étaient ensemble. Il lui avait fait si bonne impression : il était sérieux, ne buvait pas, sortait peu dans les bars... Il était un homme de passions. Un an plus tard, ils célébraient leur mariage. Qui aurait alors pu lui dire comment se terminerait leur relation ?

La sentant quelque peu désemparée, Mathieu la serra contre lui et ce geste affectueux la réconforta un peu.

Ils se battaient tous deux depuis des années pour assurer à leur fille stabilité, amour et confort, tout en leur donnant l'impression d'être des sœurs. La présence de Mathieu près de Judith et la présence de Valérie près de Sandrine offraient aux petites un équilibre exceptionnel.

Sans tarder, Mathieu acheta un lit à deux étages pour les filles, ce qui leur permettrait de *jaser* à leur souhait... Le lendemain de la prise d'otages, n'avait-il pas découvert Judith endormie par terre ? Il s'en était voulu de ne pas avoir pensé que les petites filles seraient peut-être encore craintives à la suite d'une telle aventure. Il avait alors été chercher un matelas gonflable, des couvertures et un oreiller pour Judith et il s'était promis de trouver une autre solution.

Mathieu était vraiment très fier de sa trouvaille. Le lit du dessous était double. Celui du haut était simple. Il était superbe. Il l'installerait dans la chambre de Sandrine. Sa chambre était beaucoup plus grande que celle qu'il avait faite à Judith trois ou quatre ans auparavant, lorsque Judith avait commencé à dormir chez lui les jeudi et vendredi soirs. Mathieu proposerait aux filles de dormir chacune leur soir en haut. Cela les rapprocherait encore davantage et rassurerait Judith. Il ne voulait pas qu'elle continue de dormir sur des matelas de fortune.

Tout le monde serait donc heureux. Lui le premier. Voir le soleil dans les yeux de sa fille était le plus beau cadeau que la vie pouvait lui apporter. Lors du décès de Rosie, à la naissance de Sandrine, il avait dû se raccrocher à son bébé et à la fin prochaine de ses études en médecine pour avoir la force de continuer. Plus Sandrine grandissait, plus il constatait combien il avait eu raison de mettre sa vie entre les petites mains de sa fille.

Cependant, il reconnaissait être rendu à une étape où il aurait besoin de quelque chose de plus... L'absence de compagnie, le soir, lui manquait terriblement. Cathou ne comblait pas toujours le vide dans sa maison. Quand elle regagnait son *appartement*, c'est-à-dire une bonne partie du sous-sol, aménagé spécialement pour elle, Mathieu se retrouvait seul avec lui-même et, parfois, cela lui pesait...

6

Le vendredi, cinquième jour d'école pour les filles après la prise d'otages, Mathieu rentra chez lui vers quinze heures. Toujours inquiet, il s'empressa de leur demander des nouvelles mais, contrairement à leur habitude, ce fut Judith qui cette fois s'exprima le plus. Sandrine était trop occupée à bouder. Elle en voulait à son père d'avoir barricadé sa chambre jusqu'à son retour. Il eut beau lui répéter que l'interdiction n'avait pas tenu longtemps, qu'il était arrivé tôt exprès pour leur montrer la surprise, rien à faire. Mademoiselle Tourigny se sentait brimée dans ses droits d'enfant.

Il monta à l'étage pour voir si sa surprise, une fois installée, valait bien tout l'argent dépensé. Le coup d'œil le satisfit.

— Mes belles filles chéries, je vous donne la permission de monter ! s'exclama-t-il du haut de l'escalier. Attention, c'est une très grosse transformation dans la pièce !

— Qui a donné le droit de tout changer dans ma chambre ? bougonna Sandrine.

Premières manifestations de la préadolescence, songea Mathieu avec un sourire, tandis que Cathou le rejoignait dans le couloir.

Sandrine et Judith poussèrent un concert de « wow ! », de « super ! », de « c'est chouette ! » et, finalement, elles grimpèrent toutes les deux sur le lit du haut. Ce ne fut qu'une fois confortablement installée sur le dos que Judith remarqua le plafond.

— Double chouette, Sandrine ! Regarde ça !

Mathieu éteignit la lumière. Les exclamations des petites les amusaient, Cathou et lui.

Au plafond, Mathieu avait installé, le matin même, une grosse lune et des dizaines d'étoiles, qui, une fois la lumière éteinte, brillaient pendant quelques minutes.

Il grimpa sur les barreaux de l'échelle et posa la main sur la petite épaule de Judith.

— J'ai installé une lune pour Sandrine et chez toi, Judith, ce sera une terre avec des planètes.

— J'en aurai aussi dans ma chambre, à la maison ? s'exclama Judith ravie.

— Oui, il ne restera qu'à les installer. Vous savez pourquoi j'ai fait ces choix ? C'est pour que toi, Sandrine, tu puisses retrouver ta maman, dans le ciel. Tu pourras penser qu'elle est là, quelque part, qu'elle t'aime et qu'elle veille sur toi... Quant à toi, Judith, c'est une terre pour que tu puisses imaginer ton père, qui voyage sans cesse d'un pays à l'autre. Tu ne sais pas où il est exactement mais il est présent, il t'aime très fort et il pense souvent à toi.

— Tu crois ?

— J'en suis sûr, Judith... Ton père pense à toi tous les jours et il vient te voir aussi souvent qu'il le peut.

— J'aurais aimé que ce soit toi, mon papa...

— Allons, ma belle, tu as un très bon papa. Et ça ne change pas grand-chose pour toi, car je t'aime autant que j'aime Sandrine. Comme deux petites jumelles !

Il coupa court à l'émotion en descendant du lit et en rallumant la lumière. Il leur expliqua que, dorénavant, Judith n'aurait plus à dormir par terre pour bavarder avec sa « sœur ». La seule condition : elles devraient être raisonnables sur le temps qu'elles passaient à discuter ensemble, sinon Judith retournerait dormir dans sa chambre.

— Papa, c'est... C'est le plus beau cadeau du monde ! s'écria Sandrine.

— Je savais bien que vous seriez heureuses, même si je n'avais pas eu la permission de ma fille pour toucher à sa chambre..., ajouta-t-il sur un ton amusé. Est-ce que je mérite un gros bisou pour ça ?

Avec sa spontanéité bien typique, Sandrine s'exécuta aussitôt. Plus réservée avec lui qu'avec sa mère, Judith eut un instant d'hésitation.

— J'aimerais en avoir un de toi aussi, précisa Mathieu.

La fillette ne se fit pas prier davantage et Mathieu reçut le plus beau bisou et le plus beau câlin du monde. Satisfait, il leur proposa d'aller aussi en offrir un à Cathou. Après tout, c'était elle qui avait accueilli les ouvriers venus installer le lit et qui s'était occupée ensuite de faire les lits et de tout remettre en ordre.

Les filles allèrent au lit une demi-heure plus tôt que d'habitude, sans pour autant respecter le couvre-feu imposé par Mathieu. Indulgent, il les laissa faire un peu et, vers vingt et une heures, il les trouva toutes deux profondément endormies... dans le lit du haut. Il secoua la tête en se demandant pourquoi il n'y avait pas songé. Il aurait dû acheter deux lits doubles !

Il referma la porte en se disant que, pour une fois, elles pouvaient bien dormir ensemble.

7

L'accident avait été affreux. Le journaliste était encore imprégné de l'odeur du feu et de la mort. Sachant d'avance que ça ne l'aiderait pas, il avala tout de même un comprimé contre la nausée, espérant que l'effet placebo lui procurerait un quelconque soulagement.

Sylvain, son ami cameraman, vint s'asseoir à côté de lui, dans son bureau. Ni l'un ni l'autre ne savait quoi dire. Ils se contentaient de fumer en silence, sans même se regarder, perdus dans la fumée des cigarettes qu'ils grillaient.

Un poids lourd, un dix-huit roues, avait embouti quatre voitures. L'une d'elles avait carrément passé sous le mastodonte et y était restée. Une explosion avait eu lieu, tuant les trois passagers, un jeune couple et leur enfant. Une autre voiture avait brûlé. On avait entendu hurler les deux occupants pendant d'innombrables secondes, sans pouvoir les secourir. Les pompiers avaient dû utiliser les pinces de désincarcération pour sortir les occupants des deux autres véhicules. Une femme était seule dans une des voitures ; ils étaient deux dans la seconde. Une des personnes avait rendu l'âme avant même de monter dans l'ambulance.

À cause de la manifestation des employés d'une usine, l'équipe de la Chaîne nationale d'informations s'était trouvée à l'avant-scène de ce drame. Sylvain avait eu la présence d'esprit de filmer les bonnes images, au bon moment. Le reportage en direct avait été très dur, autant pour les téléspectateurs que pour le journaliste.

Rémy fulmina contre son métier. Il se demanda, à voix haute, à quoi lui servait de faire un tel travail. Tout ce qu'il y voyait était du feu, des cadavres, de la tôle froissée, des larmes ! Certains jours, il en avait assez. Il aurait aimé parfois annoncer des événements agréables. Faire des reportages remplis d'espoir. Il n'en pouvait plus de parler de désastres, de morts, de pertes matérielles !

— La réalité du métier de reporter vient de te rattraper, mon gars, lança un journaliste plus âgé et plus expérimenté que lui. Il y a des moments où l'envie de tout balancer est forte mais je sais que tu ne le feras pas. Notre métier devient une drogue. Allez, rentre chez toi et passe par-dessus tout ça. Dès demain matin, tu seras le premier à te porter volontaire pour te rendre sur les lieux d'une autre catastrophe.

Sylvain écrasa une cigarette et annonça qu'il s'en allait. La journée avait été longue.

Rémy conversa avec ses collègues, qui l'assurèrent qu'il allait s'en remettre. Il était, disait même un autre vieux routier, un gars taillé dans le même roc que des journalistes qui avaient trente ans de métier. Il l'avait reconnu chez lui dès ses premiers mois à la CNI.

Le compliment fit plaisir à Rémy mais le doute persistait dans son esprit.

— On te dit dépressif, Rémy, c'est vrai ? Veux-tu que je te conduise à l'hôpital ? Je pourrais garder ta voiture jusqu'à ce que tu sois rétabli !

Rémy tira la langue à la petite brunette qui se trouvait devant lui. Elle mesurait tout au plus un mètre cinquante, ce qui faisait une bonne quarantaine de centimètres de moins que lui. Jeune et talentueuse, Andréanne Lavoie préférait le journalisme d'enquêtes. Rémy et elle s'entendaient bien depuis qu'ils avaient fait connaissance, quelques mois plus tôt. Rémy avait été charmé dès le premier regard. Il avait vite senti que la jeune dame était fragile. Aussi fragile qu'ambitieuse. Il l'avait observée quelques semaines avant de faire plus ample connaissance avec elle. Aux premiers mots qu'ils avaient échangés, il avait décidé de la prendre sous son aile afin de l'aider le plus possible dans sa carrière. Elle était douce, beaucoup trop douce, ce tout petit bout de femme au nez retroussé qui devait lever la tête pour le regarder.

« Andréanne, tu es un minuscule poisson dans un océan de requins », se disait-il alors.

Elle aimait, comme lui, profiter de la vie et de ses plaisirs, ce qu'ils faisaient de façon très généreuse, en se voyant les soirs et les week-ends. Rémy la trouvait agréable et très jolie. Elle avait des yeux pleins de vie qui pétillaient d'intelligence. En plus, elle aimait les petits jeux au lit. Peu de gens étaient au courant de leur liaison, même s'ils ne faisaient aucun effort particulier pour la dissimuler. Les rumeurs couraient vite dans une station de télévision, mais une nouvelle plus fraîche permettait souvent d'oublier la précédente. Rémy avait une réputation d'homme à femmes trop bien établie pour qu'on remarque chacune de ses sorties avec sa jeune collègue.

— Dépressif, c'est vrai ? Les nouvelles se propagent vite, quel enfer ! marmonna-t-il.

— Je pourrais essayer de te sortir de ton lamentable état ce soir, si tu le veux bien..., suggéra la journaliste.

— Je t'invite à souper, Andréanne, se hâta-t-il de dire. Je suis convaincu que tu vas m'aider à guérir. On se rejoint quelque part ? Sinon, les rumeurs d'un prochain mariage risquent de courir aussi vite...

— Tant pis ! Je n'ai pas de voiture. Tu aurais honte qu'on pense ça de nous deux ?

— Jamais de la vie. Quiconque me connaît bien sait que je ne me marierai jamais...

— On dit ça, on dit ça... Tu m'invites où ? La dernière fois, je t'ai invité chez Pizza Hut. Tu as le droit de me rendre la monnaie de ma pièce.

— Pas question. On décidera une fois dehors, mais on fait un bon repas. Je dois reprendre goût à la vie, n'oublie pas !

8

Christopher arrêta chez lui. Il savait, à la suite de la brève conversation téléphonique qu'il avait eue la veille avec Valérie, que celle-ci serait absente et il en était enchanté. Il rangea vite ses bagages, prit une bonne douche, se changea puis se rendit chez Mathieu à pied.

Les retrouvailles étaient toujours chaleureuses entre l'archéologue et ses amis. Mathieu l'invita tout d'abord à voir sa fille, qui devrait bientôt dormir.

Christopher admit qu'au cours des dernières semaines, il avait beaucoup pensé à la prise d'otages et à sa situation avec Valérie. Ainsi qu'à sa paternité.

Mathieu monta chercher Judith.

Christopher entendit Mathieu déclarer à l'enfant qu'une belle surprise l'attendait à la cuisine. Et ce très joli petit bout de fille apparut en haut de l'escalier. Judith, sa fille, vieillissait en toute beauté.

— Papa ! Oh papa !

Elle se précipita entre ses bras et ils se serrèrent très fort. Curieuse, Sandrine les observait. Mathieu prépara des boissons *de grands* et, de retour au salon, chacune des filles s'assit sur les genoux de son père. Comme elles grandissaient ! Christopher était ébahi. Il n'aurait pu refuser l'invitation de Judith à aller voir le « super lit » acheté par Mathieu.

Judith montra les étoiles lumineuses à son père et lui expliqua pourquoi elles appartenaient à Sandrine. Elle expliqua également pourquoi elle possédait une terre et des planètes, chez elle.

— C'est vraiment une bonne idée, fut la seule chose qu'il sut répondre.

L'analogie entre la mort de Rosie et son absence l'avait saisi.

— M'as-tu apporté d'autres pierres ?

— Oui, de très belles. Je te les donnerai demain, ma grande.

La fillette montra à peine sa joie et laissa les deux pères quitter la pièce.

Aussitôt dans le salon, un verre de *rhum and coke* à la main, Christopher avoua à Mathieu combien il l'admirait. Lui ne savait pas s'y prendre avec les enfants, même avec sa propre fille. Comment son ami parvenait-il à se débrouiller avec la sienne et celle d'un autre ?

— J'ai manqué ma vocation, j'aurais dû devenir pédiatre, répondit Mathieu en blaguant.

— Sérieusement, comment fais-tu ?

Mathieu reconnut ne jamais s'être posé de questions. Il savait ce que c'était que d'être seul avec un enfant. À la mort de Rosie, il se plaisait à dire que Valérie lui avait sauvé la vie. Il avait donc été heureux de pouvoir l'aider quand il avait engagé Catherine. Et les deux petites filles s'aimaient comme des sœurs. Les priver l'une de l'autre créerait un drame.

— Rosie, ça fait si longtemps... Ton deuil doit être terminé, non ?

— Je le pense. Je mentirais en disant que j'ai été complètement seul depuis sa mort mais, de là à envisager une nouvelle relation, non, ça ne m'a encore jamais traversé l'esprit.

— Notre situation est équivoque, non ? Ma fille t'adore, sûrement beaucoup plus qu'elle ne m'aime, et ma femme te respecte bien davantage que moi.

— Si tu veux sauver ton couple, je crois qu'il te faudra quitter ton emploi, travailler ici, avoir un horaire de neuf à cinq...

Christopher vida son verre et regarda en haut de l'escalier. Il entendait les filles rire.

— Je ne veux pas sauver mon couple. Pas au prix de mon emploi.

Les sentiments de Mathieu étaient contradictoires, bien distincts. Il était déçu pour ses amis, pour Christopher qui se privait de si beaux moments et pour Valérie qui rêvait d'une vraie vie de famille. Il était attaché à elle... Trop. Beaucoup trop.

Mathieu annonça qu'il allait coucher les filles.

Elles se ruèrent sur lui en même temps, cherchant à se faire une place entre ses bras. Judith avait-elle fait exprès, elle qui, généralement, était plus réservée ? Sandrine se mit au lit. Timide, Judith hésita avant de tendre les bras à son père. Il la serra contre lui mais, très vite, elle s'arracha à son étreinte.

Christopher leur souhaita bonsoir avec maladresse et quitta la chambre. Avant de faire face à sa femme, il voulait demander conseil à Mathieu. Il se doutait bien que Valérie devait lui avoir tout relaté de leur dernier coup de fil. Même s'il avait beaucoup médité sur la question, il ne savait toujours pas quelle attitude adopter avec elle.

Mais le temps de bavarder de choses et d'autres, d'appeler Benjamin et Rémy pour planifier leurs immanquables rencontres, vingt et une heures sonnaient. Mathieu conseilla à son ami de rentrer chez lui sans tarder. Valérie serait de meilleure humeur si elle le trouvait à la maison, avec un verre déjà tout préparé... Ce ne serait pas pareil si elle ne découvrait que ses bagages.

— As-tu été marié assez longtemps pour rentrer chez toi en sachant très bien que tu allais te faire assaillir par ton épouse ? demanda Christopher.

— J'avoue que ça ne m'est jamais arrivé. Mais je comprendrais Valérie de vouloir te rentrer dedans ! Tu le mérites... du moins, un peu.

— Même plus, c'est bien ça le pire.

Christopher marcha tranquillement pour rentrer chez lui. Respirer l'air frais lui faisait le plus grand bien, après avoir vécu trois longs mois en Égypte, où l'air était chaud et lourd.

Les retrouvailles avec Valérie, bien que peu chaleureuses depuis quelques mois, se passaient correctement. À moins d'un changement majeur, la situation serait différente ce soir-là. Si elle craignait la séparation, elle se tairait. Ce serait donc à lui d'avoir le courage de mettre les choses au clair avant son départ. Sinon, ce serait remis à son prochain retour au pays, ce qui ne ferait qu'allonger leur supplice.

— Salut...

Un verre dans chaque main, affichant son plus beau sourire, Christopher s'avança vers sa femme qui restait figée. Il prit le risque de l'embrasser du bout des lèvres. Aucune réaction.

— Je pensais que tu n'arriverais pas avant le milieu de la nuit, s'étonna Valérie.

— Nous avons pu prendre un avion un peu plus tôt. J'ai vu Judith chez Mathieu. Elle va bien, non ? J'étais heureux de la revoir. Je suis mort de fatigue mais, demain, je veux passer du temps seul avec elle, pendant que tu seras au travail.

— Il te faudra tout d'abord te renseigner sur deux points : Mathieu a-t-il prévu une activité avec elle et Judith veut-elle se séparer de Sandrine. Pauvre enfant, elle ne savait même pas que tu devais arriver et tu veux déjà changer ses habitudes...

Christopher se raidit sans souffler mot. Il devait faire attention à son attitude.

— Je m'informerai, promis. Et toi, ça va ? La boutique tourne toujours aussi rondement ?

— Je travaille fort, mais ça va bien.

D'autorité, il lui mit un verre dans la main et regagna le salon, où il avait tamisé l'éclairage. Valérie alluma toutes les lumières avant de s'asseoir en face de lui. Elle était tendue et serrait tellement le verre que Christopher craignait qu'il n'éclate.

— Notre expédition a été un échec total. Ça m'a découragé. Y avoir consacré trois mois de ma vie sans avoir pu faire avancer le projet, c'est vraiment désolant.

— Érika t'a déconcentré, j'imagine ?

— Érika est un membre à part entière de mon équipe. Elle est une excellente archéologue et nos rapports sont normaux. Pour le reste, c'est dans ton imagination que ça se passe, ma belle.

— Pendant des années, j'aurais fait n'importe quoi pour te croire, mais plus maintenant. Christopher, aime-moi au moins assez pour cesser de me prendre pour une idiote.

— Je suis un mari et un père absents, je te l'accorde volontiers. J'ai fini par me rendre compte que je ne pouvais pas exercer mon métier comme je l'entends, tout en ayant une vie familiale bien rangée. Je dois trancher entre les deux. Si je choisis de rester ici, je sais que je ne serai pas heureux et, par le fait même, je serai de très mauvaise compagnie pour Judith et toi.

— Tu ne nous aimes pas. Tu n'aimes que toi-même.

Christopher se raidit de nouveau. « Que la vérité est désolante à entendre, Christopher », songea sa femme.

— Valérie...

Il se pencha, déposa son verre comme elle l'avait déjà fait, lui prit les mains entre les siennes et la regarda avec une sincérité qu'elle ne lui connaissait pas.

— J'ai plus de vingt-quatre heures de voyage dans le corps, un décalage horaire, des heures d'attente ici et là, et ça fait plus d'une semaine que je n'ai pas dormi dans un vrai lit.

Si on reprenait cette conversation demain soir, quand la petite dormira ? Je te demande seulement quelques heures de sursis. Je suis vraiment épuisé...

— Très bien. J'ai préparé le lit dans la petite chambre.

— Quoi ?

Ils se toisèrent. Le regard de Valérie n'était ni méchant ni particulièrement hostile. Christopher était fort surpris.

— Tu ne t'attendais quand même pas à ce que je couche dans le même lit que toi, ou pire encore, *avec toi*, Christopher ? Tu as une maîtresse. Je ne pourrai jamais plus... Notre couple est mort.

— Et Judith ?

— Je lui expliquerai que tu ne vivras plus ici lorsque tu viendras entre deux expéditions. Quelle différence ça fera pour elle ?

— Il y aura bien des choses à régler. Je ne veux pas qu'il y ait de mésentente entre nous lorsque je repartirai. Si nous nous séparons, je veux que ce soit en bons termes et sans y mêler d'avocats.

— Je sais déjà ce que je veux.

— On devrait pouvoir s'entendre. Tu viens me réveiller vers sept ou huit heures, demain ?

— Tu peux demeurer ici, pour cette fois, mais je ne m'occupe plus de toi. Organise tes repas, ton ménage et ton lavage.

— Compris, capitaine ! Bonne nuit.

Il alla chercher ses vêtements dans leur chambre et Valérie ne tarda pas à le rejoindre pour lui remettre ses carnets de banque, les relevés de ses payes, une liste de factures des derniers mois et une liste des sommes qu'elle avait prélevées sur son salaire. Il lui faisait entièrement confiance en ce qui concernait leurs finances, c'était déjà ça de bon, songea-t-elle.

Il la remercia d'un ton chaleureux, en se demandant qui allait dorénavant s'occuper de ses finances, de son loyer, pendant qu'il serait à l'étranger.

La souffrance accablait Valérie en ce vendredi soir. La journée avait été longue. Pourquoi Christopher n'avait-il pas passé la nuit chez Mathieu ? Elle aurait eu un sursis de quelques heures encore...

— Dors bien. Ne pense pas trop à tout ça. On va bien s'arranger pour notre séparation, tu verras. Je suis de bonne foi.

— Tant mieux, réussit-elle à murmurer d'une voix égale.

Les larmes roulèrent sur ses joues aussitôt qu'il eut fermé la porte de la petite chambre derrière lui.

9

Ils déjeunèrent face à face, sans vraiment se regarder. En fait, c'était Valérie qui ne le voyait pas. Penser que Christopher avait une maîtresse dans son équipe depuis longtemps, renoncer à son mariage, chercher ce qu'elle allait dire à Judith, tout ça l'avait empêchée de dormir.

— C'est bon ?

— Oui, merci.

Il avait préparé une omelette géante et, lorsqu'elle était sortie de la douche, il lui avait proposé de la partager afin de ne pas la gaspiller. Habituée d'être seule, de toujours se dépêcher, elle n'allait pas refuser !

— Comment va Judith à l'école ? Parle-moi un peu de ses résultats et de la prise d'otages. A-t-elle de nouveau rêvé à moi ?

Pendant une dizaine de minutes, Valérie parla sans s'arrêter. L'archéologue, devant elle, semblait intéressé et l'écoutait attentivement. Avec dépit, Valérie songea qu'elle ne l'avait pas vu aussi attentionné depuis plusieurs années. Au moins deux. Pourquoi n'avait-il pas fait d'efforts au fil du temps ? Avec juste un peu plus de sel, le plat aurait été bon : elle n'aurait jamais deviné qu'il avait une liaison. L'éternuement de sa maîtresse aurait pu passer pour celui d'un collègue. Elle aurait fait des pieds et des mains pour le croire.

— Ma pauvre petite. J'aurais aimé être là, tu sais. Pour toi et pour elle.

— Ah ! oui ? Ça m'étonne, Christopher. Tu es tellement centré sur toi-même. Allons-y. Je ne veux pas être en retard.

Valérie choisit de conduire jusqu'à sa boutique. Avant de descendre et de remettre les clés de la voiture à Christopher, elle le regarda dans les yeux quelques secondes. Elle avait tant de mal à se souvenir de leur amour du début. Pourtant, elle se rappelait qu'elle avait été heureuse. Quand elle avait accouché de Judith, ils étaient tous les deux comblés. Rosie avait appris, quelques jours plus tard, qu'elle donnerait naissance à une petite fille, elle aussi. Puis, le drame était survenu et elle s'était occupée des deux enfants à la maison. Christopher l'aidait, il s'occupait des petites. Un jour, il lui avait annoncé qu'il partait pour deux mois. Il était revenu quelques jours, puis était reparti. Il n'avait plus jamais été le même : il avait découvert un métier qui le faisait davantage vibrer que sa vie familiale. Quand avait-il cessé de l'aimer ? Quand avait-elle vraiment compris que jamais plus elles ne compteraient pour lui, Judith et elle ? Le dicton « loin des yeux, loin du cœur » s'appliquait fort bien dans leur cas.

Mathieu était encore à demi endormi quand Christopher se présenta chez lui. Il chercha les filles et les trouva habillées, mais couchées, dans leur lit à deux étages. Il écouta leur conversation pendant quelques secondes. Elles parlaient de son métier. Judith expliquait à Sandrine que le travail de son père était de trouver « de vieilles choses » enterrées dans la terre ou dans des pyramides. C'était long et difficile. Il avait même trouvé de vieux os d'êtres humains et d'animaux. Et il allait souvent dans le désert !

— Bonjour mesdemoiselles Grondin et Tourigny !

Elles le bombardèrent de questions sur son travail, surtout Sandrine. Christopher y répondit de son mieux et le plus simplement possible. Quand il en eut assez, il coupa court aux questions en proposant à Judith de l'accompagner dans les centres commerciaux.

— Et Sandrine ? Je ne pars pas sans Sandrine.

— D'accord, Sandrine vient avec nous. Si Mathieu le veut.

Mathieu était d'accord et semblait même enchanté. Il lui arrivait rarement d'avoir un samedi libre, juste pour lui. Franchement, Christopher l'admirait. L'archéologue se rebiffa quand Mathieu lui dit qu'il allait en profiter pour se mettre à jour dans la lecture de ses revues médicales et dans sa paperasse.

Il le convainquit de se divertir, de faire quelque chose pour lui. Il lança même la phrase favorite de Rémy, quand il voulait entraîner Mathieu quelque part :

— Fais quelque chose de ta vie, mon petit veuf trop sérieux !

Mathieu composa le numéro de téléphone de Benjamin, un de leurs copains, et lui demanda s'il avait des projets pour la journée. Benjamin répondit que sa femme allait nager avec les enfants et qu'il avait prévu aller à l'usine. Quand Mathieu lui eut fit part de sa situation et proposé une partie de squash, Benjamin accepta volontiers de changer ses plans. Il serait chez Mathieu dans une heure.

Mathieu donna à Christopher les numéros de son téléphone cellulaire et de son téléavertisseur. L'archéologue n'en revenait pas de le voir posséder tous ces gadgets. Mathieu se défendit : le téléavertisseur était un cadeau de l'hôpital pour pouvoir le joindre en tout temps, y compris quand il s'éloignait de la salle d'urgence, ne serait-ce que pour avaler une bouchée. Quant au cellulaire, il s'en servait peu mais aimait bien l'avoir quand il sortait sans Sandrine. Oui, il ne s'en cachait pas, il était un irrécupérable papa poule !

La partie de squash fut très agréable pour les deux copains. Immédiatement après, Benjamin et Mathieu s'installèrent devant un petit-déjeuner copieux. Le sujet de conversation préféré des deux hommes était leurs enfants. Ils pouvaient en parler pendant des heures. C'était, avec leur passion pour les sports de raquette, leur plus grand point en commun. Mathieu se souvenait pourtant d'une époque où Benjamin et lui étaient liés comme les doigts de la main, inséparables. Mais avec les années, les objectifs, les goûts, les centres d'intérêts et les êtres changeaient.

Valérie et Rosie étaient d'excellentes amies avant de se marier. Les deux couples avaient donc pu se côtoyer à volonté. Quand Benjamin s'était marié et avait fondé une famille, Mathieu était veuf, Christopher était toujours au loin et Rémy était le célibataire invétéré qu'il serait probablement toujours. Geneviève, la femme de Benjamin, ne s'était pas donc pas beaucoup mêlée au groupe.

Le médecin considérait encore Benjamin comme son confident, mais les circonstances l'avaient amené à le voir beaucoup moins souvent. Le fait qu'ils travaillaient très fort tous les deux n'aidait pas. Ils s'avouaient que les fins de semaine, épuisés, ils aimaient bien profiter de leurs enfants et, dans le cas de Benjamin, de sa femme. Ils se promettaient toutefois, quand les deux enfants de Benjamin seraient plus vieux, de faire des sorties ensemble. Pour l'instant, Louis et Leila ne pourraient pas suivre le rythme de Sandrine et de Judith.

Mathieu rentra vers treize heures. Catherine était absente pour une partie du week-end. Pendant trois ou quatre heures encore, il serait seul dans sa maison ! Émerveillé, se souvenant difficilement de la dernière fois où il avait pu ainsi profiter d'un moment de solitude, il monta dans sa chambre, s'étendit bien confortablement sur son lit, avec un verre de jus d'orange et une pile de revues médicales qui s'accumulaient de mois en mois.

Le téléphone sonna vers seize heures, alors qu'il s'assoupissait. Christopher lui apprit qu'il avait décidé d'aller jusque dans les Laurentides pour montrer aux fillettes la maison dans laquelle sa grand-mère avait grandi. Il avait oublié qu'il devait aller chercher Valérie vers dix-sept heures. Il lui aurait bien conseillé de prendre un taxi pour rentrer, mais il savait qu'il se ferait arracher la tête sans avoir droit à un procès juste et équitable...

Se disant qu'il était aussi rarement seul avec Valérie qu'avec lui-même, Mathieu accepta volontiers d'aller la chercher, et même de raconter un petit mensonge pour protéger son ami et l'humeur de celle qu'il affectionnait tant. Il lui expliquerait qu'il avait eu lui-même l'idée d'aller la chercher afin de permettre aux *voyageurs* de profiter pleinement de cette magnifique région québécoise.

— Tu es ici en ami ou pour soustraire mon mari à ses obligations ?

L'explication de Mathieu la laissa perplexe, mais elle sembla heureuse quand il l'invita au restaurant. Christopher serait de retour vers dix-neuf heures. Mathieu n'aurait qu'à la déposer chez elle et à prendre Sandrine pour rentrer chez lui.

Valérie accepta et, pendant qu'elle fermait, Mathieu fit un tour rapide de la boutique. Il s'attarda devant un petit présentoir de vêtements de maternité. Valérie l'y rejoignit. Elle remarqua la tristesse qui s'était installée dans ses yeux.

— Rosie me manque à moi aussi, Mathieu. Je pense à elle tous les jours.

— Elle serait fière de Sandrine, aujourd'hui.

— Elle l'est. Et elle est fière de toi, Mathieu.

Il se secoua, sourit, reconnut que le moment était mal choisi pour s'attrister alors qu'il était en si agréable compagnie.

Valérie posa sa main sur le bras de Mathieu, ce qui n'était pas sans lui plaire. Elle lui demanda franchement s'il prenait pour elle ou pour son mari dans leur séparation qui était évidente. Bien qu'elle connaisse les sentiments qu'il éprouvait pour elle et pour Christopher, elle avait toutefois l'impression qu'un de ses grands complices fraternisait avec l'ennemi. Elle lui demanda donc de lui promettre d'être discret sur ce qui se passait entre eux deux.

Mathieu rétorqua qu'il n'approuvait pas l'attitude de Christopher et qu'il désirait qu'il soit juste envers elle : il était donc davantage de son côté à elle. Il l'assura ensuite de faire preuve de jugement et d'un peu d'intelligence dans ses relations avec eux deux. Il savait faire la part des choses et il ne cachait ni à l'un, ni à l'autre, ce qu'il ressentait pour l'autre.

— Ta réponse me satisfait.

— Allez, viens ! Je me sens comme un petit garçon qui fugue et qui s'apprête à vivre l'aventure de sa vie !

— Tout ça pour un repas avec *moi* ?

— Avec *toi* plus qu'avec n'importe qui, ma belle Valérie ! Prête ?

Il la prit par la main et l'entraîna, presque en courant, hors de la boutique.

Tout respirait l'aisance matérielle chez Mathieu, même s'il ne le cherchait pas : la belle maison, la voiture de luxe, les vacances et les repas au restaurant qu'il pouvait s'offrir sans trop y réfléchir... Valérie et lui vivaient dans des mondes différents. Cela pourrait-il affecter la relation entre les fillettes un jour ?

— J'ai peur de me faire terriblement mal, ce soir, Mathieu. Je n'arrive pas encore à croire que je vais me séparer de mon mari, qu'il n'a absolument rien fait pour tenter de me retenir et que nous allons tranquillement discuter de pension alimentaire et du partage de la maison !

— Je vais penser à toi très fort.

Il lui serra la main pendant quelques secondes.

Rémy était arrivé chez son copain une demi-heure après son retour des Laurentides. Heureux de cette diversion, Christopher l'avait invité. Ils avaient pris une bière devant un match de la finale de la coupe Stanley. Au départ du journaliste, vers deux heures du matin, Valérie dormait depuis longtemps.

10

Rémy était heureux de recevoir ses vieux copains chez lui. Bien sûr, il ne préparerait pas le repas lui-même. Il ne savait rien faire, à part ouvrir des boîtes de conserve.

Ne manquait plus que le vin pour le repas et la bière en quantité suffisante pour la soirée.

Il prit sa voiture pour se rendre à ce petit magasin où il allait toujours, à quelques rues de chez lui : ce n'était pas par fainéantise, mais en prévision des stocks qu'il devrait ramener.

Son instinct de journaliste fut en alerte dès qu'il s'approcha de la porte du magasin. Quelque chose n'allait pas dans le commerce de M. Chinois. C'est ainsi qu'il surnommait le propriétaire qu'il connaissait depuis au moins dix ans et qui, malheureusement pour lui, possédait un nom imprononçable.

Tout se confirma dès qu'il ouvrit la porte. Une femme hurlait, suffisamment fort pour empêcher Rémy de s'entendre penser.

Alarmé, il s'approcha d'elle, craignant de découvrir la raison d'un tel effroi.

Il s'arrêta net et eut instantanément la nausée. Le tableau qu'offrait le corps de l'employé de M. Chinois était d'une horreur indescriptible. Le jeune homme avait été égorgé, la tête était presque entièrement détachée du corps. Il fallut plusieurs secondes avant que Rémy ne retrouve ses esprits. En tant que reporter, il en avait pourtant vu d'autres et aurait dû savoir comment réagir.

Il éloigna la dame de quelques pas. Elle ne hurlait plus depuis qu'il était arrivé mais elle était livide. Il hésita entre utiliser le téléphone du commerce ou son cellulaire pour prévenir la police. Il n'avait pas de gants, objets indispensables pour ne pas souiller le premier, et il risquait d'être entendu des chaînes de télévision concurrentes avec son cellulaire. Et tant qu'à être sur les lieux, il voulait avoir l'exclusivité pour la Chaîne nationale d'informations ! Il renonça à vérifier le pouls de la victime, comme il l'aurait fait normalement en de pareilles circonstances et composa le numéro du poste de police sur son téléphone portable.

Il exposa la situation en ne précisant pas qu'il était journaliste. Dès qu'il eut terminé la communication, il se hâta d'appeler sa station et de demander un cameraman et un journaliste en service. L'histoire serait intéressante à raconter ! Cela signifiait, toutefois, qu'il serait un témoin pour la police et devrait probablement subir différents interrogatoires. Qui sait s'il n'aurait pas aussi à témoigner lorsque les suspects seraient arrêtés et subiraient leur procès.

— Calmez-vous, madame. La police sera bientôt ici. Calmez-vous. Comment vous appelez-vous ?

La dame était incapable de lui répondre. Elle devrait probablement faire un séjour à l'hôpital, où elle serait soignée pour un violent choc nerveux, avant de pouvoir être interrogée. Lui aussi devrait d'ailleurs subir un interrogatoire même s'il n'avait pas été un témoin oculaire du meurtre. « Oh, là, là, dans quel bourbier me suis-je mis les pieds ? » se demanda-t-il, découragé.

Christopher arriva le premier chez Rémy, Benjamin et Mathieu le suivirent de peu. En constatant que leur ami n'était pas chez lui, ils blaguèrent. Ils étaient habitués à ses absences et à ses retards qu'il expliquait généralement par son métier ou, plus rarement, par une conquête de dernière seconde, alors qu'il craignait de manquer sa chance s'il remettait le rendez-vous.

Pendant quinze minutes, assis devant la porte du condo de leur ami, les trois copains se racontèrent des anecdotes et s'amusèrent. Christopher fut le premier à protester devant l'attente qui se prolongeait. Il se mourait de faim. Depuis son retour, Valérie faisait la grève de la cuisine et il n'avait pas mangé grand-chose de bon. Et s'ils allaient souper dans ce petit bistro qu'ils fréquentaient depuis dix ans ? L'ambiance y était agréable, la musique bonne, la nourriture délicieuse et ils connaissaient la plupart des serveuses. Un des serveurs, René, était même un ancien confrère de classe. Ils l'appréciaient plus ou moins, cependant.

Entre les questions de sa collègue journaliste et celles de la police, Rémy en eut vite assez. Pourtant, il ne pouvait pas s'en aller et encore moins diriger l'entrevue à sa guise. Il était témoin et, tant que la famille et l'employeur de la victime ne seraient pas avisés, il devait faire bien attention aux renseignements qu'il donnait à sa consœur, celle qui aurait la chance de faire un reportage sur cette histoire. Rémy refusa de parler aux autres médias. Quant à la femme, elle avait été transportée à l'hôpital par les ambulanciers.

Soudain, Rémy se rappela son souper. Dix-neuf heures ! Les gars ne devaient plus l'attendre devant sa porte mais il devait quand même tenter de les joindre. Il prit son téléphone et chercha, dans le répertoire, le numéro d'un des deux cellulaires, celui de Benjamin ou celui de Mathieu. « Vive l'ère de la technologie avancée », souffla-t-il à sa collègue. Deux sonneries se firent entendre avant que Mathieu ne réponde.

Après avoir écouté les brèves excuses et les explications de Rémy, Mathieu lui apprit qu'ils se trouvaient au restaurant *L'Express*. Ils l'attendraient le temps qu'il faudrait.

Soulagé, le journaliste rangea son Fidèle. C'était ainsi qu'il nommait son téléphone portatif, indispensable à sa vie, précisant du même coup qu'il était la seule chose à laquelle il était fidèle... Quelle ne fut pas sa surprise de se retrouver nez à nez avec Andréanne, la plus jolie brunette parmi toutes ses collègues de travail.

— Si on a vite appris que tu étais dans un état dépressif, il y a quelques jours, on a vite su, aujourd'hui, que tu avais découvert un meurtre ! Je suis venue t'offrir de relaxer chez moi, ce soir... Un bon bain chaud, un verre bien tassé... Qu'en dis-tu ?

Il regretta de devoir décliner l'offre, mais lui laissa entendre que le lendemain, si l'invitation tenait toujours... Andréanne accepta volontiers et Rémy la remercia de sa bienveillance par un baiser.

Quelques minutes plus tard, un enquêteur prévint Rémy qu'il pouvait quitter les lieux du crime, à condition de demeurer disponible s'ils avaient d'autres questions à lui poser.

À la fois soulagé et dégoûté, il se hâta de retrouver ses amis au restaurant. Une ambiance de fête régnait à leur table. Il n'eut pas le temps de s'asseoir que leur ancien condisciple, devenu serveur, lui apportait une bière.

— On se doutait que tu en aurais besoin, alors, on a demandé à René de surveiller ton arrivée, annonça Mathieu. Tu es blanc comme un drap, Rémy. Est-ce que ça va ?

— Je suis mort de faim, je n'ai rien avalé depuis mes rôties de ce matin. Voulez-vous que je vous donne des détails sur ce qui s'est passé ?

Benjamin et Christopher en eurent vite assez ; Mathieu, lui, était plus intéressé. Le médecin remarqua que les deux hommes étaient devenus verts, tandis que Rémy avait repris quelques couleurs.

— Je n'ai rien pu acheter à boire et il ne me reste que deux cigarettes..., soupira Rémy en guise de conclusion.

— Nous n'aurons pas besoin de boire si nous allons chez toi ensuite, décréta Benjamin. De toute façon, je ne veux pas rentrer trop tard, ce soir.

— Je sais, dit Rémy avec un sourire moqueur. En vieillissant, tu deviens presque aussi sage que notre petit veuf !

— Nous sommes trois hommes casés, sérieux, Rémy. Nous ne pouvons pas, comme toi, fêter, veiller, boire, rentrer à n'importe quelle heure !

— C'est vrai pour toi, Benjamin. Mais Christopher a une maîtresse au travail, ce qui représente dix mois sur douze, et Mathieu vit sa vie de petit veuf solitaire depuis sept ans !

— Valérie vous a parlé de ses présomptions ? À vous tous ?

— J'ai été la voir après la prise d'otages, elle était drôlement secouée par cette nouvelle, avoua Rémy.

— Valérie et moi, on se voit si souvent..., ajouta Mathieu.

— Eh bien ! Moi, je ne sais rien, déclara Benjamin en se grattant la tête.

Rémy fit signe à René et lui commanda un plat pour apporter. Il avait envie de terminer la soirée chez lui plutôt qu'au bistro.

— Je vais prendre un *hamburger steak*, viande bien saignante... Avec plusieurs enveloppes de ketchup...

Déconcertés, les trois amis le dévisagèrent. Rémy les regarda tour à tour. En posant ses yeux sur Benjamin, le plus sensible et le moins habitué des quatre à la mort, il ne put s'empêcher d'éclater de rire. René se dandina un instant, façon d'indiquer qu'il avait autre chose à faire.

— Désolé, René. Je vais me contenter d'une petite pizza végétarienne. Surtout pas de *pepperoni* !

Rémy avoua rire de la situation uniquement pour tenter de la dédramatiser.

— Un pauvre employé a été tué et je ne sais pas ce qu'il adviendra du commerce de M. Chinois. Pauvre homme. Je l'aime beaucoup. Il m'a rendu bien des services depuis que je le connais.

— Il n'était pas arrivé lorsque tu es parti ?

— Non. Je crois qu'il va de temps en temps chez une de ses filles qui habite à l'extérieur de Montréal.

Aussitôt la pizza servie, Benjamin régla l'addition et ils quittèrent le restaurant. À peine étaient-ils arrivés chez Rémy que celui-ci invita ses amis à faire comme chez eux tandis qu'il s'attablait.

Christopher raconta sa version des faits sans oublier le moindre détail. Il se plut à imaginer la réaction de ses trois amis. Mathieu, puritain, serait outré. Benjamin, fidèle et un tantinet snob, serait scandalisé. Seul Rémy, avec son esprit ouvert et les nombreuses aventures qu'il avait lui-même, le comprendrait.

Pourtant, Rémy ne le trouva pas correct. Christopher n'aimait plus Valérie et il savait depuis longtemps que son couple était voué à l'échec : il aurait dû avoir le courage de le lui dire bien avant ! Sa femme perdait ses plus belles années à attendre un gars qui s'envoyait en l'air, dans le fond d'un quelconque désert !

Christopher s'indigna :

— Regardez qui parle ! S'envoyer en l'air, tu connais ça, non ?

— Oui, mais je ne promets rien à personne ! Je suis libre comme l'air, Christopher. Pendant les deux années où tu as couché avec cette fille, dis-moi où tu avais la tête. Et la conscience avec ça ? Il ne s'agissait pas d'une aventure quelconque, comme un gars qui s'invente une réunion après le travail ou après le souper. Pendant tes petits congés, tu ne t'occupais même pas de ta femme, tu avoues aussi que tu ne lui offrais pas une vie sexuelle satisfaisante... Ce n'est pas une vie pour l'être humain qu'est ton épouse !

— Tu ne mènes pas une vie rangée et tu as sûrement déjà dû décevoir des femmes !

— Aucune n'attend mon coup de fil depuis deux ans, Christopher. Et toi, Benjamin, qu'en dis-tu ? Tu sembles absent. Agis-tu de la même façon avec ta femme ?

— Pas du tout. Je suis heureux et comblé avec Geneviève : je ne veux pas d'aventures. Je m'interrogeais. Qu'est-ce que j'aurais fait à la place de Chris ?

— Pour ma part, à la place de Valérie, je te couperais la tête, Christopher, et je l'enterrerais dans le jardin. Dans mille ans, elle pourrait faire la joie d'autres archéologues, décréta Mathieu.

— C'est fou comme je me sens apprécié par mes amis !

Christopher était tellement surpris de la réaction de Rémy ! « Peut-être qu'il est encore ému par ce qu'il a vécu tout à l'heure... », se dit-il. L'attitude de Mathieu ne le trompait pas vraiment, mais celle de Benjamin avait aussi quelque chose de déconcertant. Qu'il trouve Judith changée à chacune de ses visites, c'était normal, mais pas ces trois adultes !

— Qu'est-ce que je fais, maintenant ?

— Tu t'excuses, vous divorcez, tu lui laisses la paix et une partie de ton salaire, tu t'occupes de ta fille une semaine sur deux, mais de façon intensive, chaque fois que tu viens en congé.

L'énumération de Rémy semblait juste. Mathieu ajouta qu'il devrait faire très attention pour ne pas briser l'équilibre de Judith lorsqu'il viendrait. Il connaissait si bien la petite fille qu'il pouvait lui affirmer qu'elle était troublée chaque fois qu'elle le voyait. Christopher sembla navré quand Mathieu lui expliqua qu'en temps normal, Judith parlait de son père sur le même ton que Sandrine parlait de sa mère.

— C'est toi qui as choisi ça, Chris. Personne ne t'oblige à partir.

Christopher observa Mathieu avec un brin de défi dans le regard.

— Je vais partir, revenir et repartir encore. Jusqu'à ma retraite. Tout le monde doit se faire à cette idée, Judith y compris.

Mathieu et Christopher quittèrent la soirée contrariés, presque fâchés l'un contre l'autre. Le médecin avait aussi été étonné, mais bien content, de l'attitude de Rémy envers Valérie. Le journaliste se responsabilisait-il peu à peu ?

En rentrant chez lui, Benjamin réfléchissait et se savait un homme chanceux. Son entreprise fonctionnait à merveille. Sa femme et ses enfants allaient bien, il en était fier. Homme angoissé, tourmenté, l'homme d'affaires craignait constamment que son bonheur ne s'écroule.

Il embrassa ses enfants, qui dormaient comme des anges. Ils étaient si beaux !

En se glissant dans son lit, près du corps de sa femme, Benjamin se répéta, encore et encore, combien il avait de la chance...

11

Une dernière poignée de main et Benjamin ferma la porte de son bureau. Il aurait aimé pousser un grand cri de joie. La fierté le rendait resplendissant. Parti de presque rien, ce petit gars devenait, peu à peu, un homme d'affaires renommé et respecté. Ce contrat allait encore solidifier sa réputation.

Benjamin regarda la photo de sa femme et de ses deux enfants, sur son bureau.

Il quitta l'usine vers dix-sept heures, bien décidé à profiter de ses enfants, pour une fois. Rien ne lui faisait plus plaisir que de partager leur quotidien. Laver leur petite figure après le repas, leur montrer à tenir un crayon, à tracer les lettres de leur prénom, leur donner le bain et les aider à se mettre en pyjama l'enchantaient. Malheureusement, sa charge de travail et ses lourdes responsabilités ne lui donnaient pas l'occasion de le faire souvent.

Pendant l'été, il s'était promis de prendre de vraies vacances. Il voulait emmener sa famille à Euro-Disney, question de mettre le plus de distance possible entre lui et son travail. L'émerveillement des enfants devant le monde de

Mickey Mouse et dans les manèges l'épanouirait et le reposerait davantage que des vacances à la mer, où ses pensées seraient davantage tournées vers son usine que vers la beauté de l'océan.

Leila, l'aînée, était un petit être merveilleux, dont le caractère était un superbe mélange de celui de sa mère et celui de son père. Physiquement, elle ressemblait à sa mère : le même visage ovale, le teint pâle, les cheveux bruns souvent retenus par une couette. Mais contrairement à sa mère, Leila préférait les tresses ! Elle démontrait déjà un grand instinct maternel de par le temps et l'énergie qu'elle consacrait à son jeune frère et à toutes ses poupées. Et, tout comme son père, elle ne supportait pas le désordre. « Chaque chose à sa place » semblait être sa devise. Elle savait déjà se brosser les cheveux, qu'elle portait mi-longs, et connaissait les règles de politesse. Elle avait hâte de grandir, elle qui était toute menue, de pouvoir aller à l'école pour apprendre plein de choses. Elle avait une soif de découvrir prodigieuse. Elle possédait aussi la douceur et la sensibilité de sa mère.

Louis n'avait que deux ans et Benjamin avait encore du mal à le cerner. S'il tenait un trait de caractère de son père, c'était son amour pour les grandes choses. Louis était fasciné par tout ce qui était grand ou gros : les camions, les arbres, les constructions qu'il tentait de faire avec ses blocs. Aller faire un tour dans l'usine de son père était pour lui une véritable récompense : il y voyait une multitude de grosses machines qui faisaient beaucoup de bruit. Physiquement, Louis ressemblait à son père : les mêmes cheveux châtains, les mêmes yeux bleus, le même petit nez droit, le même sourire pétillant... lorsqu'il souriait. Car, comme son père, Louis était un enfant sérieux. Il adorait déjà les jeux d'ordinateur et Benjamin s'amusait à observer ses longs doigts courir sur le clavier ou manier la souris. Un autre trait qu'il tenait de son père !

Geneviève, issue de la classe moyenne, était la femme idéale pour l'homme d'affaires qu'était Benjamin. Belle, affable, réservée, elle parlait quatre langues et elle rayonnait depuis ses maternités. Elle n'était pas comme quelques-unes de ces épouses d'hommes d'affaires que Benjamin côtoyait depuis des années, tristes, hautaines, prises dans un étau qui les étouffait. Benjamin retrouvait toujours, sans exception, sa maison propre et bien rangée, ses enfants épanouis, sa femme de bonne humeur et souriante. Combien de ses connaissances avaient cette chance ?

Combien de temps allait durer ce bonheur, cette paix ? Geneviève resterait-elle toujours une épouse et une maman dévouées ? Voudrait-elle voler de ses propres ailes, quitter la maison, travailler, s'impliquer dans mille organismes de bénévolat, tel que l'avait fait la mère de Mathieu après un certain nombre d'années de mariage et plusieurs grossesses ? Benjamin aurait voulu la garder telle quelle.

Geneviève connaissait bien son mari. Elle savait ce qu'il attendait de la vie. Et d'elle. Benjamin était convaincu qu'elle saurait tenir son rôle jusqu'au bout et qu'elle y trouverait son compte, tout comme lui.

Détail fort important : ils s'aimaient sincèrement.

Toutefois, Benjamin sentait de légères tensions dans leur couple depuis quelques mois. Sa femme ne disait rien de concret mais il savait quel était le problème : il n'était pas assez à la maison. Une fois ou deux, il n'avait trouvé aucune assiette à réchauffer lorsqu'il était rentré après vingt-deux heures. Elle attendait de moins en moins son coup de téléphone avant de commencer à souper avec les enfants. Elle ne faisait pratiquement plus d'efforts pour planifier des sorties de couple, qu'il s'agisse d'un simple repas au restaurant ou d'une sortie au cinéma. Benjamin reconnaissait en être le responsable, mais il ignorait comment faire pour travailler moins.

Benjamin trouva son épouse dans la cuisine. Elle surveillait la cuisson d'un poulet. Elle était plus belle et plus resplendissante que jamais, lui sembla-t-il. Il entendait les enfants s'amuser à l'étage supérieur.

Il lui annonça avoir signé ce gros contrat dont il lui avait déjà parlé. Cela signifiait une dizaine de millions de dollars sur quatre ans et une quinzaine d'emplois supplémentaires ! Un de ses hommes de confiance, Louis Therrien, le directeur des ressources humaines, commencerait la recherche des nouveaux travailleurs dès le lendemain matin. C'était urgent. Quinze emplois permanents, des postes bien rémunérés, ce n'était pas rien !

— Wow ! Félicitations, mon amour. Il faudrait fêter ça, ce soir. Veux-tu que j'ouvre une bonne bouteille de vin ?

— Je veux seulement profiter de toi et des enfants.

— Tu sais, Benjamin, moi aussi j'ai une bonne nouvelle à t'apprendre. Je préférerais, cependant, attendre que les petits soient couchés. Qu'en penses-tu ?

— C'est ta nouvelle, c'est toi qui décides, mon amour ! Tu ne m'embrasses pas ?

Ils échangèrent un baiser passionné, puis Geneviève retourna à la cuisson du poulet.

Soudain, ce fut une véritable tornade dans l'escalier. Les deux bambins dévalaient l'escalier à toute vitesse. Ils se jetèrent contre les jambes de leur père dans un concert de cris de joie. Benjamin les trouvait si beaux. Il ne pouvait pas imaginer la vie sans eux. À quoi bon travailler comme un fanatique s'il n'avait personne à qui transmettre son héritage ? Leur sourire valait des millions.

— Lavez-vous les mains, les enfants, nous passons à table dans quelques minutes ! promit Geneviève.

Ils coururent à la salle de bains. Leila ouvrit le robinet pour son petit frère. L'entraide et l'esprit de famille étaient des valeurs primordiales chez Geneviève et elle les enseignait à leurs enfants.

— Je suis vraiment un homme heureux, ce soir. Une usine qui ne cesse de croître et une famille que j'adore...

— Oui, tu es un homme chanceux !

Geneviève et Benjamin s'embrassèrent de nouveau, jusqu'au moment où de petits rires fusèrent à côté d'eux.

— Des amoureux ! lança Leila de sa petite voix chantante. Deux amoureux !

— Il faut être amoureux pour faire de beaux bébés comme vous deux, répondit Benjamin en les prenant dans ses bras. Tu t'en souviens, Leila ? Papa t'a déjà tout expliqué sur ce sujet.

— Je sais. Je n'oublie pas, moi !

Geneviève était habituée de voir son mari souper dans le calme, le mutisme. Elle croyait qu'il avait besoin d'une transition entre le bureau et chez lui, et le repas lui servait généralement de moment de détende, d'oubli. Il était de meilleure humeur en sortant de table, que les enfants soient déjà couchés ou non. Ce soir-là, c'était à peine s'il ne chantait pas entre chaque bouchée. Elle trouvait l'ambiance fantastique. Seul problème, les enfants bavardaient et riaient tellement qu'ils en oubliaient de manger.

Vers vingt heures, Leila et son petit frère dormaient à poings fermés.

Dans le salon, Geneviève alluma quelques bougies, tamisa l'éclairage et alla s'asseoir sur les genoux de son mari. Il était temps de lui annoncer sa bonne nouvelle.

— Je suis enceinte d'un mois, déjà...

— Merveilleux !

Benjamin la souleva, la fit tournoyer. Elle riait de son plus beau rire. Lorsqu'il la déposa sur le divan, alors qu'il était penché au-dessus d'elle, Geneviève remarqua qu'il avait les larmes aux yeux.

— Tu es vraiment heureux, Benjamin ? Une grossesse n'était pas prévue... Pas tout de suite, du moins.

— Je suis enchanté. Nous en voulions un troisième, alors, pourquoi pas maintenant ? Je suis le plus comblé des hommes, ma belle Geneviève.

Benjamin s'endormit en serrant sa femme contre lui. Pour une rare fois, il avait oublié son usine pendant toute une soirée...

12

Christopher ne se sentait pas très fier de lui. Valérie pleurait doucement, assise à deux mètres de lui, et il était incapable de la consoler. Il ne pouvait rien faire, rien dire, il devait attendre qu'elle se calme et qu'elle lui adresse la parole.

Il avait décidé de lui avouer que sa liaison avec Érika ne datait que de quelques mois. Savoir que cela faisait déjà deux ans qu'il partageait le lit d'une autre femme ne pouvait servir qu'à lui faire plus de mal encore. Il avait bien précisé qu'il n'aimait pas particulièrement l'archéologue. Celle-ci lui avait avoué son attirance pour lui après quelques mois de collaboration. Elle était là, disponible, ils partageaient la même passion, la même façon de voir leur métier, elle ne lui demandait rien en retour... C'était si simple. Christopher avait succombé. Par la suite, il essayait de penser le moins possible et d'éviter les grands questionnements.

Valérie ne leva pas les yeux pour lui demander comment il envisageait leur divorce.

Elle fut surprise de sa générosité, du moins du côté monétaire. Pour Judith, elle s'attendait à moins. Elle avait même craint qu'il veuille s'effacer de sa vie. Elle fut étonnée de sa proposition de la prendre avec lui pendant toute une semaine, à chacune de ses visites. Elle désirait toutefois qu'il ne devienne pas un père fantôme qui la couvrirait de permissions et de cadeaux chaque fois qu'il reviendrait.

— Nous pourrons certainement trouver une façon pour que je ne devienne pas ce père fantôme... Ou du moins, pour que cela n'ait pas de conséquences directes sur l'éducation que tu lui donnes. Je suis vraiment désolé, Valérie. Si j'avais su que je serais un aussi mauvais mari, je ne t'aurais pas épousée. Malgré tout mon amour pour toi et les très beaux moments que nous avons partagés...

Il fallait qu'elle reste sourde à de tels commentaires, qu'elle évite de penser au passé.

— Est-ce que tu te loueras un appartement ?

— Je ne sais pas encore. Je louerai peut-être seulement une chambre d'hôtel. Je dois réfléchir à plusieurs choses. Je passe tant de temps dans les hôtels et c'est si impersonnel...

— Tu ne demeureras pas ici lorsque tu reviendras, Christopher. Va pour cette fois, mais pas question que ça devienne une habitude.

— Je n'espérais pas une pareille invitation.

— S'il te plaît, fais-toi discret pour ce soir. J'en ai assez entendu.

Ne sachant que répondre, il descendit au sous-sol avec un nouveau bouquin sur l'archéologie. Somme toute, il était assez satisfait du déroulement de la conversation.

13

— Salut.

— Bonsoir, Mathieu. Je suis venue embrasser Judith, même si elle dort. Et peut-être prendre un jus avec toi... Tu vois, je n'aime pas rentrer à la maison quand Christopher est là. Est-ce que je te dérange ? Tu ne sembles pas très heureux de me voir. Si je t'ennuie, je vais juste embrasser la petite et je vais partir...

— Tu ne me déranges pas. Tu peux aller voir Judith, mais elle dort dans le lit du haut. Tu risques de les réveiller, si tu montes.

— Je vais juste lui jeter un petit coup d'œil, dans ce cas.

Après avoir contemplé sa fille, Valérie trouva Mathieu au salon, une bière à la main. Deux verres traînaient sur la table, près de lui. Elle en fut déconcertée. Mathieu buvait peu et juste en des occasions spéciales. Alors pourquoi buvait-il en ce jeudi soir, alors qu'il travaillait le lendemain ? Elle le soupçonna même d'être déjà un peu ivre. Ses yeux étaient tristes et vitreux, ses cheveux décoiffés, sa peau assombrie d'une barbe. Rarement Valérie l'avait-elle vu aussi désabusé, depuis quelques années.

— Comment te sens-tu, Mathieu ?

— Triste.

— Veux-tu m'en expliquer les raisons ?

— Je suis triste.

— Je sais, mais pourquoi ?

— Parce que je suis triste.

— Explique-moi, Mathieu.

Valérie savait être patiente comme un ange, en cas de besoin. Normalement, elle était pourtant une femme pressée.

— Geneviève est enceinte. Benjamin nous l'a dit hier.

— Christopher me l'a appris. Ça me semble une bonne nouvelle. Tu n'es pas d'accord ? Est-ce que Geneviève risquerait un problème de santé ?

Valérie s'alarma. S'il fallait...

— Non. Je ne suis pas un médecin de famille.

— Alors, pourquoi es-tu attristé par cette grossesse ?

— Parce que je suis jaloux. Pas jaloux. Benjamin est mon ami et je suis heureux pour lui. Je les envie.

— Je sais que tu aurais aimé avoir un autre enfant...

Il avala une grande gorgée de bière. Valérie déployait des trésors de patience pour tenter de le faire parler.

— Le plaisir de tenir un bébé bien à soi dans ses bras, d'être avec son enfant et son amoureuse, tu as connu ça, tout comme Benjamin, Geneviève et Christopher. Pas moi : je n'ai jamais pu vivre ça...

— Je ne comprends pas vraiment ce que tu veux dire, Mathieu...

Il s'anima soudain. Ses yeux brillaient comme deux diamants magnifiques. Valérie comprit alors comment l'alcool avait agi sur lui : il lui avait enlevé toutes ses inhibitions. Ses émotions étaient mises à nu devant elle.

Valérie connaissait les sensations auxquelles il faisait référence. Le moment où un parent prend son bébé dans ses bras pour la première fois, quand le gynécologue ou le papa remet à la maman ce si petit bébé... C'était le moment où une femme se disait que ça valait la peine de le porter pendant neuf mois, de subir toute la douleur de l'accouchement.

À ce moment-là, les parents rêvent de tant de choses pour leur enfant ! Ils veulent qu'il grandisse beau, intelligent et en santé, qu'il atteigne tous ses objectifs, ils désirent lui donner le meilleur d'eux-mêmes, lui apporter tout ce dont il a besoin...

— Cet instant-là, avec un petit bébé bien à toi dans les bras, c'est magique, c'est le plus beau moment de toute une vie !

La voix de Mathieu fut brisée par un sanglot. Il le ravala et s'essuya les yeux. Valérie reconnaissait qu'il avait raison. Elle avait vécu un moment indescriptible, Judith sur sa poitrine, Christopher à côté d'elle. Son mari était alors sincère, heureux d'avoir un enfant.

— Pendant la grossesse de Rosie, j'avais tellement hâte à l'accouchement ! Je lui avais juré que, quitte à couler mon internat, je quitterais n'importe quelle situation pour être auprès d'elle. J'étais à la maison, avec elle, quand le travail a commencé. Par chance...

Il la revoyait encore, aussi précisément que si la tragédie s'était produite la veille. L'hémorragie, la peur, la panique, les larmes, l'ambulance, le gynécologue, le chirurgien qui les attendait à l'urgence, les derniers mots qu'il avait soufflés à l'oreille de sa femme pour l'encourager avant que les médecins ne la lui enlèvent pour pratiquer une césarienne urgente... Quelques minutes plus tard, une infirmière sortait en courant, un bébé dans les bras : direction les soins intensifs néonatals. Puis, le cauchemar en voyant l'équipe de réanimation pénétrer dans la salle où se trouvait Rosie. Plus tard, il ne savait pas dire combien de temps plus tard, le vieux gynécologue qui venait vers lui, le visage défait. Dès les premiers mots qu'il prononça, Mathieu comprit ce qui était arrivé :

« Tu es médecin, Mathieu. Tu sais qu'il se présente parfois des cas tragiques sur lesquels on perd rapidement le contrôle et qui nous déchirent en tant qu'êtres humains... »

Puis il avait ajouté trois mots, juste trois mots, qui avaient détruit une partie de Mathieu à jamais :

« Rosie est morte. »

Mathieu était auprès de sa fille dans l'heure suivante, mais plus rien n'était pareil. Sa vie et ses rêves s'étaient brisés. En se regardant dans le miroir, quelques heures après l'horrible nouvelle, Mathieu l'avait vu cassé, brisé en mille morceaux, irréparable, comme si une pierre, projetée de toutes les forces de Dieu, l'avait brisé. Il avait alors compris que ce n'était pas le miroir, mais bien le reflet de sa vie...

En sortant de la salle de bains, Christopher et Valérie, eux-mêmes parents d'une petite fille depuis quelques mois, étaient là. Et Valérie lui avait fait la promesse de s'occuper de Sandrine comme si elle avait été sa propre fille...

— Quoique ma présence n'ait rien changé, murmura-t-il alors que des larmes coulaient sur ses joues, ce moment de bonheur auquel j'ai tant rêvé, je ne l'ai jamais connu, Valérie. Rosie non plus. Je n'ai pas pu célébrer l'arrivée de la vie, comme toi et Christopher, comme Benjamin et Geneviève, j'ai dû supporter la mort... J'ai déjà accouché des femmes à l'urgence et, chaque fois que tout se passe bien, j'ai envie de hurler : « POURQUOI MOI ? » Qu'est-ce que j'avais fait de si mal pour vivre un tel cauchemar ? J'aimais Rosie, sois-en certaine, mais elle n'avait pas le droit de mourir ce jour-là ! Te rends-tu compte, la naissance de Sandrine devait être le plus beau jour de toute ma vie. Pourtant, quand je lui offre ses cadeaux, je vis également l'anniversaire du plus terrible événement que j'ai vécu dans mes trente-deux années d'existence ! Rosie aurait pu mourir d'un anévrisme, d'un accident de voiture, de n'importe quoi, mais pas en mettant notre fille au monde !

Valérie avait également revécu les souvenirs de cette atroce nuit. La nuance entre le blanc et le noir était inexistante en ce jour d'anniversaire de Sandrine. Les deux états les plus extrêmes s'étaient présentés en l'espace de quelques minutes : la vie et la mort. En tant qu'amie de Mathieu et de Rosie, elle avait trouvé la situation intolérable. Inutile d'imaginer quelles émotions avaient alors, et aujourd'hui encore, habité Mathieu.

Elle se pencha et lui prit la main. Il se défit de son emprise, se leva maladroitement. Il se moucha, alla chercher une nouvelle bière et se laissa de nouveau tomber dans son fauteuil. Il semblait aller mieux, mais Valérie se doutait que la crise n'était pas entièrement passée.

— Je ne vivrai jamais ce moment dont j'ai tant rêvé. Il y a des événements de la vie qui nous le rappellent cruellement. Pauvre Benjamin, il ne se doute pas combien il m'a brisé le cœur, hier soir...

— Tu peux avoir d'autres enfants, Mathieu. Il n'est pas trop tard.

— Non. Je suis déjà vieux, jamais je ne pourrai trouver une mère. Une femme qui accepterait que je travaille fort et que j'aie déjà une famille. Il faudrait que Sandrine l'aime et qu'elle aime Sandrine. C'est impossible. Je ne veux pas avoir un enfant à quarante-cinq ans et mourir alors qu'il aura encore besoin de moi !

— Tu as vraiment trop bu, Mathieu. Tu vois tout en noir. Demain, tu iras mieux.

— C'est dommage que tu sois la femme de mon meilleur ami, Valérie. Toi, tu m'aurais plu. J'aime ta fille et tu aimes la mienne. Ce serait déjà une bonne base pour débuter notre relation.

Valérie le dévisagea, cherchant à savoir s'il était sérieux. Il ne la regardait pas.

— Voyons, Mathieu. Nous sommes amis depuis si longtemps, ce serait impossible de nous aimer normalement, comme un vrai couple. Tu le sais bien.

— Es-tu si sûre de ce que tu dis ?

— Pour sortir avec quelqu'un, il faut en être vraiment amoureux. Ce n'est pas suffisant que nos enfants s'entendent bien.

— Il ne me manque pas grand-chose pour être amoureux de toi... Je pense qu'il ne me manque qu'un signe de ta part...

— Allons, allons, Mathieu. Tu devrais aller te coucher. Ce soir, tu dis n'importe quoi.

— Me coucher...

Il sembla méditer sur cette idée quelques instants.

— Oui, tu as raison. Bonne nuit. Dans l'entrée, prends le porte-clés de Tweety pour fermer la porte à clé. Non, non... Je veux que tu viennes me border, Valérie.

— Te border ? C'est d'accord. Prépare-toi et j'irai te donner une bise. Veux-tu que je reste ici cette nuit ?

— Non. Je saurai m'occuper des filles, comme toujours, n'aie crainte.

— Je viendrai tôt demain matin, avant même que les filles ne se réveillent.

— Comme tu veux.

Elle alla le retrouver dans sa chambre, la couverture remontée jusqu'au menton. Il avait son regard le plus charmeur.

— Bonne nuit...

Il tendit la main et lui caressa doucement la joue. Une seconde, le temps qu'un long frisson parcourt son corps, Valérie ferma les yeux. Quand elle les rouvrit, elle vit combien il avait raison. Ils formeraient un couple idéal. Mais elle était une femme mariée, et avec son meilleur ami en plus.

— Dors bien, Mathieu. Ça ira mieux demain.

— Merci. Bonne nuit, Valérie.

Troublée, elle s'empressa de quitter la chambre.

14

Valérie entendit sonner le cadran de Mathieu un bon moment avant qu'il ne se lève. Elle profita du fait qu'il s'était enfermé dans la salle de bains pour aller réveiller les filles. Celles-ci s'éveillèrent dans le temps de le dire, sautèrent en bas du lit et, sous les conseils de Valérie, s'habillèrent sur-le-champ. Avant le coucher, Mathieu leur faisait toujours choisir leurs vêtements qu'elles plaçaient sur un valet de nuit.

— Déjà réveillées, les filles ? Vous êtes trop vite pour moi. La salle de bains est libre.

Déroutées, les deux petites restèrent sans mots. Elles avaient rarement vu Mathieu dans un si piteux état. La barbe longue, les cheveux dans tous les sens, les yeux fatigués ; il faisait pitié. Il mangea sans grande conviction l'œuf que lui avait préparé Valérie et quitta la maison vers sept heures quinze, avouant qu'il ignorait s'il allait résister toute la journée à la fatigue.

Vers dix heures, il demanda à ce qu'on le remplace. Le café avait fait son effet mais Mathieu reconnaissait qu'il avait l'estomac à l'envers et qu'il n'était pas dans un état pour soigner des gens. Une heure trente plus tard, il était à la boutique de Valérie. Ses idées étant plus claires que celles du matin, il voulait à tout prix lui parler avant de rentrer dormir. Il l'invita à manger et elle accepta de laisser la boutique à son employée.

— Comment te sens-tu ?

— Encore vaseux, reconnut-il. Écoute, Valérie, je voulais sincèrement m'excuser pour hier soir.

— Mathieu, à quoi servent les amis si ce n'est à se confier quand on en a besoin ? Tu ferais la même chose pour moi !

— Bien sûr mais... Je pense que j'ai dit des bêtises... Pour être parfaitement honnête, je ne me souviens plus du tout de ce que j'ai dit.

— Il n'y a aucun problème, Mathieu, rétorqua-t-elle.

Mais savait-il qu'il avait semé le doute dans son esprit ? Elle avait passé une bonne partie de la nuit à s'interroger sur ses paroles. Elle le trouvait si doux, si patient, si gentil, il était intéressant... Et elle le trouvait très beau aussi... Qu'il l'ait voulu ou non, Mathieu lui avait ouvert les yeux sur des sentiments qu'elle ressentait mais dont elle n'avait pas encore pris conscience.

— Alors tant mieux. Je voulais aussi t'assurer que ce n'est pas dans mes habitudes de boire ainsi. Ressasser la journée de la mort de Rosie est la seule chose qui me fasse perdre le contrôle. Je m'en souviens rarement avec la même virulence qu'hier. L'annonce de la grossesse de Geneviève, combinée à une fausse couche, à l'urgence, hier, c'était probablement trop pour moi.

— Je comprends ça, Mathieu. Bien des gens feraient pire, sois-en certain. Une fois de temps en temps...

Il hocha la tête et pendant un instant, Valérie reconnut le regard avec lequel il l'avait regardée la veille, lorsqu'elle était montée pour le border dans son lit. « Et si, dans le fond, il était vraiment amoureux de moi ? » se demanda-t-elle alors que son cœur commençait à battre plus fort dans sa poitrine.

15

Plus qu'une semaine de ce supplice. Christopher s'ennuyait de son métier chaque fois qu'il s'en éloignait. Cette fois était pire que toutes les autres. Cohabiter avec sa femme sans la regarder, sans se mêler de sa vie, se sentir si peu important auprès de sa fille, tout était réuni pour qu'il trouve sa vie interminable et compliquée.

À vingt minutes de leur résidence, Christopher découvrit une exposition qui intéresserait beaucoup Judith, il en était certain : « Pierres et minéraux », lisait-on sur la petite annonce dans le journal, beaucoup d'interactivités pour les enfants. Il avait donc téléphoné à Mathieu et lui avait fait promettre d'expliquer à Sandrine pourquoi il voulait sortir seul avec Judith. Christopher voulait absolument profiter de l'occasion pour lui expliquer les raisons pour lesquelles Valérie et lui se séparaient.

Mathieu, en meilleure forme que la veille, lui ouvrit la porte vers neuf heures. Il l'avisa que, chacune dans leur chambre, les deux enfants boudaient. Sandrine en voulait à la terre entière de ne pas pouvoir aller avec eux ; Judith boudait parce que Sandrine boudait et parce qu'elle n'était pas sûre de vouloir partir seule avec son père.

— C'est une tentative d'intimidation, proclama Christopher. Sans doute croient-elles que je vais céder à leur petit jeu. D'ailleurs, si je ne voulais pas expliquer notre séparation à Judith, je les emmènerais volontiers toutes les deux. C'est plus facile. Elles discutent ensemble, ce qui me permet de ne pas trop m'en mêler...

— Sandrine va s'en remettre.

Il fallut quinze minutes de psychologie pour faire sourire les deux gamines. Les papas soupirèrent de soulagement.

L'archéologue savait que Mathieu refusait que les enfants boivent des boissons gazeuses. Il vantait les mérites du lait, de l'eau et des jus de fruits purs. Pourtant, à la première petite épicerie qu'il croisa, il s'arrêta et acheta deux cannettes de Pepsi. Il ne dit rien quand Judith déposa une tablette de chocolat et un petit sac de lunes de miel sur le comptoir. Elle commença à les manger avant même d'arriver au restaurant où Christopher se commanda un petit-déjeuner copieux. Il offrit la crêpe à sa fille, qui la dévora avec beaucoup de sirop d'érable.

Prenant son courage à deux mains, il se lança dans les explications d'usage : « Papa ne vivra plus dans ta maison lors de ses prochaines visites mais je te verrai quand même beaucoup, maman et moi ne nous aimons plus mais j'aimerai toujours ma petite fille, etc. » Judith sembla très bien comprendre la situation et l'accepter sans problème. Soulagé, Christopher lui fit promettre d'en parler si elle en ressentait le besoin.

Ce fut ensuite le tour de l'exposition. Christopher s'y connaissait beaucoup en géologie, un domaine qui l'intéressait. Captivée, Judith était très attentive. Elle posait beaucoup plus de questions qu'au sujet de la séparation de ses parents !

Ils dînèrent de façon effroyable. Le papa jugea sa pizza infecte et y toucha à peine. Judith avala goulûment son hamburger et sa portion de frites grasses. Elle osa même goûter à la pizza de son père !

— J'ai une surprise pour toi, ma grande. Je crois qu'elle te plaira beaucoup.

Christopher amena sa fille dans un magasin de meubles. Lorsqu'il lui expliqua qu'il trouvait que son lit était usé et qu'elle pouvait choisir celui qu'elle voulait dans le magasin, à condition de tenir compte de ses conseils, Judith sauta de joie.

Oubliant sa réserve naturelle, Judith expliqua au vendeur qu'elle voulait absolument un lit à deux étages. Et pas n'importe lequel : le plus beau !

Son premier choix se porta sur le même lit que celui de Sandrine. Christopher l'encouragea à en choisir un autre. Ainsi, quand elles seraient chez l'une ou chez l'autre, elles auraient le plaisir de ne pas se trouver dans un lit identique.

Elle choisit donc le « deuxième plus beau », et aussi celui qui était le plus cher. Christopher le trouvait génial. Le second étage était un lit double et le premier, un divan-lit. Quand elle serait seule, Judith pourrait dormir dans le lit du haut et elle gagnerait une place confortable pour s'asseoir dans sa chambre. Quand Sandrine lui rendrait visite, il serait simple d'ouvrir le divan-lit. De plus, le divan était plus court que le lit du dessus. Au bout, il y avait un petit bureau que Judith pourrait utiliser pour faire ses devoirs.

Christopher trouva ensuite exactement ce qu'il cherchait : une bibliothèque vitrée, dans laquelle Judith pourrait exposer toute sa collection de pierres. La petite ne comprenait pas exactement ce qu'il voulait en faire mais il lui promit que ce serait installé dans la semaine. Il était certain que ça lui plairait beaucoup.

Christopher était conscient d'avoir beaucoup dépensé pour un lit et une collection de pierres. Qu'en dirait Valérie ?

Avant de se rendre dans les boutiques de vêtements, Judith réclama une crème glacée au chocolat. Ils achetèrent quelques petites robes bain de soleil. Il lui fit choisir une paire de verres fumés pour elle et une pour Sandrine aussi, question de se faire pardonner.

— Oh, papa ! L'autre jour, j'ai vu cette broche avec maman et elle la trouvait très belle. Est-ce que j'ai assez d'argent pour la lui acheter ?

Elle sortit de sa poche tout ce qu'elle avait. Christopher lui avait donné vingt dollars et elle avait elle-même payé sa crème glacée. La broche en question, très belle d'ailleurs, valait plusieurs fois le billet de vingt dollars ! Christopher affirma à Judith qu'il lui manquait un peu d'argent mais qu'il allait payer la différence. Il lui fit un clin d'œil complice et il fut satisfait de voir son bonheur.

Christopher se rendit compte que sa fille ralentissait le pas. Il attribua cela aux émotions de la journée. Encore une halte.

— La semaine dernière, j'ai vu quelque chose qui te fera sûrement plaisir. Tu me diras si j'ai deviné juste.

Elle le suivit dans la librairie où Christopher avait déniché deux livres pour les jeunes de huit à quatorze ans, un sur l'archéologie et l'autre sur la géologie.

— Je ne pense pas que tu pourras tout comprendre. Mais tu vas grandir et tu sauras de plus en plus de choses. Si tu as des questions, tu les noteras. Quand je reviendrai, j'y répondrai. Qu'est-ce que tu en penses ? Est-ce que ça t'intéresse que je les achète ?

— Wow ! fut la seule réponse de l'enfant.

Il passa la journée en revue pendant que Judith mangeait une barbe à papa et buvait une boisson gazeuse. Il avait acheté des robes, les livres, les verres fumés, la broche, le lit, la bibliothèque... Sa fille se souviendrait de cette sortie !

— Prête à rentrer, Judith ? Je crois que nous avons acheté bien assez de choses ! As-tu une autre idée ?

Bien qu'elle sache qu'elle aurait pu profiter de sa chance, puisque son père se pliait à tous ses caprices, Judith assura que non. Christopher prit tous les sacs dans une main et lui tendit l'autre. C'est alors qu'il remarqua son teint blême.

— Papa... J'ai mal au cœur !

Il la regarda, les yeux sortis de la tête. « Oh ! non ! Qu'est-ce qui se passe ? » s'interrogeait-il, au bord de la panique. Si Judith avait attrapé quelque chose pendant la journée, Valérie le ferait mettre en prison ! Ou elle le découperait en rondelles...

— Nous arrivons à la voiture dans quelques secondes, Judith. Tiens bon. Nous irons voir Mathieu... Allez, ma grande, fais un petit effort !

— Mais j'ai mal au cœur !

Aussitôt à la voiture, il lança les sacs sur le siège arrière et n'eut pas le temps de se retourner que Judith vomissait par terre entre deux voitures. Christopher paniqua. Sa fille avait le teint verdâtre ! Il sortit les robes du sac de plastique et le lui tendit. Tremblante, en larmes, elle laissa son père la serrer contre lui.

— Pauvre bébé... Mais qu'est-ce qui se passe ? Écoute, tu vas monter dans la voiture, à côté de moi, tu peux vomir dans le sac si tu en as besoin, et on va voir Mathieu pour qu'il te soigne... Qu'en dis-tu ?

— J'ai mal au cœur !

Judith vomit une nouvelle fois. Chistopher la fit asseoir ensuite à côté de lui.

La fillette sanglota pendant une bonne partie du trajet, disant qu'elle n'avait jamais été aussi malade, culpabilisant encore davantage son père. C'était la seule journée où il l'avait gardée complètement seul et il fallait qu'elle ait attrapé un virus !

Peu habitué à la conduite en ville, Christopher se débrouillait péniblement dans la circulation. Angoissé, il conduisait encore plus mal que d'habitude. Il évita de justesse deux accidents et fut soulagé de voir que Judith était trop occupée par son mal de cœur pour constater combien sa conduite était dangereuse.

Il se stationna en passant près d'accrocher le pare-choc de la luxueuse voiture de Mathieu, prit sa fille dans ses bras et cogna très fort à la porte. Sandrine laissa entrer le papa paniqué et la fillette malade.

— Mathieu ! cria-t-il de toutes ses forces en couchant sa fille sur le divan. Judith est malade, Mathieu ! Vite !

Mathieu descendit l'escalier au pas de course et s'approcha de l'enfant. Il sursauta en apercevant le teint de la petite. Sandrine observait aussi son amie d'un air effrayé. Quant à Christopher, il semblait avoir le diable à ses trousses. Il inspira même de la pitié à son vieux copain.

— Je suis malade, Mathieu ! Veux-tu me soigner ?

— Bien sûr, Judith, pauvre chouette... Que s'est-il passé, aujourd'hui ? Elle allait bien, ce matin.

— Oui, elle allait bien ! Elle a commencé à se sentir mal vers la fin de l'après-midi. Elle a beaucoup vomi et elle a le teint vert ! Mais qu'est-ce qu'elle a ?

Mathieu posa sa main sur le front de Judith et constata qu'elle ne faisait pas de fièvre. Ce n'était donc ni un virus ni un début de grippe. Il chercha ce qui avait bien pu déclencher un malaise pareil dans ses activités de la journée.

Christopher était en nage et faisait encore plus pitié que sa fille.

— Est-ce qu'elle a beaucoup mangé ?

— Non, répondit Christopher, qui s'imaginait déjà aux soins intensifs avec sa fille agonisante.

L'énumération scandalisa Mathieu. Son ami pouvait être tellement idiot, parfois !

— Ne cherche pas plus loin, Christopher. Ta fille fait une bonne grosse indigestion ! Tu l'as nourrie toute la journée de sucre et de gras, ce qui n'est pas dans ses habitudes alimentaires. Ma pauvre Judith, tu devras attendre que ça passe, je ne peux rien faire pour toi.

— Rien, tu es sûr ? Tu ne peux pas lui donner des comprimés ou quelque chose pour que ça passe plus vite ?

— Non, Christopher. Tu ne sais pas qu'il faut surveiller l'alimentation des enfants ?

— Je voulais seulement lui faire plaisir..., dit-il d'un air coupable.

Mathieu ne put s'empêcher de lever les yeux au ciel.

— Par contre, je suis soulagé si ce n'est qu'une indigestion. Je pensais que je l'avais empoisonnée ou qu'elle avait attrapé un virus !

— Tu visites trop de pays exotiques, toi !

— Je veux maman...

La petite vomit dans le sac que Mathieu lui avait tendu de justesse et se recoucha, épuisée. D'une petite voix, elle demanda à son père d'aller chercher le cadeau qu'ils avaient rapporté à Sandrine. Christopher accepta et en profita, une fois à l'extérieur, pour tenter de s'apaiser un peu. La situation l'avait énormément stressé. Et le pire était encore à venir : affronter sa femme. Il se demanda où il pourrait aller habiter en attendant son départ, dans une semaine. Il s'attendait à ce que Valérie le mette à la porte sous prétexte qu'il était dangereux pour Judith. Lui qui avait tellement voulu passer une journée mémorable avec sa fille...

— Tiens, Sandrine... C'est un cadeau de papa et de moi..., précisa Judith.

— Merci...

Sandrine prit l'emballage cadeau et l'ouvrit avec précaution. Elle fut enchantée par le présent. Elle donna une bise à Christopher et tapota gentiment la main de sa copine.

— Je t'embrasserai quand tu iras mieux, O.K. ?

Judith réclama de nouveau sa mère. Christopher la souleva dans ses bras, puis l'installa dans la voiture après avoir remercié chaleureusement son ami, et conduisit prudemment jusqu'à leur résidence. Il préférait que Judith soit malade dans la voiture plutôt que de se hâter pour se retrouver face-à-face avec son épouse.

Il ouvrit la porte avec Judith dans les bras et aperçut Valérie qui lisait au salon. Celle-ci changea d'expression en voyant sa fille.

— Maman ! Je suis malade, maman !

Pendant les cinq minutes suivantes, mère et fille se serrèrent l'une contre l'autre pendant que Judith pleurait. Christopher avait aussitôt expliqué que Mathieu l'avait rassuré. Sa femme avait tout de même posé des yeux colériques sur lui. Une fois, une seule fois, mais une fois de trop. Il sortit chercher les sacs qui contenaient les achats de la journée et, quand il revint, Judith vomissait dans la poubelle.

— J'ai aimé ça, ma journée, papa ! Je ne suis pas contente d'être malade, mais j'ai aimé ma journée avec toi !

— Moi aussi, ma belle Judith, j'ai aimé ma journée avec toi. On fera une autre activité, samedi prochain, juste avant mon départ. Mais il faudra que tu manges moins !

— Je pense que je ne mangerai plus de barbe à papa !

Il se mit à rire de façon convulsive. La tension se relâchait un peu. Il était tellement soulagé que ses yeux se remplirent d'eau.

Il chercha le sac de la bijouterie. Le regard de ce petit bout de fille étincela, se souvenant du cadeau qu'elle avait pour sa maman.

L'étonnement se lut sur le visage de Valérie. Christopher caressait les cheveux de Judith.

— J'ai vu la broche que tu trouvais si belle. J'ai pris mon argent et papa m'a aidé à payer. C'est une surprise de nous deux. Tu avais dit qu'elle serait belle sur ta veste noire ou sur ton nouveau manteau. Est-ce que tu vas la porter ?

— Bien sûr ! Tu es un amour, ma fille, je suis vraiment contente ! Merci, merci beaucoup... Ta pensée me touche profondément.

— Et papa ?

— Merci beaucoup, Christopher. J'apprécie ton geste.

La pensée de Judith et *le geste* de Christopher, avait-elle dit. La fillette avait fait le principal en pensant à sa maman ; lui, il avait tout simplement aidé à payer le bijou. Il n'avait rien gagné, pas même un peu d'estime.

Judith se plaignit d'être fatiguée. Elle voulait dormir. Christopher téléphona deux fois à Mathieu, une fois avant le bain de sa fille et une fois pendant, afin de s'assurer encore et encore qu'elle n'avait rien de plus grave qu'une indigestion et qu'il n'était pas dangereux qu'elle s'endorme tout de suite. Le médecin l'avait rassuré patiemment.

Christopher borda sa fille avec douceur et regagna la cuisine pendant que la mère et la fille discutaient ensemble. La petite fut vite gagnée par le sommeil.

Il regardait le livre sur l'archéologie quand Valérie le rejoignit. Elle se servit un verre de boisson gazeuse sans s'occuper de lui. Après avoir pris une grande inspiration et son courage à deux mains, Christopher déclara, sans la quitter des yeux, qu'il était prêt.

— Prêt à quoi ? s'étonna-t-elle.

— Euh... À l'explosion : la colère, la haine, les reproches... J'assume entièrement mes responsabilités. Pour ma défense, je déclare seulement que mon but était de faire passer une belle journée à ma fille...

— Je pense que tu te sens suffisamment coupable comme ça. En plus, si tu retiens la leçon, je ne vois pas pourquoi je me fâcherais. Elle va s'en remettre.

Il demeura bouche bée pendant plusieurs secondes. Il ne savait pas quoi dire pour exprimer à la fois sa surprise et son soulagement.

— Pendant que tu bordais Judith, j'ai téléphoné pour acheter un préarrangement funéraire. Je n'en aurai donc pas besoin tout de suite ?

Elle éclata de rire et ses traits se détendirent. Elle eut même un soupçon de tendresse pour lui. Christopher le ressentit.

— Pas tout de suite, mais ton séjour n'est pas terminé...

— Merci beaucoup, Valérie. J'apprécie ta réaction... Pauvre Judith... Elle qui se faisait une fête de te parler de ses cadeaux et de sa visite au musée.

— Ça s'est bien passé ?

— Très bien. Viens voir.

Avec fierté, il lui montra leurs achats, parla du lit et de la bibliothèque. Valérie lui fit cependant des reproches. Judith risquait d'associer leur séparation à tous ces cadeaux hors de prix qu'il avait achetés. Pour pallier son incapacité de lui annoncer convenablement la nouvelle, il avait ressenti le besoin de dorer la pilule.

— Encore une sottise à ajouter à ma liste qui est déjà longue !

— Encore une fois, sers-toi de cette expérience pour apprendre.

— Tu peux en être sûre !

Ils s'installèrent au salon et discutèrent longuement. Christopher était enchanté. Il ne croyait pas revivre un jour une situation aussi détendue en compagnie de son épouse. Ils parlèrent d'argent sans s'irriter, s'entendirent sur des montants qui leur convenaient à tous les deux, puis la conversation dérapa dangereusement vers des sujets plus personnels.

Christopher trouvait que la femme devant lui était vraiment très belle. Il devint nostalgique. Il se rappelait leurs premières années ensemble, le temps des études, l'amitié entre les deux couples, la mort de Rosie... Il avait vraiment été amoureux de sa femme. D'une certaine façon, il l'était encore. Renoncer à Valérie, c'était renoncer à l'amour. Pendant une seconde, il dut se retenir pour ne pas l'embrasser.

— J'espère tellement que tu te rappelleras que tu seras toujours le père de Judith !

— Bien sûr. Je suis fier d'elle. J'aimerais bien qu'elle devienne archéologue ou géologue.

— Je la verrais plutôt dans le domaine de la mode, répondit vivement Valérie.

Vers deux heures du matin, Valérie ne tenait plus debout, mais la conversation avait été agréable et intéressante. Elle alla se coucher.

Valérie venait à peine de s'endormir et Christopher réfléchissait, allongé sur son lit, lorsque Judith se réveilla en pleurant. La culpabilité s'éveilla en lui en même temps que le premier pleur de la fillette et il se précipita à son chevet.

— As-tu mal, mon bébé ? As-tu envie de vomir ?

— Non. J'ai fait un mauvais rêve.

— C'est désolant, ça... On va faire deux choses, mais il ne faudra pas le dire à maman. En premier, je vais inventer une histoire juste pour toi. L'aventure d'un archéologue perdu dans le désert, tiens. Bonne idée ? Ensuite, je vais m'allonger près de toi et nous dormirons serrés l'un contre l'autre. Ça devrait chasser les souvenirs de ton mauvais rêve.

— Super chouette !

Pour la toute première fois de sa vie de père, Christopher inventa une histoire pour sa fille, qui en fut absolument ravie.

16

Judith se remit bien de son indigestion. Assez tôt le matin, Mathieu était venu vérifier son état. Il avait de nouveau rassuré les parents et leur avait recommandé de lui faire manger des soupes ou des aliments légers au cours de la journée.

Après le dîner, Valérie entreprit de faire le ménage de la maison. De bonne foi, Christopher lui proposa de l'aider mais elle déclina l'offre. Il nuirait plus que d'autre chose, l'assurait-elle. Sa bonne humeur de la veille semblait s'être envolée, du moins en partie.

Il se fit une raison, s'avoua qu'il ne connaissait rien au ménage et entreprit de regarder le livre sur la géologie avec Judith. Elle était toute ouïe à sa lecture ainsi qu'à ses explications.

Elle essaya ensuite ses robes, pour les montrer à sa mère.

Le lendemain, Christopher reconduisit les deux filles à l'école. C'était le jour de congé de Valérie, qui s'accordait généralement le dimanche et le lundi hors de sa boutique. Si elle lui avait précisé qu'elle passerait l'avant-midi à faire des courses, il savait que c'était pour une bonne raison : elle voulait qu'il s'absente pendant l'après-midi.

Il devait patienter pendant plus de deux heures pour que les ouvriers installent le lit et la bibliothèque de Judith. Il décida alors de préparer le dîner. Il n'était pas certain que ce serait bon mais, au moins, Valérie pourrait apprécier l'effort fourni.

Il explora les armoires et le frigo dans l'espoir de tomber sur une recette magique. En vain. Il eut envie d'ouvrir des boîtes de conserve, de faire des sandwichs et d'imiter un pique-nique, mais il ne croyait pas que sa femme apprécierait l'idée. Alors, il sortit de la viande pour faire des hamburgers et tout ce qu'il fallait pour faire une tarte au citron. Sa défunte mère lui avait appris sa recette alors qu'il était encore jeune.

Il remercia les ouvriers vers onze heures trente et admira le coup d'œil qu'offrait la chambre de Judith. Elle sauterait de joie. Il avait promis aux fillettes qu'il irait les chercher à l'école toutes les deux. Pour une fois. Elles pourraient partager le plaisir de la découverte. En fin d'après-midi, il commencerait à agencer la collection de pierres de Judith dans la bibliothèque vitrée. En espérant que Valérie apprécierait l'idée.

— Salut ! s'exclama-t-il, d'un ton fier en voyant Valérie arriver. As-tu dîné ?

— Non. Entre les courses et l'épicerie, je n'ai pas eu le temps d'arrêter manger.

— Tant mieux, car j'ai préparé quelque chose ! Je t'aide à sortir les sacs et, pendant que tu ranges les denrées, je m'occupe de la cuisson !

Valérie n'avait pas du tout envie de hamburgers mais elle était assez respectueuse pour ne pas décevoir son mari. On aurait dit un enfant : il était si fier de lui ! Il fut encore plus heureux quand elle lui avoua trouver le lit très beau.

— Et la bibliothèque ?

— Je ne vois pas d'inconvénients à ce qu'elle soit là. Je connais la passion de notre fille pour les pierres, alors c'est bien tant mieux si tu peux lui arranger quelque chose de beau.

Valérie mangea face à un homme pétillant de fierté. Il trouva même la force de plaisanter. Valérie se souvint pourquoi elle l'avait aimé, jadis, et comprit pourquoi elle avait eu tant de mal à voir leur relation mourir.

Elle l'embrassa sur les joues pour le remercier. Christopher ne put s'empêcher de penser à l'absurdité de la situation. Ils étaient encore mariés et ils agissaient comme des adolescents : chastes baisers, regards en coin, peur de s'avouer ce qu'ils pensaient véritablement.

Elle rinça les assiettes et sursauta en découvrant les casseroles dans le lave-vaisselle. Elle les retira une par une sous le regard déconcerté de Christopher. Elle lui apprit que la machine ne fonctionnait plus bien et qu'elle ne nettoierait pas convenablement les casseroles. Valait mieux les laver à la main.

Comment Christopher pouvait-il tout ignorer de ces détails journaliers ? Il savait qu'il ne pourrait jamais être heureux dans des conditions de vie que la plupart des gens qualifiaient de *normales*. Les soucis du quotidien, les repas, le ménage, les devoirs... Pas question de l'avouer, toutefois. Valérie serait offusquée, et avec raison.

Pour se déculpabiliser, il achèterait un lave-vaisselle dès le lendemain.

L'archéologue discuta avec son conseiller financier, à la banque, puis il attendit les filles à la sortie de l'école. Il passa avec elles chercher les photos qu'il avait prises en Égypte et qu'il avait fait développer. Christopher savait que Valérie ne pourrait pas s'empêcher de remarquer sa collègue, Érika.

Les filles furent beaucoup plus intéressées par le lit que par les photos. Christopher les regarda seul, assis au salon.

— As-tu parlé à ta charmante archéologue depuis que tu es ici ? s'informa Valérie en s'assoyant à ses côtés.

— Non.

— Est-ce que tu l'aimes ?

— J'aime mon métier. Elle est là et elle partage ma passion, ça me suffit. Pas besoin de l'aimer.

Il ignorait s'il avait dit quelque chose d'idiot. Valérie prit une photo où Érika et un collègue apparaissaient en gros plan. Elle contempla *l'ennemie* un certain temps, l'air vague. Christopher aurait donné une semaine de son salaire pour connaître ses pensées.

— De toute façon, je n'aime pas l'archéologue qu'elle connaît. J'aime l'homme que tu es depuis quelques jours, attentif, charmant, plein de belles attentions pour Judith. L'homme qu'elle côtoie, c'est celui dont je vais divorcer parce que son double ne se manifeste pas assez souvent.

— Chaque être humain est différent, hein ? Érika ne voudrait pas de l'homme que toi, tu aimes...

— Jusqu'à ton retour, tu avais de la chance : deux personnalités, deux femmes...

— Je ne l'ai jamais cherché, Valérie, crois-moi.

— Papa ! Papa ! Veux-tu installer mes pierres ? Après, nous devons faire nos devoirs.

— J'y vais dans deux minutes, Judith. Je regarde mes photos et j'arrive !

Il se tourna vers Valérie et lui sourit timidement.

— Nous en serions arrivés au même point, avec ou sans Érika. Il faut divorcer pour que tu puisses enfin trouver le bonheur. Le vrai.

Quand Mathieu vint chercher sa fille, vers dix-sept heures trente, la bibliothèque était pleine de pierres et Judith tressaillait de joie. Quant à Valérie, elle n'avait qu'une chose en tête : l'image de celle qui aurait désormais son époux tout à elle...

17

Rémy ouvrit son courrier en ayant bien d'autres choses en tête. Il devait assister à une réunion, dans moins d'une demi-heure, avec une bonne partie de l'équipe de reporters et quelques têtes dirigeantes de la CNI. Il avait parlé à M. Chinois un peu plus tôt dans la journée et le souvenir de cette conversation le hantait.

La dernière lettre de la pile l'étonna. Son nom et l'adresse de la station étaient écrits en lettres carrées, l'auteur ayant visiblement utilisé une règle pour tracer chaque segment. Le message était écrit de la même façon :

> « *JE T'AIME ET TU M'APPARTIENS. SI JE NE T'AI PAS, PERSONNE D'AUTRE NE T'AURA, RÉMY GAUCHER.* »

Rémy souriait quand Marthe Caza, une des présentatrices de nouvelles, s'approcha, quelques dossiers dans les bras. Elle avait une bonne quarantaine d'années, était toujours bien vêtue, autant à l'intérieur qu'à l'extérieur de son cadre de travail. Rémy n'avait jamais connu une femme s'habillant d'un tailleur propre et chic dès son lever du lit. Comme d'habitude aussi, ses cheveux étaient coiffés à la perfection.

— Tu seras en retard comme d'habitude, Rémy...

— La réunion est dans vingt minutes et je prévois cinq minutes pour m'y rendre. Je serai là bien à temps, Marthe.

— Tant mieux. Je ne sais pas ce qu'il y a dans l'air mais quatre-vingt pour cent de l'équipe est de mauvaise humeur, aujourd'hui.

— Pas moi. Je suis même dans l'excès contraire.

— C'est pour cette raison que tu riais tout seul ?

— Non. Regarde la lettre que j'ai reçue.

Elle la lut mais, contrairement à lui, elle ne sembla pas la trouver bien drôle. Elle le regarda sérieusement, droit dans les yeux. Rémy en perdit même momentanément sa bonne humeur.

— C'est une lettre de menaces, Rémy. Sais-tu de qui elle provient ?

— Non. En tout cas, cette gentille dame a beaucoup d'humour. Elle m'a amusé.

— Tu ne devrais pas en rire. Tu sais qu'au Québec, on est passible d'une peine d'emprisonnement juste pour avoir envoyé une lettre comme ça !

— Je prends ça tellement au sérieux que voici ce que j'en fais !

Il la froissa en une boule et la lança dans la corbeille de récupération. Une femme s'ennuyait, avait décidé de lui écrire en utilisant une règle et puis voilà, c'était fini. Il ne se ferait pas des cheveux blancs pour une missive pareille.

Marthe prit rapidement le parti d'en rire. Rémy la connaissait bien. Il l'avait fréquentée à quelques reprises, hors du bureau. Elle avait déclaré que son mari ne la rendait plus heureuse et qu'elle voulait s'amuser, profiter de la vie pendant qu'elle le pouvait encore. Il avait bien voulu l'aider à *s'amuser* et, pendant un certain temps, cela avait été agréable. Marthe était rapidement devenue envahissante et, se sentant étouffé, brimé dans sa précieuse liberté, Rémy lui avait signifié la fin de leur liaison. Elle le boudait un peu depuis, bien qu'elle n'ait jamais rien dit.

— J'ai du mal à croire qu'une femme pourrait tenter de me faire du mal. Je suis assez ouvert pour lui faire plaisir, un soir ou deux. Alors, qu'elle m'appelle, c'est tout !

— J'aimerais pouvoir prendre la vie avec un grain de sel, comme toi. Tu changeras quand tu auras une femme et des enfants.

— Honnêtement, Marthe. Est-ce que je suis le genre d'homme que tu imagines rentrer tous les soirs pour retrouver le train-train quotidien ?

— Tu vas vieillir un jour, je suppose. Allez, viens, si tu ne veux pas être en retard.

— Je te suis. Tu sais de quoi il va être question ?

— Non, mais j'ai cru comprendre que c'est sérieux.

— Avec les patrons que nous avons, c'est toujours sérieux !

La réunion fut longue mais très intéressante. Rémy ne manquait jamais d'émettre son opinion. Sur les trois heures de réunion, il avait certainement parlé une demi-heure à lui seul. Il était un collègue généralement apprécié pour une de ses qualités en particulier : il était honnête et disait ce qu'il pensait vraiment, autant à la station que dans ses reportages. Rémy savait que, dans sa vie personnelle, il ne possédait pas la même intégrité. Andréanne était assise à ses côtés. Qui ignorait et qui connaissait leur liaison ? Les potins couraient si vite dans ce milieu. Il avait pourtant été beaucoup plus discret pendant sa brève relation avec Marthe qu'il ne l'était depuis qu'il côtoyait Andréanne. Encore personne n'avait pourtant fait allusion à leur liaison, même si elle durait depuis un temps record, sauf son ami cameraman.

Marthe proposa à Rémy d'aller prendre un café, alors qu'il finissait une discussion avec un chef de pupitre. Elle avait envie d'un bon dessert au bistro à côté. N'était-ce pas toujours meilleur quand la compagnie était agréable ?

Le journaliste accepta et la suivit jusqu'au restaurant. « Attention, danger ! » pensa-t-il. Il n'en faudrait probablement pas beaucoup pour que Marthe redevienne le pot de colle qu'elle avait été.

Ils discutèrent de questions plutôt banales pendant une trentaine de minutes. Rémy fut heureux en apercevant Andréanne entrer dans le restaurant. Marthe tira la langue à son interlocuteur.

— Je sais que ce n'est pas ton cas mais moi, je n'apprécie absolument pas cette fille. Elle porte encore une couche et elle méprise déjà les journalistes plus expérimentés qu'elle.

— Je suis plus expérimenté et elle ne me dédaigne pas !

Rémy éclata de rire mais, pour rester en bons termes avec son ex-maîtresse, il posa sa main sur la sienne.

— Bonsoir, vous deux ! Puis-je me joindre à vous pour un petit café ?

— Tu es la bienvenue, lui dit gentiment Rémy, dont le regard venait de glisser vers la jupe courte de la jeune femme.

— Oui, mais je dois partir. On m'attend ailleurs. Bonne soirée !

Rémy et Andréanne saluèrent Marthe et attendirent qu'elle sorte du restaurant pour s'adresser la parole.

— Elle te voulait pour elle seule, mon pauvre Rémy. Je l'ai dérangée. Tant pis. Je n'aime pas du tout cette femme. Depuis que j'ai mis les pieds dans la station, elle me méprise. Je sais que j'ai mes preuves à faire en tant que journaliste mais tous les autres me donnent une chance, toi y compris. Tous, sauf elle.

Rémy hocha la tête. Les jeunes journalistes avaient rarement eu à se plaindre de Caza. À ses propres débuts, Marthe lui avait même donné un ou deux conseils. Pourquoi n'appréciait-elle pas Andréanne Lavoie ? Rémy trouvait qu'elle faisait très bien ses preuves : elle adorait son travail, s'y consacrait et s'améliorait sans cesse.

Rémy se coucha seul, deux heures plus tard. Andréanne et lui s'étaient regardés, l'envie de passer la nuit ensemble inscrite dans les yeux. Cependant, en pleine crise d'indépendance, ni l'un ni l'autre n'avait osé lancer l'invitation. En fermant les yeux, Rémy ne se souvenait plus du tout de la lettre anonyme qu'il avait reçue.

18

L'heure des adieux avait sonné. Benjamin passerait bientôt prendre Christopher et ils iraient directement à l'aéroport. L'homme d'affaires devait aller à New York et, sachant que le trajet de l'archéologue comprenait une escale dans cette ville, il avait trouvé un billet sur le même vol. Il rencontrerait Érika par la même occasion.

Les bagages de Christopher étaient déjà sur le balcon.

Il serra Judith contre lui pendant de longues minutes. Plus rien ne serait jamais pareil. À sa prochaine visite, il avait négocié le droit de demeurer chez lui pour une semaine, le temps de trouver un appartement. Il avait toutefois remis les clés de la voiture et de la maison à son épouse. D'ici une demi-heure, ils ne formeraient plus jamais une vraie famille... Il était moins triste pour lui que pour sa petite fille. Dans trente-six heures, il serait sur un site archéologique et il repartirait dans son monde, dans ce monde où il n'y avait pas de place pour une famille et pour l'amour. Il oublierait rapidement ses soucis et ses chagrins.

Mais qui pouvait savoir comment réagirait Judith ? Elle était petite et exprimait encore mal ses émotions... Peut-être que rien ne changerait pour elle. Judith ne s'était pas montrée très curieuse, du moins avec son père, des détails de la séparation.

— Tu vas m'écrire souvent, Judith ?

— Toutes les semaines, c'est promis. Toi aussi, tu vas m'écrire ?

— Promis.

— Est-ce que tu pourrais m'envoyer des pierres ? Sinon, ce sera long avant que je puisse en ajouter dans ma bibliothèque.

— D'accord. Tu m'enverras aussi des photos de toi. Ou des dessins. Tu m'écriras tes résultats scolaires. Je vais pouvoir penser à toi tous les jours.

— Attends, j'ai quelque chose pour toi, papa.

Elle fila dans sa chambre et revint avec une petite photo, collée sur une feuille blanche. Elle avait fait un petit dessin au verso. Sur la photo, elle était assise sur son lit, accompagnée de son inséparable Sandrine. Elle la lui offrait pour l'aider à penser à elle. Comme il lui avait offert plusieurs photos de son expédition, elle aussi pourrait penser à lui. Il la remercia en l'assurant qu'elle était la plus jolie des petites filles et qu'il garderait toujours sur lui le précieux cadeau qu'elle venait de lui offrir.

Judith fut intimidée par Benjamin même s'il tenta de la faire rire. Elle était triste de perdre de nouveau ce père qu'elle commençait à peine à connaître. Les larmes coulaient de ses yeux. Le cœur de Christopher se pinça alors que Judith le serrait contre elle de toutes ses forces d'enfant.

— Je vais revenir dans quelques semaines. D'ici là, je t'appelle et je t'écris souvent. Tu es bien avec maman, Sandrine, Mathieu et Cathou, non ? Ne pleure pas, ma chouette. Je t'aime très fort.

— Je t'aime très fort, moi aussi. Bye, papa.

Il lui appliqua un gros baiser sur la joue et se redressa. Il tendit la main à Valérie. Elle la serra, puis elle s'approcha pour l'étreindre brièvement. Elle voulait se prouver que, malgré tout, ils gardaient de l'affection l'un pour l'autre et qu'ils demeureraient toujours unis par leur enfant.

— Bon voyage, Christopher. Et bonnes retrouvailles...

— Valérie... Inutile de se faire du mal, maintenant. Prends soin de toi et de la petite. Appelle à l'hôtel habituel quand tu veux. J'y dors environ tous les trois jours.

— J'aurais trop peur de déranger certaines personnes...

Christopher se sentait de plus en plus misérable.

— Valérie, je t'en prie, ne te fais pas de mal.

— Fais attention à toi, sois prudent.

— C'est promis.

Ils s'embrassèrent sur les joues et la petite réclama une nouvelle caresse.

— Sois sage et écoute bien ta maman, Judith...

— Comme d'habitude, papa. Je suis toujours sage.

— Tant mieux. Je t'aime beaucoup, ma fille.

Un autre baiser et Christopher ouvrit la porte. Dernier regard, dernier sourire. Il referma la porte avec un grand soupir.

Benjamin respecta le silence de son ami. Il connaissait les détails de la dernière visite de l'archéologue chez lui. Toutefois, il ne comprenait pas comment il faisait pour quitter sa famille aussi longtemps. Lui-même ne partait que pour quelques jours en voyage d'affaires et, pourtant, Louis et Leila avaient pleuré. Benjamin avait longuement embrassé Geneviève, lui jurant qu'ils se reverraient bientôt. Comment pourrait-il partir des mois durant ? Ce lui serait impossible.

— Dis-moi, Ben... Je sais que tu vois assez peu Mathieu et Valérie, mais sais-tu ce qui se passe entre eux ? Leur complicité crève les yeux et leur arrangement pour les petites dépasse de beaucoup, à mon avis, la simple courtoisie. Je me demande comment Mathieu peut supporter d'avoir ma fille chez lui, tous les soirs, deux nuits et le samedi.

— Mathieu a toujours été le plus altruiste d'entre nous, et de loin. C'est peut-être là le principal, Judith est une bonne petite amie pour Sandrine. Je crois que ça répond à ta question. Il y a une relation d'amitié sincère et de collaboration entre Mathieu et Valérie, tout simplement.

Christopher hocha la tête. Cela répondait fort bien à sa question.

Quelques minutes plus tard, ils traversaient l'aéroport. L'archéologue retrouva ses collègues avec ravissement, présenta « son meilleur ami » aux membres de son équipe, puis ils allèrent chercher leurs billets. Christopher apprit discrètement à sa maîtresse que son ami savait pour eux deux. Mais que « savoir » ne signifiait pas « accepter ».

Érika comprenait parfaitement la situation et, mal à l'aise, promit de ne pas les déranger durant le voyage.

— Je ne t'en veux pas à ce point, Érika, rétorqua Benjamin en haussant les épaules. Après tout, j'ai pour principe que chacun mène sa vie comme il l'entend. Dans le cas de la séparation de Chris et de Valérie, je trouve même que c'est une bonne chose.

— La séparation ?

Surprise, elle se tourna vers son amant.

— La séparation, Christopher ?

— Oui, Valérie et moi sommes séparés. Elle ne s'est pas remise de ton éternuement.

Érika préféra ne rien répondre. Elle s'expliquerait plus tard avec lui, lorsqu'ils seraient seuls. En attendant, elle préféra s'intégrer à la conversation d'autres collègues. À l'intérieur d'elle-même, elle espérait que cette nouvelle ne changerait rien à leur relation. Elle demeurait chez ses parents pendant ses semaines de congé, dans la hâte de retourner sur les sites archéologiques, de vivre pour sa seule passion. Ses temps libres ne servaient qu'à se documenter encore et encore sur l'archéologie. Sa relation avec Christopher lui convenait parfaitement. Elle en tirait l'affection, la tendresse et la chaleur humaine dont elle avait besoin. Sa présence rajoutait un côté plus intime, plus personnel à ces expéditions auxquelles elle avait décidé de consacrer sa vie. De plus, elle admirait le travail et les connaissances de son amant. Elle rêvait d'en connaître autant que lui, d'acquérir sa faculté de *comprendre* un site dès les premiers jours.

La jeune femme se doutait bien que sa séparation risquait de changer leur situation. Allait-il rencontrer une autre femme ? Risquait-il de devenir amoureux d'une Québécoise ou d'une Française ? Aussi étrange que cela puisse paraître, Érika se sentait plus en sécurité en le sachant marié. Elle savait alors très bien comment il passait ses semaines de vacances.

Elle ne voulait pas le perdre, ou plutôt perdre le confort émotif dans lequel elle vivait depuis qu'ils étaient amants. Si elle avait eu une telle assurance, le reste ne l'aurait pas dérangée.

Dans un banal espoir de trouver une petite place dans l'existence chambardée de Christopher, de se greffer à sa vie, Érika demanda à Benjamin quelle profession il exerçait.

Il lui répondit en souriant. Christopher ajouta son grain de sel pour saluer le travail de son ami. Il ajouta que Benjamin était en plus parvenu à préserver son mariage, lui.

— À quoi bon rester mariés quand nous ne sommes plus amoureux ?

— Pour élever sa famille, parce que le gazon n'est pas nécessairement plus vert chez le voisin, parce qu'on réalise souvent très mal la chance qu'on a, pour ne pas détruire une personne qu'on a aimée, pour relever un défi plutôt que de tout abandonner lâchement... J'ai encore d'autres bonnes raisons mais tu sembles en avoir assez entendu...

— Je comprends pourtant ce que tu veux dire, avoua Érika. Je n'ai jamais été mariée, ni impliquée dans une relation fort sérieuse. J'ignore donc comment je réagirais en cas de problèmes de couple.

— Tu manques quelque chose, je t'assure.

Benjamin passa à un cheveu de siffler quelque chose de dur à propos de ses choix amoureux. Christopher s'était certes laissé prendre au jeu, mais Érika avait sa large part de responsabilités dans cette histoire. Benjamin était absolument convaincu que Christopher n'avait pas cherché à sortir avec elle.

Dans l'avion, Érika tendit une pierre à son amant, sortie de son sac de voyage. Elle l'avait retrouvée chez elle et avait pensé à sa petite fille. La pierre était d'origine volcanique islandaise. Enchanté, Christopher inscrivit ce détail sur un bout de papier et la remit à Benjamin. Celui-ci se chargerait de l'apporter à Judith.

Lorsque son copain quitta l'avion, Christopher se sentit vraiment archéologue. Sa vraie vie recommençait pour trois mois, au-delà de ses soucis de séparation et de père de famille. Il retrouva le sourire et serra la main d'Érika dans la sienne. Passionnés, ils rayonnaient tous les deux.

19

« TU M'APPARTIENS. TU ES À MOI. CROIS-MOI QUAND JE TE DIS QUE PERSONNE D'AUTRE QUE MOI NE T'AURA. TU ES MA PROPRIÉTÉ. FAIS ATTENTION. JE SAIS OÙ TU VAS, QUI TU ES, QUI TU FRÉQUENTES. JE NE T'AVERTIRAI PAS SOUVENT. JE LE FAIS AUJOURD'HUI. TU AS DE LA CHANCE. GARE À TOI SI TU DÉCIDES DE NE PAS M'OBÉIR, OU SI TU TE MOQUES DE MOI. ÇA IRA TRÈS MAL, RÉMY GAUCHER ! »

Rémy regarda longuement la lettre et la relut cinq fois de suite. S'il n'avait pas déchiré et jeté la première lettre à la corbeille, ne la montrant qu'à Marthe Caza, il aurait été convaincu qu'un ou une de ses collègues avait voulu se moquer de lui en écrivant une autre missive semblable à la première. Il ne prenait pas vraiment ce genre de menaces au sérieux, bien qu'il ait vu pires fous dans sa carrière de reporter.

Il se rendit au bureau d'Andréanne. Elle travaillait fort depuis que les vacances d'été approchaient, remplaçant tout le monde à droite et à gauche. Elle n'était pas là. Considérant que c'était un signe du destin, il froissa la lettre et la jeta au panier. C'était ridicule.

Rémy travaillait toujours sur des dossiers quand Andréanne se présenta devant lui, toute souriante. Fière de l'enquête qu'elle venait de mener et du reportage qu'elle avait fait, elle lui raconta tout, dans les moindres détails.

— Super ! s'exclama-t-il quand elle arrêta enfin de parler. Ça vaut bien une invitation à souper, mais je suis de garde jusque vers dix-huit heures. Si un cas se présente vers dix-sept heures cinquante-huit, il faut m'oublier.

— Je n'avais pas l'intention de partir avant ça. Raconter à tout le monde combien je suis talentueuse, ça doit bien prendre plus d'une heure ! Merci pour ton invitation. À tantôt !

Elle fit sourire Rémy en s'éloignant sur un pas de danse. Il se sentait vraiment bien en compagnie de cette boule d'énergie. Rarement rencontrait-il des filles aussi vives et aussi joyeuses et ce, en tout temps. Elle aimait la vie et ça se voyait.

20

Valérie cogna à la porte de Mathieu.

Elle apportait à Cathou la robe que celle-ci avait choisie, deux jours plus tôt à sa boutique, pour le mariage de son neveu, qui devait avoir lieu le lendemain. Après les quelques modifications qui avaient été faites, Cathou serait splendide.

Mathieu semblait ravi de la voir et l'invita à descendre immédiatement chez Catherine. Par la suite, il voulait qu'elle revienne au salon, afin de lui présenter une amie.

— Une *amie* ?

Surprise, elle le regarda dans les yeux. Il ne changea pas d'expression, ne vit tout d'abord rien d'anormal dans la réaction de Valérie. Elle était pourtant déroutée. Il n'invitait presque jamais d'amis lorsqu'il était seul avec les enfants. Alors, une femme !

Cathou fut enchantée de sa robe. Elle l'essaya et Valérie l'assura qu'elle lui allait à merveille.

La jeune designer ne put s'empêcher de lui demander si elle connaissait la femme qui se trouvait avec Mathieu. Cathou répondit qu'il s'agissait d'une infirmière, dont le nom lui échappait, mais que Mathieu avait côtoyée fréquemment à une certaine époque. Elle l'avait croisée à son arrivée, mais elle ne s'était pas attardée. Elle lui paraissait aimable et semblait fort à l'aise avec les enfants.

— Les filles n'étaient pas très intéressées par cette étrangère. Elles l'ont saluée et sont retournées à leur jeu de société. Tu t'inquiètes, ma belle Valérie ?

— Non... J'aime les deux petites très profondément. Je serai peut-être « jalouse » quand Mathieu se remariera et que je saurai qu'une autre femme, à part toi, s'occupera de *mes* deux petites chéries...

— Ne te fais aucun souci : personne ne pourra te remplacer auprès des filles !

Elles se sourirent et Cathou l'encouragea à faire connaissance avec la fameuse inconnue.

Valérie monta l'escalier et s'arrêta près du salon. Mathieu et son invitée riaient. Elle s'avança de quelques pas. Mathieu se leva immédiatement et lui offrit un verre. Il était déjà près du bar quand elle put répondre qu'elle n'en voulait pas. Il insista mais elle annonça qu'elle était morte de fatigue et qu'elle souffrait d'une migraine. Il lui proposa des comprimés qu'elle refusa tout aussi catégoriquement.

— Je vais au moins faire les présentations ! Valérie, je te présente Nancy Trottier. Elle est infirmière et nous avons travaillé longtemps ensemble, à l'urgence. Elle revient tout juste d'un séjour d'un an dans un hôpital du Grand Nord. Nancy, je te présente Valérie Samson, une bonne amie et la mère de la petite Judith que tu as vue tout à l'heure. Vous vous êtes déjà croisées, à l'occasion.

Les deux femmes se serrèrent la main, Nancy avec un plaisir plus sincère que Valérie. Tant de souvenirs affluaient dans sa tête. Elle avait beau se répéter que le temps avait passé, que « l'époque Rosie » était révolue pour toujours, son cœur raisonnait moins efficacement que son cerveau.

— Ta petite fille est ravissante.

— Merci beaucoup. Mathieu, je vais embrasser les filles et je pars. Tu sais que Cathou n'est pas disponible, demain matin, hein ? Si tu veux, je peux m'occuper des petites...

Elle pointa le verre d'alcool qu'il tenait à la main et il comprit qu'elle se souvenait de cette fameuse soirée où il avait noyé sa peine dans l'alcool. Elle y songeait mais elle s'imaginait surtout les filles découvrant cette inconnue, au réveil... Rosie, son amie, lui manquait cruellement. Elle avait tellement rêvé d'avoir une belle maison, remplie de chaleur et d'une petite famille comblée...

S'était-elle appropriée Mathieu au cours des dernières années ? Ils passaient tellement de temps ensemble. Elle était seule puisque Christopher était si rarement là... Et Mathieu ne parlait jamais d'autres femmes. Elle n'en voyait jamais chez lui ou avec lui...

— Je me sens très bien. C'est vendredi soir, Valérie... Viens bavarder avec nous. Notre principal sujet de discussion est la crise dans les hôpitaux mais nous pouvons changer de thème... La mode, par exemple. Nancy s'y intéresse. Vous pourriez faire mon éducation !

— C'est très gentil de m'inviter, je le répète, mais j'ai davantage besoin de dormir que de n'importe quoi d'autre, ce soir.

— O.K., Valérie, je comprends. Cependant, avant de partir, tu vas passer dans le cabinet du médecin !

— Je ne te dérangerai pas pour un mal de tête. Je ne suis pas venue pour ça et puis...

— Suis-moi.

Nancy les excusa et elle les observa tandis qu'ils montaient à l'étage.

Mathieu examina brièvement Valérie afin de s'assurer qu'elle n'avait rien d'autre qu'une migraine.

— Valérie, je comprends que tu t'inquiètes pour les enfants et pour moi mais tu n'as aucune raison de t'en faire. Il m'est arrivé une seule fois de « perdre le contrôle ». J'étais seul, je broyais du noir, je pensais à Rosie... Ne t'inquiète plus.

— D'accord, Mathieu. Allez, va rejoindre ta compagne.

Il la laissa partir sans plus protester.

Troublée par la présence d'une autre femme chez Mathieu, encore pire, d'une *infirmière,* Valérie prit une longue douche, bien chaude, pour se détendre et essayer d'oublier.

Elle s'endormit vers quatre heures du matin. Le réveille-matin sonna deux heures plus tard. Elle avait rêvé à Christopher.

Peu fière de son attitude de la veille, Valérie hésita avant d'aller chez Mathieu. Son attitude n'était pas si honteuse : ses pensées l'étaient, par contre. Embarrassée, elle prit la décision de ne pas se rendre chez lui. Ce serait douloureux de voir une autre femme en robe de chambre, dans la maison qui aurait normalement dû appartenir à son amie Rosie...

Ce fut une belle surprise quand Judith poussa la porte de la boutique, un bouquet de fleurs à la main. Toute fière, elle l'offrit à sa mère et se laissa serrer très fort. Valérie se releva quand le carillon lui apprit que Mathieu et Sandrine passaient la porte à leur tour. Elle les remercia chaleureusement pour le superbe bouquet.

— Elles étaient belles, au marché public, lui expliqua Judith. Nous avons acheté beaucoup de légumes, des fruits et des petits pains. Et des fleurs pour toi ! C'est moi qui les ai choisies toute seule !

Les filles entreprirent de faire le tour de la boutique après avoir été prévenues de ne toucher à rien.

— Ta soirée s'est bien déroulée ? demanda-t-elle timidement à Mathieu. Je crains d'avoir été un peu sèche. Je n'allais pas bien, pardonne-moi.

— J'ai bien vu ça, ma pauvre. Tu te sens mieux, aujourd'hui ?

— Le mal de tête a passé... Avez-vous déjeuner avec ton amie, ce matin ?

— Nancy ? Elle a dû partir une heure après toi, hier soir.

L'embarras devint palpable. Valérie rougit.

— Tu pensais que... Nancy et moi...

Mathieu avait l'impression d'avoir fait quelque chose de mal en invitant une femme à prendre un verre chez lui. Il savait de plus en plus que sa relation avec Valérie avait pris une tournure exceptionnelle. Ils étaient à la fois si proches et tellement inaccessibles... Sa précédente relation avec Nancy n'avait pas créé ce malaise entre eux. Où cette relation d'amitié si singulière allait-elle les mener ? Connaîtraient-ils tous les deux, de différentes façons, les affres de la jalousie, de la possessivité ? Oseraient-ils un jour s'asseoir face à face, se regarder droit dans les yeux pour exprimer des sentiments qui, autrement, risquaient de les faire souffrir, de les empoisonner à petit feux et de tuer leur amitié ?

La journée du vendredi avait été particulièrement agitée à l'urgence. Entre autres, ils avaient perdu un jeune patient, victime d'un chauffard, en plein jour ! L'ambulance dans laquelle il se trouvait avait été promenée d'une urgence à l'autre pendant plus de trente minutes : Mathieu et le reste du personnel savaient très bien que cela avait contribué au décès du jeune homme.

Mathieu s'entendait particulièrement bien avec Nancy et avait remarqué, avant de quitter l'hôpital, qu'elle était troublée. Il connaissait tellement de personnel infirmier en dépression ! Il l'avait invitée à venir manger avec sa famille et à prendre un verre, une fois les filles endormies. Comme pour faire un « briefing » à deux ! De fil en aiguille, elle avait parlé de son expérience médicale enrichissante dans le Grand Nord, de son retour, un mois plus tôt... Mathieu n'avait prévu ni voulu rien de plus, même s'il aurait probablement pu inviter Nancy à passer la nuit chez lui. Ils s'étaient fréquentés pendant plusieurs semaines, plus d'un an auparavant, mais Mathieu avait refusé de s'impliquer sérieusement dans cette relation. C'était surtout pour l'oublier que Nancy avait décidé de quitter son emploi à Montréal pour aller travailler dans le Grand Nord. Mathieu avait été désolé de tout ça.

— Quand je serai grande, je vais m'acheter une robe comme la mauve là-bas, dans le fond ! s'exclama Sandrine. Elle est très belle.

— Une de mes créations, en plus. Elle a du goût, ta fille, Mathieu !

Le téléavertisseur de Mathieu émit trois *bip* stridents. Il reconnut le numéro de téléphone de Rémy.

Tout en discutant avec les enfants, Valérie écoutait la conversation qui se déroulait à quelques centimètres d'elle. Mathieu demanda deux fois à son ami comment il allait, d'un ton inquiet. C'était anormal : Rémy paraissait tellement toujours de bonne humeur !

Rémy avait obtenu d'excellents billets pour assister à un match de finale de la coupe Stanley. Mathieu désirait y aller et Benjamin avait aussi accepté l'invitation. Valérie était heureuse de s'occuper des fillettes. Elle irait les chercher aussitôt après la fermeture de la boutique.

Sans savoir pourquoi, Valérie essuya deux ou trois larmes après le départ de *ses* filles et de Mathieu. Mais qu'est-ce qui se passait avec elle ? se demandait-elle. Était-ce seulement le divorce qui la bouleversait à ce point ?

21

Rémy glissa quelques mots à Sandrine. Depuis la prise d'otages, elle s'était passionnée pour le journalisme et les caméras. Valérie le voyait cependant à son naturel : un homme qui ne connaissait pas grand-chose aux enfants et que ceux-ci n'intéressaient pas. Judith le regarda à peine et il ne fit aucun effort pour aller vers elle.

Dès son arrivée, Benjamin se demanda ce qui se passait. Mathieu était songeur et Rémy, de mauvaise humeur. Lui était une vraie bombe ambulante. De bonne humeur et en forme, il respirait la joie de vivre et se sentait la force d'affronter n'importe quoi. Il se donna une mission impossible : guérir les deux hommes de leur accablement d'ici la fin de la soirée de hockey.

Valérie souhaita aux trois amis de bien s'amuser et de profiter de leur soirée de gars.

Aussitôt dans sa voiture, l'homme d'affaires débuta l'interrogatoire. Sa première victime fut Rémy, assis à ses côtés.

Le journaliste fut un très mauvais sujet, refusant de se laisser cuisiner. (Il connaissait mieux que Benjamin les tactiques pour faire parler les gens !) Après quelques minutes, Rémy décida de parler des quatre lettres de menaces reçues. Il aurait bien grillé une cigarette mais il se doutait que cela devait être interdit dans la voiture de son ami.

— Ça t'inquiète ? le questionna Mathieu, surpris.

— Non. J'en ai trop vu dans ma carrière pour m'inquiéter pour si peu. Tant que je ne recevrai pas une poupée ensanglantée avec un pieu enfoncé dans le cœur, je vais considérer qu'il s'agit d'une bonne blague !

Visiblement, il s'agissait d'une banalité pour le journaliste. Pour les deux hommes rangés, il ne s'agissait pas d'une blague mais de menaces de mort, de quelque chose de sérieux. Rémy voyait ça sous cet angle : quatre lettres, pas d'appels, rien qui prouvait que la personne qui lui écrivait connaissait quelque chose de sa vie intime. N'importe qui pouvait chercher l'adresse de la station et lui envoyer du courrier. Rémy défendit la conclusion qu'il en tirait. Tant qu'il ne recevrait des lettres qu'à la station de télé, il allait judicieusement attendre que la personne s'ennuie de jouer à ce petit jeu.

— Tu ne risques pas, comme dans les films, de sortir de chez toi, un jour, et de te retrouver nez à nez avec une détraquée ? Tu te souviens de ce film de Stephen King, *Misery* ? Kidnapper, puis martyriser son idole...

— Tais-toi, Benjamin Magnan, prophète de malheur ! Non, je ne crois pas que je sois suffisamment une *idole* pour qu'on veuille m'enlever ou me tuer.

Et si ça devait lui arriver... Tout le monde devait mourir, un jour ou l'autre. Peu importait l'âge et la manière, c'était la mort quand même et qui savait ce qui nous attendait de l'autre côté ? La mort ne l'angoissait pas réellement. Il n'y avait que deux côtés angoissants à la mort : l'inconnu et la souffrance qui pouvait la précéder. Mathieu n'était pas d'accord avec ce raisonnement. Il avait vu tellement de morts, depuis qu'il travaillait aux urgences ! Parfois, la mort lui semblait belle, parfois, il la trouvait plutôt horrible. Il la craignait beaucoup. Quand Rosie était décédée, il avait toutefois voulu la suivre. Maintenant qu'il avait sa petite fille, il angoissait en y songeant, se demandant ce qui lui arriverait s'il mourait subitement. Valérie lui avait promis de la garder et de l'élever comme elle élevait Judith. Et si, pour une raison ou une autre, elle ne pouvait pas le faire, il avait convenu avec Benjamin que celui-ci en prendrait la garde. Mathieu avait craint d'imposer une bien grande responsabilité à son ami, mais lui et Geneviève étaient parfaitement d'accord et prêts à assumer cette décision, en cas de besoin.

Ils s'amusèrent beaucoup pendant le match. Ils se détendirent, agirent comme pendant leurs jeunes années. La victoire finale de leur équipe les ravit. Coincés par les émeutes, ils rentrèrent vers quatre heures du matin après avoir sagement attendu dans un coin que la situation se calme. Rémy avait avoué être heureux de ne pas avoir accepté de faire un reportage sur ce match. Les envoyés spéciaux ne devaient pas avoir eu la vie facile au milieu de cet énorme mouvement de foule.

Mathieu proposa à ses amis de rentrer prendre un dernier verre, pour se détendre. Catherine était dans sa famille et Sandrine était chez Valérie ; ils ne dérangeraient personne.

— Si Geneviève voit les reportages sur les émeutes, elle va s'imaginer le pire. Elle se réveille généralement vers cinq heures du matin et si elle ne me voit pas à ses côtés, elle sera certaine que je suis mort ou bien que je l'ai trompée.

— À combien l'homme d'affaires est-il assuré ?

Benjamin avoua que son assurance-vie valait beaucoup mais qu'il valait encore plus cher en restant vivant. Son épouse ignorait d'ailleurs tout de ses affaires financières.

Mathieu s'endormit vers six heures, complètement détendu. Il avait oublié qu'il avait convenu un rendez-vous avec Valérie, vers midi, chez lui. Le dîner au restaurant, « en famille », était une idée de Judith et les parents avaient décidé de leur faire plaisir. Valérie dut se servir de la clé cachée sous le pot de fleurs pour entrer.

Des bisous dans le cou réveillèrent Mathieu en douceur. Il se tourna sur le dos et serra sa fille contre lui.

— Je suis chanceux. La plus belle petite fille de la terre vient me réveiller !

— Moi, je réveille le plus beau papa de la terre !

Il savoura son bonheur pendant quelques secondes, puis assura la fillette qu'il la rejoindrait bientôt, juste le temps de se réveiller un peu plus. Mathieu s'avoua qu'une présence dans sa vie, et dans sa maison, commençait à lui manquer sérieusement...

22

Cinquième lettre. Cette fois, Andréanne était à son bureau. Elle écouta Rémy résumer son histoire, un sourire aux lèvres.

— Tu es un trop bon amant, Rémy ! Qui que vous soyez, madame, je vous comprends, dit-elle le plus sérieusement du monde, en s'adressant à la lettre.

— C'est ça, moque-toi de moi. Je croyais trouver une amie attentive à mes problèmes, pas une p'tite dame ironique...

— La tentation a été trop forte. Avoue que c'est quand même amusant. Combien de maîtresses as-tu eues au fil des ans ?

— Plus que la moyenne, je suppose, mais pas tant que ça. Pas de promesse, pas d'attache, pas de problème.

— Ce n'est visiblement pas suffisant pour certaines...

— Qui te dit que c'est une ancienne maîtresse ? Ça pourrait très bien être une téléspectatrice qui s'ennuie et qui s'est mise à fantasmer sur moi, sans égards pour ma réputation dans le milieu journalistique.

— C'est vrai mais ce n'est pas ce que me dit mon instinct. Alors, qu'est-ce que tu veux faire avec ça ?

— Je comptais sur toi pour m'aider à trouver une solution. Tu es spécialisée en journalisme d'enquêtes, ma belle.

— Un : ne détruis surtout pas cette lettre. Tu aurais dû conserver les autres aussi. Deux : je t'invite à souper chez moi, ce soir. Nous pourrons mieux en discuter devant une belle assiette de lasagnes et un bon verre de vin rouge.

— Souper chez toi, vraiment ?

— Au nombre de fois où tu m'as invitée au restaurant, je te dois bien ça, non ? Honnêtement, ça me fait plaisir. J'ignore pourquoi, mais je me sens bien en ta compagnie.

Rémy lui tira la langue et avoua que lui aussi aimait être avec elle. Avant de retourner à son bureau, il décida de se venger :

— Tu es vraiment une personne exceptionnelle, Andréanne. Beauté et intelligence réunies chez la même femme... C'est rare, ça !

Il eut à peine le temps de s'éloigner avant de recevoir deux ou trois crayons par la tête. On lui annonça un accident mortel sur l'autoroute. Lui et le cameraman devaient s'y rendre sur-le-champ. Une intervention bien banale pour lui et pour Sylvain, un reportage de tous les jours. Les formules restaient les mêmes, seuls changeaient les noms des lieux, des voitures, ainsi que le nombre, l'âge, l'état et le sexe des victimes.

En rentrant à la station, il trouva sur son bureau une note d'Andréanne lui annonçant qu'elle l'attendait impatiemment chez elle.

23

Christopher était littéralement épuisé. Depuis plus de trois semaines, il vivait dans des conditions pitoyables. Il était incapable de dormir la nuit : il fallait chasser les moustiques et il avait trop mal au dos pour parvenir à s'assoupir. Il rêvait de se laver dans des conditions convenables, de prendre une douche bien chaude.

Il se jeta sur son lit sans avoir la délicatesse de tenir la porte de la chambre ouverte pour Érika, qui rentrait avec ses bagages.

Un préposé de l'hôtel vint presque tout de suite frapper à la porte. Sans rouspéter, la jeune archéologue se releva.

Elle remit trois lettres à son amant. Les trois lettres comportaient une écriture d'enfant. Christopher frémit en constatant qu'il n'avait pas téléphoné à sa fille depuis presque un mois et qu'il ne lui avait pas encore écrit. Il ouvrit les enveloppes avec précaution, comme si elles risquaient de le mordre.

Dans la première lettre, Judith le remerciait pour la pierre que Benjamin lui avait apportée.

> « S'il te plaît, papa, écris-moi en lettres détachées. J'ai encore de la difficulté à lire les mots en lettres attachées. O.K. ? »

Elle lui avait envoyé un très joli dessin qui représentait la famille au complet : ses parents et elle.

Dans la deuxième enveloppe, il y avait quelques photos d'elle et de lui prises pendant les dernières vacances. Judith écrivait :

> « J'avais de la peine, car le dernier papier avec lequel je t'ai écrit n'était pas beau. J'avais fait des dessins pour qu'il le soit plus. Maman a eu une bonne idée et elle m'a acheté du papier à lettres. Le trouves-tu beau ? Je m'en sers juste pour toi !
>
> « Je m'ennuie de toi. J'ai hâte de te parler. J'espère que tu vas me téléphoner cette fin de semaine », disait-elle encore.

La lettre datait de deux semaines ! Un frisson parcourut l'échine de Christopher.

Dans la troisième lettre, l'école était terminée et elle avait joint une photocopie de son bulletin scolaire.

> « Je t'écris toujours sur le bureau qui est fixé à mon lit. Maman m'aide : je ne sais pas écrire tous les mots. J'écris tous les dimanche soirs, comme tu m'avais demandé. Je mets des timbres sur l'enveloppe et maman la dépose dans la boîte à lettres, en allant travailler. »

— Il faut que j'appelle ma fille. Ça n'a pas de bon sens...

— Il est vingt heures, au Québec, lui apprit Érika, après un bref calcul.

— Tu te souviens des numéros à composer pour obtenir l'assistance téléphonique ?

Dix minutes plus tard, le téléphone sonna longtemps, en vain, dans la maison qui lui avait appartenu. Il demanda à Érika quel jour ils étaient. Elle dut réfléchir, autant que lui.

— Jeudi !

Incroyable comme ils perdaient la notion du temps sur un site archéologique !

Christopher savait que Judith serait chez Mathieu. Tant mieux, son ami risquait d'être de meilleure humeur que sa femme.

— Ton ex-femme, objecta Érika.

Elle avait murmuré la correction en l'observant avec un sourire charmeur. Il se tut. Que dire ? Érika avait raison et se chargeait régulièrement de le ramener à la réalité. Elle avait meilleure mémoire que lui pour tout ce qui concernait la vie réelle.

Mathieu parut surpris d'entendre la voix de l'archéologue au bout du fil. Il ajouta que Judith allait se mettre au lit mais qu'elle serait heureuse de lui parler. Elle attendait ce moment-là depuis tellement longtemps.

— Ne me poignarde pas, toi aussi, Mathieu. Nous avons eu une expédition insoutenable, humainement parlant. Je n'ai pas mis les pieds dans un hôtel décent depuis trois semaines. J'ai trouvé les ravissantes lettres de la petite il y a moins d'une demi-heure.

— Je te la passe. Bonne chance pour la fin de ton périple.

— Merci, Mathieu. Bonne soirée.

Christopher pianota sur le téléphone en attendant que la petite vienne lui parler. Avec regret, il vit Érika se glisser dans la salle de bains, puis il entendit la douche couler. Il lui avait fait promettre qu'il irait en premier mais bon, la culpabilité avait gagné sur le plaisir de sentir l'eau brûlante courir sur son corps.

— Allô...

Pas de bonne humeur, la fillette. Christopher la comprenait. Il n'aurait pas été heureux si quelqu'un lui avait fait autant de promesses sans jamais les tenir.

Il lui parla chaleureusement de son expédition et il précisa qu'il avait trouvé plusieurs pierres. Il lui promit de lui écrire le jour même et de faire un colis avec les pierres.

— Ne me boude pas, ma belle Judith. Tu recevras un petit colis d'ici une ou deux semaines. Quand je reviendrai à la maison, nous choisirons les plus belles pierres et nous les rangerons dans ta bibliothèque. D'accord ?

— Oui. Papa, je suis contente de t'entendre. Je croyais que tu ferais comme les autres fois et que tu n'allais pas m'appeler ni m'écrire. J'avais de la peine. Je pensais que tu ne m'aimais pas.

— Judith ! Tu sais bien que je t'aime, mon ange. Continue de m'écrire chaque semaine. Ça me fait plaisir de lire tes belles lettres. Merci aussi pour tes dessins et pour les photos. Je vais les regarder chaque jour !

Christopher discuta encore un bon moment avec sa fille sans penser aux frais d'interurbain. Pendant les dernières minutes, Érika était couchée à ses côtés et lui massait les mollets. Il ne s'en plaignit pas.

— Pendant la grossesse de Valérie, puis quand Judith est née, je croyais que ma fille resterait toujours un bébé. Ça se réveille la nuit mais ça donne de si petits soucis : un peu de fièvre, des coliques, des couches à changer. Ça ne demande qu'un peu d'attention et de gros câlins. Maintenant, je dois parler à ma fille comme à une adulte, argumenter, défendre mes points de vue, mon travail... Elle est bien la fille de sa mère !

— Pauvre chéri. Trois femmes dans ta vie, c'est dur, hein ?

— Trop dur, oui ! Par chance, il y a une femme parmi ces trois-là qui n'est pas trop compliquée !

Ils s'étreignirent et échangèrent un baiser. Dès que Christopher sortit de la douche, Érika se chargea de le faire relaxer totalement... Il était encore tôt en après-midi mais ils voulaient dormir. Érika s'assoupit très vite après l'amour.

Incapable de trouver le sommeil malgré les nombreuses nuits blanches précédentes, tourmenté par ses pensées, Christopher se mit à la recherche du sac dans lequel il avait rangé des pierres pour Judith. Il renonça à le retrouver après avoir vidé ses valises, secoué chaque vêtement et fouillé tous les bagages de sa maîtresse. Le cœur serré, il se demandait comment il pourrait tenir sa promesse...

Il écrivit une longue lettre à sa fille, avec des mots simples et en belles lettres détachées. Il venait de demander une petite boîte à la réception, quand Érika sortit de la chambre. Elle s'étonna qu'il n'ait pas dormi.

— Pas capable. Sais-tu où je pourrais trouver des pierres pour ma fille ?

— Les cailloux pour ta fille sont dans la jeep, mon beau monsieur ! Tu ne te souviens pas ? Tu laissais le petit sac là, disant que ce serait plus simple d'y ranger les pierres quand tu en trouverais.

— En es-tu certaine ?

— Absolument. J'en ai même mis une magnifique dedans, juste avant notre départ !

Christopher se retint pour ne pas pousser un cri de joie. Il irait chercher la clé de la jeep chez ses confrères, Marc et Richard. Tant pis s'il les réveillait. Il voulait le faire, *là*, tout de suite, avant d'oublier une nouvelle fois.

Érika lui promit que, dorénavant, chaque fois qu'ils rentreraient à l'hôtel, elle lui demanderait s'il avait besoin d'appeler ou d'écrire à sa fille. Deux têtes valaient mieux qu'une et elle était heureuse de pouvoir collaborer avec lui. Il l'entendait à peine tant il était content de pouvoir remettre la main sur les pierres.

Une heure plus tard, le colis était prêt et remis au postier. Christopher rayonnait de fierté. Il appellerait Judith, la veille de son nouveau départ, pour l'assurer qu'elle recevrait bientôt ses pierres.

— Le bonheur te va bien, mon chéri. Tu te sens délivré, depuis ton retour, non ? Tu es différent. Plus léger.

— Je suis content de savoir que je ne rends plus ma femme malheureuse. Et j'ai tenu ma promesse, pour une fois. En me montrant de bonne foi, je risque d'avoir des relations correctes avec ma femme, au retour à la maison.

Érika n'osa pas lui poser de questions sur son avenir. Espérait-il rencontrer une autre femme ? Avait-il une idée de l'endroit où il habiterait au Canada ? Espérait-il que la relation entre eux change ? Elle craignait trop que ça ne soit plus pareil. Il ne fallait pas.

Elle retrouva son amant au lit.

24

Benjamin était debout devant sa centaine d'employés. Il n'aimait pas donner des conférences, mais pour annoncer de bonnes nouvelles, pourquoi pas ?

Il expliqua que les travaux d'agrandissement de l'usine, commencés un mois plus tôt, allaient se poursuivre tout l'été. Avec un peu de chance, ils seraient terminés pour la fin d'octobre. Il faudrait que les employés fassent beaucoup d'efforts pendant ces quelques mois. Le nombre d'employés augmenterait considérablement. Il ne pouvait plus attendre avant d'engager et de commencer la production à un rythme plus élevé. En plus du contrat avec une firme australienne, il venait tout juste d'en signer un autre avec une société américaine. Les jouets fabriqués par Benjamin Magnan connaissaient un succès international dont il n'était pas peu fier !

Un employé de la première rangée lui demanda quels seraient les principaux inconvénients.

Benjamin leur expliqua longuement qu'ils manqueraient d'espace. Ce n'était pas seulement au niveau des chaînes de montage mais partout dans l'usine : dans la cuisine, les toilettes, et même les places de stationnement. Le patron rassura ses employés en leur expliquant que quelqu'un avait été spécialement mandaté pour trouver des solutions à ces problèmes temporaires. Par exemple, ils formeraient plusieurs groupes pour les pauses et les repas. C'était la seule façon d'assurer de la place pour tout le monde. Tout serait rentré dans l'ordre à l'automne. Et d'ici là, aucun effort ne serait ménagé pour améliorer leurs conditions de travail et pour leur faciliter la vie.

Il souligna ensuite un des principaux avantages qu'auraient ses premiers employés. Les quatre-vingts nouveaux postes créeraient des ouvertures pour les quarts de travail de jour, de soir et de nuit. Une secrétaire distribuerait un formulaire dans la salle. Benjamin pria les travailleurs d'indiquer leurs disponibilités ainsi que leurs préférences pour les horaires. Le directeur des ressources humaines déciderait, selon l'ancienneté de chacun et selon les places disponibles, qui pourrait changer de quart. Il espérait que cette mesure ferait quelques heureux parmi eux. Benjamin était conscient qu'il n'était pas toujours facile de travailler le soir ou la nuit et de concilier un tel horaire avec la vie familiale. Il ne manqua pas de souligner qu'il regrettait de devoir faire travailler ses salariés le soir et la nuit.

Lui-même n'aurait pas aimé faire le quart de soir. Si sa femme avait travaillé le jour, comme c'était souvent le cas chez les employés, il n'aurait presque jamais pu la voir pendant la semaine. S'il devait avoir un nouveau contrat, il lui faudrait même ouvrir l'usine les fins de semaine. L'idée l'angoissait.

Un murmure de bonne humeur s'était élevé dans la salle de conférence.

Benjamin avait une dernière bonne nouvelle à annoncer :

— Vous savez combien j'apprécie l'excellent travail que vous accomplissez tous dans cette usine. J'ai toujours dit que si je n'avais pas cette équipe du tonnerre, jamais l'entreprise ne serait ce qu'elle est aujourd'hui. Pour vous remercier de vos efforts et de votre patience, vous recevrez tous, dès la semaine prochaine, un bonus de cinq cent dollars. Je pense que cela vous permettra de passer de plus belles vacances d'été !

Il les remercia, les salua et ramassa les feuilles déposées devant lui. Le directeur des relations humaines et celui de la production le félicitèrent. Le bonus était l'idée du P.-D.G. lui-même.

— Espérons que personne ne se plaindra. Ils vont se marcher sur les pieds.

— Pas tant que ça, quand même. La présence des nouveaux employés ne contrevient pas aux normes de la Commission de la santé et de la sécurité du travail, pas plus qu'aux normes du Service des incendies.

— C'est au moins ça !

Alors que Benjamin terminait une discussion avec le directeur de l'ingénierie, il porta attention à celle qui était en cours entre deux employés qui, à cause d'un mur en coin, ne le voyaient pas. Ils disaient qu'ils aimaient travailler à cet endroit et qu'ils avaient vraiment un patron hors du commun. Une femme avait déjà décidé ce qu'elle allait faire de son bonus : payer des cours de musique privés à son fils.

— Monsieur Magnan, je veux vous remercier. Je travaille ici depuis deux ans, mais ça fait presque trente ans que je suis sur le marché du travail. Quand la dernière usine qui m'employait a fermé ses portes, j'étais condamné à ne plus travailler. En effet, qui veut embaucher un homme dans la cinquantaine ? Quand des postes se sont ouverts ici, jamais je ne croyais être engagé. Je suis venu par obligation. J'en ai fait, des usines, au fil des ans, mais c'est vraiment le premier endroit où les travailleurs sont si appréciés et si bien traités. Je voulais juste vous dire de continuer comme ça. Vous êtes un patron hors de l'ordinaire.

— Merci beaucoup, monsieur...

Benjamin fit un effort. Pendant les premières années, il s'était fait un devoir d'apprendre le nom de chacun de ses employés et de connaître quelques détails de la vie privée de certains d'entre eux. Ce n'était plus vraiment possible avec le nombre de travailleurs mais celui-là lui était vaguement familier. Grimard !

— J'apprécie ces commentaires, monsieur Grimard. Je tiens à continuer comme ça, vous savez. Pour moi, c'est une priorité. Une fois, quelqu'un qui n'est pas dans le milieu industriel m'a dit : « N'oublie pas que ce ne sont pas les machines qui travaillent et font la production : c'est l'humain derrière la machine. » C'est vrai, non ? C'est l'homme qui crée la machine et l'homme qui la fait fonctionner. Seule, la machine n'est rien du tout. Alors, je traite mes employés en êtres humains. Ça semble rendre tout le monde heureux, moi le premier.

Satisfait, Benjamin se rendit à son bureau, où il se perdit dans la contemplation de la photo de famille qui ornait son mur. Presque deux cent personnes travailleraient bientôt pour lui. Lui, un petit gars parti de pas grand-chose ! Son père lui avait prêté un peu d'argent, une banque lui avait fait confiance. D'ici quelques années, il y aurait une seconde succursale, il prévoyait même diversifier ses activités. Ce serait Leila, Louis et/ou le bébé en route qui poursuivrait ses activités. Il y tenait. Louis était encore trop jeune pour que son père puisse déceler son intérêt pour l'usine. Cependant, il sentait déjà naître chez Leila le feu sacré qu'il possédait lui-même. Sa douce Geneviève lui répétait pourtant de ne pas s'illusionner.

Les soirs où il était à la maison, depuis la naissance de sa fille, Benjamin inventait des histoires qui traitaient toujours du même sujet : les usines. À cinq ans, Leila en connaissait déjà beaucoup sur le milieu industriel.

— Des enfants qui peuvent être fiers de leur papa ! s'exclama gaiement Louis Therrien, le directeur des ressources humaines, en découvrant ce que son patron regardait.

Benjamin remarqua que son sourire semblait crispé. Lui aussi travaillait beaucoup depuis quelque temps, sans doute était-il fatigué.

— Et un papa très fier de ses enfants ! Bon, il faut revenir les pieds sur terre ! À quelle heure débute la rencontre avec les ingénieurs ?

25

Mathieu prenait rarement congé en dehors de ses semaines de vacances. Pourtant, ce jour-là, il en avait vraiment ressenti le besoin. Il s'était ressourcé, toute la journée, auprès de sa cure de jouvence : les deux petites filles. Sur un coup de tête, il avait même décidé de les emmener aux glissades d'eau. De retour à la maison vers quatorze heures, ils avaient joué dehors à toutes sortes de jeux. Bien qu'ayant appliqué de la crème solaire, Mathieu espérait avoir bronzé un peu. Il ne lui restait plus grand-chose du hâle de ses vacances d'hiver et, avant de partir à la mer, il aurait aimé avoir un peu de couleur.

Valérie eut droit à tous les détails de la journée aussitôt arrivée chez Mathieu. Judith lui apprit qu'ils avaient préparé des sandwichs, tous ensemble, et que Mathieu avait étendu une couverture sur le gazon, derrière la maison : ils feraient un vrai pique-nique !

— La dernière à la couverture est une tortue !

Les fillettes partirent à toute vitesse, laissant leurs parents seuls avec la préparation du repas.

— Sandwichs, crudités et jus en bouteille... Pas très originaux ni très équilibrés mes menus, lors des jours de congé de Cathou !

— Tant pis, ça fait tellement plaisir aux enfants.

Mathieu en avait assez. Depuis un certain temps, Valérie avait changé d'attitude envers lui. Elle n'était plus son amie, sa confidente, sa complice. Il fallait qu'il lui en parle, même si les enfants risquaient de les interrompre.

Il lui posa la question directement, sans détour. S'il comprenait ce qui s'était passé, cela l'aiderait à accepter de voir leur belle amitié et leur complicité prendre le bord.

— Il y a une femme dans ta vie, Mathieu. Je ne veux pas la rendre jalouse. Je ne veux pas m'imposer non plus.

— Une femme dans ma vie ? Où as-tu été chercher ça ?

Mathieu voulait comprendre.

— L'infirmière... Vous avez vécu une histoire d'amour, elle est partie, elle est revenue et ça recommence. C'est normal, c'est correct. Je ne veux pas être de trop.

— Nancy... C'est une bonne amie. Nous ne sommes jamais sortis ensemble, même avant son départ. Au plus, je peux dire que nous avons été bien proches pendant un certain temps. Rien ne recommence, Valérie. Elle travaille de nouveau à l'urgence et nous avons gardé une bonne relation, c'est tout. Pourquoi dois-je me justifier d'avoir invité *une amie, un soir* ? Je ne t'ai pas appris que je sortais avec elle et crois-moi, si ça devait se produire un jour, avec elle ou avec une autre, tu seras la première à le savoir. En attendant, t'ai-je demandé de prendre tes distances, d'être plus froide avec moi ?

— Elle t'aime...

— C'est possible mais pas moi, et c'est clair entre nous. Je ne deviens pas amoureux de toutes les infirmières que je côtoie. C'est quand même bon de savoir que je ne peux inviter personne sans que tu ne te sentes obligée de t'éloigner. Je m'en souviendrai.

— Je m'excuse, Mathieu, je n'avais pas l'intention de te blesser. Et il y a un autre problème. Je suis de plus en plus gênée par tout ce que tu fais pour Judith. Je ne peux pas rendre, à toi et à Sandrine, la moitié de ce que vous nous donnez.

— De nouveau, j'espère sincèrement que tu n'es pas sérieuse. Te souviens-tu d'une certaine journée du mois d'août, il y a presque huit ans de cela ? Tu t'es occupée de Sandrine comme de ta propre fille ! Pour elle, tu es sa mère !

— C'est donc bien long ! s'exclama Judith. Les sandwichs étaient déjà prêts, pourquoi vous prenez tant de temps ?

— Excuse-moi, mon petit cœur. Nous arrivons dans deux minutes, répondit Valérie.

Judith ressortit aussi rapidement qu'elle était entrée, un vrai coup de vent.

— Elles vont aller jouer, après le souper. Nous poursuivrons cette discussion. Je veux que notre relation reprenne son cours normal, comme avant.

Perdre Valérie pour des raisons aussi bêtes ! Mathieu ne laisserait plus la situation se détériorer.

Le repas fut plaisant. Les filles étaient ravies de manger le dessert, des petits gâteaux que Mathieu avait exceptionnellement achetés en s'arrêtant à l'épicerie. Faire le marché était une corvée dont se chargeait habituellement Cathou.

Elles débutèrent une partie de baseball, un sport que leur avait enseigné Mathieu pendant la journée.

— Christopher t'aime et t'apprécie beaucoup, mais il s'étonne de toute la place que tu fais à sa fille. Elle en prend trop, je le sais.

— Crois-moi sur parole : jamais Judith ne me dérangera et jamais je n'aurai l'impression de trop en faire pour elle.

Il la sentit se détendre. Dans un élan de tendresse qu'il fut incapable de contrôler, Mathieu lui prit la main et s'approcha pour l'embrasser doucement sur la joue. Il frissonna de plaisir. Il aurait passé la soirée ainsi. Main dans la main, yeux dans les yeux, il se sentait tellement bien près de la designer... Mais les filles étaient là et dix-neuf heures approchaient à grands pas.

Pour se changer les idées, Mathieu parla des vacances d'été, de sa décision d'aller passer une semaine en Californie avec sa fille. Aussi subtilement que possible, il lui fit comprendre qu'il désirait qu'elle l'accompagne. Il avait loué un appartement pour la semaine ; elle n'aurait qu'à payer les billets d'avion. Sinon, les filles seraient tellement déçues d'être séparées pendant leurs vacances... Quant à lui, il voulait une présence adulte à ses côtés. Benjamin était trop occupé pour l'accompagner et Rémy n'aimait pas assez la présence des enfants pour le suivre dans cette aventure.

— Nos filles ne méritent-elles pas une récompense ? Elles ont eu des résultats scolaires admirables et, en plus, elles ont été victimes d'une prise d'otages... Cet événement hyperstressant mérite bien une récompense, une consolation...

— Christopher a bien gâté et récompensé Judith.

— Ce n'est pas pareil. C'est toi qu'elle aime le plus, Valérie. C'est avec toi qu'elle sera fière et heureuse d'aller en vacances. Christopher l'a gâtée parce qu'il ne savait pas quoi faire d'autre pour se déculpabiliser.

Valérie sembla se concentrer sur le jeu des petites. En fait, elle réfléchissait à ce qu'elle devait répondre. Elle aurait aimé visiter la Californie en la compagnie de Mathieu mais pouvait-elle laisser sa boutique ? Était-ce une bonne idée d'être si près de lui pendant une semaine ? Chaque jour, elle en était de moins en moins certaine.

— Accepte, Valérie.

— J'accepte. Merci, Mathieu. Tu es vraiment un gars bien.

Il sourit et lui serra la main ; un courant étrange passa dans le regard qu'ils échangèrent...

26

Rémy se surprenait parfois à trouver ses journées de travail particulièrement pénibles. La prise d'otages n'avait rien arrangé. Attendre si longtemps dans un état de stress, face à deux amis angoissés, lui avait brisé le moral. Il s'était senti tellement impuissant ! Depuis cet événement, qui n'avait pourtant pas fait de blessés, Rémy aurait juré que les actes de violence s'étaient multipliés dans la ville. L'accident auquel il avait assisté en direct, poids lourd contre automobiles, avait achevé de le persuader que quelque chose allait arriver. C'était très fort en lui. Il craignait qu'un de ses proches, ou peut-être même lui, n'ait un accident.

Le journaliste n'avait pas été chercher son courrier personnel de la semaine. Il fut abasourdi d'apercevoir, dans la pile, deux lettres trop semblables à celles qu'il recevait – régulièrement – depuis un mois. Mêmes lettres écrites à l'aide d'une règle, même feuille blanche, même enveloppe blanche dénuée de tout indice. Seule l'encre utilisée sur la lettre mais pas sur l'enveloppe était différente. C'était un stylo à bille rouge et, à chaque voyelle, la *personne* avait dessiné des coulisses traînant vers le bas. Il était facile de deviner ce qu'*elle* avait voulu imiter : des traces de sang.

> *« TU NE SERAS PLUS JAMAIS TRANQUILLE. SI TU NE M'APPARTIENS PAS, TU N'APPARTIENDRAS À PERSONNE D'AUTRE. JE VAIS T'ÉLIMINER. À LA STATION, CHEZ TOI OU N'IMPORTE OÙ AILLEURS. JE SAIS TOUT DE TOI, NE CROIS PAS LE CONTRAIRE. ET NE ME METS PAS AU DÉFI DE TE LE PROUVER ! ÇA POURRAIT COÛTER CHER À DES GENS QUE TU AIMES. TRÈS CHER. LE PRIX DE LEUR VIE, RÉMY ! »*

La première lettre le bouleversa tellement qu'il ne ressentit pas le besoin de lire la suivante. C'était la première fois qu'il en recevait une ailleurs qu'à la station. S'il se servait de toute sa logique, cela pouvait signifier deux choses : que la *personne* le suivait vraiment ou bien qu'il la connaissait. À la lueur de cette missive, il fut convaincu de la deuxième hypothèse : comment pourrait-elle savoir, autrement, s'il la prenait au sérieux ou pas ? Rémy songea alors aux gens qu'il tenait au courant des développements de cette affaire : Andréanne, sa collègue et maîtresse, Mathieu, Benjamin, Geneviève, sans doute Valérie était-elle aussi au courant. La secrétaire qui distribuait le courrier à tous les journalistes n'était pas dupe. Rémy lui avait expliqué de quoi il retournait. Quelques autres journalistes avaient aussi découvert des lettres.

Donc, selon lui, plusieurs personnes connaissaient l'existence des menaces, mais dans tous les détails, il n'y avait qu'Andréanne, Benjamin, Geneviève, Mathieu et Valérie.

Rémy écrivit les noms sur une feuille blanche et raya tout de suite ceux de ses deux amis. S'il était sûr d'une chose, c'était que la *personne* était une *femme*, pas un homme, même désaxé. Il était tout aussi convaincu que ce ne pouvait pas être Valérie, ni Andréanne. Il les connaissait trop bien. Geneviève ? Qui sait ? Il ne la connaissait pas intimement. Il la côtoyait souvent mais ils se parlaient peu. Jusque-là, il croyait qu'il la laissait indifférente puisqu'elle ne faisait aucun effort pour aller vers lui. Frissonnant, Rémy fit une étoile à côté de son nom.

La seule autre possibilité, bien qu'improbable, était Andréanne. Rémy refusait d'y croire. Elle était sa seule véritable amie à part les trois gars qu'il connaissait depuis une vingtaine d'années. Elle l'avait presque entièrement à elle. Depuis quelques mois, ils se voyaient beaucoup et partageaient plein de choses ensemble, dont leurs sentiments. Elle voulait aussi demeurer libre mais, naturellement, leur relation était devenue presque exclusive.

Les yeux au ciel, Rémy pria pour que ce ne soit pas Andréanne.

Il décrocha la combiné du téléphone et composa rapidement les sept chiffres qu'il connaissait par cœur.

— Salut, Andréanne. Est-ce que je te dérange ?

— Je fouillais dans mon frigo, à la recherche de quelque chose à cuisiner.

— As-tu des plans pour la soirée ?

— Je vais aller danser un peu plus tard, je crois. Ce n'est pas dans mes habitudes de rester seule le vendredi soir.

— Si je t'invitais à venir danser chez moi, qu'est-ce que tu en dirais ? J'ai quelques centaines de disques compacts, tu aurais le choix de la musique...

Elle était chez lui vingt minutes plus tard, déposée par un taxi. Ils décidèrent de se préparer une tourte au porc, bien que Rémy ait insisté sur le fait qu'il n'avait pas faim du tout.

Ce n'est qu'en déposant les assiettes fumantes sur la table qu'Andréanne aperçut les deux lettres que le journaliste avait intentionnellement laissées là. Elle s'étonna et sembla perplexe en voyant qu'elles avaient été adressées à sa résidence. Avant de les lire, elle vit la feuille sur laquelle Rémy avait fait une étoile près de son nom. Elle comprit tout de suite ce que ce petit symbole signifiait. Elle rougit et le regarda avec du feu dans les yeux.

— La confiance règne ! Je suis ton amie depuis plusieurs mois. Comment peux-tu penser que c'est moi qui fais ces menaces ? Je n'ai pas besoin de telles inventions pour être près de toi : tu m'invites au moins deux soirs par semaine ! Franchement, Rémy...

— Ne te mets pas en colère. J'ai fait la liste des gens qui sont au courant et ceux qui sont les plus aptes à m'écrire ces lettres.

— Raye-moi de ta liste, mon bonhomme.

— Je ne demande pas mieux, Andréanne. En lisant les lettres, j'ai eu l'impression que je connaissais la personne. Lis-les.

Après avoir parcouru les lettres, Andréanne affirma, en sa qualité de jeune et ambitieuse journaliste d'enquêtes, que, selon elle, rien n'indiquait que l'individu en question le connaissait personnellement. Elle savait qu'elle pouvait se tromper mais il lui semblait que la personne était rendue à un nouveau stade. Elle le menaçait à son adresse personnelle, prouvant ainsi qu'elle savait des choses sur lui. Après cette étape, elle menacerait des gens qu'il fréquentait ou bien elle tenterait de les agresser.

Rémy songea tout de suite aux petites Sandrine et Judith, rescapées d'une prise d'otages. Pourtant, d'autres personnes pouvaient être menacées : Mathieu, Benjamin, sa femme, leurs enfants, Valérie, Andréanne également... Sandrine... L'enfant était parue à CNI et Rémy avait avoué en ondes qu'elle était la fille d'un ami proche...

— Je ne pense pas que tu connaisses la personne de très près. Une ancienne aventure d'un soir, peut-être, mais je penche pour quelqu'un pour qui tu es vraiment devenu inaccessible.

— C'est donc impossible de déterminer qui cela peut être. Une ancienne aventure, une téléspectatrice... La Chaîne nationale d'informations est diffusée partout au Canada et elle est la chaîne numéro un de l'information au Québec. Cela n'a rien à voir avec les cotes d'écoute d'un poste communautaire.

— Tu dois absolument aller voir les policiers pour qu'ils enquêtent de leur côté. Je peux faire certaines démarches mais je n'ai pas tous les pouvoirs qu'ont les enquêteurs.

— Je paierai ce qu'il faut si tu veux bien m'aider. Je n'ai pas l'intention d'aller voir les policiers tout de suite, Andréanne. Ils vont fouiller dans ma vie, dans mon passé. À la station, le téléphone arabe va se mettre en marche, bref, tout CNI va finir par tout savoir. Je n'ai vraiment pas envie d'affronter ça. Ne pas croiser une seule secrétaire, un seul preneur de son qui ne sera pas au courant du nombre d'aventures que j'ai eues ou du nombre de lettres que je reçois chaque jour, ce serait trop pénible pour moi. Je ne veux pas que tout le monde me regarde et me juge, Andréanne !

Elle hocha la tête, réfléchissant. Elle était surprise de voir tant de douleur dans les yeux de Rémy. Derrière des apparences frondeuses, Rémy Gaucher cachait un homme blessé et un homme sensible.

— Il y a sans doute une façon d'être discrets. Les policiers ne sont pas tous balourds.

— Je connais les policiers, Andréanne. Ils n'ont pas de temps à perdre. Juste imaginer leur passage à CNI me donne la nausée.

Rémy ferma les yeux, puis caressa le visage de sa copine pendant quelques secondes.

— Mangeons, maintenant, Andréanne. Ce sera froid si on continue. J'ai besoin de me changer les idées. Je t'avoue, bien humblement, que ça ne va pas très fort aujourd'hui.

— Que se passe-t-il, Rémy ?

— Ne sait pas trop ce qu'il a, le journaliste. Tu vois, j'ai confiance en moi quand j'ai un micro dans les mains. C'est le seul moment où je sais qui je suis et qu'est-ce que j'ai à faire. Depuis la prise d'otages, j'ai perdu le goût de faire mon travail.

— C'est la première fois que tu faisais face à une situation dangereuse, qui mettait en cause des gens que tu connais bien. Je ne comprends toutefois pas pourquoi tu dis que c'est le seul moment où tu as confiance en toi. Dans la vie en général, tu ne me sembles pas du tout manquer de confiance...

— Tu te trompes, Andréanne.

Andréanne mangeait à peine, tout en l'écoutant. Rémy ne touchait pas à son assiette. Il parla, pêle-mêle, de son enfance, de sa hantise de fonder une famille, d'avoir des responsabilités. Andréanne ne l'avait jamais entendu se dévoiler ainsi. Rarement les hommes se confiaient-ils. Elle était donc encore plus heureuse que Rémy lui témoigne suffisamment de confiance pour se livrer ainsi.

— Tes parents ont été si méchants avec toi ?

— J'ai toujours été de trop pour eux, tu comprends ? J'étais comme un poids à traîner. Je ne voudrais surtout pas faire revivre ça à un enfant. Mes trois amis sont pères de famille, deux des trois en sont extrêmement fiers et heureux. Je ne suis pas comme eux... Pourquoi ?

— J'ai quelques amis qui n'ont pas d'enfants et qui sont très bien comme cela. Ce n'est pas indispensable d'en avoir, tu sais.

— Quand j'étudiais à l'université, je me suis fait la promesse d'en avoir un. Juste pour prouver à mes parents que je saurais être un meilleur parent qu'eux l'ont été.

Rémy se souvenait trop bien de toutes ces années où ses parents l'avaient négligé. Combien de fois avait-il eu peur, seul dans leur petite maison ? Honteux et désabusé, il lui était arrivé de téléphoner chez son copain Benjamin, qui habitait le même quartier, dès l'âge de douze ans. Le père de son ami venait alors le chercher et, lorsque Rémy ne trouvait pas la clé pour sortir de chez lui, il sortait par la fenêtre de sa chambre. Quand il retournait chez lui, il avait droit à quelques reproches, rien de plus.

Son père était commis-voyageur et devait souvent quitter Montréal pour deux ou trois jours. Lorsque Rémy était enfant, ses parents le faisaient garder chez une tante, une voisine, une amie, bref, n'importe qui ayant besoin de quelques sous ou ayant du temps à perdre. À six ans, il avait passé un réveillon de Noël chez une tante. Elle lui avait offert un petit camion Tonka et un livre à colorier, alors que ses cousins et cousines avaient été couverts de cadeaux. Rémy avait vite cessé de croire au père Noël. Son plus beau souvenir de Noël était celui qu'il avait passé chez Benjamin. Il avait été gâté et s'était senti aimé. En vieillissant, Rémy et Benjamin avaient changé d'intérêts, de points de vue, d'activités. Leur amitié et leur complicité étaient pourtant restées, solidifiées par des années d'entraide et de confiance.

C'était dans un cours de tennis que Benjamin et Rémy avaient rencontré Mathieu et Christopher. Jouant les uns contre les autres en double, ils avaient appris à se connaître. Ils avaient ensuite fait leurs années d'école secondaire ensemble, toujours là pour se soutenir, s'épauler. Ils s'aidaient dans leurs devoirs et travaux, car ils étaient complémentaires. Christopher se passionnait pour l'histoire, la géographie, les sciences naturelles ; Rémy préférait les langues, la politique ; Mathieu et Benjamin étaient forts en sciences : mathématiques, chimie, biologie, physique n'avaient aucun secret pour eux.

Rémy avait quitté la résidence familiale vers l'âge de seize ans et, depuis, il voyait rarement ses parents. Il lui arrivait de leur téléphoner ou de passer leur dire bonjour, et vice versa, mais c'était exceptionnel. Pourtant, peut-être parce qu'ils vieillissaient et peut-être parce que leur fils était devenu une figure publique, les Gaucher auraient bien voulu se rapprocher de lui. « Le présent ne guérit pas toujours le passé », avait-il dit une fois à sa mère.

Mathieu avait vécu une situation analogue. Ses parents s'occupaient de lui de façon correcte, il ne manquait de rien, il pouvait même satisfaire ses caprices, mais il ne recevait pas plus d'amour que Rémy. Dernier de six enfants, sa mère ne se préoccupait que de son bénévolat et son père était absorbé par son métier de neurologue.

— Il y a peut-être un an, je me suis intéressé à une femme. Jolie, intelligente, sans doute trop pour moi. Je la voyais peu et juste quand elle n'avait pas son enfant. J'ai même été fidèle pendant cette relation, désirant qu'elle s'attache à moi, qu'elle me fasse confiance. C'est le genre de femme avec qui j'ai même pensé, un soir ou deux, à la possibilité d'avoir un enfant. Elle a fini par voir le vrai *moi* et elle m'a repoussé sèchement. Je ne sais pas pourquoi j'ai fait tout ça car, aussitôt après m'être éloigné d'elle, j'ai paniqué à l'idée que j'aurais pu « élever » son enfant. Quand je pense que j'avais imaginé en avoir un bien à moi ! Je ne vaux vraiment pas grand-chose.

— Rémy, ne dis pas de sottises. Tu vaux beaucoup plus que tu ne le penses. Crois-moi. Comment s'appelait cette femme qui a tant compté pour toi ?

Andréanne ne se sentait pas jalouse ; elle voulait simplement le forcer à affronter la réalité, à la désigner par son prénom plutôt que par des termes généraux.

— Élisabeth. Personne n'en a jamais rien su mais, à l'époque, je me disais qu'elle avait été ma première « copine officielle ». Et ensuite, je savais qu'elle avait aussi été la dernière.

— Pourquoi donc ?

— Parce qu'aucune femme ne peut aimer un homme comme moi.

— Si seulement tu connaissais ta valeur réelle, Rémy ! La valeur de l'homme qui dort au fond de toi...

Valoir beaucoup. Dans le lit, où Andréanne le connaissait bien, oui, peut-être. En tant que journaliste, oui, Rémy savait qu'il était talentueux. Mais ce n'était pas assez pour lui. Il ne voulait pas passer sa vie à s'amuser avec l'une et avec l'autre. Il avait des défis à relever, des choses à prouver aux gens qui lui avaient donné la vie. Pour ça, il aurait besoin de l'aide d'une femme. Mais quelles garanties pourrait-il lui donner ? Il savait que ses chances d'échouer étaient bien plus grandes que celles de réussir.

— Mes parents ne voulaient pas des responsabilités que leur imposait ma présence. Ils voulaient vivre et ne pas s'ennuyer. J'ai maintenant trente-deux ans, Andréanne. C'est combien ? Au moins sept, huit ans de plus que toi ?

— Sept ans à peine...

— Je vis et je m'amuse. Comme eux. Je fais ce que je leur ai tant reproché.

— Ce ne sont pas des choses interdites, Rémy. Tu as eu le bon sens de ne pas te marier, de ne pas avoir d'enfants. Rien ne t'empêche de vivre comme tu le veux.

— L'avortement était pour ainsi dire inexistant, il y a une trentaine d'années. Sinon, crois-moi, tu ne mangerais pas en face de moi ce soir.

— Tu devrais partager ta souffrance avec tes parents, Rémy.

— J'ai déjà essayé, à maintes reprises ! Ils ne veulent rien entendre. Pour eux, l'essentiel, c'est que j'aie mangé, que j'aie été habillé et que j'aie reçu une bonne éducation. Ils me regardent et se disent : « Hé, bonhomme, tu mesures presque deux mètres et t'as été à l'université pendant trois ans ! Que voulais-tu de plus ? La lune ? »

Andréanne se leva, saisit la main de son ami, l'obligea à se lever et le serra très fort contre elle.

— Tu leur prouves davantage en ayant l'intelligence de ne pas avoir d'enfant, Rémy. Il y a beaucoup de femmes pour qui il n'est pas important d'en avoir. Quand tu rencontreras quelqu'un qui t'intéresse, tu mettras les choses au clair, dès le départ. Une femme – *comme moi* – appréciera ta franchise et ton honnêteté.

— Tu veux un enfant, toi ?

— Non.

Le lendemain matin, le moral de Rémy semblait se porter mieux. Il ne manqua pas de remercier Andréanne qui, blottie au creux de ses bras, l'assura qu'elle serait – probablement – toujours là pour lui.

27

Le nez collé au hublot, Judith était fascinée par le spectacle qui s'offrait à elle. Sandrine allongeait le cou pour parvenir à voir, elle aussi. Le décollage se fit sans problème et, une fois dans les airs, les deux petites filles entreprirent une sérieuse discussion sur leurs projets d'activités pendant les vacances estivales. La jeune designer se blottit dans son siège, ferma les yeux et avoua qu'elle était très fière de sa décision d'accompagner les Tourigny.

— La Californie ! C'était mon plus beau rêve, bien au-delà de l'Europe et des îles paradisiaques...

— Ce n'est pas pour rien que j'ai fait ce choix, Valérie...

— Tu savais ?

— Tu me l'avais dit et, comme je tenais à ce que tu nous accompagnes... Je suis à la fois sérieux et blagueur.

Elle admit qu'elle avait bien fait de se laisser convaincre. Être travailleuse autonome comportait des désavantages ; elle craignait que quelque chose n'arrive à sa boutique pendant son absence. Elle se compara à une mère inquiète de laisser son adolescent seul à la maison.

— La boutique tourne bien, pourtant.

— Oui, vraiment très bien. Mieux que je ne pouvais l'espérer.

— Pourrais-tu, éventuellement, engager une autre employée ?

— Je pourrais le faire tout de suite mais, avec le départ de Christopher, je suis contente de pouvoir faire des économies.

— Je comprends...

Mathieu n'était pas très économe, mais il la comprenait. Valérie discuta un bon moment avec les deux filles, toujours fascinées par ce qu'elles voyaient par le hublot. Mathieu sortit une revue médicale de son sac pendant que les trois *femmes* échangeaient leurs impressions.

Il avait déjà lu plusieurs articles quand on s'intéressa de nouveau à lui. Judith était toute excitée à l'idée de recevoir bientôt son repas ; l'hôtesse se dirigeait vers eux.

Pendant que les filles finissaient chacune leur repas, Valérie regardait Mathieu avec affection. Il touchait à peine au contenu de son assiette.

— La cuisine n'est pas aussi bonne que celle de Cathou, hein ?

— Ne parle pas trop fort, la compagnie d'aviation pourrait lui faire une offre d'emploi que je ne pourrais sans doute pas égaler !

Les parents furent émerveillés aussitôt qu'ils quittèrent l'aéroport. Ils n'échangèrent pas un mot, mais leurs regards en valaient mille.

L'appartement à Laguna Beach, au sud de Los Angeles, était confortable et spacieux, à quelques pas de la mer. La température était excellente. Mathieu ne tarda pas à proposer un petit tour à la plage. Se tremper dans la mer lui faisait envie. Valérie ajouta qu'il fallait avant ranger tous les bagages.

Les mots étaient magiques : quinze minutes plus tard, Sandrine et Judith avaient rangé chacune leur valise. Elles revinrent en maillot de bain. Mathieu siffla en les voyant. Valérie leur en avait choisi deux, une semaine plus tôt, prétextant que ceux qu'elles avaient déjà ne leur allaient plus du tout. Les nouveaux maillots étaient vraiment magnifiques. Mathieu siffla aussi en voyant apparaître Valérie.

— J'ai choisi de beaux maillots de bain pour nous trois, mais c'est grâce à ma boutique... Je m'y connais moins pour les hommes... Tu n'es pas trop triste, Mathieu ?

— Très triste... J'ai le même maillot depuis au moins quatre ans. Personne ne pense à m'acheter de vêtements... à moi !

— Pauvre papa... Quand nous irons dans les magasins, nous t'achèterons un nouveau maillot de bain. Comme ça, tu n'auras plus de peine !

— Je suis content que les dames me comprennent !

Mathieu s'installa sur une chaise longue pendant que Valérie allait se baigner avec les enfants. Elles restèrent si longtemps à courir dans les vagues qu'il décida finalement de les rejoindre pour les informer qu'il était temps de remettre de la crème solaire. Pas question d'attraper un coup de soleil dès le premier jour. Un : ça ferait très mal et deux : un cancer de la peau les guettait.

— Nous sortons de l'eau, docteur !

Chacun enduisit sa fille d'un écran solaire puis les fillettes entreprirent de construire un château de sable. Mathieu offrit à Valérie de lui appliquer de la crème dans le dos et sur les épaules. Elle accepta.

— Je crois que nous allons faire un beau voyage, lui dit-elle pendant qu'il l'enduisait généreusement d'écran solaire. Premier jour de vacances, premiers plaisirs. Les trois heures de décalage horaire nous ont été profitables. Je ne croyais pas faire autant de choses le jour de notre arrivée.

— C'est vrai.

Valérie avait bien senti que les mains de Mathieu l'avaient davantage caressée que pétrie, mais elle n'y vit aucun mal. Elle lui appliqua de la crème solaire à son tour.

Pendant qu'elle se baignait, elle avait pensé aux possibilités qui s'offraient à eux pour leur confort dans l'appartement. Comme Sandrine et Judith insistaient pour dormir ensemble, Valérie demanderait au concierge de leur trouver des lits de camp et de les installer dans la plus grande chambre. Les filles seraient ravies de jouer au « camping » et Valérie dormirait dans le lit. Mathieu aurait ainsi droit à une chambre pour lui seul.

— Pourquoi plus toi que moi ? demanda-t-il.

— Tu fais beaucoup plus que moi pour les enfants dans la vie quotidienne. Pendant les vacances, tu te reposes !

— Mais je...

— Chut ! Pas de commentaires ! Si nous avons les lits de camp, tu changes de chambre.

Ils les obtinrent sans aucune difficulté. Vers dix-neuf heures, les fillettes tombèrent endormies comme des masses, à bout de forces. Elles n'avaient réclamé aucun autre bisou et n'avaient pas bavardé comme elles en avaient l'habitude. Mathieu et Valérie rirent, en se retrouvant au salon.

— Penses-tu qu'elles seront ainsi pendant toutes les vacances ? Le soleil, le grand air, la mer..., énuméra Valérie.

— Je crois qu'il faut plutôt mettre ça sur le compte du décalage horaire, de l'altitude et de l'excitation. Dès demain, bonjour les longues conversations !

— Tant pis, ce sont des vacances pour nos filles aussi. J'ai déjà voyagé mais, tu sais, j'ai du mal à imaginer que je suis au bord de la mer, en Californie !

— Nous aurions dû venir il y a quelques années déjà.

— C'est vrai. Je m'ennuyais pendant mes vacances avec un homme qui, de toute façon, avait envie d'être ailleurs plutôt que chez lui.

Valérie se referma sur elle-même quelques instants. Mathieu la laissa réfléchir. Il devinait très bien dans quel état elle se trouvait.

— Tu sais, il y a certaines choses qui me font mal lorsque j'y repense. Ma petite Judith est ouverte avec nous, mais aussitôt qu'une troisième personne se présente, elle devient timide et renfermée. Eh bien, il y a environ un an, Christopher me l'a reproché. Il m'a dit que je devais trouver *la* façon de lui donner confiance en elle. Comme si je ne me souciais pas de son éducation et que je n'essayais pas déjà de lui donner confiance en elle !

— Christopher peut bien parler, Valérie. Tu aurais dû lui voir la tête quand il est arrivé à la maison avec Judith qui vomissait ! Je ne veux pas me moquer de lui mais il était vraiment hilarant ! Je voyais bien qu'il organisait des doubles funérailles : pour sa fille empoisonnée et pour lui, assassiné !

— Il se sentait vraiment coupable ?

— J'ai rarement vu quelqu'un se sentir aussi coupable d'avoir rendu son enfant malade. Pourtant, je vois toutes sortes de gens à l'urgence. Mais lui...

Ils pouffèrent.

La designer avoua à Mathieu qu'elle avait récemment subi une prise de sang dans le but de détecter le virus du SIDA ou toute autre maladie. Avec son mari volage, elle avait ressenti le besoin de se rassurer. Elle n'avait pas osé demander à Christopher quelles précautions il avait prises avec sa collègue parce qu'elle avait peur de la réponse. Le résultat avait été négatif et Valérie se sentait rassurée.

À parler de sentiments, Mathieu songea à son propre bien-être et à ses espoirs de conquérir le cœur de Valérie. Depuis qu'il avait compris comment elle avait réagi à sa rencontre avec Nancy, il espérait... Bien sûr, elle pouvait encore ignorer les sentiments qui l'habitaient mais... était-ce vraiment possible ? Mathieu, réservé, avait l'impression d'être sorti de sa cachette au cours des dernières semaines. Aveuglée par sa séparation, par toutes ces choses à régler, Valérie était-elle vraiment en mesure de s'en rendre compte ? Peut-être aussi ne ressentait-elle que de l'amitié profonde pour lui. Ce serait fort plausible. Le monde des sentiments était un univers fort complexe, où aucune loi ne régnait. Elle pouvait l'aimer d'une pure amitié. Ou l'aimer d'amour. Ou bien elle pouvait être attirée par lui et réfréner ses sentiments depuis un certain temps, inconsciemment... à la limite de la conscience. En fouillant dans le désordre de ses sentiments, Mathieu avait ainsi découvert qu'il « aimait » Valérie depuis quelques années... Depuis qu'elle était toujours seule, qu'ils se voyaient tous les jours, son cœur avait commencé à cogner dans sa poitrine quand elle arrivait ou quand elle téléphonait... Il s'était avoué tout ça le jour où Valérie avait décidé de mettre fin à sa relation avec Christopher. L'acceptation n'était pas encore terminée, mais Mathieu se préparait déjà psychologiquement à souffrir.

— Je suis fatigué, je vais me coucher. Si jamais je ne me réveille pas demain, frappe à la porte ou bien envoie Sandrine me réveiller.

— Pas de problème. Bonne nuit, mon cher Mathieu, repose-toi bien...

— Merci, toi aussi.

Il l'embrassa sur les joues, lui sourit et s'enferma dans la salle de bains. Son esprit bouillonnait.

28

Rémy raccrocha le combiné, plutôt déçu. Il aurait aimé parler à Andréanne mais elle n'était pas là. Enfin, il savait qu'il ne pouvait pas l'attacher, l'obliger à être chez elle. Ils étaient amis, amants, rien de plus.

Le journaliste soupira, se laissa tomber dans un fauteuil du salon. Il aurait bien aimé jouer au squash, mais Benjamin était en réunion jusqu'en fin de soirée et Mathieu était en vacances. Quant à sa belle Andréanne, peut-être était-elle avec un autre homme. Rémy avait atteint un seuil qu'il trouvait assez insupportable. Enfant, il rêvait d'être une personne publique, reconnue, harcelée dans la rue. Il était devenu assez célèbre, dans sa province, pour se sentir regardé, pour que les gens n'agissent pas toujours normalement avec lui. Et il y avait cette obsédée qui lui envoyait, encore et encore, des messages menaçants, à la station comme chez lui. Andréanne en avait également reçu un... à son adresse personnelle. Elle avait bien réagi, n'avait pas paniqué ni insisté encore pour que Rémy aille voir les policiers. Bien que cette situation le stressât, Rémy était content de la réaction de sa maîtresse.

À cause de tout cela, Rémy ne pouvait pas faire comme la plupart des gens : se rendre au club de squash et jouer avec une personne qui était seule aussi.

Le journaliste n'était pas du genre à se plaindre de sa solitude, quelques mois plus tôt. Il sortait beaucoup et les deux ou trois soirs de trêve qu'il s'octroyait, il les appréciait, il en profitait pour se documenter, lire, se reposer.

Maintenant, seul chez lui, il angoissait et ne savait pas identifier les raisons précises de cet affolement. Peur de celle qui le harcelait ? Conséquence de toutes ces questions qu'il se posait sur la direction que prenait sa vie et la pertinence des choix qu'il avait faits ?

Mathieu et Benjamin organisaient, la semaine suivante, une grande fête, où tous les membres des familles étaient conviés : celle de Mathieu, de Benjamin, de Geneviève, de Valérie, quelques parents proches de Christopher, bien que celui-ci soit absent. C'était une fête de rapprochement, de réconciliation, une occasion de retrouver des gens qu'autrement les amis auraient perdus de vue avec les années. Les deux organisateurs avaient aussi proposé à Rémy d'inviter sa famille, mais il avait refusé. Il irait à la fête et il avait demandé à Andréanne de l'accompagner, point. Durant cette période plus sombre de sa vie, il n'avait aucune envie de faire des efforts pour se rapprocher de ses parents.

En plus de ne pas avoir de famille, Rémy voyait combien toutes ses amitiés étaient superficielles. Il jetait un regard suspicieux sur chaque personne qu'il croisait. Qui donc pouvait faire une telle fixation sur lui ? Andréanne travaillait sur le cas, elle montait un dossier et elle tentait de le convaincre de l'apporter à la police. Jusqu'alors, il y avait peu de résultats. Les enveloppes et les feuilles étaient des plus banales, du papier pour photocopieur qu'on pouvait trouver dans n'importe quel magasin et dans tous les bureaux, même chose pour les enveloppes. Les crayons étaient des Bic, trop courants, et la personne prenait la précaution de mettre des gants pour écrire : aucune empreinte n'était décelable. Il n'y avait rien à espérer de ce côté-là.

Rémy se leva, choisit un disque compact dans sa collection. Un peu de gaieté dans son appartement lui ferait du bien.

Idiot, se répéta-t-il. À la station, peu avant de partir, il avait reçu deux invitations : celle de Marthe Caza, la *vieille* présentatrice de bulletins, et celle d'un autre reporter qui pendait la crémaillère. Il les avait refusées pour plusieurs raisons, entre autres parce qu'il avait espéré rejoindre Andréanne, en congé ce jour-là.

Même s'il n'appréciait que plus ou moins la compagnie de son ancienne maîtresse, trop envahissante et tellement pessimiste, Rémy eut envie de lui téléphoner pour qu'elle vienne le rejoindre. Tant pis s'il devait ensuite supporter ses œillades et ses allusions à la station ; il n'allait pas passer la soirée désespérément seul.

À son grand désarroi, son mari lui répondit qu'elle était à une réunion de l'équipe de production. Quel idiot. Marthe devait plutôt avoir rencontré un autre homme. Qu'aurait-elle pu faire à une réunion de l'équipe de production ? Certaines personnes étaient si naïves...

Rémy regrettait de ne pas être parti en Californie en même temps que Valérie et Mathieu. Sans demeurer avec eux, il aurait pu les voir de temps à autre et en profiter pour visiter ce coin de pays. Il était dû pour un voyage, pour se changer les idées.

Mais voilà ! Il n'était pas parti et il était seul ; il lui fallait se faire à l'idée que la soirée serait longue...

Le lendemain, il se trouverait quelque chose à faire, il le fallait absolument.

Un instant, il eut envie d'appeler sa mère...

29

Valérie s'assit face aux filles et leur parla d'un projet qu'elle avait pour toutes les deux. Elle leur expliqua qu'elle organisait un défilé de mode et qu'elle avait absolument besoin de trois ou quatre petites filles âgées entre cinq et dix ans, pour présenter la collection de son nouveau client, un important manufacturier de vêtements pour enfants. Elle était convaincue qu'avec son assurance et sa confiance en soi, Sandrine représenterait à merveille la collection sport. Avec sa timidité, Judith représenterait plutôt la collection classique. Comme troisième enfant, Valérie avait pensé demander à la fille de Benjamin, Leila. Jolie et assez téméraire malgré ses cinq ans, elle l'imaginait bien représenter la collection « grandes sorties », c'est-à-dire des vêtements très chics pour mariages, etc.

Sandrine sauta au cou de Valérie. Elle lui donna un baiser sur la bouche et se tourna vers son amie Judith.

— Je suis trop gênée, maman. Je ne veux pas faire ça.

— Judith, on va le faire ensemble ! Moi non plus, je ne voudrais pas le faire si j'étais seule, mais on sera ensemble ! Ça va être super, tu vas voir. Valérie va nous guider, c'est sûrement facile !

— Sandrine a raison, ma grande. Je veux absolument que tu acceptes et que tu t'amuses. Je vais aussi m'informer pour que Leila Magnan participe au défilé avec vous deux.

— Elle est petite, Leila...

— Il me faut aussi une fille plus petite que vous. Elle sera parfaite. Alors, vous me dites oui, n'est-ce pas ?

— Oui, oui, oui, oui ! Super !

— Oui...

Quelle contradiction de ton entre deux enfants élevées pourtant de façon semblable ! Mathieu était fasciné.

— Je suis heureuse, Valérie. Merci beaucoup !

Valérie et Sandrine se serrèrent très fort l'une contre l'autre. Valérie tendit le bras pour attirer aussi Judith contre elle. Elle leur assura que ce défilé de mode serait un jeu et non pas un travail ; elles s'amuseraient et, comme salaire, elle leur confectionnerait chacune une robe à leur goût.

— *Yes!* s'écria Sandrine en sautant de joie, bien décidée à exercer son anglais. Comme la robe mauve que je trouvais belle dans ta boutique ?

— Nous regarderons cela de près et nous déciderons qu'est-ce qui sera beau pour toi. Nous demanderons peut-être l'avis de ton père ?

— Hum... Peut-être ! C'est bien, les vacances avec ma sœur et mes parents !

Déconcertés, Mathieu et Valérie se regardèrent. Sandrine avait fermé les yeux et posé la tête sur l'épaule de Valérie. Pendant quelques secondes, elle s'était offert le droit de rêver qu'elle avait une vraie famille : son père, sa mère et une sœur adorée. Elle n'ignorait pas que, d'ici quelques secondes, son père ou Valérie allait lui expliquer, encore une fois, que ce n'était pas sa vraie famille. Sandrine le savait si bien ; elle aimait sa mère, à travers les histoires que lui racontait son père avant de dormir. Cet après-midi-là, en Californie, aucun des deux parents n'osa rien dire. Valérie se contenta de la serrer contre elle.

Sous les yeux amusés de Mathieu, Valérie montra aux petites filles comment elles marcheraient, le soir du défilé, la tête bien droite et le sourire aux lèvres. Judith en redemanda, si bien que Valérie lui posa un livre sur la tête et lui fit faire le tour de l'appartement. Sandrine l'imita, mais avec moins d'empressement : elle avait trop hâte d'aller à la plage.

Valérie les laissa partir tous les trois. Elle désirait acheter des victuailles et de la crème solaire pour les demoiselles.

Elle les rejoignit une heure plus tard, un sac dans les mains. Les filles abandonnèrent leur château pour voir quel cadeau Valérie avait acheté à Mathieu. Il découvrit un magnifique maillot de bain, comme il les aimait.

— J'avais trop de peine de ne pas t'en avoir acheté un en même temps qu'aux filles, je me suis rattrapée ! Je suis sûre qu'il t'ira très bien.

— Je l'apprécie, Valérie, crois-moi...

— Ça me fait plaisir.

Elle ne put s'empêcher de remarquer qu'il avait les yeux brillants. En fait, chaque fois qu'ils étaient sur la plage, Valérie apercevait les regards insistants que Mathieu posait sur elle. Elle ne se sentait pourtant pas insultée, comme il lui arrivait de l'être quand d'autres hommes la reluquaient de la même façon. Mathieu était respectueux envers elle, comme envers les êtres humains en général. Elle croyait bien le connaître avant les vacances mais, en deux jours déjà, elle avait remarqué certaines petites choses qu'elle ignorait jusque-là. Très méticuleux, il redoublait de concentration quand il avait quelque chose de délicat à faire. Elle lui avait même demandé si, à l'hôpital et dans les débordements des salles d'urgence qu'il connaissait, il agissait avec le même zèle. « Certainement », avait-il répondu, sans même y réfléchir.

Le reste des vacances se déroula comme un rêve pour les parents autant que pour les enfants. Mathieu et Valérie étaient fiers d'avoir d'aussi bonnes petites filles. Sages et raisonnables, elles ne leur causèrent aucun problème. Le soir, quand elles étaient couchées, Mathieu et Valérie sortaient des chaises sur le balcon et se retrouvaient face à la mer. Ils prenaient un verre, juste un, et discutaient de tout et de rien. Mathieu trouvait les silences tout aussi délicieux que les dialogues. Il lui arrivait de penser à Christopher. L'archéologue, bronzé à l'année, habitué aux voyages et aux paysages féeriques, manquait toutefois le plus beau : voir le visage de Valérie au clair de la lune...

« Trop romantique et seul depuis trop longtemps », se dit Mathieu pour se pardonner ce romantisme exagéré.

— Rosie aimerait être ici, dit Valérie, la veille du départ.

— Rosie aurait tout simplement aimé vivre, nous le savons tous les deux.

— Je ne parlais pas de la Californie. Elle aurait aimé être avec toi, à ma place...

— Je ne peux pas y songer à chaque instant de ma vie, Valérie. Je le sais, je le regrette, mais ça fait sept ans et elle ne reviendra pas.

— Tu as raison.

Elle lui prit la main et ils sentirent leur complicité grandir entre eux.

Quitter l'appartement sur le bord de la mer leur fit de la peine mais, dans sa tête et dans son cœur, Mathieu savait qu'il reviendrait sous peu. Il s'imaginait, seul avec Valérie, y passer de prochaines vacances...

30

Christopher connaissait bien l'île de Saï, située en Nubie. Presque mieux que son propre pays ! Il avait tellement lu sur l'endroit et il y avait déjà passé tellement de mois à fouiller méthodiquement le sol ! Son équipe était composée principalement d'archéologues et d'assistants, en plus de quelques autres spécialistes. En tout, au moins les trois quarts des membres de l'équipe étaient français. Ils avaient fait une importante découverte, l'année précédente.

Pendant les premières années de son mariage, lors de ses toutes premières missions à l'étranger, Valérie avait fait de gros efforts pour s'intéresser au métier de son mari. Elle semblait fascinée par les morceaux de poterie qu'il lui montrait ou dont il lui parlait. Après tout, bien peu de gens avaient la chance de voir ces vestiges du passé, datant de la fin du sixième millénaire avant J.-C.

Par contre, elle ne pouvait pas supporter l'idée qu'il manipule, à mains nues et sans le moindre scrupule, des ossements humains tout aussi anciens. Avant que la situation ne se dégrade et ne devienne aussi chaotique entre eux, elle l'obligeait à se laver les mains pendant au moins dix minutes, à chacun de ses retours.

Cette pensée l'amusa pendant un court instant, avant que la réalité ne le rattrape.

Il avait, au fil de ses derniers voyages, trouvé quelques pierres intéressantes pour sa fille. Comme la passion de Judith avait grandi au cours de sa dernière visite, surtout à cause de la nouvelle bibliothèque, il faisait des efforts pour lui trouver des spécimens attrayants depuis son arrivée sur l'île. Elle en était riche car elle s'était développée autour d'une petite montagne de grès, elle-même reposant sur un sol qui datait de l'ère précambrienne, la première de l'histoire de la Terre. Trouver du schiste, du quartz, du grès et des galets était facile. Si ces roches étaient communes pour lui, elles ne l'étaient pas pour une jeune collectionneuse. Le désert saharien avait de plus exposé ces roches à un climat d'une extrême aridité, les rendant d'autant plus captivantes.

Valérie lui avait proposé, lors d'un appel téléphonique, de demeurer chez elle pour une nouvelle période de vacances. Mathieu lui avait aussi offert l'hospitalité, en attendant qu'il trouve une solution définitive à son problème de logement.

Quelle serait la réaction de Valérie lorsqu'il lui expliquerait comment il avait occupé ses derniers mois de fouilles sur l'île de Saï ? Ils avaient fait une découverte fort étonnante, qui pourrait troubler des âmes sensibles, comme celle de Valérie : un petit cimetière réservé aux fœtus et aux enfants en bas âge, datant de l'époque Karma, donc entre 2400 et 1500 ans avant J.-C. Si les archéologues étaient parfois déçus de l'état des ossements, quelques tombes avaient été trouvées dans un état de conservation qui les avaient satisfaits.

Les os des enfants étant plus fragiles que ceux des adultes, ils avaient souvent été perturbés par l'intense érosion subie par la surface sous laquelle ils avaient été enterrés. Les fosses étaient devenues peu profondes pour cette raison.

Comment Christopher aurait-il pu faire pour intéresser son ex-conjointe à la façon dont ces inhumations avaient été faites ? Il n'aurait jamais pu lui dire que les enfants avaient été enterrés d'une façon semblable aux adultes : le corps déposé en position contractée, sur un lit de bois, accompagné de parures et de vases en terre cuite. Valérie en aurait été malade !

Elle lui aurait crié qu'il n'avait pas le droit de déranger le repos de ces pauvres gens. Apprécierait-il, dans un million d'années, qu'on retire son corps de la terre où sa famille l'aurait fait déposer avec respect et amour ? Sa réponse aurait été la suivante :

« Si cela permet aux archéologues du futur de comprendre comment nous vivions en l'an 2000, bien que je doute que nous devenions aussi énigmatiques que les premiers peuples, certainement que je serais content qu'on déterre mon corps. D'ailleurs, "corps" est un grand mot, nous devrions plutôt utiliser le terme "ossements". Qui viendra me pleurer au cimetière, dans un million d'années ? »

Christopher comprenait qu'il fallait être passionné par l'histoire et par l'évolution de la vie pour partager son opinion. Pour Valérie, comme pour la plupart de ses amis et de ses connaissances au Canada, la préhistoire représentait les Pierrafeu, ces petits bonshommes dits préhistoriques qui se déplaçaient déjà en voiture propulsée par les pieds et pour qui les animaux « travaillaient » très fort. Christopher reconnaissait que ses amis avaient une culture générale remarquable. Mais s'il devait les interroger sur l'âge de pierre, sur la frontière entre l'histoire et la préhistoire, sur la différence entre un archéologue et un historien, ils ne sauraient probablement pas quelle réponse lui donner. L'archéologue ne pouvait donc pas être heureux dans un milieu où personne d'autre qu'une enfant de sept ans ne partageait sa passion.

Il aurait aimé, en rentrant dans son pays, trouver quelqu'un à qui tout raconter, avec qui parler passionnément de fouilles, d'ossements, de monuments funéraires... Mais il les comprenait. Il ne partageait généralement pas les passions de ses amis... ni celle de sa femme. La mode, les tendances, les palettes de couleurs, tout ça le dépassait. Comme Valérie avait voulu le faire avec l'archéologie, il avait tenté d'y comprendre quelque chose et de s'y intéresser... En vain.

C'était pourquoi, entre autres, il envisageait de louer un petit appartement avec sa collègue Érika. Entre chacune de ses sorties avec ses copains et avec Judith, il pourrait retrouver une personne avec qui partager tout ça devenait possible.

Christopher sortit de ses pensées quand un de ses collègues lui posa une question. Et, sous le soleil brûlant du Soudan, il recommença ensuite à pelleter, puis à mesurer, dessiner, photographier, brosser et laver des vestiges du passé....

31

Mathieu regarda les enfants qui s'amusaient au volley-ball avec leurs cousins et cousines.

Le médecin observa ensuite ses parents. Son père faisait cuire des steaks sur le barbecue. Il ne changeait pas. Toujours aussi hautain, il ne semblait se soucier que de lui-même. Près de lui, sa femme semblait parler – en mal, sans doute – de quelque chose qui n'intéressait pas son mari. Elle ne changeait pas non plus. Ils avaient à peine regardé Sandrine depuis leur arrivée. Mathieu s'en attristait un peu mais se faisait une raison. Il ne serait jamais proche de ses parents. Ils avaient tout de même été bons avec lui jusqu'à la fin de ses études. Contrairement à Rémy, par exemple, il n'avait jamais manqué de rien. Sa mère devait sans doute être trop fatiguée, à son sixième enfant, pour lui accorder la même attention qu'aux précédents. Mathieu n'en voulait à personne.

Benjamin tenait son fils par la main. Le petit Louis en avait visiblement assez de jouer à la vedette et il tirait d'une façon bien caractéristique sur la main de son père : il voulait aller rejoindre les autres petits. Drôle de gars, ce Benjamin. Si tout le monde avait revêtu des vêtements décontractés, lui avait mis un pantalon qui devait bien valoir cent dollars et une chemise du même prix. Les enfants portaient aussi des vêtements de marque. Pourtant, il savait, comme Mathieu, que les enfants allaient s'amuser dehors, sur le gazon. C'était illogique de les habiller ainsi... à moins d'aimer gaspiller. Non, Mathieu savait que son ami était simplement obsédé par l'image.

Geneviève, son épouse, discutait avec Rémy et sa collègue. Mathieu avait tout de suite remarqué combien ses traits étaient tirés, comme elle semblait fatiguée. Il lui parlerait, dès que possible, pour l'inciter à se reposer.

La jolie journaliste qui accompagnait Rémy semblait faire l'unanimité. Elle lui avait aussi fait une bonne impression dès qu'elle lui avait été présentée. Elle se promenait à son bras comme une nouvelle copine... Que se passait-il vraiment entre eux ?

Rémy avait sa bouille de gamin joyeux, comme d'habitude, mais Mathieu pouvait se vanter de le connaître suffisamment pour déceler, au fond de ses prunelles, une lueur d'inquiétude. Ses préoccupations étaient-elles dues aux lettres de menaces qu'il recevait ou à autre chose ?

Valérie discutait également avec Rémy et Andréanne.

Mathieu avait trop longtemps tenté de cacher ses sentiments, à lui-même d'abord. Il devait reconnaître que, tout au contraire, il n'avait pas fait beaucoup d'efforts pour les camoufler à la principale intéressée pendant leurs vacances. Il était veuf, elle était séparée, ils étaient d'excellents amis et leurs filles s'aimaient comme des sœurs. Qu'est-ce qui les empêchait de se rapprocher ? Il n'y voyait aucune raison logique ou valable. Même Christopher serait probablement heureux pour eux.

Depuis qu'il avait pris la décision de cesser de se cacher, sans non plus se déclarer officiellement, Mathieu était à l'affût du moindre petit geste qui lui permettrait d'espérer. Depuis le début des vacances d'été, à quelques reprises, il avait surpris Valérie qui le regardait avec des yeux un peu plus brillants qu'à l'habitude. Il espérait... Était-il possible qu'elle commence, elle aussi, à s'attacher à lui ? Son cœur s'emballait à cette idée, mais il ne voulait pas se faire de faux espoirs...

Mathieu regarda ses frères et sœurs un par un. Trois d'entre eux avaient fait le trajet jusqu'à Montréal : l'un venait de Rimouski, les deux autres de Québec. Il les aimait bien même s'ils étaient différents et s'il ne cherchait pas à les fréquenter. Seul un d'entre eux avait, comme lui, suivi les traces paternelles et était devenu médecin.

Valérie. « Valérie, dis-moi comment gagner ton cœur... » Comme il la trouvait belle ! Ses parents semblaient toujours heureux d'être ensemble. Les Floridiens d'adoption aimaient beaucoup le médecin, bien davantage que l'archéologue. Mathieu le leur rendait bien. Il nourrissait toujours l'espoir qu'ils deviennent ses beaux-parents...

La jeune designer ne pouvait pas s'empêcher de jeter, de plus en plus souvent, des coups d'œil au médecin. Elle voyait bien qu'il était songeur et se demandait si quelque chose le tracassait.

Judith s'approcha de Mathieu et, tout naturellement, il la serra contre lui. Il se pencha pour s'informer de ce qu'elle voulait, tout en continuant de l'étreindre.

— Qu'est-ce qui se passe, ma belle ?

— Il y a beaucoup de monde, hein ?

— C'est vrai. Tu es gênée ?

— Un peu.

— Il n'y a pas de raisons. Tous les gens ici sont gentils. Tu veux venir avec moi voir ta mère et tes grands-parents ?

— C'est une bonne idée, Mathieu.

Ils marchèrent main dans la main.

La conversation s'étira pendant une dizaine de minutes, puis un des frères de Mathieu vint le chercher pour une discussion où son opinion médicale était requise. Aussitôt qu'il se fut éloigné, et que Judith fut partie rejoindre les enfants, la mère de Valérie se tourna vers sa fille avec un grand sourire.

— Quel garçon charmant, Valérie. Reconnaît qu'il est bien mieux que ton archéologue égocentrique. Il aime la petite et elle l'adore, elle aussi. Est-ce qu'il te plaît ? C'est un bel homme, non ? Je te sentirais en sécurité auprès de lui...

— Maman ! Ne te mêle pas de ma vie sentimentale, s'il te plaît ! Et je t'assure que, pour l'instant, ma priorité est de guérir les blessures de ma rupture avec Christopher.

Elle hocha la tête mais Valérie savait qu'elle entendrait de nouveau parler de cette idée loufoque.

Mathieu s'assit auprès de Geneviève aussitôt qu'il la vit seule. Sous le chapiteau qu'ils avaient fait installer pour protéger une partie du terrain du soleil, il y avait quelques tables et plusieurs chaises. L'épouse de Benjamin ne s'en était éloignée que pour aller voir ses enfants.

— Geneviève, je trouve que tu as une bien mauvaise mine... La grossesse avance bien ?

— Lentement mais sûrement. J'ai un peu de mal avec les canicules.

— Telle que je te connais, tu n'arrêtes pas beaucoup. Il faut que tu fasses attention à toi. Tu le devines, c'est le médecin qui parle. Voir une femme si blême et si fragile, au cœur d'un bel été ensoleillé, ça ne me dit rien de bon. Est-ce que c'est Benjamin qui refuse d'engager quelqu'un pour t'aider aux tâches ménagères et aux repas ?

— Non, c'est moi, Mathieu. Je suis capable de tenir ma maison. Valérie le fait et, pourtant, elle travaille à temps plein.

— Ce n'est pas pareil.

Mathieu pensait à la différence de taille des maisons, à l'obsession de la propreté et de l'ordre de Benjamin. Il était en voie de devenir un mari aussi absent que Christopher... sauf que lui rentrait dormir tous les soirs à la maison.

— Engage quelqu'un, Geneviève. Il en va de ta santé et de celle de mon filleul !

— Je fais attention à ton filleul, ne t'inquiète pas. Mais je t'assure que si Benjamin le portait, ça nous donnerait un bébé très excité ! C'est incroyable toute l'énergie qui se dégage de lui depuis un certain temps. Tout va bien à l'usine. Je te jure, parfois, c'est à peine s'il ne vole pas.

— Je pense que tu as vraiment un bon mari. Profites-en.

— Tu as bien raison ! dit-elle en riant. Toutefois, s'il était un peu plus à la maison, j'en profiterais davantage !

Ils furent interrompus par un grand sanglot de Leila qui s'approchait d'eux en criant « Maman, maman ! » Elle se précipita sur sa mère, apparemment inconsolable. Geneviève tenta de la calmer avant de s'informer du problème qui la contrariait autant, désirant éviter qu'elle attire l'attention de son père.

— J'ai sali ma robe ! Papa va être fâché !

Geneviève jeta un coup d'œil contrarié à Mathieu, puis dans la direction de Benjamin. Il se trouvait plus loin et il semblait en grande conversation avec Rémy et son amie. Mathieu dut se retenir pour ne pas rire. Il aurait pu prédire que les enfants ne resteraient pas propres toute la journée, mais ceux de Benjamin ! C'était la catastrophe, quoi.

— Ce n'est pas grave, Leila. Montre-moi la tache. Calme-toi, c'est inutile que tu pleures comme ça. Tu es déjà salie, de toute façon. Et papa ne sera pas fâché.

Mathieu chercha un mouchoir dans sa poche et essuya le visage de la fillette. Elle se laissa faire, en toute confiance.

Mathieu accompagna la mère et la fille à l'intérieur. Ils passèrent trop près de Benjamin pour qu'il ne les remarque pas. Il appela sa femme, lui donna un tendre baiser et remarqua, presque en même temps, les larmes de sa fille et la tache sur sa robe.

— Je suis tombée sur le gazon en jouant au ballon. Tu es en colère !

Il n'était pas vraiment en colère. Il était plutôt déçu. Le matin même, avant de partir, il avait voulu la vêtir d'une plus jolie robe encore. Cela avait presque tourné en affrontement avec Geneviève. Et elle n'avait apporté aucun vêtement de rechange ! Sa fille allait vraiment passer le reste de la journée avec une tache de gazon sur le ventre ?

— Mais non, Leila, c'était un accident. Qu'est-ce que nous allons faire ? demanda-t-il plus sèchement à sa femme. Je vais aller chercher des vêtements propres à la maison.

— Non, rétorqua fermement Geneviève.

— Regarde, Leila, j'ai quelque chose qui va peut-être t'aider.

Andréanne s'était penchée vers la fillette avec, en main, une petite enveloppe contenant ce qu'elle appelait « un produit miracle ». N'importe quelle tache pouvait s'effacer si elle était frottée avec ce produit. Elle en traînait toujours dans ses poches ou dans son sac à main. Comme elle passait beaucoup de temps à l'extérieur pour faire ses reportages, ce produit lui était devenu indispensable.

En deux minutes, presque toute la tache était effectivement disparue. Ravie, Leila regarda ses parents en rayonnant de bonheur, donna spontanément une bise à Andréanne, puis demanda la permission de retourner s'amuser avec ses petits amis. Trois regards se tournèrent ensemble vers Benjamin. Il demanda timidement s'il était vraiment aussi pire qu'il y paraissait, à en juger par la réaction de sa fille.

Rémy et Mathieu pensèrent exactement la même chose, au même moment. La réponse sortit avec une synchronisation parfaite :

— Pire que ça, Benjamin !

Bien que ce ne soit pas une habitude chez lui, Benjamin rougit légèrement. Il réfléchirait. De son côté, Geneviève était heureuse que deux personnes de l'extérieur lui eurent mis sous le nez ce qu'elle lui disait depuis longtemps. Elle connaissait assez bien son époux pour savoir qu'il prendrait *l'avertissement* au sérieux.

— Je pense qu'il aura retenu la leçon, avoua Mathieu lorsque Benjamin se fut éloigné pour retrouver son beau-père. En passant, Rémy, elle est gentille, ton amie.

— Je sais. Si je voulais me caser, je te dirais qu'elle est bonne à marier.

Andréanne assura Mathieu que Rémy ne disait pas toujours ça.

— Oh, presque, insista Rémy. Quand nous sommes ensemble, c'est que nous en avons envie. Ce n'est pas comme les couples mariés qui doivent se supporter beau temps mauvais temps.

— Notre Rémy n'est pas à la veille de s'unir officiellement, ça, c'est certain, affirma Mathieu.

— Je préfère avoir la sagesse d'être seul que de me marier pour divorcer... Tu me comprends, Valérie, n'est-ce pas ? ajouta-t-il à l'intention de la designer, qui se joignait à eux.

— Ce n'est pas de ma faute si...

— Vous n'allez pas vous disputer aujourd'hui ! s'exclama Mathieu.

Leurs prises de bec, souvent amicales, étaient légendaires. Rémy et Valérie s'aimaient bien mais faisaient souvent exprès de dire le contraire, simplement pour soutenir la tradition.

— Rémy m'a dit que tu étais son amie designer... Si tu veux bien en discuter un peu avec moi, ça me ferait plaisir. J'adore la mode ! dit gaiement Andréanne.

— Eh Bien ! Mathieu, laissons les femmes à leurs discussions et allons jouer avec les enfants.

— Bonne idée, partez, partez !

Rémy tira la langue à Valérie qui lui faisait signe de déguerpir et il entraîna Mathieu de force vers les petits joueurs de volley-ball.

— Tu as été sage sur le nombre d'invités... Juste une personne...

— Qui voulais-tu que j'invite ? Si Andréanne n'avait pas voulu m'accompagner, je serais venu seul, comme un grand garçon !

— Ne pas t'accompagner, tu te moques de moi ? Elle te dévore des yeux, Rémy. Quelque chose me dit qu'elle serait venue, envers et contre tout.

— Tu as peut-être raison. Il faudra que je remette les choses au point. Je me suis peut-être trop appuyé sur elle, dernièrement. Si elle se fait des idées sur mes sentiments et mes intentions..., elle sera déçue.

— C'est une fille splendide. C'est l'occasion idéale pour toi de te ranger. Il serait temps. Tu vas avoir trente-trois ans à l'automne...

— Te voilà avec tes conseils de grand frère ! Honnêtement, je ne sais plus trop où j'en suis par rapport à tout ça. Tu me promets de garder cette confidence pour toi et tu viens jouer, d'accord ?

L'état de sa femme rendait Benjamin soucieux. Elle n'allait pas tellement bien. Il aurait aimé l'emmener en voyage avant l'arrivée du bébé, mais avec la construction de l'usine, il ne pouvait pas quitter plus d'un week-end. Et quand ce serait terminé, la grossesse serait trop avancée. C'était la preuve qu'on pouvait avoir beaucoup de choses dans la vie, mais pas tout ce qu'on souhaitait... Benjamin était conscient de se plaindre alors qu'il avait le ventre plein... Tout de même... Il ne profitait pas pleinement de la fête, trop préoccupé, trop fatigué.

Rémy laissa tomber les enfants lorsqu'il réalisa que sa copine était seule. Puisqu'elle était son invitée, il était de son devoir de ne pas la laisser se morfondre. Il l'embrassa vigoureusement pour se faire pardonner son absence. Elle l'assura pourtant qu'elle ne s'était pas ennuyée.

— J'aurais dû m'en douter. Qui s'ennuierait de moi ?

Elle lui tapa sur l'épaule tandis qu'il lui faisait un clin d'œil.

Rémy quitta la maison de Mathieu vers vingt et une heures. Il y avait encore beaucoup de monde. Généreux, Mathieu et Benjamin avaient réservé des chambres d'hôtel pour leur famille proche et quelques personnes allaient demeurer chez eux pour une nuit ou deux.

Andréanne souriait en s'assoyant dans la voiture. Elle se cala dans le siège.

— J'ai adoré ma journée. Tes amis sont des gens très bien. J'aurais aussi aimé rencontrer tes parents. Ils m'auraient peut-être permis de mieux te comprendre.

— Ça ne risque pas de se faire de si tôt. Je te reconduis chez toi ?

— Non : direction la douche, puis le lit. Mais tu sais, tu n'avais pas besoin d'être aussi direct devant Benjamin : « Andréanne et moi, nous ne nous aimons pas. Nous sommes de bons amis, c'est tout . » Ça faisait « sexe et enquête seulement ! » Je veux profiter de la vie, exactement comme tu le fais depuis des années, mais je ne tiens pas à ce que tout le monde le sache !

— Désolé. Et à ta liste, tu peux ajouter « amitié ».

— Hum... Avant de recevoir les menaces, on s'entendait bien, mais tu ne m'invitais pas comme maintenant.

— C'est vrai que j'ai moins envie d'être seul et je suis très bien en ta compagnie. Belle, intelligente, intéressante et pas compliquée, la perle rare, quoi !

Andréanne se demanda si elle devait être heureuse de ce commentaire ou s'il reflétait seulement l'esprit macho de son amant.

Le sujet était clos. Ils en avaient assez parlé et le plus important était le message qu'elle avait compris : elle ne pourrait jamais s'impliquer davantage avec lui.

32

Geneviève ne se sentait vraiment pas bien. Allongée sur le divan du salon, une couverture sur elle, elle n'avait même pas la force de regarder son mari. Assis en face d'elle, il l'observait en se demandant ce qu'il devait faire. Il avait voulu demander l'assistance de Mathieu mais sa femme s'y était carrément opposée sans fournir d'explications. Il lui demanda si son devoir, en tant que mari, était de la regarder souffrir, sans faire un geste ; et si oui, combien de temps le spectacle allait-il durer. Elle ouvrit les yeux pour lui jeter une phrase crue, lui signifiant qu'elle ne le retenait pas.

— Je vais téléphoner à Mathieu et lui demander de venir tout de suite. Ça va lui faire plaisir. Cathou gardera Sandrine.

— Ne fais pas cela ! Inutile de le déranger. J'irai voir mon gynécologue demain, si je ne vais pas mieux, point à la ligne.

— Geneviève, tu m'énerves quand tu veux !

— C'est la même chose pour moi, mon chéri, lança-t-elle avec cynisme.

Ils se regardèrent avec une pointe de colère, juste avant que Geneviève ne ferme les yeux de nouveau.

— Fais ce que tu veux mais je n'en peux plus de te voir ainsi. Soit tu montes te coucher, soit c'est moi, mais nous ne passerons pas la soirée assis comme ça.

Elle décida d'aller se coucher, certaine qu'elle serait plus confortable dans son lit. Benjamin l'aida à monter l'escalier. Elle voulut faire un détour par la chambre des enfants mais il l'avisa qu'il s'occupait d'eux pour la soirée et pour la nuit.

Aussitôt redescendu, Benjamin téléphona à Mathieu. Ne voulant pas être alarmiste, le médecin lui donna quelques conseils. Sa femme devait rester allongée le plus possible. Et surtout, ne pas hésiter à contacter son médecin, le lendemain, si elle continuait de souffrir. Si ça n'allait pas, ils pouvaient lui téléphoner à n'importe quel moment. Il se rendrait chez eux rapidement.

Toute la nuit, Geneviève fit des cauchemars, peuplés de « Benjamin, non ! » – elle ajoutait toujours un *non* à son prénom et il se demandait bien pourquoi – et de « mon bébé ! ». Il avait beau la serrer entre ses bras, l'embrasser, lui dire des mots doux à l'oreille, la réveiller doucement, les cauchemars revenaient toujours. Le père de famille renonça définitivement au sommeil quand Louis se mit à pleurer, vers quatre heures du matin. L'enfant s'était pourtant rendormi après un verre d'eau et quelques caresses.

D'assez mauvaise humeur, Benjamin fit déjeuner ses enfants de céréales. Leila assura la conversation à elle seule, interrompue de temps en temps par le babillage de son frère. Si Louis commençait à produire des mots compréhensibles, Benjamin n'avait pas envie, ce matin-là, de se concentrer pour le comprendre.

Il lava la vaisselle en se demandant ce qu'il devait faire : réveiller son épouse pour qu'il puisse partir travailler ou la laisser dormir et trouver une gardienne... L'idée de demeurer à la maison l'effleura, sachant que ce serait celle qui rendrait Geneviève la plus heureuse. Mais en s'imaginant la paperasse, les appels, les problèmes et les réunions qui s'accumuleraient, Benjamin y renonça.

Il n'eut plus à se poser de questions trop longtemps : Geneviève l'appela du premier étage et son ton n'indiqua rien de bon. Elle semblait affolée.

Benjamin ouvrit la porte et la lumière en même temps. Il y avait du sang sur les draps et sa femme pleurait à chaudes larmes.

— Nous allons à l'hôpital, Geneviève. J'appelle tes parents.

Il composa leur numéro d'une main tremblante. Se rappelant qu'il devait demeurer calme, il prit une grande inspiration.

— Peux-tu te lever pour venir à la salle de bains ?

— Aide-moi... Mon Dieu, Benjamin, qu'est-ce qui se passe ?

— Je ne sais pas trop. On le saura dès que nous serons à l'hôpital. Je t'aime, Geneviève.

Elle lui demanda de la laisser seule dans la salle de bains pendant qu'elle se préparait. Un peu d'eau froide sur la figure, un coup de brosse dans ses cheveux qu'elle ramassa en queue de cheval, elle n'eut pas le temps d'en faire plus avant d'avoir une douleur qui se comparait à une contraction. À ce moment-là, Geneviève eut la certitude qu'elle perdait son bébé...

— Ça va, chérie ? Ta mère va arriver d'une seconde à l'autre et nous partons aussitôt.

— Je serai prête. Comment vont les enfants ?

— Ils écoutent une vidéocassette et je me suis bien occupé d'eux. Ne te tracasse pas.

Geneviève pleura pendant les dix minutes de trajet qui les séparaient de l'hôpital. Son mari se sentait impuissant et ne savait absolument pas quoi dire pour la réconforter. Avait-elle besoin d'être rassurée, consolée, plainte ? Elle lui tenait la main et il la serrait avec force et tendresse.

Aussitôt arrivée à l'urgence, une infirmière l'emmena dans une chambre et lui dit qu'un médecin viendrait la voir tout de suite.

Le docteur Mathieu Tourigny sursauta en reconnaissant la femme de Benjamin. Il ne s'attendait pas du tout à la voir lorsque l'infirmière lui avait remis le dossier en déclarant seulement : « Possibilité de fausse couche, femme en santé. » Il n'était pas si surpris, par contre, l'état de Geneviève lui ayant semblé déjà alarmant le jour où il avait donné la fête chez lui.

— Mathieu, est-ce que c'est dangereux ?

— Pour ta santé, non, Geneviève, je ne crois pas. Écoute, je vais demander à ma collègue de venir. Nous serons plus à l'aise. Si tu as perdu le bébé, il n'y a plus grand-chose à faire. Je m'étonnerais qu'il y ait des complications après deux mois de grossesse.

— Presque trois mois, rétorqua Benjamin, toujours sans lever les yeux.

— Je ne veux pas l'avoir perdu !

— Tu pourras en avoir un autre bientôt, Geneviève. Je vais chercher le docteur Lamontagne et je reviens. Rassure-toi, tout ira bien. Ça va aussi, Benjamin ? Tu es encore plus blême que ta femme...

— Oui, oui.

La consœur de Mathieu examina Geneviève, constata qu'elle avait perdu le bébé et qu'il était inutile de pratiquer un curetage. Geneviève s'informa alors sur ses chances d'avoir un autre enfant et le médecin l'informa que, physiquement parlant, rien ne l'en empêcherait. Avant de sortir de la chambre, elle promit de leur envoyer Mathieu aussitôt que possible.

— Nous te gardons en observation quelques heures afin d'éviter le risque de complications, Geneviève. Je signerai ensuite ton congé mais ce sera à la condition que tu me jures de te reposer : le lit le plus possible, pas de ménage, pas de repas, pas d'enfants... Je suis convaincu que Cathou acceptera avec plaisir de m'aider à garder Louis et Leila pour le week-end.

— Belle-maman va s'en charger, lui dit Benjamin d'un ton neutre. Merci beaucoup pour ton offre.

Il avait repris quelques couleurs et avait regardé son copain dans les yeux. Mathieu devinait cependant que Benjamin se sentait coupable.

— Pourquoi j'ai perdu mon bébé, Mathieu ?

— Tu es une femme jeune et en bonne santé, Geneviève. Tu as eu deux grossesses idéales avant celle-ci. À mon avis, c'est une accumulation de stress, de fatigue, une surcharge de travail, quoi.

— Nous en ferons un autre, rétorqua Benjamin.

Geneviève regarda douloureusement son mari.

— Tu dois dormir, Geneviève. Je reviendrai te voir d'ici deux heures. Benjamin et une infirmière viendront de temps en temps vérifier si tu as besoin de quelque chose.

— Non, je vais rester auprès d'elle.

— Je veux te parler un instant, Benjamin. Et ce sera plus facile pour Geneviève de s'endormir si elle est seule.

— J'ai besoin de l'être, c'est vrai, répondit-elle.

— Je sors te parler, Mathieu, mais je reviens aussitôt après, que tu sois d'accord ou pas. Je t'aime, Geneviève, ne l'oublie surtout pas.

Il voulut l'embrasser mais elle tourna la tête et ses lèvres effleurèrent la joue de sa femme.

— Tu as deux beaux enfants à la maison et, dans quelques mois, lorsque tu seras plus reposée, tu pourras en porter un troisième de nouveau. L'important, c'est que tu te rétablisses rapidement.

— Merci, Mathieu.

Mathieu attendit Benjamin devant la porte, à l'extérieur de la chambre.

Benjamin avoua se sentir responsable de ce qui venait d'arriver. La culpabilité le tenaillait.

— Est-ce que je peux aller auprès de Geneviève ? Ça m'inquiète de la savoir seule. Je la sens si vulnérable !

— Bon, d'accord. Si elle dort, viens me rejoindre dans une heure, nous irons boire un café à la cafétéria.

Benjamin le remercia et alla retrouver sa femme qui, déjà, sombrait dans le sommeil. Il pria pour que les cauchemars de la nuit ne viennent pas la hanter de nouveau. Il téléphona à sa belle-mère dès que Geneviève fut profondément endormie. Elle accepta d'emmener les enfants chez elle pour la fin de semaine et même pour plus longtemps s'il le fallait. Si elle était triste pour lui et pour sa fille, elle se dit très heureuse de pouvoir garder les enfants.

Lorsque Mathieu vint le chercher pour le café, Geneviève dormait toujours aussi profondément. Son sommeil ne semblait pas très réparateur mais Benjamin accepta de la laisser pendant une demi-heure, maximum.

Vers midi, après un nouvel examen fait par sa collègue, Mathieu permit à Geneviève de quitter l'hôpital.

— Sois sans crainte, je vais me reposer. Je ne pense pas avoir le courage de faire autre chose pour un jour ou deux. J'aurais aimé avoir les enfants avec moi mais, au moins, je sais qu'ils seront bien avec maman.

— Tant mieux. Il n'y a que toi pour savoir comment tu te sens vraiment, Geneviève. Je suis chez moi toute la fin de semaine. En cas de besoin, n'hésite pas à m'appeler !

— Merci beaucoup, Mathieu. Merci...

Benjamin le remercia à son tour avec beaucoup de chaleur.

Geneviève commença à se sentir mieux vers l'heure du souper. Elle se leva pour la première fois afin de rejoindre son mari à la cuisine. Malgré la fatigue causée par sa nuit blanche, il s'était plongé dans des dossiers et n'avait pas vu le temps passer. Il avait préféré ne pas se laisser obséder par cette fausse couche, se disant qu'il allait sans doute en parler suffisamment avec son épouse dès qu'elle irait mieux.

Lorsqu'il la vit, il se leva comme une balle et se hâta de lui tirer une chaise, la scrutant du regard.

— Tu as repris des couleurs, constata-t-il.

— Je me sens mieux. J'ai un chagrin énorme mais physiquement, ça va.

— Ce n'était qu'un fœtus. C'est tout de même moins pire que s'il avait été question de Leila ou de Louis...

— Ce n'était qu'un fœtus, c'est vrai, mais je le portais dans mon ventre, contrairement à toi.

— Je le sais, Geneviève. Mathieu a téléphoné tout à l'heure et m'a dit que tu devais absolument manger avant de te coucher pour la nuit. J'ai pensé commander du poulet ?

— Pas pour moi. Je vais simplement me faire réchauffer une soupe.

— Certaine ? Écoute, je fais venir deux portions, tu mangeras ce que tu peux. Tu te souviens, pendant ta première grossesse, c'était ta passion. Nous nous levions parfois à deux heures du matin pour te faire venir du poulet... Tu en mangeais sans arrêt.

— Oui, je me souviens. C'était une meilleure époque. Mon mari était là, il travaillait fort mais jamais autant qu'aujourd'hui. J'étais mariée à un homme, pas à une usine.

Surpris par cette remarque, Benjamin regarda sa femme un instant, cherchant à comprendre si elle était sérieuse ou non. Voyant qu'elle l'était, il prit le temps d'analyser quelle était la différence entre la grossesse de Leila, cinq ans plus tôt, et celle de ce bébé qu'ils ne connaîtraient jamais. Ils avaient déménagé : leur maison était tellement plus belle et plus grande. Il avait acheté une belle voiture et une mini fourgonnette pour les sorties familiales. Il s'empêcha de penser aux transformations de son usine. Ce n'était pas le moment de faire un tel bilan.

— Je travaille pour atteindre deux objectifs, mon amour : faire vivre ma famille le mieux possible et créer de l'emploi. Je me sers de mon argent uniquement pour vous rendre heureux mais, bon, je dois travailler fort pour l'obtenir... Tu m'as toujours compris et encouragé, Geneviève.

— Je t'ai toujours encouragé parce que tu es mon époux, parce que je t'aime et parce que je veux te voir heureux.

— Es-tu en train de me dire que tu n'es pas heureuse ?

— Pas tout à fait. En fait, tu veux que je sois honnête ? Mon niveau de bonheur est en chute libre !

Une certitude de Benjamin s'écroulait comme ça, soudainement, sans avertissement. Sans en savoir plus, Benjamin vivait déjà un échec cuisant. Il travaillait pour pouvoir rendre sa famille heureuse, pour pouvoir les combler. S'il échouait à ce niveau-là, sa carrière n'avait plus d'importance.

— Laisse-moi commander le poulet. J'ai besoin de reprendre mon souffle, chérie.

Benjamin se leva. Qu'allait donc encore lui sortir Geneviève ? Il avait peur. Il lui massa les épaules avant de retourner s'asseoir. Il sentait sa femme très tendue et le baiser qu'il lui appliqua dans le cou n'y changea rien. Geneviève était triste. Elle savait qu'elle venait de blesser son mari dans ce qu'il avait de plus précieux : ses valeurs familiales.

Elle manifesta le désir de monter se coucher. Il acquiesça et, une fois qu'elle fut allongée, il lui demanda de lui parler de ce qu'elle ressentait vraiment. Mais pas à n'importe quel sujet. Il voulait savoir ce qu'elle éprouvait pour lui à cette période de leur vie, plus de six ans après leur mariage. Il lui demanda d'être honnête, de ne surtout pas lui mentir.

Assis à côté d'elle, Benjamin tenait les mains de sa femme entre les siennes.

— Je t'aime autant qu'au début de notre relation, Benjamin. Je ne voudrais surtout pas te perdre mais j'avoue que, parfois, ça me fait peur. Je te regarde grimper dans l'échelle sociale et moi, je reste en bas...

Elle craignait que, comme tant d'hommes d'affaires, il ait une liaison avec une secrétaire ou une femme rencontrée pendant un voyage d'affaires. Cela se déroulait dans la réalité, une réalité qu'elle sentait de plus en plus proche d'eux. Benjamin s'insurgea contre cette remarque. Il était intègre, il l'aimait et il n'avait aucunement la même mentalité que Rémy ou que Christopher. Il voulait que son épouse ait confiance en lui les yeux fermés. Il estimait avoir fait ses preuves au cours des dernières années et n'avoir jamais posé un seul acte qui permettait à Geneviève de douter de sa fidélité. Si elle n'arrivait plus à lui faire confiance, cela signifiait que leur mariage était raté.

Elle ferma les yeux. Elle savait que cette conversation était nécessaire, vitale même pour la survie de leur couple, mais les forces lui manquaient.

— Laisse-moi dormir quelques minutes. Je suis épuisée, Benjamin.

— Nous allons mettre les choses au clair cette fin de semaine. Assez, c'est assez. J'ai appelé belle-maman, tout à l'heure, et les enfants sont très heureux. Leila m'a dit qu'elle avait mangé une pointe de pizza pour dîner. Tu t'imagines son bonheur ?

— Je l'imagine très bien. Tu es un père tellement sévère...

— Quoi ?

Trop ! Ç'en était trop ! Elle venait d'avouer manquer de confiance en lui et, soudain, elle l'accusait en plus d'être un mauvais père.

— C'est toute l'estime que la femme qui partage ma vie a de moi ? Alors, garde ça !

Il enleva son alliance, la mit d'autorité dans la main de sa femme, se leva et fit les cent pas dans la pièce. D'accord, elle venait de vivre une épreuve difficile et éprouvante. Cela lui permettait-il de remettre leur couple en question aussi brusquement ?

Geneviève savait fort bien à quoi pensait son époux. Elle lui fit remarquer la nuance entre les termes « sévère » et « mauvais », ce qui permit à Benjamin de réfléchir un moment. Il n'y avait qu'un pas entre les deux et il était facile à franchir.

— Benjamin, dis-moi comment va l'usine ? Tu as été absent toute une journée et je sais que ça doit t'inquiéter.

— Ça va et elle va se passer de moi ce week-end. Je veux mettre les choses au point avec toi. C'est mille fois plus important que l'usine.

— Remets ton alliance, s'il te plaît. Je trouve insultant que tu l'enlèves comme ça.

Il la remit et s'assit sur le bord du lit. Son expression affichait une profonde désolation. Geneviève prit la peine de lui caresser la joue et de lui faire remarquer combien Louis lui ressemblait.

— Je suis satisfaite d'avoir enfin l'occasion de te parler. Je n'ai pas envie que notre mariage échoue pour des non-dits.

— As-tu déjà songé à me quitter ?

— Bien sûr que non.

Elle voyait tant de douleur dans les traits de Benjamin qu'elle en fut bouleversée.

— Je t'aime, Benjamin. J'ai la même certitude qu'il y a neuf ans, lorsque nous nous sommes rencontrés à l'université : tu es l'homme de ma vie.

Il l'embrassa en songeant que lui aussi l'aimait. Benjamin comprenait ce que signifiait « se battre pour sauver son couple ». Il n'y avait jamais eu de problème entre eux, avant ce jour. Maintenant, il fallait réparer ce qui s'était brisé et ce ne serait peut-être pas aussi aisé que cela paraissait. Geneviève et lui devraient s'ériger une nouvelle vie, se donner un second souffle.

Le livreur frappa à la porte. Benjamin descendit. Geneviève se leva, fit un détour par la salle de bains, puis par la chambre de Leila et descendit avec quelques vêtements dans les bras.

— Qu'est-ce que tu fais avec ça ?

— Ça a un rapport avec un des points qui me dérange le plus chez toi. Mangeons tranquillement avant d'en parler.

Benjamin l'observa manger et l'encouragea gentiment. Geneviève finit par avaler la moitié de son plat.

— Ta mère a téléphoné. Elle m'a demandé la permission d'emmener les petits au chalet pour la fin de semaine. Elle les ramènera lundi, vers l'heure du souper.

— Si tard ! C'est trop long, je serai presque quatre jours sans les voir !

— Ce ne sera pas de trop pour te reposer. Les enfants vont bien s'amuser.

Geneviève se leva et déposa sur la table deux robes et deux pantalons de la garde-robe de leur fille. Elle lui demanda combien valaient ces vêtements, selon lui. Benjamin ne mettait jamais les pieds dans les magasins.

Il prit une des robes et la regarda avec tendresse. Leila la portait, un samedi matin, pour aller à la piscine. Elle était magnifique. La qualité crevait les yeux.

— 'Sais pas. Cinquante dollars ?

— Elle vaut cent dollars. Leila n'a que des vêtements inconfortables, dispendieux, dans lesquels elle a peur de se salir. Tu es tellement fier, tu voudrais que tes enfants soient des arbres de Noël : bien décorés, magnifiques, mais inutiles, immobiles. Benjamin, des enfants, ça bouge, ça court, ça joue, ça se salit, ça *vit* ! Tu dois accepter cette réalité pour le bonheur de tes propres enfants !

— Il y a du mal à être fier de la beauté de ses enfants, Geneviève ?

— Quand c'est obsessionnel, oui, c'est mal. Tu refuses des petits plaisirs aux enfants sous des prétextes qui me mettent hors de moi.

Quand elle était jeune, Geneviève et son frère s'étaient amusés dans leur carré de sable comme nulle part ailleurs. C'était un merveilleux souvenir d'enfance. Pour ne pas qu'ils se salissent, bien sûr, ses propres enfants étaient privés de ce plaisir... Elle avait tellement rêvé qu'ils en aient un beau ! Certes, ça salirait les enfants et, dans une certaine mesure, la maison comme le faisait remarquer Benjamin. Mais qui nettoyait, faisait le ménage, brossait les ongles, donnait le bain ? Elle et juste elle ! Benjamin n'avait à se plaindre de rien.

— Bon, d'accord, je vais essayer de contrôler ma hantise de la malpropreté...

Benjamin avait passé son enfance dans une maison propre, archipropre, voyant sa mère frotter, laver, balayer, cuisiner, récurer du matin au soir, sept jours par semaine. Son père était un homme simple, ordonné mais sans plus. Sa mère n'obéissait donc à aucune pression extérieure. Très jeune, Benjamin avait commencé à imiter sa mère. C'était un choix, jamais elle ne l'avait forcé à ranger et à laver sa chambre, non plus qu'à repasser ses pantalons et ses chemises dès son arrivée au secondaire. Benjamin tenait simplement de sa mère, une bonne mère, et il n'était jamais parvenu à se défaire de ses habitudes, même après son mariage.

Geneviève le tira de ses pensées.

— J'ai été impressionnée par les menus de la cantine de l'usine...

Oubliant soudainement quel était le sujet primaire de la conversation, le sourire de Benjamin se fit radieux. C'était sa fierté. Nulle part ailleurs les employés ne pouvaient acheter, pour aussi peu cher, des repas d'une aussi grande qualité. Sains, équilibrés, délicieux et vendus au prix coûtant.

— Ton obsession de la qualité de l'alimentation est une autre chose qui m'irrite considérablement !

— Tu connais les risques de problèmes de santé reliés à la mauvaise alimentation ?

— Un bonbon ou un hamburger, de temps en temps, ça n'a jamais tué personne ! Avant d'être les enfants du richissime et si parfait Benjamin Magnan, Leila et Louis sont avant tout des enfants normaux, qui veulent les mêmes distractions et les mêmes gâteries que *tous* les autres enfants. Pourquoi ressens-tu le besoin de les emmener à Euro-Disney ou dans les chics restaurants pour leur plaire ? Une heure à Fort Magik ou au terrain de jeux du McDonald's, et tes enfants seraient les plus comblés du monde !

Troublé, Benjamin décida qu'il en avait assez entendu pour un seul et même soir. Il proposa à Geneviève de l'aider à prendre son bain, puis de se coucher pour la nuit.

Une heure plus tard, elle lui dit, du haut de l'escalier, qu'elle était prête à se mettre au lit. Il la rejoignit.

— Tu n'as pas sommeil ? lui demanda-t-elle.

— Pas tout de suite, non. Je vais réfléchir aux faits que tu m'as reprochés.

— Je ne veux pas que tu m'en veuilles. J'ai perdu patience, c'est vrai, mais je t'aime et je te trouve merveilleux sur tellement d'autres aspects ! Tu comprends ?

— Je crois mais j'ai perdu beaucoup de certitudes, aujourd'hui. Je ne sais même plus si tu as encore du respect pour moi.

— Voyons, Benjamin ! Je t'aime et je t'admire, aussi.

— Tu as été dure avec moi.

Elle l'embrassa passionnément. Il répéta encore qu'il était désolé pour la mauvaise journée qu'elle avait dû vivre. Il aurait donné n'importe quoi pour qu'elle n'ait pas à subir cette fausse couche.

Quand Benjamin se coucha, quelques heures plus tard, il s'était juré de faire beaucoup d'efforts pour changer. Pour reconnaître qu'effectivement, ses enfants étaient des enfants avant tout...

Benjamin ouvrit les yeux dès que sa femme se glissa hors du lit. Le soleil pénétrait à travers les rideaux de la chambre. Il se tourna sur le dos, bâilla à fendre l'âme. Les souvenirs de la veille refirent très vite surface dans son esprit mais il se sentait plus serein.

— Dix heures ! Te souviens-tu de notre dernière grasse matinée, chérie ? Ça fait longtemps !

— Ça doit bien faire un siècle. Je n'ai pas bien dormi. Je me suis réveillée souvent. Je vais faire le petit-déjeuner. Veux-tu des œufs et des rôties ?

— Je me charge du petit-déjeuner. C'est ta fin de semaine de congé, Geneviève. Laisse-moi cinq minutes pour aller à la salle de bain et rejoins-moi à la cuisine. Je vais mettre mon talent et mes connaissances à l'épreuve !

— Tu n'as pas besoin de faire tout ça, Ben.

— Et si ça me fait plaisir ?

Les œufs n'étaient pas mauvais pour un homme qui n'avait pas touché aux poêlons depuis des années. Geneviève le remercia sincèrement. Il était de bonne foi et, après tout, elle reconnaissait avoir un mari hors de l'ordinaire. Pour contrer le silence qu'elle semblait incapable de rompre,

Benjamin résuma le reportage de Rémy qu'il avait vu, la veille, avant d'aller au lit. Une jeune femme qui travaillait dans une station-service avait été séquestrée, battue et violée. La jeune victime se confiait au journaliste, ce qui avait été troublant et émouvant. Même cette narration ne sembla pas intéresser Geneviève.

D'un ton sec, comme si chaque mot lui brûlait la gorge, Benjamin lui demanda d'acheter des vêtements aux enfants. Moins chers, moins beaux, mais dans lesquels ils pourraient se salir à volonté... Si ça intéressait toujours Leila, – elle en avait beaucoup parlé, à une époque pas trop lointaine –, elle pourrait lui acheter un chevalet et un ensemble de peinture. Elle en mettrait partout, mais seulement quand il serait absent, et Geneviève prendrait une photo. Il la mettrait dans son tiroir. Il se ferait peut-être à l'idée de voir ses pauvres enfants sales...

Benjamin faisait pitié. Geneviève lui caressa longuement la main. Elle l'assura qu'elle ne voulait pas, elle non plus, que ses enfants soient tout le temps sales. Elle désirait qu'au moins, Leila ne soit plus angoissée si, par mégarde, elle devait encore tomber et tacher sa robe. Benjamin comprit aussitôt que l'incident, à la fête chez Mathieu, l'avait marquée, alors que la petite semblait l'avoir déjà oublié.

Geneviève connaissait la cause de sa fausse couche : la fatigue. Mais connaissait-elle les causes de sa fatigue ?

Le même problème refit tout d'abord surface. Elle n'en pouvait plus de toujours être derrière les enfants à tout ramasser, tout nettoyer. Comment pouvait-elle exiger que des bébés ne laissent jamais un jouet ou un soulier traîner ? Comment éviter une marque de doigt sur un mur, des graines de biscuit par terre ? Non, elle ne voulait pas que sa maison devienne négligée ! Elle désirait seulement arrêter de paniquer quand l'heure du retour de son mari approchait. Elle n'avait plus envie de subir des réprimandes parce que *monsieur* Magnan trouverait une trace du passage des – *ses !* – enfants dans la maison. Aimer des enfants, c'était aussi accepter qu'ils ne soient que des enfants.

Elle lui parla également du nombre de sorties « mondaines » qu'ils faisaient. Des soirées entières à manger en compagnie d'hommes d'affaires et d'épouses plus âgées, plus snobs, inintéressantes. Des soirées entières à parler de la pluie et du beau temps et, parfois, lorsqu'elle avait de la chance, de leurs enfants. Des soirées se terminant souvent vers minuit ou plus tard, alors que Geneviève se levait tout de même vers cinq heures du matin, en même temps que Louis.

— Je suis trop sévère avec mes enfants et j'exige trop de ma femme. Est-ce que je fais quelque chose de bien dans cette maison ? Dormir ? Je vais faire des efforts pour changer mes habitudes mais tu devras aussi faire des concessions, Geneviève.

Qu'elle le veuille ou non, ils engageraient une personne pour faire le ménage à fond de la maison, au moins une journée par semaine. Si cela la dérangeait, elle n'aurait qu'à en profiter pour faire des activités avec sa mère. Elle n'assurerait plus que l'entretien quotidien. Il s'informerait dès le lundi pour trouver quelqu'un.

Ils réfléchirent tous les deux. Elle hochait la tête en guise d'approbation quand Benjamin prit le combiné du téléphone.

— J'espère que tu ne m'en voudras pas si je vais jouer au squash avec Mathieu. J'ai besoin de me défouler pour digérer tout ça. Je serai parti deux heures.

— Aucun problème. Je vais me reposer.

Mathieu n'osa pas refuser l'invitation, devinant qu'il se passait quelque chose de grave dans la vie de Benjamin. La partie fut courte : Benjamin jouait mal et trop fort. Mathieu perdit patience et l'entraîna plutôt devant un café.

L'homme d'affaires résuma tout ce que sa femme lui avait dit. L'air un peu désolé, Mathieu haussa les épaules à la fin du récit.

Mathieu trouvait que Geneviève avait raison. Les gens qui ne recherchaient que l'idéal étaient difficiles à vivre pour leurs proches. Par contre, il se demandait pourquoi Geneviève n'avait rien dit avant. Le choc aurait été moins brutal pour l'homme d'affaires. Mathieu conclut ainsi :

— Si tu ne veux pas perdre ta femme, écoute ce qu'elle te dit et tente de changer.

— Je suis un imbécile, on dirait !

— Non ! Tu es un excellent père, tu adores tes enfants et tu leur consacres tout le temps libre que tu as. Tu n'aimes pas que Geneviève veuille te changer. Cependant, rends-toi compte de ce que tu veux faire d'elle. Tu veux que, de femme et mère intelligente, comblée, elle devienne une maniaque de l'ordre et de la propreté, une épouse parfaite pour l'homme d'affaires que tu es... Geneviève est une personne vraiment très bien, profites-en, mais accepte-la comme elle est vraiment.

— Je vais essayer d'intégrer tout ça à ma mentalité. Ce ne sera pas facile.

— Il n'est jamais trop tard pour apprendre ! Je sais que c'est un cliché mais il s'applique fort bien.

« Sornettes ! » songea Benjamin.

Le lundi matin, dès dix heures, Benjamin téléphona chez lui. Sa femme retrouvait la forme et avait hâte au retour des enfants.

— Il y aura des ouvriers à l'extérieur de la maison, dans une heure. Ne t'en préoccupe pas. Ils savent quoi faire et où venir chercher leur chèque.

— Que feront-ils ?

— Une surprise pour les enfants ! Et pour ton cœur de petite fille, mon amour...

Vers seize heures, le souffle coupé, Geneviève contemplait, dans son jardin, une autre preuve de l'excentricité de son mari. Le carré de sable, de trois mètres de largeur, avait un toit pour protéger les enfants du soleil. Une toile, semblable à une toile solaire pour piscine, était enroulée sur un des côtés. Il débordait de sable. Avec Benjamin, c'était tout ou rien...

Geneviève accueillit ses enfants avec beaucoup d'émotion. Louis refusa de quitter ses bras : il s'était ennuyé d'elle.

Lorsque Benjamin rentra, Geneviève courut vers lui et lui donna un baiser passionné. Il le méritait bien.

Dès le lendemain, Geneviève et les enfants s'en donnaient à cœur joie dans le nouveau jeu.

En ce mardi, quatre jours après la fausse couche de sa femme, Benjamin avait planifié son horaire afin de rentrer chez lui très tôt. Il travaillerait un peu en soirée pour compenser.

Par la porte-fenêtre, il voyait ses deux enfants et... sa femme s'ébattrent dans le carré de sable. Geneviève était assise sur un des petits sièges, Louis était couché sur le ventre et jouait avec un de ses gros camions, alors que Leila, assise sur ses talons, construisait, aidée de sa mère, un énorme château. Benjamin eut besoin de dix minutes avant de trouver en lui le courage de se diriger vers eux.

— Salut, papa ! s'exclama gaiement Leila, vite imitée par son petit frère.

Geneviève sortit du carré de sable, lui sourit et l'embrassa. Elle voyait le sourire crispé de son mari et devinait le combat intérieur qu'il devait livrer. Elle avertit les enfants qu'elle rentrait mais qu'elle les aurait à l'œil par la fenêtre.

— Les deux petits ont passé toute la journée dans leur carré de sable. C'était un merveilleux cadeau à leur faire, chéri.

— À ce que je vois, c'était un cadeau pour toi aussi...

— Il y a quelques semaines, il y a eu un reportage à la télévision. Ils disaient que les plus forts souvenirs, chez les enfants de moins de cinq ans, étaient les moments où leurs parents partageaient leurs jeux... J'en ai profité pour offrir des souvenirs à mes enfants, aujourd'hui !

— J'ai du mal à croire que Leila va rentrer à l'école dans quelques jours. Ça passe trop vite !

Songeur, il s'appuya sur la table pour regarder ses enfants s'amuser. Il lui semblait que ça faisait un certain temps qu'il ne les avait pas entendu rire d'aussi bon cœur.

— Ils vieillissent et je suis fière d'eux. Ils ont la beauté de leur mère et l'intelligence de leur père !

Benjamin éclata de rire, amusé par cette phrase. Il n'y croyait pas du tout.

— J'ai pensé manger dehors pour leur faire plaisir... Il fait beau, ils sont heureux, ils s'amusent comme des petits fous... Qu'en penses-tu ?

Geste rare et surprenant de sa part, il lui répondit par un baiser et lui fit un clin d'œil.

33

Tout le monde était excité et on ne savait plus où donner de la tête. Discrètes, Geneviève et Cathou s'occupaient pourtant bien des trois fillettes. La petite Leila fut prête la première. Considérant le défilé de mode comme un jeu, elle avait hâte que ce soit son tour.

— Je ne veux pas y aller, maman, je suis trop gênée ! Je ne veux plus y aller, s'il te plaît !

De grosses larmes roulaient sur les joues de Judith. Valérie la prit entre ses bras, la serra contre elle et jeta un coup d'œil à Sandrine. Très sport, tout à fait ravissante, elle semblait à l'aise, malgré sa nervosité.

— Je sais que tu es timide, Judith. Mais tout va bien se passer... Sandrine et toi irez ensemble la première fois. Ma belle, je veux que tu sois audacieuse. Après, tu seras fière. Mathieu, Benjamin et Rémy vont nous dire combien tu étais bonne... Cathou, Geneviève et moi serons tellement satisfaites ! Tu vas y aller, marcher comme je te l'ai montré et revenir ensuite.

— D'accord, maman. Je t'aime.

Valérie lui donna un tendre baiser. Cathou s'appliqua à effacer les traces de larmes et à rassurer les enfants.

Dans l'assistance, les trois amis d'enfance étaient assis ensemble, Mathieu au milieu. Andréanne tenait la main de Rémy, bien qu'il ait à plusieurs reprises tenté de se dégager. Celui-ci ne comprenait pas l'air morose de Benjamin. Normalement, il aurait dû être tellement fier de prouver combien sa fille était belle et talentueuse.

Rémy avait utilisé le maximum de ses contacts pour attirer des médias au défilé de mode. Cela ferait une belle publicité pour la boutique de Valérie et, avec un peu de chance, on verrait les fillettes à la télévision ou dans les journaux. Il n'avait rien voulu promettre à Sandrine mais il espérait qu'elle aurait ce plaisir. Depuis la prise d'otages à son école, elle admirait vraiment son métier de journaliste.

À l'arrivée d'une collègue qui animait une émission sur la mode, Rémy repoussa la main d'Andréanne et discuta un moment avec sa consœur. Dès que la journaliste se fut éloignée, il se pencha vers Mathieu et Benjamin.

— C'est l'animatrice de *Tendances* et je lui ai fait promettre de montrer les trois petites au moins quelques secondes à son émission. Vous serez fiers de vos filles !

— Pourquoi a-t-elle accepté ? s'informa Benjamin. C'est une ancienne ou une éventuelle conquête ? Plutôt jolie...

— Juste éventuelle mais, tu sais, je flirte généralement peu dans mon milieu de travail.

— Qu'est-ce que vous êtes délicats ! lança sèchement Mathieu. Plus insouciants et goujats, je ne crois pas que ça existe !

Insultée, Andréanne s'était contentée de donner un coup discret mais efficace dans les côtes de son amant. Elle sourit à Mathieu, après sa réplique, afin de le remercier. Elle appréciait beaucoup son intervention.

— Je vais en arrière pour prendre les photos. Ne flirte surtout pas dans *ton* milieu de travail pendant ce temps !

Rémy esquissa un sourire embarrassé, prenant conscience de ce qu'il avait dit en présence de celle qui partageait sa vie de plus en plus.

Cathou replaça une barrette dans les longs cheveux de Sandrine, puis regarda les deux fillettes qu'elle aimait tant. Ce serait leur tour dans quelques secondes. Elle les encouragea, tout comme Valérie, et les deux femmes suivirent du regard les petites qui se dirigeaient vers l'estrade.

Mathieu eut un pincement au cœur en apercevant la petite sportive s'avancer telle une professionnelle. Il aurait voulu voir les deux filles en même temps, pouvoir les scruter toutes les deux... Et Christopher qui manquait tout ça ! Judith était très talentueuse, quoique moins souriante que Sandrine. Les enfants disparurent sous une tonne d'applaudissements. Fiers, les trois amis riaient à gorge déployée.

Valérie félicita sa fille et lui fit plein de bisous. Catherine en fit autant avec Sandrine.

Quelques minutes plus tard, c'était à la petite Leila de défiler. Elle allait sur scène avec une mannequin, vêtue d'une robe de la collection « Grandes sorties ». Avec sa classe naturelle, Leila portait sa robe à ravir, mieux encore que n'aurait pu l'espérer Valérie.

Leila fut surprise de voir tant de monde mais elle se ressaisit immédiatement, n'oubliant pas ce que lui avaient enseigné Valérie et sa mère. Au bout du grand plancher – c'est ainsi qu'elle appelait l'estrade –, elle s'arrêta comme prévu, les mains sur les hanches, fit un tour sur elle-même et regarda dans la salle. Elle sourit en reconnaissant son père. Petite entorse au protocole : elle lui envoya la main pendant quelques secondes.

Aussitôt, Mathieu donna un coup de coude à Benjamin. Sans son aide, l'homme, trop fier, aurait refusé de répondre au geste de sa petite fille. Leila poursuivit sa prestation comme une pro, un sourire rayonnant aux lèvres. Les rires avaient fusé dans la salle quand la petite avait agité sa main, rendant le moment touchant. Aussitôt Leila disparue, Mathieu et Rémy se tournèrent vers l'heureux père.

— C'était mignon ! lui dit Rémy. *Tendances* va montrer ça, je te le garantis ! Leila était magnifique dans cette robe !

Gêné, Benjamin hocha la tête tout en gardant les yeux sur les nouveaux mannequins qui défilaient.

Leila avait passé la porte des mannequins avec, sur les lèvres, un sourire fier et heureux. Elle raconta tout de suite à sa mère qu'elle avait envoyé la main à son père et qu'il lui avait répondu.

— Je l'ai reconnu dans tout ce monde-là, mon papa d'amour !

— Ton papa devait être content que tu le remarques, rétorqua Valérie en songeant à l'absence de son ex-mari. Tu vas retourner défiler ?

— Oui. Où est mon autre robe ?

Mathieu fut ému de voir de nouveau sa fille défiler devant lui. Il pouvait très bien imaginer Rosie à la place de sa fille. Elle et Sandrine se seraient si bien entendues... Peur de rien, confiance en soi, bonne humeur, envie de découvrir le monde et ses multiples facettes... Comment, sans l'avoir connue, Sandrine pouvait-elle ressembler autant à sa mère ?

Judith fit aussi très bonne impression. Moins timide qu'à sa première prestation, elle aperçut le clin d'œil d'encouragement de Mathieu.

Le clou du défilé fut enchanteur : les trois petites filles et une mannequin portaient une robe semblable, agencée dans trois styles différents. Leila et la mannequin étaient vêtues de la même robe longue à une différence près : la mannequin était coiffée d'un chapeau. Sandrine portait sa robe courte avec un *leggins* dessous. Une vraie petite sportive, quoi ! Quant à Judith, la robe qu'elle portait était un mélange des styles précédents, à la fois confortable et élégante.

Les hommes applaudirent à tout rompre et Andréanne vint les rejoindre alors qu'ils riaient encore. Le spectacle avait enchanté le cœur des deux pères et attendri celui du journaliste.

— À qui vais-je confier les films que j'ai pris ? Il y aura une centaine de photos de vos filles, j'espère que c'est assez ?

— Cent ! s'exclama Mathieu. Tu t'entendrais bien avec Benjamin, vous avez la même folie des grandeurs !

Ils rigolèrent tandis qu'Andréanne tendait les rouleaux de film à Benjamin.

— Vos gamines étaient superbes. J'espère que vous allez fêter ça !

— J'invite tout le monde au resto ! s'écria Benjamin. Allons vers les loges pour attendre nos fillettes d'amour.

— Je vous rejoindrai bientôt. J'aperçois un ami cameraman, je vais aller lui parler quelques minutes, précisa Andréanne.

Si elle espérait rendre Rémy jaloux, elle avait manqué son coup. Il acquiesça sans même regarder de qui il s'agissait.

Les hommes attendaient debout, près d'un rideau qui faisait office de porte, quand la petite voix de Leila se fit entendre, de plus en plus près. Benjamin en fit la remarque à Mathieu.

— Regarde ce que Valérie m'a donné, papa !

Vêtue d'une camisole et d'un jupon pour tout vêtements, Leila avait surgi devant eux avec deux billets de dix dollars dans les mains, qu'elle regardait avec tout l'étonnement d'une enfant qui n'a jamais possédé la moindre pièce de monnaie.

— Je vais les garder, hein, papa ?

— Mais oui, cafouilla Benjamin, gêné. Va vite t'habiller, ma cocotte.

Cathou sortit et prit doucement Leila par la main pour la ramener de l'autre côté du rideau.

Aussitôt les deux dames disparues, Mathieu et Rémy s'observèrent, déconcertés.

— Ta fille n'a jamais eu d'argent à elle, Ben ? Tu es vraiment un gars incroyable !

— Elle a juste cinq ans, Rémy. Pourquoi lui donner de l'argent puisqu'elle a tout ce qu'elle désire en claquant des doigts ? Elle apprendra bien assez vite la valeur des choses.

Déconcertés, les deux amis secouèrent la tête. Andréanne les rejoignait.

En regardant attentivement Benjamin agir, Mathieu prenait conscience que Geneviève n'avait pas tort en disant qu'il était trop... trop différent des autres parents avec ses enfants. Il faudrait lui en toucher un mot.

Rémy lui ordonna de se souvenir de leur enfance. Benjamin était alors un gamin comme les autres. Jeunes, ils allaient chercher des bonbons à *une cenne*, au magasin du coin. Rémy n'avait jamais possédé le moindre sou – mais pas pour les mêmes raisons que Leila ! Il était le plus heureux des garçons du monde quand un de ses copains, plus fortuné et ayant des parents plus... normaux que les siens, lui donnait quelques pièces. Rémy se rappelait ces petites joies qui avaient illuminé son enfance plutôt morose. Il était convaincu que Leila et Louis seraient plus heureux avec une poignée de cinq sous qu'avec tous les jouets invraisemblables que leur père leur achetait sans qu'ils ne les réclament.

Benjamin évita de devoir répondre parce que Judith et Sandrine arrivaient. Elles se jetèrent sur Mathieu. Rémy serra ensuite Sandrine contre lui et lui annonça qu'on verrait sûrement sa petite figure à la télévision et dans un journal au moins.

— Et Judith, et Leila ?

— Elles aussi, probablement. Valérie était très fière de vous ?

— Oui et elle nous a donné vingt dollars ! Moi, lança Sandrine, je vais m'acheter une cassette de musique !

— Moi, je vais le mettre dans ma banque en forme de parcomètre et je m'achèterai quelque chose plus tard. Peut-être une belle couverture pour mon grand lit...

Encore la sagesse de Judith qui se manifestait. Mathieu considérait sa fille comme tout aussi intelligente mais, question de sous, Sandrine était moins raisonnable. Jamais, il le savait, aurait-elle pensé acheter une couverture. Si elle en avait voulu une, elle l'aurait demandée à son père et l'aurait convaincu de la lui acheter avec des mots d'amour, des bisous et ses beaux yeux.

Leila sortit de nouveau de la salle mais, cette fois, bien vêtue. Elle tenait toujours ses deux billets à la hauteur de son nez et les observait avec ravissement. Valérie sortit enfin et, soulagée, sourit aux trois hommes, ainsi qu'à Andréanne.

— Tout est bien qui finit bien. J'étais tellement anxieuse. Les trois petites filles ici présentes méritent bien des félicitations !

— Et une autre récompense : j'invite tout le monde chez McDonald's !

Les enfants crièrent de joie.

Satisfaite et épuisée, Valérie remercia chaleureusement Geneviève et Catherine de l'aide qu'elles lui avaient apportée. Sans elles, jamais elle n'aurait pu préparer les enfants entre chaque apparition, assura-t-elle.

Le service pour dix personnes, au restaurant, fut extrêmement long. Benjamin regarda sa fille s'amuser dans l'aire de jeux et ne se mêla pas à la conversation animée des autres adultes.

Leila toucha à peine à son repas : elle mangea tout juste deux croquettes de poulet et quelques frites.

— Tu n'as plus faim ? s'enquit Benjamin avant de lui essuyer le visage et les mains comme il faut. Tu n'as pas mangé beaucoup.

— Je n'ai plus faim. Papa, est-ce que je peux retourner jouer, s'il te plaît ?

Valérie s'aperçut qu'Andréanne et Mathieu s'étaient lancés dans une discussion sérieuse. Un petit pincement au cœur la surprit. Elle n'aimait pas voir le médecin avec d'autres femmes, qu'il s'agisse de la maîtresse de Rémy ou de cette infirmière. De quel droit ce sentiment avait-il pris possession d'elle ? Mathieu était un ami de son ex-mari et le mari de sa défunte grande copine. Ils se connaissaient depuis plus de dix ans. Pourquoi, pourquoi cette jalousie ? Et elle faisait mal. L'amour en général faisait mal.

L'amour ?

Rémy l'interrompit dans ses pensées en venant s'installer près d'elle. Cela faisait un petit bout de temps qu'ils n'avaient pas vraiment discuté, tous les deux. Valérie lui parla tout de suite de « sa nouvelle amie » en grand bien.

— Andréanne et moi vivons une « liaison libre ». Je le dis et le redis. Elle n'attend rien de moi et moi, rien d'elle.

— Tu sais, quand on a autant besoin de se justifier, c'est qu'on a quelque chose à cacher. Ce ne serait pas merveilleux pour toi d'être enfin amoureux d'une femme bien, d'une femme qui te le rend, d'une femme qui t'apprendra le bonheur de la vie de couple ? Il est assez facile de constater qu'Andréanne semble amoureuse de toi et que tu l'invites partout, chaque fois que l'occasion se présente.

Rémy tourna la tête pendant un instant. Effectivement, il s'attachait beaucoup à Andréanne. Il s'ennuyait d'elle lorsqu'il était quelques jours sans la voir. Son cœur battait un peu plus vite lorsqu'elle apparaissait devant lui ou qu'il entendait sa voix au téléphone. Il faisait des efforts plus ou moins conscients pour lui plaire. Il avait ajouté des disques compacts à sa collection lorsqu'il avait mieux cerné ses goûts musicaux... Son garde-manger était un peu plus rempli depuis qu'elle allait souvent chez lui. Depuis quand n'avait-il pas flirté avec une femme dans le but avoué de passer la nuit avec elle ? C'était Andréanne qu'il désirait... elle seule dont il avait envie.

— Les enfants s'amusent, hein ?

— Changement de sujet... Oui, les enfants sont beaux à voir !

Leila, rêveuse, revint vers ses parents, le regard comblé. Sa mère la serra contre elle. Puis, les yeux agrandis, elle se redressa et sortit un de ses deux billets de dix dollars de sa poche.

— Papa, est-ce que j'ai assez d'argent pour m'acheter une gomme à mâcher dans la machine ?

Andréanne, Mathieu, Rémy et Geneviève éclatèrent de rire. Ce qui fascinait la jeune maman, c'était de voir que Leila, dans sa naïveté face à l'argent, avait déjà compris que, lorsqu'il était question de sous, elle devait s'adresser à son père directement.

— Il faut des pièces dans ces machines, Leila, pas des billets.

— Oh, je n'ai pas les sous qu'il faut...

— Viens, nous allons en acheter une pour toi et une pour tes amies.

Leila regarda sa mère avec étonnement pendant que son père, qui s'était levé, se penchait vers Rémy.

— As-tu de la monnaie ?

— Mais oui, répondit le journaliste en choisissant trois pièces de vingt-cinq sous. Nous, pauvres citoyens normaux, avons toujours de la petite monnaie dans nos poches, Benjamin.

Dès qu'elle eut les gommes à mâcher, Leila partit en courant vers l'aire de jeux, heureuse d'aller en offrir à Sandrine et à Judith.

Quinze minutes plus tard, comme les trois enfants étaient revenus près des adultes, Rémy décida de payer une tournée générale de *sundaes* aux fraises mais sans noix. La semaine précédente, il avait couvert le cas d'un bambin de deux ans et demi qui s'était étouffé avec une arachide. Rémy demeurerait craintif pour le reste de sa vie et avait banni toutes arachides et noix de son alimentation.

Seul Benjamin, évidemment, refusa le *sundae*. C'était trop sucré à son goût.

— Hum ! Merci Rémy, ça va être bon ! s'écria Leila en tapant des mains avec excitation.

La petite enfonça sa cuiller dans son bol, puis la porte à sa bouche. Son père, qui la tenait contre lui, lui *vola* une bouchée.

— C'est très sucré, Leila, non ?

— C'est bon, papa.

« Et dire qu'il y a quinze ans, les plats préférés de ce gars-là étaient les hamburgers et la pizza ! » songea Rémy. Heureusement que, sur bien des plans, Benjamin était demeuré un homme simple, sinon, être en sa compagnie aurait été intenable. Rémy trouvait dommage qu'il prive ses enfants de ce genre de petits plaisirs. Lui-même avait tellement souffert, pour des raisons différentes, de ne pas être comme les autres bambins...

— Je n'ai plus faim, je peux aller jouer encore ?

— On ne va quand même pas laisser tout ça se gaspiller, Leila ! Tu me donnes ce qui te reste ? demanda Rémy.

— Tiens !

En riant, elle tendit son *sundae* à peine entamé au journaliste.

— Au peu qu'elle a mangé, n'aie crainte, elle ne fera pas une crise de diabète ! précisa Mathieu à Benjamin.

Au moment de quitter le restaurant, Leila réclama un dessert glacé pour son petit frère, qui était demeuré avec sa grand-mère. Benjamin refusa sous prétexte qu'il allait fondre. Ils reviendraient tous ensemble. C'était une promesse.

Mathieu convainquit Valérie de finir la soirée chez lui, en compagnie de Cathou et des deux fillettes, qui ne voulaient pas se séparer. Après une brève hésitation – rompue, elle aurait aimé aller se reposer chez elle –, elle avait accepté l'invitation.

Rémy les quitta en compagnie d'Andréanne.

Catherine, tellement gentille, demeura en leur compagnie jusque vers dix-neuf heures. Valérie était également prête à s'en aller.

— Je garde à veiller la plus jolie designer du pays ! Judith va dormir ici et, quand tu viendras nous rejoindre, demain, nous irons déjeuner au restaurant ! Les filles vont devenir capricieuses, maintenant que je les y emmène souvent, mais qu'est-ce que je ne ferais pas pour gagner des minutes en ta compagnie ?

Mathieu sourit à Valérie. Troublée, elle ne savait que lui répondre. Une petite voix féminine appela Mathieu du second étage. Il y monta sans quitter la designer des yeux. Les filles lui firent alors une scène de charme délicieuse. Elles voulaient dormir ensemble et savaient que Mathieu était le parent le plus facile à convaincre.

— Je pense que j'ai déjà convaincu Valérie. Allez l'embrasser pour en être certaines ! Ça devrait fonctionner.

Dès que les enfants furent endormis, Mathieu s'assit sur le même divan que son invitée. Au deuxième verre, elle commençait enfin à se détendre. S'il comprenait que le stress du défilé l'ait accaparée toute la journée, il souhaitait également qu'elle se détende parce qu'elle se sentait bien en sa compagnie.

— Demain, lui dit-elle, je vais acheter du papier à lettres pour la petite. Elle aime écrire à son père, c'est incroyable.

— C'est normal. Il arrive bientôt, de toute façon. C'est inutile que vous vous dépêchiez d'en acheter.

— Essaie d'expliquer ça à Judith. Christopher change tellement souvent ses dates de visites et il est arrivé tellement souvent sans avertir que la petite ne se fait pas trop d'illusions.

— C'est une bonne chose.

— Oui. J'aurais été heureuse que tu sois le père de ma fille.

— Je le serais tout autant, ma belle.

Mathieu se pencha vers elle et l'embrassa doucement. Le baiser s'intensifia. Mathieu se sentit glisser dans un autre monde. La main de Valérie se posa sur son visage et le repoussa en douceur, le ramenant à la réalité. Le rêve n'était pas permis.

— Je ne voudrais surtout pas que tu me serves de bouée de sauvetage, Mathieu. Je ne suis pas séparée depuis longtemps. Je ne me sens pas prête.

— Prête à quoi, Valérie ?

— À vivre une nouvelle histoire d'amour.

— Tu sais ce que je ressens pour toi, n'est-ce pas ?

— Je crois que oui. Nous en reparlerons un peu plus tard.

— Et tes sentiments à toi, Valérie ? J'ai beau essayer mais je n'arrive pas du tout à les décoder...

— J'imagine qu'ils ressemblent aux tiens.

— S'ils sont aussi forts que les miens, nous allons vivre la fin du monde ensemble !

— C'est trop tôt, Mathieu. Cette discussion ne devrait pas avoir lieu !

— Tu me connais. Tu sais que je suis patient.

Valérie lui laissa le dernier mot. Un fol espoir s'était insinué en eux.

34

Christopher déposa ses bagages dans la remise pour ne pas se les faire voler. Il se rendit ensuite à pied chez Mathieu, où Cathou lui permit d'entrer. Elle lui proposa de prendre sa voiture pour se rendre à la boutique de Valérie. Il répondit en riant qu'il valait mieux pas, car il conduisait très mal.

Dès son entrée dans la boutique, il se sentit dévisagé par son épouse. Elle avait oublié que son arrivée était prévue pour ce jour-là et ne s'était donc pas préparée à le revoir.

Il lui parla immédiatement de son magnifique séjour sur l'île de Saï, où ses recherches avaient avancé à une vitesse incroyable. Très fier et très heureux, il était ravi de pouvoir partager sa joie et son enthousiasme avec Judith.

— Je suis bien contente pour toi... et pour Érika. L'école finit dans une heure, tu peux aller chercher Judith. Ramène-la vers dix-neuf heures au plus tard, pour que j'aie le temps de lui faire faire ses devoirs avant le dodo.

— Je l'emmène à l'hôtel, au restaurant, dans un centre commercial ? Et tout ça, en taxi ! s'exclama-t-il sur un ton découragé.

— Si tu disais clairement ce que tu veux, ce serait plus simple.

— J'aimerais demeurer à la maison pour cette semaine.

— C'est d'accord pour cette fois-ci, mais tu vas devoir trouver une solution permanente, Christopher. Sinon, nous allons finir par perturber la petite.

Il lui appliqua un baiser sur la joue et lui demanda la permission de faire quelques téléphones. Ils s'entendirent même pour partager la voiture puisqu'il n'était là que pour une semaine. Christopher consulta ensuite sa montre et demanda s'il devait également prendre Sandrine, à la sortie des classes.

— Tu es mieux de le faire pour aujourd'hui. Sinon, Mathieu aura droit à une crise de rage de la part de sa fille.

— D'accord, madame ! Merci, dit-il en tendant la main pour recevoir les clés. J'apprécie nos compromis, Valérie. Bon. N'aie crainte, je ramène les filles en un seul morceau.

— Tu es bien mieux. Et sois à l'heure !

— Tu es une femme adorable, Valérie. Ne te donne pas de mal pour te montrer désagréable et aigrie avec moi. Je sais bien comment tu es au fond.

Assis dans la voiture, Christopher prit le temps de réfléchir. Il repoussait ses réflexions le plus loin possible dans sa tête depuis le jour où Valérie avait découvert sa liaison, mais elles venaient de le frapper de plein fouet. S'il avait refusé de penser à la séparation officielle des années auparavant, ce n'était pas uniquement par lâcheté. Ce n'était pas non plus une question d'aisance financière ou de confort matériel. Christopher savait qu'il n'avait pas besoin de grand-chose pour être heureux : ses instruments et ses livres d'archéologie, un chez-lui, même modeste, avec une douche, de l'eau chaude, un téléphone, de l'argent pour se nourrir, se vêtir et, à défaut de pouvoir conserver son ordinateur, un cybercafé pas trop loin. Ces retours au Canada ne représentaient qu'un sixième de sa vie. Comme il était heureux le reste du temps, pourquoi se soucier d'avoir davantage ?

Il lui arrivait cependant d'avoir des moments de grande lucidité. Il se rappelait d'une fois, entre autres, lorsqu'ils venaient de découvrir le cimetière sur l'île de Saï. Il examinait le squelette d'un jeune bébé alors que les autres membres de l'équipe étaient partis dormir après avoir travaillé sans relâche pendant trente-six heures d'affilée tant ils avaient été excités par leur découverte. Alors qu'il était concentré sur son travail, il avait levé la tête une seconde et en avait eu le souffle coupé. Le soleil couchant offrait un paysage féerique. Les tons d'orangé, de mauve, de violacé, de rouge, de rosé se mélangeaient sur un fond de ciel mauve pâle et de terre couleur sable. Christopher aurait voulu se lever et se mettre à courir, courir et se jeter dans l'infini. À cet instant, il avait été certain que la vie finissait là, là où la terre s'unissait au ciel dans un concert de couleurs magiques, majestueuses, fabuleuses !

Christopher croyait alors vivre pour son métier. Devant ce tableau extraordinaire, il était en plein cœur de l'archéologie mais ce qui lui manquait, ce qu'il aurait voulu à cet instant précis, c'était la présence des êtres qui lui étaient les plus chers : sa femme et sa fille. Pas cette consœur avec qui il partageait passion du métier et attirance physique, non. Il voulait cette femme qu'il avait choisie pour partager sa vie et cette enfant qu'il avait conçue pour l'aider à grandir et pour l'aimer.

C'était là que la vérité lui avait sauté aux yeux. S'il quittait Valérie, s'il se séparait de la mère de sa fille, que lui resterait-il de *vrai* dans sa vie ? L'archéologie était une maîtresse éphémère : à soixante ans, il n'aurait probablement plus la santé pour vivre dix mois par an en mission. Érika, charmante collègue, aurait probablement quitté son équipe depuis des lustres. Que lui resterait-il lorsqu'il rentrerait au Canada ? Un appartement presque vide, une fille devenue grande et indifférente, des souvenirs et des sous à la banque ?

Il fallait qu'il conserve sa famille. Même si, perdu au beau milieu d'une petite île du Soudan, sa passion pour son métier était plus importante que tout, il fallait qu'il garde cette assise parce que, dans le fond, elle était tout ce que sa vie comportait de *vrai*...

La présence d'Érika dans son lit – parce qu'elle faisait partie de sa vie qu'il le veuille ou non – n'était qu'un petit agrément pour lui faire oublier sa solitude. Il contrevenait à la morale, à ses promesses, mais il ne posait pas plus de questions à Valérie qu'elle ne lui en posait. Peut-être faisait-elle pareil de son côté. Et peut-être que cet arrangement pouvait leur convenir à tous les deux.

Le soleil s'était couché, une magnifique nuit bleue s'était levée, constellée d'étoiles brillantes. Christopher s'était couché sur le dos et avait continué d'admirer les merveilles de la nature. Il avait vu deux étoiles filantes. À la première, il avait souhaité que sa famille et lui conservent longtemps la santé et la vie. À la seconde, il avait demandé de trouver une certaine paix intérieure. Il s'était endormi et, au matin, ses résolutions de faire attention à son couple étaient reléguées loin derrière sa passion pour l'archéologie.

Judith sauta dans les bras de son père ragaillardi, lui demandant tout de go s'il lui avait ramené d'autres pierres pour sa collection. Comme il lui répondit que oui et qu'ils pouvaient aller les classer tout de suite, Sandrine leur apprit qu'elle préférait rentrer chez elle. Elle prétexta un petit mal de ventre, mais Christopher devina que les *cailloux* de sa copine ne l'intéressaient absolument pas.

Père et fille allèrent chercher Valérie à la boutique dès sa fermeture.

En rentrant chez eux, sur le perron, ils découvrirent deux grandes casseroles. En soulevant les couvercles, Valérie découvrit une soupe aux légumes et une sauce à spaghetti qui semblaient fort délicieuses. Un petit mot accompagnait les plats : « Bon repas à vous trois, Cathou ! »

— J'adore le spaghetti de Cathou ! s'exclama Judith, ravie. Maman, tu fais cuire les pâtes et je vais la remercier chez Sandrine, O.K. ?

— Et je t'accompagne pour saluer Mathieu et remercier cette gentille Cathou, ajouta Christopher.

— Je ne fais pas cuire les pâtes tant que vous ne serez pas de retour. Je vous connais, vous allez rester longtemps !

— Nous serons de retour dans quinze minutes, Valérie, c'est promis !

Les promesses de Christopher, voilà longtemps qu'elle n'y croyait plus et il le savait. Il entama une course avec Judith.

Mathieu avait l'œil fatigué mais il était ravi de voir son ami. Christopher et Judith remercièrent Cathou qui leur assura que c'était trois fois rien, que cela lui faisait plaisir, avant de se retirer dans son appartement, au sous-sol.

— Avoir su que vous viendriez jusqu'ici, tous les deux, j'aurais plutôt proposé à Catherine de vous inviter à manger avec nous ! précisa Mathieu.

— Nous ferons un repas à cinq, ou à six si Cathou se joint à nous, pendant le week-end, proposa Christopher. Nous aurons plus d'énergie et plus de temps. Je pense que je serai au lit dès dix-neuf heures, je suis épuisé ! Il y a eu de la turbulence pendant notre vol et je t'assure que, pendant une heure, je ne me sentais pas trop brave. Il y a eu des gens malades, des femmes qui pleuraient, des enfants qui criaient... Si je ne trouve jamais les vols Égypte-Montréal de tout repos, celui-là était pire que les autres !

— Nous aussi, nous avons pris l'avion ! s'exclama Sandrine. Judith et moi n'avons pas eu peur du tout !

— Comment s'est déroulé votre voyage en Californie ? Je n'ai eu droit qu'à quelques mots dans une lettre de Judith !

Mathieu lui proposa de demeurer chez lui pour la semaine. Il croyait que ce serait peut-être plus facile ainsi entre Valérie et lui. Mathieu ne se sentait pourtant pas jaloux. Il aimait Valérie, certes, mais il était également conscient qu'elle était l'épouse de son copain. S'ils devaient revenir sur leur décision, il souffrirait beaucoup : c'était l'évidence même. De l'autre côté de la médaille, il savait parfaitement bien qu'il n'avait rien à dire. Valérie n'était que son amie. Touché, l'archéologue déclina l'offre, mais le remercia chaleureusement.

Christopher rentra presque une heure après son départ, tout penaud. Valérie avait mangé et elle ne déposa qu'un seul bol de soupe sur la table. Judith devina qu'il était pour elle et commença à manger sans oser lever les yeux vers ses parents. La tension était palpable. La jeune designer ne fit cuire des pâtes que pour sa fille. Son mari, qu'il aille au diable !

— Après, nous faisons tes devoirs, Judith. Même si ton père est là, tu dois quand même travailler. Ça ne peut pas toujours être la fête.

— Je le sais, maman. Avant mes devoirs, je vais pouvoir te montrer mes pierres ?

— Avec plaisir !

Christopher assista aux devoirs et aux explications sans en manquer un mot mais sans en ajouter un. Il admirait la patience et la pédagogie de Valérie. Expliquer les tables de multiplication ne lui semblait vraiment pas facile.

Quand Judith fut couchée, Valérie n'avait qu'une chose à dire à son mari : elle n'était pas en colère et ne désirait surtout pas de scène entre eux. Encore une fois, elle constatait combien il avait toujours été irrespectueux. Avec du recul, elle pouvait le voir tel qu'il était vraiment et non pas de la façon dont elle aurait souhaité le voir. Elle lui demanda les dates de son prochain séjour. Elle voulait divorcer le plus tôt possible. Elle était soulagée de savoir qu'elle n'aurait plus affaire à lui que pour leur fille.

— Je connaîtrai les dates d'ici la fin de la semaine.

Valérie lui demanda de réduire au minimum leurs relations, leurs rencontres et leurs discussions. Il acquiesça.

35

Sa maison était impeccable. Contrairement à ce qu'il avait craint, la révolte de Geneviève ne s'était pas soldée par un désordre terrible dans leur maison. Benjamin n'aurait pas pu supporter cela longtemps. Du vestibule, il avança jusqu'à la salle de jeux du rez-de-chaussée. Il entendait sa fillette et sa femme chanter. Des petites mains tapaient le rythme et comme il se l'était imaginé, c'étaient celles de Louis.

Aussitôt aperçu, il eut droit à deux étreintes passionnées et à un baiser de sa femme. Leila lui dit avec entrain qu'elle avait appris une nouvelle chanson à l'école et qu'elle la connaissait déjà par cœur. Il lui demanda de la lui chanter et, toujours aussi ravissante, dans sa petite robe rouge à cœurs blancs, elle le fit « juste pour lui ». Elle adorait aller à l'école et elle disait à sa mère, tous les soirs en rentrant, qu'elle avait hâte d'y retourner. Le vendredi, depuis le début des classes, elle comptait les trois dodos qui la séparaient du lundi matin.

Louis était un petit couche-tôt et un gros dormeur. Dès dix-neuf heures trente, il s'était couché de son plein gré et s'était aussitôt profondément endormi.

— Leila, maman et moi voulons te parler. Viens t'asseoir à la table avec nous.

L'enfant connaissait les petites réunion autour de la table. Généralement, elles se produisaient quand Louis ou elle n'avaient pas été gentils. D'habitude, leur père leur expliquait ce qu'ils avaient fait de mal et quelle serait la punition. Ça n'arrivait pas souvent, mais Leila détestait être punie : c'était difficile de demeurer quinze minutes assise sur une chaise, sans parler et sans se lever.

Alors, angoissée, elle s'approcha de la table.

— Leila, maman et moi avons décidé qu'à ton âge, tu pourrais recevoir un peu d'argent de poche chaque semaine.

— De l'argent dans mes poches ? Pourquoi ?

Elle regarda si elle avait une poche à sa robe alors que Benjamin posait sa main sur sa petite menotte.

Il lui expliqua que ça signifiait qu'il lui donnerait un montant d'argent, toutes les semaines, en échange de petits services. Sa mère et lui avaient décidé que tous les vendredi soirs, ils lui donneraient cinq dollars. C'était à la condition qu'elle écoute toujours les consignes de sa mère et qu'elle ramasse ses jouets après chaque jeu. Si elle n'obéissait pas à une de ces deux règles, il y aurait une déduction du total de son argent de poche pour chacune des tâches non accomplie.

Geneviève ajouta que le vendredi soir suivant, elles iraient toutes les deux au magasin et elles lui achèteraient un beau petit cochon pour que Leila puisse mettre ses dollars dedans.

Folle de joie, Leila sauta sur ses pieds et embrassa ses parents. Puis elle monta dans sa chambre, l'explora pour trouver le moindre jouet à ranger. Elle n'en trouva aucun.

Elle descendit de nouveau au rez-de-chaussée et fila dans la salle de jeux. Là non plus, il n'y avait pas grand-chose à ranger. Ses parents étaient sévères pour le ménage et la propreté. La petite Leila savait déjà accomplir des tâches ménagères que ne connaissaient pas ses nouveaux amis, à l'école, comme faire son lit, essuyer la vaisselle ou nettoyer une tache sur le plancher.

Déçue de n'avoir rien pu faire qui aurait justifié qu'elle reçoive son argent de poche, bien qu'elle ait trouvé cette expression saugrenue, Leila écouta les consignes de sa mère en allant chercher son pyjama et en se déshabillant dans la salle de bains. Elle prit son bain, sa maman lui lut une histoire et la petite fille, rêveuse et comblée, s'endormit pendant que sa mère lui chantait une berceuse.

Geneviève rejoignit son époux qui somnolait déjà sur le divan du salon. Cela ne l'étonna pas outre mesure. Depuis quelques semaines, il était tellement fébrile qu'il dormait à peine trois ou quatre heures par nuit. Si la construction et la rénovation de l'usine prenaient plus de temps que prévu, les soumissions pour de nouveaux contrats, elles, n'arrêtaient pas d'affluer. Benjamin avait la folie des grandeurs. Si les choses se poursuivaient au même rythme, il voulait construire une autre usine ; il visait loin, très loin. Et il désirait toujours conserver sa réputation de patron extraordinaire. Benjamin veillait jalousement au bien-être de ses employés.

Elle lui susurra quelques mots à l'oreille pour l'inviter à aller se coucher mais dès qu'il eut un œil ouvert, toute trace de fatigue avait disparu chez lui. Malgré ses avertissements disant qu'il ne tiendrait pas le coup s'il continuait comme ça, Benjamin se releva et serra sa femme entre ses bras. Geneviève devina ce qu'il voulait mais elle ne se sentait pas prête. Depuis sa fausse couche, elle avait de terribles maux de ventre. Son gynécologue l'assurait que tout rentrerait dans l'ordre sous peu mais elle trouvait cela pénible.

— Allez, allez, va au lit ! lança-t-elle en le repoussant, avec le sourire. Je te prépare un lait chaud avec un peu de miel, si tu veux ?

— Je n'ai pas envie de dormir, j'ai envie de toi, ma chérie.

— Non, je ne peux pas encore. Bientôt, c'est promis.

— Si tu ne *peux* pas, c'est bien d'accord, chérie. Mais si tu ne *veux* pas parce que tu me boudes, peu importe la raison, je trouve cela bien ennuyeux.

— Je ne t'ai jamais boudé, Benjamin, et je t'assure que je ne peux vraiment pas.

— Alors, allons-y pour ton lait chaud mais à la condition que tu viennes avec moi au lit et que nous discutions de notre amour passé, présent et futur.

— Superbe programme ! Je te rejoins dans quelques minutes.

Leur conversation fut vraiment agréable ; Geneviève adora les heures passées entre les bras de son tendre époux. Le réveil de Louis, de plus en plus souvent hanté par des cauchemars, les ramena subitement à la réalité. Il était une heure du matin. Geneviève se leva après avoir sommé son mari de s'endormir sur-le-champ.

Louis n'arrivait pas à se calmer. Depuis la fin de semaine passée au chalet avec ses grands-parents et sa sœur, sa mère était moins patiente, racontait moins d'histoires, faisait moins de jeux avec Leila et lui. Son père avait changé : il était moins sévère, le laissait jouer davantage et avait souri quand, accidentellement, il avait fait tomber son verre de jus d'orange sur le plancher de la cuisine. Louis ne comprenait plus rien à sa famille. Était-il le seul à se demander pourquoi tout changeait... sauf lui ? En plus, sa grande sœur avait commencé l'école et ses parents lui accordaient beaucoup d'attention. Et lui ? Le pire était qu'il ne pouvait rien faire. Il ne s'exprimait pas encore assez bien avec des mots. Maman et Leila comprenaient tout ce qu'il disait mais son père, parfois, le traitait comme un bébé et ne lui répondait pas correctement. Cela le fâchait. Comment pouvait-il poser des questions si graves ? Il ne connaissait pas les mots et les grandes personnes ne le comprendraient pas !

Découragé, condamné à subir les transformations sans comprendre pourquoi, Louis ouvrit les yeux et regarda sa mère. Elle fut surprise de constater qu'il ne s'endormait pas encore.

— Maman... Je t'aime. J'ai peur.

— Je t'aime très fort, moi aussi, Louis. Veux-tu faire dodo avec papa et moi dans notre grand lit ?

— Oui !

Benjamin, qui commençait tout juste à somnoler, fut surpris quand une petite forme s'agrippa à lui. Dès son arrivée dans le lit, Louis s'était naturellement déplacé pour se coller contre son père. Quand il avait la chance de dormir avec eux, c'était tout le temps comme ça qu'il agissait, sans que Geneviève ne comprenne pourquoi. Benjamin posa la main sur l'estomac de son fils et enfouit son nez dans ses cheveux. Il adorait l'odeur des enfants.

Geneviève embrassa ses deux hommes sur les joues et, en quelques minutes, tous les trois dormaient profondément.

36

Rémy prit la lettre avec rage. Il la lut et, en colère, frappa du poing sur le comptoir. Non contente d'envoyer des lettres à Andréanne et à lui, la personne... malade qui le menaçait venait maintenant d'en envoyer une à Valérie ! Ça, c'était pour lui inacceptable. Il était rouge de colère. C'était assez pour qu'il comprenne que la... malade passait à une deuxième étape. Un frisson de peur et de douleur le traversa.

> « *LAISSE MON REPORTER TRANQUILLE. NE LE VOIS PLUS, SINON, GARE À TOI ET À TA FILLE. NE SOIS PAS IDIOTE ET ÉCOUTE-MOI, SINON... ÇA POURRAIT MALHEUREUSEMENT TOURNER MAL. VOS VIES NE VALENT PAS CHER POUR MOI COMPARÉES À MON AMOUR POUR RÉMY GAUCHER.* »

Rémy s'excusa sincèrement et avisa Valérie qu'il ne la reverrait plus tant que le problème ne serait pas réglé. Il était à bout de forces, ne sachant pas si cette personne pouvait faire du mal à ses proches. Ce serait la chose la plus terrible qui puisse lui arriver. Il avoua avoir envie d'accepter l'invitation de Christopher et d'aller lui rendre visite sur son nouveau site archéologique, en Espagne.

— Sérieusement ? Tu t'es récemment découvert une passion pour l'archéologie ?

— Non, mais deux semaines à pelleter, ça va m'épuiser et me vider la tête ! Je crains que ma ligne téléphonique ne soit sur écoute. On ne sait jamais : notre monde est rempli de gens corrompus et il n'est plus si difficile que ça d'obtenir une telle faveur lorsqu'on a un bon contact. Si jamais tu veux absolument me parler, appelle sur mon cellulaire.

— Je suis vraiment désolée pour toi. Je veux que tu ailles voir la police avant qu'il ne t'arrive malheur.

— Je vais le faire prochainement. J'ai du mal à prendre cette décision, Valérie, si tu savais à quel point ! Je te donnerai des nouvelles dès qu'il y aura du nouveau. Pardonne-moi. Bonne fin de journée.

Il lui donna un baiser sur la joue et quitta la boutique.

En ce samedi qui aurait dû être beau, Rémy était affligé. Cette histoire de menaces allait trop loin ! Il ne voulait mettre personne en danger. Si l'infâme créature n'avait pas encore posé un geste trop grave, il était conscient qu'il ne devait pas attendre que ça se produise pour réagir. Il lui faudrait aller voir la police bientôt et cela lui pesait terriblement. Il valait mieux trouver quelqu'un de qualifié pour mener l'enquête, aller voir un policier en qui il avait confiance. Rémy était apprécié du public. Cependant, il y avait tellement de monde derrière lui, des jeunes compétents et ambitieux, des vieux expérimentés, n'importe qui pouvait prendre sa place. Il se retrouverait relégué à des tâches qui ne l'intéressaient pas. Il aimait être devant la caméra, il voulait, il fallait que ça continue. Sinon, ça voudrait dire qu'il avait gâché sa carrière, sa vie, et que ses parents avaient raison : il était un bon à rien. Ce serait la plus cuisante humiliation de toute sa vie. Il aurait probablement la force de s'en remettre, des coups durs il en avait eus, mais aurait-il envie de passer à autre chose ? Pas du tout.

Rémy s'arrêta, se força à penser à autre chose. C'était ridicule. Il n'arriverait rien à personne. Il devait s'en convaincre.

N'ayant pas envie d'être seul mais ne désirant pas faire courir de risques à Mathieu, encore moins aux enfants, il préféra ne pas l'appeler. Incroyable, songea-t-il. Son fortuné copain Benjamin pouvait jouer au squash sans souci, alors que lui, simple journaliste télé, craignait tout le monde.

Andréanne répondit après cinq sonneries. Elle était essoufflée et Rémy se douta immédiatement du sport qu'elle venait de pratiquer. Cela se confirma quand elle lui apprit qu'elle était prise pour une partie de la journée mais qu'elle pourrait aller le voir en début de soirée. Il répondit sèchement de l'appeler sur son cellulaire quand elle serait libre et il raccrocha. C'était bien le temps de s'envoyer en l'air avec un autre gars !

Comme par magie, son téléphone cellulaire vibra. Surpris d'entendre Marthe Caza l'inviter à dîner au restaurant, il ne sut quoi répondre.

— Je veux bien puisque je suis seul mais, tu sais..., j'ai un cœur insaisissable...

— Je l'ai toujours su, coureur de jupons qui ne veut pas de problèmes ! On se rejoint où ?

Aussitôt assis l'un devant l'autre, elle s'inquiéta de sa mine défaite et de ses yeux tristes. Il lui apprit qu'il planifiait des vacances, puis il dévia la conversation sur elle. Il n'avait pas la moindre envie de parler de lui et de ses problèmes. Ceux de Marthe, au moins, le distrayaient. Elle envisageait quitter son mari sous peu et, elle aussi, aurait aimé prendre des vacances. Plage, soleil, palmiers, pas de caméras de télévision... Rémy sourit et lui dit qu'il préférait l'aventure.

Marthe lui avait posé des questions à propos des lettres de menaces ; elle se souvenait de celle qu'il lui avait montrée, la première de toutes. Comme tout le monde, Marthe lui avait conseillé de prendre les menaces au sérieux et lui avait proposé son aide.

Il la quitta de meilleure humeur après avoir passé presque deux heures en sa compagnie.

— Je vais rejoindre mon mari, bien que je n'en ai aucune envie. Nous avons fait nos vies chacun de notre côté. Je sais qu'il sort sérieusement avec une autre femme. Pourquoi ne fait-il pas les premiers pas pour divorcer ? Mystère ! Et toi, que vas-tu faire ?

— Je crois que je vais aller voir mon grand ami, Mathieu. C'est fou, non, mais j'ai peur que la personne qui me fait des menaces fasse du mal à mes proches... Je ne pourrais pas me le pardonner.

— Si elle est vraiment dérangée, qui sait ce qu'elle veut et ce qu'elle peut faire ! Je suis dans le journalisme depuis vingt ans, j'ai tout vu. Rien n'est impossible dans ce bas monde.

— Tu n'es pas rassurante ! Bonne fin de semaine et bonnes démarches pour ton divorce. À bientôt, Marthe.

— À bientôt.

Rémy regagna sa voiture. La solitude le frappa de nouveau. Il conduisit rapidement jusque chez Mathieu, grillant cigarette sur cigarette. Son copain et les filles jouaient au badminton, et ils l'invitèrent à se joindre à eux. Partenaire de Sandrine, il eut beaucoup de plaisir. Quand il rendit les armes, moins endurant que les enfants, il se sentait libéré de tant de pression ! Il proposa à Mathieu de faire une autre activité physique avec les enfants, le lendemain.

— Valérie avait prévu aller faire une belle randonnée au mont Orford, en Estrie, avec les petites. Les couleurs sont magnifiques et la température est exceptionnellement douce. Tu es le bienvenu !

— Je ne vous ferai pas ce coup-là, répondit Rémy avec un clin d'œil. Allez-y ensemble.

— Non, non, ça me ferait plaisir que tu viennes.

— Je vous accompagnerai si je suis seul. Si jamais je me trouve une autre sortie ou si ma chère *camarade* est libre, je vous laisse...

— Andréanne ?

— Oui. En temps normal, qu'elle couche avec un autre m'aurait laissé indifférent mais pas aujourd'hui...

— Indifférent !

— Je pourrais prendre le téléphone et me trouver quelqu'un pour la nuit, moi aussi... Ce ne serait pas difficile. Je n'en ai simplement pas envie.

— Eh ! Tu ne serais pas en train de devenir amoureux, toi, par hasard ?

— Pas du tout ! Seulement, je me suis habitué à sa compagnie et je n'ai pas envie d'être seul depuis que l'énergumène m'écrit.

— Cette belle est en train de devenir indispensable dans ta vie ! Oh ! Oh !

— Non, non, je ne suis pas amoureux !

Rémy secoua énergiquement la tête, mais Mathieu ne cessait de sourire : il connaissait très bien la vérité.

Le téléphone cellulaire du journaliste sonna. De bonne humeur, Andréanne l'invitait à souper au restaurant mais il devait absolument passer par chez elle, avant. Il répondit avec rudesse qu'il passerait et qu'ils décideraient alors pour le souper. Il raccrocha sans préciser d'heure.

— Tu penses la garder longtemps si tu agis comme ça ? Monsieur trompe madame mais madame ne peut pas tromper monsieur...

— Je ne perdrais pas grand-chose.

Mathieu ne le croyait pas du tout et ils le savaient aussi bien l'un que l'autre.

Sur un coup de tête, Rémy proposa à Mathieu de l'accompagner en vacances en Espagne. Ils pourraient, en sept ou dix jours, visiter ce beau pays et rencontrer Christopher. Il serait fou de joie. Il espérait depuis des années que quelqu'un lui rende visite sur un de ses sites archéologiques. Les deux pères de famille ne trouvaient pas évident de se rendre à l'autre bout du monde, dans un coin reculé, pour quelques jours de vacances. Quant à Rémy, il avait toujours préféré les plages où il pouvait faire des rencontres *passionnantes*...

Mathieu rentrait de Californie et espérait prendre aussi des vacances familiales pendant l'hiver. Il ne pouvait pas faire ce voyage en plus, bien qu'il en ait fortement envie.

— Tu peux sûrement prendre quelques jours de congé à tes frais. J'aurais du mal à croire que toi, docteur, tu ne peux pas te payer le voyage. Allez, accepte, on va s'amuser !

— Laisse-moi y penser.

— Pas trop longtemps.

— Promis. Deux ou trois jours, tout au plus.

Rémy le quitta après avoir donné un coup de main à la préparation du souper. Il n'avait cependant pas mangé avec la petite famille, préférant laisser Valérie tranquille avec Mathieu. Rémy savait que quelque chose se passait entre eux. Il ne savait pas encore où ils en étaient rendus, mais il savait que ça évoluait. De plus, quelques heures plus tôt, il s'était juré de « fuir » Valérie pour lui éviter tout désagrément possible.

Il frappa à la porte d'Andréanne, se demandant s'il avait envie que leur relation se poursuive ainsi. Il venait tout juste de se poser la question quand la jeune femme lui cria d'entrer.

— Pas trop prudente, la fille. Ça aurait pu être une obsédée qui venait se débarrasser de sa rivale !

De la cuisine, elle éclata de son rire franc. Une odeur pestilentielle de peinture sauta au nez de Rémy. Il trouva la cuisine sens dessus dessous, tous les meubles empilés au milieu de la pièce et un seul coup d'œil lui permit de constater que le salon était tout aussi en désordre.

— As-tu reçu la visite de cambrioleurs ?

— Une de mes amies est déprimée par sa séparation. Comme toute bonne femme déprimée qui se respecte, elle est dans une crise de ménage. Hier, nous sommes allées chercher de la peinture pour ces deux pièces. Ça fait du bien, hein ? Nous avions à peine terminé quand je t'ai appelé. La réponse fut si aimable que j'ai cru que tu ne viendrais pas. Résultat : je n'ai pas encore pris ma douche !

Elle avait de la peinture sur le visage et sur ses vêtements. Se rendant compte de sa méprise, Rémy se sentit gêné et alla l'embrasser. Elle n'était pas dupe, cela se voyait à son sourire moqueur.

— Il est jaloux, mon journaliste. Ça me touche ! Quand tu m'as téléphoné, j'étais grimpée dans l'escabeau et je ne trouvais plus mon téléphone sans fil dans ce bordel. Si j'avais su que tu penserais *ça*, je n'aurais pas répondu !

— Pourquoi ne m'as-tu pas demandé un coup de main ? Ça m'aurait fait plaisir. J'aurais donné n'importe quoi pour éviter d'être seul, aujourd'hui.

— Penses-tu que mon amie avait envie d'être en ta compagnie ? Depuis que son mari l'a quittée, elle déteste les hommes ! Merci quand même.

— Tu vas dormir ici, cette nuit ? Ça sent mauvais, c'est horrible !

— Oui, à moins qu'un beau brun m'invite à passer la nuit entre ses bras, mais ça...

— Accordé !

Heureux, il la serra contre lui et le baiser qu'ils échangèrent fut délicieux.

37

Rémy était insouciant et de bonne humeur. Mathieu était triste de quitter sa fille, troublé de laisser Valérie sans être fixé sur les sentiments qu'elle éprouvait à son égard. Il ne voulait pas se l'avouer mais il avait rêvé de recevoir une déclaration ou une promesse d'amour avant de partir. Enfin... L'éloignement serait peut-être une bonne chose...

Valérie était aussi troublée que lui mais il ne s'en rendait pas compte.

Sandrine avait du chagrin de laisser son père pour aussi longtemps. Elle était tellement habituée d'être à ses côtés, elle était persuadée que ces dix jours seraient interminables.

Quant à Judith, elle avait pleuré quand il lui avait annoncé qu'il verrait son père pendant quelques jours. Elle aurait aussi aimé le voir et visiter le site archéologique sur lequel il exerçait son art. Malgré la promesse que ce serait pour bientôt, que Christopher l'y emmènerait probablement une semaine pendant l'été s'il demeurait en Espagne, où les conditions de vie étaient acceptables, elle avait quand même eu beaucoup de peine. Elle avait trié des photos du défilé de mode, fait quelques dessins et écrit une lettre qu'elle avait remis à Mathieu, dans un petit paquet très soigné.

L'heure de la séparation, à la douane, fut douloureuse. Mathieu prit la peine d'attirer Valérie à l'écart pendant que Rémy tentait tant bien que mal de faire rire les filles.

— Tu n'auras pas trop de mal à te débrouiller ? Tu seras obligée de courir : boulot, enfants...

— Cathou est merveilleuse, tu le sais comme moi. Ne te tracasse pas. Je vais beaucoup penser à toi, Mathieu...

— Et moi, qu'est-ce que tu en penses ? demanda-t-il sérieusement.

— Allez, vas-y ou Rémy va partir sans toi. Tu nous reviens en un seul morceau ! Promis ?

— Promis, juré. Avec Rémy pour prendre soin de moi...

Les deux filles serrèrent Mathieu contre elles. Après maintes dernières caresses et plusieurs au revoir, Mathieu et Rémy passèrent à la douane. Andréanne avait voulu aller les saluer à l'aéroport mais Rémy avait refusé. L'éloignement l'aiderait à savoir où il se situait sentimentalement parlant.

— Quel lot de problèmes, les enfants. Je trouverais pénible d'être ainsi privé de ma liberté.

— Ça apporte tellement de belles choses, Rémy. La liberté n'est rien comparée à ce que ces deux petits trésors me donnent.

— Tu considères Judith presque comme ta fille...

— De plus en plus. Je suis tellement habitué de les voir ensemble. En plus, Judith est une enfant facile, un vrai charme !

— J'ai la possibilité d'avoir la même chose que toi avec Andréanne. Si je lui demandais de faire un enfant, elle accepterait. Si je lui demandais de m'être fidèle, de venir habiter avec moi, de m'épouser, elle accepterait aussi.

— Ne fais pas ça ! Je ne crois pas que ça te rendrait heureux.

Andréanne lui avait demandé, quelques semaines plus tôt, de l'accompagner au second mariage de son père. C'était pendant la première fin de semaine de ses vacances. Lorsqu'il avait accepté, il avait remarqué une grande joie dans les yeux d'Andréanne.

Elle avait tellement été en colère au moment de son désistement ! Deux jours plus tard, elle s'était excusée de sa « réaction excessive », mais Rémy savait qu'il l'avait profondément blessée. C'était normal. Elle l'aidait beaucoup depuis qu'il recevait des menaces et ce qu'il trouvait de mieux à faire, pour l'en remercier, c'était de la décevoir la première fois qu'elle lui demandait quelque chose. Et de mémoire d'homme, c'était vraiment la première fois qu'elle lui demandait une faveur. Il avait honte. Avisé, Mathieu avait proposé de remettre les vacances d'une semaine mais le journaliste avait refusé. Si Andréanne avait besoin d'une preuve pour comprendre que Rémy et elle n'étaient pas si unis qu'elle le croyait peut-être, elle l'avait eue.

Rémy avait promis à Valérie, à la suite de la lettre qu'elle avait reçue, d'aller voir la police. Toutefois, les vacances s'étaient précipitées. Mathieu devait en avoir davantage envie qu'il le disait car il avait rapidement trouvé des disponibilités.

Le journaliste alluma une nouvelle cigarette qu'il aspira comme s'il en avait été privé depuis des années.

— Je ne crois pas non plus que ce soit ainsi que je trouverai le bonheur, décréta-t-il.

Mathieu savait que Rémy lui cachait quelque chose, une blessure qui lui avait été infligée sensiblement en même temps que la prise d'otages, si son sens de l'observation était bon. Il respectait le silence de son ami, même si sa mauvaise mine l'inquiétait de plus en plus. Il ne comprenait pas non plus sa façon d'avoir besoin d'Andréanne, tout en la repoussant. Il fallait vraiment avoir peur de s'engager pour agir ainsi. Combien de temps la jeune journaliste allait-elle accepter un tel traitement ? Lui, il aurait donné n'importe quoi au monde pour s'unir avec Valérie.

— Quand as-tu parlé à tes parents pour la dernière fois ?

Surpris, Rémy observa un instant Mathieu avant de s'informer du sens de cette question.

— Juste pour savoir.

— Parlé ? Je crois que c'est aux fêtes de l'année dernière mais je ne les ai pas vus depuis quelques années. Ça ne me manque pas.

— En es-tu certain ?

— Non.

Rémy éclata de rire et se leva. Il était temps d'aller prendre l'avion. Le journaliste ajouta que si ça lui avait manqué, il n'aurait eu qu'à leur rendre visite ou les appeler. À la place, il préférait téléphoner à ses copains, sa vraie famille.

Le début du voyage se déroula dans le calme. Pendant trois heures, ils n'échangèrent que quelques mots, tous les deux étant plongés dans la lecture.

Tout de suite après le repas, Rémy sortit de son livre une feuille pliée en huit et la tendit à son ami. Elle portait l'en-tête de la station de télévision.

— C'est ce que pensait Andréanne de moi, le jour où je lui ai annoncé que je ne l'accompagnerais pas au mariage. Consciente que ce n'était pas très indiqué de m'envoyer une lettre, elle me l'a donnée à la station en me précisant que si elle l'avait écrite, c'était pour que je n'oublie pas et que je puisse y réfléchir.

Mathieu la déplia et reconnut la détresse dans la façon d'écrire : l'écriture était rapide, mal formée, chaque lettre étant de grosseur inégale, comme si chaque mot avait été craché sur le papier pour éviter d'étouffer l'auteure. Après la mort de Rosie, sa propre écriture avait ressemblé à celle-là quand, pour se défouler, il mettait ses sentiments sur papier. Nombre de lettres retrouvées sur des suicidés comportaient également ce style d'écriture.

« Cher Rémy,

« Je comprends maintenant que nos sentiments et nos intentions ne sont pas réciproques. Après tout ce temps passé en ta compagnie, mon amitié et mon intérêt pour toi ont normalement et graduellement évolués. Je ne peux pas t'en vouloir parce que ce n'est pas pareil pour toi, les règles du jeu ont été clairement établies dès notre première rencontre – chez toi, un lundi soir, t'en souviens-tu ? – et les sentiments ne se contrôlent pas.

« L'irrespect presque continuel des promesses et des engagements faits auprès d'une personne chère est un défaut qui se pardonne mal, tu sais. Pourquoi ? Simplement parce que ça fait mal !

« Ton irresponsabilité, ta légèreté, tes valeurs si peu profondes, ton détachement de ta famille, ta joie de vivre superficielle, ton manque d'honnêteté, de clarté, de courage pour dire les vraies choses, j'ai eu le temps de les analyser, ces derniers mois. Tu es mal dans ta peau, Rémy, il faut bien te connaître pour le constater. Puis-je te conseiller de voir un psychologue ou un psychanalyste ? Tu pourrais aussi en discuter avec tes proches.

« Car les vraies affaires, Rémy, à qui les dis-tu ? Si j'ai bien compris, c'est à tes copains Christopher et Mathieu, entre deux bières. Mais les vraies affaires, les blessures enfouies depuis longtemps, tu ne les confies à personne, car tu n'as même pas pris conscience de leur existence.

« Je t'écris ça parce que je t'aime beaucoup, Rémy, et que je te souhaite d'être heureux. Tu peux être mieux, sur le plan personnel, que ce gars que je t'ai décrit, deux paragraphes plus haut. Si tu ne veux plus me voir, je comprendrai. Je sais que j'ai été brutale. Et la vérité, trop souvent, est dure à entendre. Dans ce cas-ci, je crains même que tu la trouves intolérable.

« Bonnes vacances.

« Une collègue qui pense à toi et pour qui tu comptes,

Andréanne. »

— Ouf !

— Tu peux le dire, ouf !

— Elle a écrit ça sous le coup de la colère. Tu n'es pas si pire que ça ! ajouta Mathieu. Tu n'es pas irresponsable, tu as peur de prendre des responsabilités. Tu n'es pas léger, ça se prouve dans tes reportages. Tu as de bonnes raisons de t'être éloigné de ta famille, c'est même ce qu'il fallait que tu fasses. Dans ses mots à elle, ton manque de clarté, d'honnêteté et de courage, ça concerne uniquement l'amour et, là-dessus, je ne peux rien dire. Tu as de belles valeurs, à preuve, l'amitié que tu tiens à conserver pour tes trois vieux copains, malgré les routes différentes que nous avons prises, l'affection que tu portes à nos petits malgré ta phobie des enfants. Il est toutefois vrai que tu caches des blessures profondes, non ? Ne donne pas de valeur outre mesure à cette lettre. Déchire-la.

— Je vais la garder quelque temps. C'est un beau portrait de moi-même.

— Cette lettre contient aussi autre chose : une déclaration d'amour en bonne et due forme. Penses-y, Rémy. C'est le temps ou jamais de t'assagir, d'être amoureux.

Rémy ferma les yeux en appuyant confortablement sa tête contre le siège. Il était terrifié... et, en même temps, il voulait tellement ne pas perdre Andréanne !

L'arrivée à Madrid se passa sans anicroches. Rémy avait le sens de l'orientation dans des villes inconnues, flair de journaliste qu'il disait, si bien que Mathieu se laissa conduire sans avoir d'autres soucis que de regarder le paysage. Il prit quelques photos, désirant faire partager son voyage à *ses* filles, ainsi qu'à Valérie.

Rémy s'était occupé d'organiser le voyage et avait réservé une seule chambre pour eux deux, mais elle était grande et spacieuse. Mathieu rit en la voyant, s'imaginant comment les deux petites filles auraient du plaisir à partager une telle chambre pour pouvoir se parler côte à côte.

Fort des quelques heures dormies dans l'avion, Rémy voulait tout de suite repartir pour faire un tour de ville et prendre un repas dans un bon restaurant. Mathieu préférait avant tout dormir quelques heures.

Après avoir longuement discuté, ils s'entendirent pour faire une sieste. Impatient, Mathieu avait souligné qu'il n'était pas en voyage pour s'épuiser. Et pourquoi ne pas garder un peu d'énergie pour profiter de la présence, trop rare, de Christopher ? Convaincu, Rémy s'était plié à ses arguments.

Après la sieste, Mathieu suivit Rémy, armé de son guide touristique.

L'après-midi fut très agréable. Épuisés, ils rentrèrent à leur hôtel vers vingt et une heures.

Le lendemain, entraîné par Rémy, qui l'appelait « son petit veuf » quand ça faisait bien son affaire, les deux amis se retrouvèrent dans un bar. Mathieu n'y avait pas mis les pieds depuis des années et il se rappela rapidement pourquoi : il détestait ça ! Le bruit, la fumée, l'ambiance, rien ne lui plaisait et, s'il resta dans ce bar espagnol, c'était tout simplement pour faire plaisir à son copain, qui, lui, était un habitué de ce genre d'endroit.

Ils burent plus que de raison. Ce fut surtout Mathieu qui en ressentit les effets, car il avait moins l'habitude de consommer que Rémy. Ils rentrèrent à leur hôtel à pied et, la langue déliée, Mathieu ressentit le besoin de se confier.

— Tu sais quoi ? Je pense que je suis amoureux, Rémy.

— Enfin ! Mon petit veuf qui se réveille, n'est-ce pas merveilleux ! Qui est l'heureuse élue ? Le sait-elle ? Qu'a-t-elle dit ? Connaît-elle Sandrine ? A-t-elle des enfants ? Quel âge a-t-elle ?

Même un peu ivre, Rémy n'ignorait pas de qui parlait Mathieu. Son ami pouvait-il s'imaginer que Rémy n'avait pas tout compris depuis belle lurette ?

— Elle a une fille du même âge que ma Sandrine. Dans ses moments de bonheur, ma petite l'appelle mamie et même maman... Je ne lui ai pas clairement dévoilé mes sentiments envers elle mais elle a compris mes sous-entendus cinq sur cinq. Je crois qu'elle est troublée, en ce moment, par sa séparation et par la situation dans laquelle nous nous trouvons. Je suis l'ami de son ex-mari, tu comprends...

— Très bien. Vous êtes faits pour être ensemble, c'est bien évident. Je l'ai deviné quelques mois après la mort de Rosie, quand Chris a commencé à voyager sans cesse. Ce sera génial pour vous deux. Ce ne sera pas Christopher qui prendra beaucoup de place entre Valérie, les enfants et toi.

— Tu penses que ça peut marcher ? Dis-le-moi sincèrement !

— Absolument, pourquoi pas ? Tu es dû pour un grand roman d'amour, Mathieu. Je ne peux pas t'imaginer une meilleure partenaire que madame Samson.

— Penses-tu que Christopher serait content d'entendre ça ?

— Oui. Quand il s'est séparé, j'ai vu qu'il était soulagé. Il n'aime plus Valérie, si bien qu'il n'est pas jaloux. En plus, avec toi, il aura l'esprit tranquille en ce qui concerne Judith. Il sait qu'elle t'adore, que tu es son père plus que lui. Nous pouvons lui en parler, si tu veux ?

— Non, pas tout de suite. Tant que Valérie ne m'aura pas fait signe, inutile d'en parler. Qui sait, peut-être ne donnera-t-elle jamais suite à mes avances... Je veux qu'elle m'aime, pas qu'elle se console. Généralement, il faut toujours un certain temps entre deux relations amoureuses...

— Dans votre cas, ça couve depuis tellement longtemps que je suis convaincu que ce sera une exception à la règle.

— Hum, ce serait trop beau ! Nous continuerons la conversation demain. Je suis fatigué. Bonne nuit, Rémy.

— Bonne nuit, fais de beaux rêves.

— Toi aussi.

Valérie serait heureuse auprès de Mathieu. Rémy le savait.

Les jours suivants, Mathieu préféra ne pas revenir sur le sujet. Il profitait de ses vacances, loin de ses soucis, et ne demandait pas mieux.

38

Abasourdi, Mathieu constatait avec stupeur qu'il n'avait jamais vu Christopher aussi radieux. Il avait les yeux brillants comme du feu et une onde de joie de vivre contagieuse le traversait de part en part. Quand il lui en fit la remarque, Christopher n'eut aucune peine à le croire.

— Quand je vous dis que j'aime l'archéologie, croyez-moi ! Vous deux, vous n'auriez pas pu me faire plus plaisir qu'en venant me rendre visite. Je n'ai jamais pu partager ma passion avec d'autres gens que mes collègues.

— Tu auras deux jours pour nous la communiquer ! s'esclaffa Rémy. Tu pourras même nous présenter ta petite copine...

Ils échangèrent un regard de biais, se souvenant de leur quasi-querelle le soir où Christopher lui avait demandé conseil sur la façon dont il devait agir.

— Oui, mais je lui ai demandé de se faire discrète. Vous ne la côtoierez donc pas beaucoup. J'ai réservé une chambre d'hôtel pour vous mais j'ai demandé à ce qu'il y ait un divan-lit. Je vais dormir avec vous. Ça va nous permettre de discuter comme dans le bon vieux temps et, surtout, je vais me sentir moins minable que si je dors avec Érika.

— Tu te sens coupable ?

Christopher observa le médecin quelques secondes avant de répondre. Il hésita sur le ton à employer et choisit finalement d'y aller à la blague :

— Pas vraiment. J'ai un bon emploi, si l'on considère que ce milieu est plutôt fermé, mais il faut faire des sacrifices et dormir à deux dans les hôtels, que voulez-vous que j'y fasse... Pendant un certain temps, j'ai partagé ma chambre avec un homme !

Rémy répliqua un peu plus sèchement qu'il ne l'aurait souhaité :

— Ce n'était pas dans le même lit, j'espère !

— Non, ça c'est effectivement une différence notable ! Si vous prévoyez faire une description détaillée à Valérie, vous serez déçus. Elle a vu maintes et maintes photos d'Érika.

— Qui considères-tu comme *la meilleure*, cette archéologue ou Valérie ?

— La meilleure ! C'est terrible, Rémy, c'est une expression d'adolescent ! s'exclama Mathieu.

— J'ai le cœur jeune, que veux-tu !

Christopher aurait pu dire que sa relation avec Érika le comblait bien plus que celle avec sa femme. Avec Érika, il ne faisait pas semblant de s'intéresser à la mode et sa conjointe n'avait pas besoin de feindre d'aimer les fouilles archéologiques. Souvent, Valérie ne savait même pas faire semblant. Pour elle, profaner une sépulture, aussi vieille soit-elle, était une abominable injure à la mémoire. Quiconque s'intéressait un peu à l'histoire comprenait pourtant que c'était fait dans les règles de l'art et dans un seul but : faire parler le passé. Ce n'était plus comme à l'époque où des inconscients pillaient les tombes pour les richesses qui y étaient enterrées. Ça, c'était de l'irrespect.

Christopher était toutefois conscient qu'il n'aimait pas vraiment Érika. Si elle devait quitter l'équipe pour une autre mission, il regretterait les bons moments qu'il passait en sa compagnie mais il ne souffrirait pas.

— J'ai hâte de voir vos procédés, en tout cas, s'exclama Rémy. À l'aéroport, les filles m'ont fait promettre de prendre beaucoup de photos de leur père respectif pendant les fouilles. Je ne veux pas les décevoir.

— Comment était Judith quand vous êtes partis ?

Les yeux tristes, songeuse, Judith avait demandé à Mathieu de dire à son père qu'elle l'aimait beaucoup et qu'il lui manquait. Qu'elle avait hâte d'aller lui rendre visite, elle aussi. Bien entendu, elle avait encore précisé à Mathieu qu'en souvenir, elle ne voulait que des pierres. Sandrine avait plutôt réclamé des chandails, des livres, un bijou.

Christopher partagea avec ses amis le plan qu'il avait concocté. Lors d'un séjour au Canada, l'été prochain, il pourrait ramener les filles avec lui, demeurer une semaine avec elles, puis elles pourraient rentrer seules en avion. Il voyait souvent des enfants voyager seuls et, lors de vols directs, les risques étaient plus que minimes. Quelqu'un, généralement un agent de bord, les prenaient en charge à partir de la douane. Mathieu et Valérie les attendraient à l'aéroport de Montréal.

— Je ne pourrais pas emmener des enfants si jeunes en Égypte, où nos conditions de vie ne sont pas toujours faciles et saines, précisa-t-il, mais en Espagne, pourquoi pas ?

— *Les* enfants ?

— Sandrine et Judith sont comme des siamoises, je ne veux pas les séparer. Ça leur ferait de la peine et, en plus, ici, elles pourront s'amuser ensemble. Ce sera moins ennuyeux pour Judith. Les prix des billets d'avion pour l'Espagne sont abordables, surtout en les comparant avec ceux de l'Égypte.

— Ce serait un beau cadeau de fin d'année scolaire que les papas pourraient offrir à leurs filles ! Docteur Paternel en pense quoi ? demanda Rémy.

— Il en pense que c'est beaucoup de route à faire pour des enfants aussi jeunes. Je me prononcerai après avoir vu le site et m'être informé sur la sécurité des enfants voyageant seuls en avion. Je pense toutefois que ce serait une belle expérience pour les filles. Elles ont adoré le voyage en Californie, alors imaginez en Espagne !

En fin de soirée, dans une chambre à deux lits et un divan-lit – que Christopher avait insisté pour occuper, habitué à pire, disait-il –, l'archéologue découvrit les cadeaux de sa fille. Il admira les photos, regretta de ne pas avoir été là pour assister à ce défilé de mode. Rémy lui apprit qu'elles avaient été vues dans deux émissions de télévision et qu'il y avait eu une photo des trois fillettes dans un journal. Tout le monde en possédait plusieurs exemplaires, il pourrait donc les consulter à son retour au pays.

Christopher, bien orgueilleux, hocha la tête en ouvrant la lettre de Judith. Dès le premier paragraphe, elle montrait sa peine :

> « Je suis fâchée contre Mathieu parce que je voulais aller avec lui voir où tu travailles. Je suis aussi fâchée contre maman parce qu'elle ne voulait pas que j'y aille. J'aurais été sage !

> J'aurais juste ramassé des pierres et je t'aurais regardé. J'ai hâte d'être une grande fille parce que mon plus beau rêve, c'est d'aller te voir sur un site d'arkéologie. »

Christopher cessa sa lecture, envahi par un vague sentiment de culpabilité. Il adorait sa fille, une ravissante bambine intelligente, mais, parfois, elle remuait en lui des sentiments qu'il trouvait lourds à porter.

Revenant à la réalité, il sentit les regards de ses amis posés sur lui. Il tendit la lettre à Mathieu et lui demanda de lire le premier paragraphe. Le médecin la lui rendit avec une légère rougeur aux joues. Il avoua qu'il s'agissait d'une histoire entre la mère et la fille, car Judith ne lui avait parlé de rien.

Christopher se doutait qu'il avait trop gâté sa fille lors de son dernier voyage en terre canadienne, mais Mathieu affirmait plutôt qu'elle s'était attachée à son père, ce qui était naturel puisqu'il s'était beaucoup occupé d'elle. Sandrine lui avait dit, quelques jours avant son départ, que Judith lui parlait beaucoup de tout ça et qu'elle aimait « jouer à l'archéologue ». C'était même devenu leur jeu préféré. Judith faisait semblant de creuser, de trouver des squelettes – c'était le terme des petites ! – et de s'en occuper après. Selon Sandrine, Judith connaissait très bien les termes et les méthodes utilisés.

— Elle a pigé, ta fille ! Attends que je me rappelle. Judith m'a expliqué le procédé de découvertes, le dernier jeudi soir, au souper. Quand un squelette est trouvé sous terre, vous faites un dessin de sa position. Avant tout, j'oubliais, vous déposez une pancarte avec le nom du site, la position par rapport au nord géographique, ensuite, vous prenez de nombreuses photos. Après, chaque objet trouvé est attentivement lavé, trié, noté, reconstitué, etc. Si tu veux en connaître plus, demande à Judith !

Plus touché qu'il ne le laissait paraître, Christopher se revoyait en train d'expliquer patiemment à sa fille, à l'aide de photos, les étapes des fouilles. Il ne lui restait plus qu'à convaincre Mathieu que son idée d'inviter les filles à lui rendre visite était excellente.

S'il initiait bien Judith, elle deviendrait peut-être archéologue. L'idée de travailler avec sa fille lui plaisait beaucoup même s'il savait que, le cas échéant, Valérie serait en colère. Il fit part à Mathieu de sa pensée alors que, paniqué, Rémy venait de s'apercevoir qu'il ne lui restait plus qu'un paquet de cigarettes dans ses bagages.

— Pas étonnant que tes réserves n'aient pas résisté, tu fumes tellement !

— Si je ne fumais pas, je ne tiendrais pas le coup. Il faut bien que je passe mes nerfs sur quelque chose !

Il ne voulait pas parler du « cadeau » qu'il avait reçu la veille de son départ. Sur le pas de sa porte, il avait trouvé une petite boîte sur laquelle son nom était écrit en gros caractères imprimés. Il se doutait bien qui en était l'expéditeur mais puisque la personne n'avait pas écrit à la main, il avait espéré un instant que ce soit autre chose.

Dans la boîte, la lettre d'abord. Écrite à l'encre rouge et à l'aide d'une règle, bien sûr, elle disait simplement :

> *« BONNES VACANCES, MON CHÉRI, ET GARE AU RETOUR ! »*

Une fois qu'il eut enlevé le papier autour de ce qui semblait être un pot, Rémy avait poussé un cri d'horreur. On lui avait envoyé du sang dans un bocal de confiture vide et ça semblait en être du vrai. Pris d'une nausée soudaine, il avait réfléchi à ce qu'il devait faire. Il partait dans douze heures. Il n'avait donc pas le temps d'aller voir la police. Il ne désirait pas conserver ce « présent », mais il ne pouvait pas le jeter non plus. Il se doutait qu'il s'agissait bel et bien de sang d'animal, mais il voulait en avoir le cœur net. Il avait donc remis le pot dans la boîte et rangé la boîte dans le réfrigérateur. Dès son retour, il prendrait rendez-vous avec un enquêteur.

Il s'était promis d'oublier cet incident pendant les vacances, de ne pas y réfléchir, de ne pas en parler, mais ça lui était impossible. Les nerfs en boule, fatigué, anxieux, tout ça contribuait à lui rappeler continuellement ce qui se passait de l'autre côté de l'Atlantique.

Les trois amis avaient commandé des repas au restaurant de l'hôtel. Il avait suffi que Christopher, habitué à manger peu, propose à Rémy la moitié de son repas pour faire resurgir bien des souvenirs chez le journaliste.

— J'ai passé ma jeunesse à mendier le lunch de mes amis, en plus de tout ce sur quoi je ne m'étendrai pas. Cela peut-il faire autrement que de laisser des marques chez quelqu'un ?

— Je n'ai jamais vraiment compris cette histoire, avoua l'archéologue. Tes parents n'étaient pas si pauvres que ça !

— Il y avait de la nourriture à la maison, mais jamais de repas. Chez vos parents, j'avais toujours un vrai repas et un dessert. J'adorais le rôti de ta mère, Christopher, tu t'en souviens ?

— Oui...

— Quand j'allais à l'école le ventre vide parce que j'étais jeune et que je ne savais pas me faire à manger, il y avait toujours un d'entre vous pour partager son lunch avec moi.

Mathieu ne put s'empêcher de blaguer pour détendre l'atmosphère :

— Je ne crois pas non plus que tu aies appris à cuisiner depuis le temps !

Rémy lui tira la langue et Christopher reprit sérieusement :

— Maman en mettait toujours plus dans mes lunchs et me donnait deux fourchettes. Je me demande si nos parents comprenaient vraiment ce qui se passait dans ta vie.

— Je pense que oui, mais ils n'y pouvaient pas grand-chose. Changeons de sujet. Je n'ai pas envie de parler que des événements malheureux de ma vie. Il doit exister des épisodes joyeux, bien qu'ils me semblent rares.

Rémy trouvait que la rareté de beaux événements dans sa vie justifiait en bonne partie ses aventures, ses histoires d'un soir. Il plaisait aux femmes – sans comprendre pourquoi puisqu'il se dénigrait beaucoup – et parvenait à passer de beaux moments avec elles. Il aurait été idiot de s'en passer puisque c'était alors seulement qu'il pouvait se sentir apprécié, unique. L'amour lui faisait donc doublement peur. Premièrement, il craignait qu'Andréanne cesse de l'aimer lorsqu'elle le connaîtrait mieux. Vivre un nouvel abandon le terrifiait. Deuxièmement, il craignait de ne plus se sentir désiré, apprécié. Il avait besoin de cela pour continuer à vivre.

— Bon, je sors prendre l'air. Vous ne vous ennuierez pas trop de moi, les copains ?

— Terriblement ! Reviens vite ! rigola Christopher.

— Certain ! Pour une fois que je manquerais à quelqu'un !

Mathieu et Christopher se regardèrent. Ils avaient rarement connu leur ami aussi tourmenté. Pressentait-il une catastrophe ? Était-il tout simplement déprimé ? Rémy combattait son attirance envers Andréanne avec une telle énergie que Mathieu se demandait s'il n'était pas tout simplement en peine d'amour. Il faisait le deuil d'une relation qui le tentait, qui l'attirait autant qu'elle lui faisait peur. Mathieu, surtout, s'inquiétait beaucoup à son sujet.

39

La fierté et l'excitation de Christopher avaient touché ses amis. Ils avaient hâte d'arriver sur le site archéologique des Ibères, au sud-ouest de l'Espagne. Les deux villes à fouiller, La Picola et La Rábita, étaient près l'une de l'autre. L'équipe de Christopher se trouvait dans la première.

Tel que l'archéologue le leur avait recommandé au téléphone, ils avaient apporté des vêtements que, dans le milieu, on appelait « jetables après usage ». Ils n'auraient pas le temps de les salir et de les déchirer en deux jours, mais quand les archéologues passaient des jours et des jours agenouillés à pelleter, creuser, parfois sous la pluie, souvent sous le soleil, parfois dans des endroits difficiles d'accès, les vêtements devenaient vite irrécupérables.

Les deux amateurs s'arrêtèrent quelques instants à l'entrée du site, pour admirer le paysage qui s'offrait à eux et pour avoir une vue de l'ensemble. Christopher parcourait ces sites grandioses à travers le monde depuis cinq ans mais c'était la première fois que ses amis mettaient les pieds sur l'un d'eux.

Cette pause permit à Christopher de repérer l'emplacement de chacun de ses collègues. Érika était à l'extrémité du site avec un assistant, probablement pour étudier une relique.

Mathieu demanda s'il pouvait prendre des photos. Christopher affirma que rien n'était interdit, tout en observant un collègue qui se dirigeait vers eux d'un pas lent. Il portait de vieux shorts, sans chandail – la tenue vestimentaire presque habituelle des archéologues –, et il avait le teint aussi brûlé que celui de Christopher.

Celui-ci s'en voulut de ne pas avoir mis ses copains en garde. Un site archéologique, c'était un refuge de gens passionnés, simples, qui se moquaient carrément de leur apparence pendant une mission. Ils étaient loin des journalistes tirés a quatre épingles ou des médecins qui faisaient de gros salaires. Presque tous menaient une vie parallèle à leur métier et la mettaient de côté dès qu'ils étaient sur un site. D'ailleurs, la plupart des proches collaborateurs de Christopher n'avaient pas une vie privée plus brillante que la sienne. À son arrivée sur l'île de Saï, après sa séparation officielle d'avec Valérie, on lui avait souhaité une chaleureuse bienvenue dans le club des « tout seuls ».

Christopher présenta ses amis à son confrère, Marc. Ils se serrèrent la main cordialement.

— Un médecin, tiens, ce sera pratique. Richard a une indigestion. Tu pourrais le voir ?

— Bien sûr. Il n'y a pas de médecin sur le site ?

— La Picola est à l'intérieur de la ville de Santa Pola, Mathieu, rétorqua Christopher au plus vite. Il y a certainement un médecin, bien que nous n'ayons pas eu besoin de nous en informer jusqu'à maintenant. Nous nous trouvons à quinze kilomètres au sud d'Alicante et à dix kilomètres à l'est d'Elche, deux villes espagnoles importantes. Comme tu vois, nous ne sommes pas loin pour recevoir ou demander des soins médicaux.

— C'est vrai, rétorqua Marc. Richard refuse simplement de quitter le site. Je te demande de le voir juste pour confirmer le diagnostic. S'il s'agit d'autre chose, nous le traînerons de force à Alicante.

— C'est très bien, ça. J'ai eu peur que vous soyez complètement isolés.

— Marc, ne lui fais plus de telles remarques. Je dois le convaincre que ce site est assez sécuritaire pour y emmener ma fille et *la sienne*, l'été prochain.

L'homme leur souhaita la bienvenue, une bonne visite et il retourna à sa tâche.

— Érika vient de nous apercevoir, elle viendra sûrement nous rejoindre sous peu. En attendant, je vais vous faire un peu d'histoire. La Picola est un tout petit établissement de cinquante-six mètres sur soixante. Il a été occupé à partir de 450-430 avant J.-C. et abandonné un siècle plus tard, soit entre 350 et 330 avant J.-C. Dans l'Antiquité, La Picola était fouettée par la mer. Pour la protéger, une fortification épaisse d'une douzaine de mètres a été érigée sur les quatre faces.

— Fascinant ! souffla Rémy, fort impressionné.

Érika ne savait trop quelle attitude adopter envers son amant et ses camarades. Gentil et chaleureux avec elle dans l'intimité de leur chambre d'hôtel, il était indifférent en présence de témoins. C'était donc la règle générale puisqu'ils étaient toujours en compagnie de leurs collègues, lesquels étaient pourtant au courant de leur liaison. Alors, en présence de ses amis d'enfance, qui connaissaient bien sa femme, sa fille et sa propre implication dans son divorce, ouf ! Elle préférait ne pas imaginer l'attitude qu'aurait Christopher.

— Bonjour, Christopher.

— Salut, Érika.

Christopher, un sourire forcé aux lèvres, fit les présentations.

— Bienvenue parmi nous, dit-elle en serrant cordialement la main des nouveaux arrivants. J'espère que vous vous plairez sur ce beau site.

— Je suis déjà conquis par la beauté de cet endroit, avoua Rémy sans détacher son regard du site. Mathieu, imagine le plaisir qu'auraient Sandrine et Judith si elles venaient ici !

— D'ailleurs, ajouta Érika, Christopher m'a déjà dit combien sa fille s'intéressait au métier. Ce serait bien d'avoir les fillettes, ici, pour quelques semaines. Redécouvrir l'archéologie à travers des yeux d'enfants, ce serait une opportunité captivante !

— Allez, je vous fais visiter, je vous présente mes collègues et je vous initie ensuite au métier fascinant d'archéologue. Avant tout, on va voir Richard. C'est un des gars les plus sympathiques de cette équipe. Ça ne te dérange vraiment pas de lui faire un examen sommaire, Mathieu ?

— Pas du tout.

D'un signe de tête discret, Christopher encouragea Érika à s'éloigner, puis il entraîna ses amis à sa suite.

Mathieu discuta un moment avec Richard, qui s'était couché dans une tente. Il diagnostiqua effectivement une indigestion et lui recommanda d'aller se reposer à l'hôtel. La chaleur n'aiderait en rien sa guérison et sa remise sur pied. Richard accepta le conseil et se fit reconduire par un collègue.

Les trois hommes s'enduisirent de crème solaire et, voyant Christopher déposer son t-shirt dans un coin, firent de même. Personne sur le site n'en portait, sauf les femmes. Ils enfoncèrent ensuite une casquette sur leur tête.

Le reste de la journée passa à apprendre comment, quotidiennement, Christopher exerçait son métier. Mathieu demeura quelques heures avec un géologue qui, en compagnie de Christopher, lui apprit comment trouver de beaux minéraux pour la collection de Judith.

Le journaliste et le médecin rentrèrent à leur hôtel complètement exténués. Mathieu et Christopher téléphonèrent quelques minutes à leur fille respective. Sandrine ne faisait que répéter qu'elle s'ennuyait de son père et Judith boudait. Si Mathieu appréciait son voyage à sa juste valeur, il lui tardait néanmoins de retrouver sa fille. Il ne l'avait jamais quittée aussi longtemps.

— Tu te sens coupable. Je le savais ! s'exclama Rémy en lui administrant une grande claque dans le dos. Tant pis, mon cher, ça t'aura changé les idées. Tu vas davantage apprécier ce que tu possèdes à ton retour.

Mathieu songea à Valérie. Que se passerait-il pour eux, au retour ?

— J'aurais aimé vous garder quelques jours de plus, avoua Christopher en soupirant. Soyez honnêtes : même si j'ai le feu vert de Mathieu, je ne pourrai probablement jamais convaincre mon ex-épouse de laisser les filles partir.

— Peut-être. Leur bonheur lui tient énormément à cœur.

— Je sais... Mathieu, est-ce que je peux te demander un service ?

— Bien sûr, Christopher, tu le sais bien.

— J'aimerais que tu prennes soin de Valérie. Je ne dis pas qu'elle est désespérée mais je sens qu'elle est triste. Elle méritait mieux que ce que je lui ai fait vivre. Si tu pouvais la garder à l'œil, peut-être la consoler, la faire sourire, je serais vraiment soulagé. Je vous ai toujours dit que j'oublie tout pendant mes recherches. C'était vrai avant de me séparer. Depuis, la culpabilité vient souvent me piquer le cœur comme un dard, à des moments où je ne m'y attends pas du tout.

— Je l'ai toujours fait, tu sais. Même à l'époque où la culpabilité ne te minait pas mais que la tristesse envahissait souvent ta femme.

— Je suis content de savoir que Valérie peut compter sur toi... et Judith aussi. Tu sais, s'il devait m'arriver quelque chose, j'aimerais que tu adoptes Judith.

— Je m'en occuperais encore davantage, c'est sûr ! As-tu des doutes sur ta santé ?

— Non, non, mais je sais qu'il peut m'arriver n'importe quoi, n'importe quand.

— Généralement, les gens qui ne parlent jamais de la mort et qui, soudainement, commencent à la planifier, ont soit des problèmes de santé, soit des envies suicidaires, déblatéra Rémy.

— J'ai toujours pensé aux possibilités de mourir. Dans les pays que je visite, c'est nécessaire d'y penser. Hé, les gars, pouvez-vous remettre votre retour de quelques jours ? Ça me ferait drôlement plaisir.

— Je me suis gâté en vacances, cette année. Je ne suis pas certain que le grand patron apprécierait que je ne rentre pas, tel que prévu, mardi matin. Il manque d'urgentologues dans cet hôpital... comme dans tous les hôpitaux québécois, soit dit en passant.

— Et moi, je dois être au boulot lundi matin !

— Dommage ! Si vous saviez le plaisir que vous me faites d'être ici... Vous reviendrez un jour ?

Déçu et troublé, Christopher regarda la voiture de ses amis s'éloigner, le lendemain matin. Il avait été heureux en voyant Rémy s'intéresser véritablement à l'archéologie. Le côté fascinant du métier l'avait attiré. Toucher, observer, trouver des objets ayant appartenu à des êtres humains, des centaines d'années plus tôt, avait effectivement quelque chose d'extra-ordinaire, de magique et ce n'était pas une chance offerte à tout le monde.

Érika s'approcha pour l'embrasser tendrement. La présence de proches de Christopher lui avait fait prendre conscience de la place futile qu'elle occupait dans la vie de l'archéologue et celle que lui occupait dans sa vie. Ils étaient ensemble dix mois sur douze et, pourtant, ils ne connaissaient pas leur famille, leurs amis, leur vie en dehors des sites archéologiques.

Lorsqu'elle vit que son amant avait les larmes aux yeux, Érika se sentit impuissante et préféra s'éloigner. Songeait-il à sa femme, à sa fille, ou simplement au départ de ses amis ? Elle n'aurait su le dire mais, chose certaine, elle n'avait aucun pouvoir pour le consoler. Elle aurait cependant vraiment aimé en être capable.

40

Rémy avait moins hâte que Mathieu de remettre les pieds en sol canadien. Il savait que les problèmes ne se seraient pas envolés comme par magie.

Alors que le pilote annonçait l'amorce de l'atterrissage à l'aéroport de Montréal, Rémy se cala dans son siège et tourna la tête vers Mathieu. Il le remercia sincèrement de l'avoir accompagné pendant ses vacances. Il se disait fier de pouvoir compter sur d'aussi bons amis.

Au second étage, les arrivants pouvaient apercevoir ceux qui les attendaient pendant qu'ils patientaient à la douane, puis à la récupération de leurs bagages. En distinguant les deux fillettes, qui bondissaient et leur envoyaient la main, Mathieu sentit une bouffée de tristesse s'immiscer en lui. Il se contrôla immédiatement, mais son émotion ne passa pas inaperçue aux yeux de son compagnon de voyage. Rémy lui tapota gentiment l'épaule pour l'encourager et précisa que, dans quinze minutes, il aurait sa fille dans les bras.

Mathieu pensa à Valérie, qui les saluait d'une façon plus discrète. Elle aussi, il avait envie de la prendre dans ses bras et de la serrer contre lui. Longuement...

— Profite bien de tes retrouvailles, Mathieu. Fais comme si je n'étais pas là. Je vais fumer plus loin, attendre patiemment que ton bonheur soit consommé. J'imagine que les filles voudront tout savoir tout de suite.

— Je vais les étreindre et me rassasier de leur présence mais nous ne te ferons pas languir. Nous leur raconterons tout dans la voiture.

Mathieu se fit agresser par les filles dès qu'il sortit de la salle réservée aux arrivants. Rémy trouva touchant les nombreux bisous qu'il les vit s'échanger et les « je t'aime ! » qu'on ne cessait de se répéter. Judith fut la première à lâcher le pauvre Mathieu pour regarder Rémy. Elle était à la fois rieuse et timide. Elle fit un pas vers lui et le regarda avec une rougeur aux joues. Devinant qu'elle voulait lui souhaiter la bienvenue mais qu'elle hésitait, Rémy se pencha et lui donna un gros bisou sur la joue. Elle lui demanda s'il s'était bien amusé avec son père sur le site archéologique. Il lui répondait quand il aperçut Mathieu se redresser, sa fille toujours serrée contre lui. Expert en la matière, il reconnut le regard qu'échangèrent Valérie et Mathieu, le premier depuis leur arrivée. Troublant, brûlant de désir, intense, il voulait tout dire. Ces deux-là se désiraient, s'aimaient sans doute. Il fallut au moins trente secondes pour que Valérie cligne des yeux et ne revienne à la réalité. Elle se pencha, embrassa Mathieu sur les joues et c'est lui qui posa le geste de la serrer. Il la garda longtemps entre ses bras, suffisament pour que Sandrine lâche son père et aille embrasser celui qu'elle appela son « journaliste préféré ». Rémy entama une conversation avec les petites alors que, d'une oreille, il entendait Mathieu s'informer du comportement de *ses* filles.

— Valérie a préparé du bon poulet pour tout le monde ! s'exclama Sandrine en s'imposant comme chef de file, obligeant ainsi Mathieu à lâcher Valérie. Tous à la maison !

— L'invitation me concerne également ? demanda Rémy.

— Bien sûr, répliqua Valérie. Tu as fait un bon voyage, toi aussi ?

— Excellent, merci.

Dans la voiture, Rémy annonça qu'il était fatigué et qu'il préférait rentrer chez lui sans tarder. Mathieu et Sandrine protestèrent mais, finalement, Valérie arrêta la voiture devant l'immeuble où demeurait le journaliste. Rémy salua les filles, les embrassa, sortit et rejoignit Mathieu et Valérie derrière la voiture. Mathieu sortit l'unique sac de voyage du journaliste qui, lui, savait voyager léger.

— J'espère que tu te sens le bienvenu, Rémy, lui dit Valérie. Il n'est pas trop tard pour regretter ta décision. Tu déposes ton sac chez toi et tu nous rejoins à la voiture. Bonne idée ?

— Je vais plutôt en profiter pour me reposer, Valérie. Je travaille demain matin. Je te remercie de ton offre.

— Profites-en pour appeler Andréanne, lui conseilla Mathieu.

— Qui ?

Le regard que Mathieu lui jeta en disait long. Il devait faire la paix avec la jeune femme.

— Peut-être. Bon retour, Mathieu, profite bien de ta famille. J'espère que nous aurons la chance de retourner en vacances ensemble un de ces jours, c'était vraiment très agréable.

Ils se serrèrent la main et Rémy pénétra dans l'immeuble. Il fit un dernier signe de la main aux occupants de la voiture et entra chez lui avec précaution, comme s'il s'attendait à ce qu'un meurtrier brandisse un couteau en sa direction.

Il déposa son sac, trouva quelques messages plus ou moins intéressants sur son répondeur, dont un d'Andréanne qui lui souhaitait tout simplement un bon retour.

Il irait chez M. Chinois acheter quelque chose de vite fait pour souper et des cigarettes. Ensuite, il se reposerait. Si Andréanne ne rappelait pas, tant pis. Après la lettre qu'elle lui avait écrite, elle ne méritait aucun coup de fil.

Heureux de revoir le journaliste, M. Chinois lui parla pendant plus d'une heure. Il s'informa de ses vacances et quand Rémy lui demanda où en étaient les procédures judiciaires concernant le meurtre de son employé, le propriétaire s'assombrit. Il répondit brièvement et lui demanda de changer de sujet. Celui-là gâchait son humeur et le faisait souffrir. Travailler si fort pour gagner sa vie et une personne cruelle, sans scrupules, avait bien failli tout détruire. M. Chinois avait songé fermer son dépanneur, puis s'était dit que le meurtrier avait déjà assez fait de mal : inutile qu'il puisse, en plus, gâcher sa vie et celle de sa famille.

Fasciné par tant de courage, Rémy rentra chez lui, où personne, de toute la soirée, ne lui téléphona.

41

Mathieu borda longuement les filles, se rendant compte à quel point elles lui avaient manqué. Il ne s'était pas du tout inquiété, sachant qu'elles étaient entre bonnes mains avec Valérie et Cathou. Il s'était également fait à l'idée qu'il ne devait pas s'ennuyer. Dix jours, ça passait vite et Sandrine n'aurait même pas le temps de songer à lui.

Heureuses de leurs cadeaux, Judith de ses pierres, les petites avaient insisté pour dormir ensemble chez Judith. Sandrine s'était plainte, avec son talent naturel pour la comédie, de ne pas souvent dormir dans le nouveau lit à deux étages de sa copine.

Vers vingt et une heures, elles dormaient dans le lit du haut. Comblé, plutôt fatigué, Mathieu s'approcha en bâillant de Valérie et s'assit volontairement sur le même divan qu'elle, laissant une distance jugée... raisonnable, entre eux.

— C'est exigeant en temps et en énergie, des enfants. C'est une chance qu'on les aime tant, dit Valérie.

— Ils changent une vie, c'est certain.

— Depuis ma séparation, je suis heureuse grâce à Judith. Je t'offre quelque chose à boire, Mathieu ? Tu mérites bien un verre après ce long voyage et cette agression enfantine !

— Je boirai la même chose que toi, Valérie, merci.

En revenant avec les verres, Valérie se rapprocha de Mathieu. Assis côte à côte, ils échangèrent un regard gêné. Ils auraient voulu camoufler leur désir mais ils en étaient incapables. Leurs regards, la rougeur sur leurs joues disaient tout.

Ils discutèrent pendant une demi-heure des enfants et de la gentillesse de Cathou.

— Tu peux dormir ici, si tu veux, Mathieu. La chambre d'amis comporte tous les articles de toilette dont un homme peut avoir besoin. Si ça ne te dérange pas qu'ils appartiennent à Christopher...

— Pas vraiment, mais je suppose qu'à son retour, il trouvera étrange que ses affaires aient été « vandalisées ». Il se posera des questions...

— Bof ! De toute façon, il ne remettra pas les pieds ici lors de sa prochaine visite. Il m'a dit qu'il se débrouillerait.

— Changeons de sujet, ma belle. Je t'aime beaucoup mais je viens de quitter Christopher. Je n'ai pas envie de parler de lui ce soir... Tu peux comprendre ?

« Au sens propre, parce que tu nous aimes bien tous les deux. Au sens figuré, parce que tu as envie d'oublier que je suis encore sa femme, du moins ce soir... C'est ça, Mathieu, n'est-ce pas ? J'ai tellement envie d'oublier, moi aussi... »

Elle hocha la tête en guise de réponse.

— Il faudrait bien que je te donne le cadeau que je t'ai rapporté, ma belle Valérie...

— Tu m'as déjà offert ce beau chandail, Mathieu. J'en suis d'ailleurs très heureuse.

Il rit. Il avait acheté ce chandail parce qu'il avait trouvé amusant que les quatre femmes de sa vie aient le même souvenir d'Espagne. Seules la taille et la couleur différaient. Il voulait également qu'il serve de leurre, car il ne voulait pas lui offrir son plus beau cadeau devant tout le monde. Rémy ne l'avait pas vu l'acheter. Les courses dans les magasins ne s'étaient pas faites en commun, chacun allant de son côté après s'être fixé une heure et un point de rencontre. Rémy n'avait pratiquement rien acheté, sauf une bouteille de vin. Mathieu savait avec qui il désirait la partager.

Mathieu ouvrit sa valise dans le vestibule et en sortit une petite boîte bien enveloppée. Le préposé de la boutique ne lui avait pas fait choisir le papier d'emballage mais celui-ci était parfait pour l'occasion. Sur fond bleu ciel, il y avait des alliances de femme et d'homme jumelées et des... chaussons de bébé ! C'était exactement ce dont rêvait Mathieu pour lui et Valérie.

Intimidée, autant par le cadeau que par ce qui se dégageait entre eux, Valérie prit la boîte. Que Mathieu se rassoit en collant son genou contre le sien n'eut rien pour alléger l'ambiance.

Sous le papier d'emballage se cachait un écrin. Valérie souleva le couvercle et fut abasourdie d'y trouver un magnifique collier. En tant que designer, elle connaissait la valeur et la qualité des bijoux. Mathieu n'y était pas allé de main morte !

— J'ai pensé que la plus belle designer du monde apprécierait ce collier. Que tu saurais le mettre en valeur. Te plaît-il ?

Valérie n'eut pas besoin de répondre. Ses yeux parlaient à eux seuls. Ravi, Mathieu sortit le collier de son écrin et le leva à hauteur des yeux.

— Ton regard vaut mille mots, Valérie. Il vaut bien plus cher pour moi que ce collier, que n'importe quoi. Tu veux que je t'aide à le mettre ? J'ai hâte de le voir sur toi.

— Oui, s'il te plaît.

Il s'approcha encore, avança sa figure vers le cou de la jeune femme, passa un bras de chaque côté de son visage, pendant qu'elle soulevait ses cheveux et attacha le collier avec une difficulté accentuée. Il aurait fait n'importe quoi pour prolonger ce moment si près d'elle, à humer l'exquise odeur de sa peau.

N'y tenant plus, il posa sa main gauche sur le visage de Valérie, puis sa bouche sur son cou. Elle baissa la tête, emprisonnant sa figure entre son épaule et son cou, mais il ne sut si elle avait réagi au chatouillement ou par désapprobation.

Il recula la tête tout doucement, rêvant déjà de la suite. Il craignait cependant de se frapper à un mur. Les yeux fiévreux, la bouche entrouverte, c'est Valérie qui attira sa tête vers la sienne.

L'ardent baiser se prolongea, transportant Mathieu loin, très loin dans ses rêves. Voilà bien huit ans qu'il n'avait embrassé une femme avec autant de passion, qu'il n'en avait pas autant désiré une. Maintenant, de moins en moins d'obstacles s'élevaient entre Valérie et lui. Parviendrait-il à la convaincre d'abaisser ceux qui restaient ? À ce moment précis, son être tout entier le souhaitait.

— Je t'aime, Valérie.

Il avait murmuré cette phrase, de peur que la jeune femme ne soit pas prête à l'entendre. Reprenant un peu son souffle, il ne la quittait pas des yeux. Elle ne semblait pas avoir davantage envie que lui de mettre fin à ce moment, mais elle était plus raisonnable.

— Je ne veux pas aller plus loin. Arrêtons ça tout de suite, Mathieu. S'il te plaît... Ce serait agréable sur le coup, bien sûr, mais ça risquerait de briser notre amitié et celle des filles... Je ne veux surtout pas ça. D'accord ?

— Ça ne brisera rien, Valérie. Rien du tout. Nous sommes majeurs et consentants. Abandonne-toi. Tu en as envie autant que moi ou je me trompe ?

— Tu as raison, Mathieu. J'en ai envie mais tu ne me verras plus jamais de la même façon...

— Je t'assure que rien ne changera pour moi tant que nous n'en aurons pas décidé autrement. De toute façon, Valérie, je n'aurais pas pu résister bien longtemps encore sans te faire part de mes sentiments. Allez, détends-toi. Je veux vivre un moment de bonheur pur avec toi, rien d'autre.

Elle le serra par le cou, chercha sa langue. Sans interrompre leur baiser, il lui prit les mains et la fit se lever. Il recula vers la chambre, le corps de Valérie plaqué contre le sien.

— Si les enfants se réveillent ? l'interrogea-t-elle.

— C'est si rare ! Il faudrait jouer de malchance ! Est-ce que la porte de ta chambre se verrouille ?

— Oui. Mathieu, laisse-moi une minute pour aller vérifier si les filles dorment bien.

— J'ai trop peur que tu changes d'idée...

— Je le pourrais mais je ne le *veux* pas. Attends-moi quelques minutes.

— Je t'attends impatiemment...

Pendant toute la période où Mathieu la tint dans ses bras, dominant une situation qui, autrement, l'aurait trop gênée, Valérie s'était abandonnée. Elle avait eu une confiance absolue en lui, s'était même permis d'être amoureuse, heureuse.

Complètement détendue, les yeux pétillants, elle se tourna sur le ventre pour embrasser son nouvel amant.

Mathieu avait tellement envie de lui dire, de lui répéter encore, de lui exprimer sur tous les tons combien il l'aimait profondément ! Ne voulant pas l'effaroucher, il se contentait de répondre à ses baisers, de la serrer contre lui et de se réjouir du fait qu'elle soit détendue et heureuse.

Un de ses plus grands souhaits s'était réalisé. Peut-être Valérie comprendrait-elle enfin combien il l'aimait. Peut-être pas non plus. Ce serait à lui de faire ses preuves. Mais ne les faisait-il pas, depuis des années, en s'occupant des filles, en les aimant toutes les deux, en cherchant toutes les occasions de rendre service à cette superbe femme ?

— Nous ne pouvons pas dormir ensemble, Mathieu. Imagine ce qui se passerait dans la tête des filles si elles découvraient que nous avons passé la nuit dans le même lit... Je ne veux pas qu'elles sachent. Elles pourraient s'imaginer trop de choses, tu comprends ?

— Bien sûr. Le bien-être de nos filles me tient à cœur autant qu'à toi. Nous allons faire une concession. Je dors une heure avec toi. Juste une petite heure.

— Non. Nous n'allons pas nous réveiller et, finalement, les petites nous verront ensemble.

— Je me réveille souvent : séquelles de mon internat. Je ne serai plus ici à deux ou à trois heures du matin, je te le promets. Je peux même rentrer à la maison, si ça te semble trop risqué que je dorme dans la chambre d'amis.

— Non, la chambre d'amis est prête, pas question que tu quittes la maison en pleine nuit... Pourquoi veux-tu absolument dormir avec moi ? Ce ne sera certainement pas agréable de te lever au beau milieu de la nuit pour retrouver des draps frais !

Il la prit par les bras, la coucha sur le dos et ce fut à son tour de se redresser pour la regarder droit dans les yeux. Il se sentait planer, le moment était trop beau pour qu'il accepte de croire qu'il était vraiment en train de le vivre.

— Ça fait si longtemps que je n'ai pas passé une nuit complète avec une femme... Il me semble que c'est tellement bon. En attendant de pouvoir les passer avec toi, au vu et au su de nos enfants, laisse-moi au moins une heure ou deux. Je ne veux pas avoir l'impression d'avoir eu du « consommer et jeter », Valérie. Avec toi, c'est plus qu'une aventure sans lendemain.

— Tu m'as promis que ça ne changerait rien à notre relation, tant que nous n'aurions pas décidé du contraire. Promets-le encore.

— Je te le promets, ma belle. Il faut cependant en discuter avant... la semaine des quatre jeudis !

Elle ferma les yeux de bien-être quand il posa ses lèvres dans son cou. Effrayée par les sentiments qu'il faisait naître en elle, Valérie lui prit la tête entre ses mains et le força à la regarder.

— Si tu veux vraiment dormir avec moi, dors. Il faut récupérer de ton voyage. Tu as un décalage horaire dans le système, non ?

— Ces merveilleux moments avec toi valent bien seize heures de sommeil.

Elle éclata de rire et tendit le bras pour éteindre la lampe sur la table de chevet, la seule qui fut allumée dans la pièce. Elle lui souhaita bonne nuit et lui demanda, quand il quitterait la pièce, de laisser la porte entrouverte.

— Merci pour ces beaux moments, Valérie. J'espère que tu as compris qu'ils avaient une bien plus grande valeur pour moi que le sexe. Ça, je pourrais me débrouiller pour en trouver si j'en voulais. Ce n'est pas le cas de l'amour.

— Nous sommes tellement bons amis... Rien ne laisse présager que nous pourrons nous entendre aussi bien dans une relation amoureuse, Mathieu. Et nos petites qui s'adorent, si nous devions nous disputer, nous séparer...

— J'espère que tu ne resteras pas tout le temps sur le quai à regarder ta vie défiler, Valérie. Il faut savoir prendre le train, sans savoir si c'est le bon. Quand je l'ai pris avec Rosie, je ne pensais surtout pas que l'arrêt serait si brutal. J'ai débarqué, je suis longtemps resté au même quai et, un jour, avec ma fille, j'ai décidé qu'il fallait continuer d'avancer. Jusqu'ici, mes décisions ont été bonnes et j'en suis rendu là. Je suis prêt à prendre un autre train, les filles le seront certainement aussi, il ne manque plus que toi...

— Quelle belle image, Mathieu... J'espère que tu sauras être patient et compréhensif. Je viens juste de débarquer d'un wagon qui m'a secouée pas mal. Je dois me remettre de mes émotions et réapprendre à faire confiance.

— Nous poursuivrons cette discussion demain. Tu veux que je dorme, non ? Reste tout près de moi. Je t'aime tant, Valérie...

Il espéra pendant quelques secondes qu'elle allait murmurer « moi aussi », mais en vain. De toute façon, elle n'aurait peut-être pas été sincère. Ces paroles, il fallait les penser, les peser, les analyser avant de les prononcer, surtout la première fois.

Il lui souhaita bonne nuit et sombra presque aussitôt dans le sommeil. Le voyage, le décalage, les émotions du retour, l'amour... Comment ne pas être épuisé !

Valérie n'avait pas du tout sommeil. Elle devinait les traits du visage de Mathieu dans la pénombre. Elle non plus n'avait pas dormi dans les bras de quelqu'un depuis au moins deux ans... Elle toucha la joue de Mathieu, un peu piquante, la caressa. Tant de pensées s'agitaient dans sa tête !

Il avait raison, elle ne voulait pas prendre le train. Gâcher son amitié et celle des filles lui semblait un risque trop grand. Après l'échec aussi cuisant qu'elle venait de subir avec Christopher, elle qui croyait tellement au mariage, son positivisme l'avait abandonnée. Avec Christopher, elle avait au moins la liberté de mener sa vie comme elle l'entendait. Il ne critiquait jamais ses décisions, ses points de vue. Mais un autre homme, aussi bien soit-il, que dirait-il de son métier, de ses habitudes, de sa façon d'élever Judith ? Mathieu n'était pas *un homme* comme les autres mais une personne extraordinaire, qu'elle connaissait bien. Lui aussi la connaissait.

Une demi-heure après qu'il se soit endormi, Mathieu ouvrit les yeux, regarda l'heure par réflexe et pria Valérie de s'endormir. Qu'elle n'espère surtout pas qu'il la quitte si tôt ! Elle murmura qu'elle n'en avait pas du tout envie. Il se rendormit, comblé.

Valérie appuya sa tête contre la sienne. Elle enfouit même son nez dans sa chevelure. L'acte qu'elle venait de poser lui semblait irréel. Comment avait-elle pu faire l'amour avec l'homme qu'elle considérait comme son meilleur ami ? Elle serait incapable de se regarder dans le miroir, le lendemain matin. Comme il lui restait une dernière journée de vacances et qu'elle laissait toujours sa boutique à son employée de confiance le lundi, ils passeraient peut-être la journée ensemble. Tout dépendrait de lui. Elle ne pouvait décemment pas lui demander de partir et elle ne pouvait pas non plus s'enfuir ! Que diraient les enfants en le voyant, le lendemain matin ? Elles s'étaient couchées certaines que Mathieu rentrerait dormir chez lui.

Valérie se secoua un peu, s'ordonna d'arrêter de penser. Elle avait besoin de dormir. Ses idées seraient certainement plus claires après une bonne nuit de sommeil. Si elles ne l'étaient pas, elle se serait évité des heures d'angoisse inutiles. Le cadran sonnerait à la même heure, le lendemain matin, peu importe l'heure à laquelle elle aurait trouvé le sommeil.

En se concentrant sur le bien-être qu'elle éprouvait, Valérie s'endormit dans le temps de le dire.

Trois heures déjà, indiquait le réveil.

Mathieu était conscient d'avoir largement écoulé le temps que Valérie lui avait accordé. Il n'arrivait pas à se lever : c'était une véritable corvée que de quitter ce lit. Certain qu'il y reviendrait, il aurait été moins difficile de s'en tirer, mais il n'en était pas convaincu. Ce que déciderait Valérie était un mystère. Lui pourrait continuer à faire semblant d'être son ami pendant quelque temps encore. Mais la relation ne pourrait pas en rester là. Comment expliquer à Valérie que leur amitié avait plus de risques de se briser en en restant là qu'en développant leur amour ? Il n'était pas question de l'effrayer mais elle devait comprendre.

Lors du prochain voyage de Christopher, Mathieu s'expliquerait clairement avec lui sur les sentiments qu'il éprouvait pour son ex-femme, ses intentions. Honnête, il ne pouvait envisager de poursuivre son amitié avec lui sans qu'il sache toute la vérité. Mais comme Rémy le lui avait assuré après leur sortie dans le bar espagnol, il serait sûrement d'accord. C'était quasi certain.

Mathieu ne voulait surtout pas réveiller Valérie. En douceur, il se défit de son étreinte, mais il ne put s'empêcher de l'embrasser tendrement sur le front.

Il sortit du lit avec beaucoup de regret. Il ramassa tous ses vêtements, s'approcha de la porte et l'ouvrit doucement. Tel que demandé, il la laissa entrouverte derrière lui. Avant de faire un petit détour par la salle de bains, il alla voir les filles. Toutes deux dormaient à poings fermés.

Mathieu se rendormit rapidement, malgré l'absence de Valérie à ses côtés.

42

Mathieu entendait les « femmes » discuter dans la chambre... des filles. Par principe, il frappa avant d'entrer. Étonnées, les deux petites se regardèrent avant d'aller lui sauter au cou. Valérie avait adressé à son *ami* un regard bref et timide. Ses yeux s'attardèrent ensuite sur les enfants, puis sur les lits défaits et les vêtements sur le valet de nuit.

Mathieu embrassa sa fille et exigea également un bisou de Judith. Elle se colla contre lui et le serra par le cou.

— Pourquoi as-tu dormi ici, papa ? Je pensais que tu devais rentrer à la maison !

— Valérie est tellement gentille qu'elle m'a invité à dormir dans la chambre d'amis. Ça va me permettre de déjeuner avec ces petites filles qui m'ont tellement manqué !

— *Yes!*

Sandrine quitta la chambre en courant, suivie de près par sa fidèle copine. Profitant du fait qu'ils étaient seuls, Mathieu embrassa doucement Valérie. Elle en fut contrariée et il le ressentit tout de suite. Un sentiment mêlé d'angoisse et de stress l'envahit.

— Si les filles étaient revenues ? Tu m'avais dit que cela ne changerait rien à notre relation, Mathieu.

— C'est vrai. Mais un petit baiser, tu ne peux rien dire contre ça !

— Vers quelle heure es-tu allé dans l'autre chambre ?

— Assez tard, mais j'ai longtemps été réveillé. On va rejoindre les enfants. Valérie, je sens que tu es sur le point de rougir ! Je veux que tu sois à l'aise.

— Mets-toi à ma place...

— Je suis dans la même position que toi. Nous avons fait la même chose, tu sais.

— Je sais mais...

Elle s'interrompit, troublée.

— Allons retrouver les filles, ma belle. Cesse de te tracasser. Nous allons faire à ta manière.

— Pas de « ma belle » devant les enfants...

— Bien sûr que non !

Pendant tout le petit-déjeuner et jusqu'à l'heure de prendre l'autobus, Mathieu ne cessa de discuter avec les petites. Il aurait aimé rester avec Valérie après leur départ, l'embrasser jusqu'au moment où toutes ses réserves tomberaient enfin, mais il savait qu'elle n'était pas encore prête. Elle avait besoin de recul, de temps et de solitude. Rester là n'aiderait en rien sa cause.

Il décida finalement d'aller reconduire les enfants à l'école et de rentrer ensuite chez lui. Il avait hâte de saluer et de remercier Cathou et, en même temps, cela permettrait à Valérie de se reposer... et de réfléchir.

Les fillettes sautèrent de joie à l'annonce de la bonne nouvelle. Valérie eut l'air inquiète. Elle craignait profondément avoir manqué de respect ou de savoir-vivre.

— Attendez-moi dehors les filles, j'arrive dans deux minutes.

Judith et Sandrine embrassèrent Valérie avant de sortir et Mathieu tourna ses yeux fiévreux vers la jeune femme. Il l'invita à dîner au restaurant, après quoi ils pourraient faire la surprise aux enfants d'aller les chercher à l'école ensemble. À sa connaissance, sauf exceptions, jamais ils n'y avaient été tous les deux. Elle trouva que c'était une excellente idée, accepta son invitation avec joie et ne dit rien quand, après un clin d'œil coquin, il l'embrassa beaucoup plus qu'amicalement.

43

Cathou était dans la cuisine quand Mathieu entra avec sa valise. Emballée, elle se dirigea d'un pas vif vers le vestibule et tous deux s'étreignirent très fort. Mathieu aimait cette femme comme sa mère, comme la grand-mère de sa fille. Son attachement pour elle était vraiment particulier, suffisamment pour qu'il ne puisse s'imaginer être capable de se passer d'elle quand les filles seraient assez grandes pour se garder toutes seules.

— Je me suis ennuyé, ma Cathou, je suis heureux de te revoir !

— Moi aussi, mon cher Mathieu ! Tu as fait un bon voyage ?

— Superbe ! Je ne regrette pas du tout. L'archéologie a quelque chose de fascinant. Je comprends mieux Christopher et même Judith de s'y intéresser autant.

— Merveilleux. Et ces petits yeux brillants sont dus à quoi ? Le voyage, le retour, ou bien...

Étonné que cela paraisse autant, Mathieu se sentit rougir. Cathou, un peu surprise malgré tout, lui proposa de prendre un café à la cuisine ou plutôt au salon, pour être plus à l'aise. Mathieu se laissa tomber dans son fauteuil préféré.

— C'est bien, les vacances, mais vivement être chez soi, entouré des gens qu'on aime ! Et par « ou bien... », Cathou, que voulais-tu dire ?

— Je ne veux pas me faire indiscrète, je suis quand même une employée et...

— Voyons, tu sais bien que tu es beaucoup plus que ça, Cathou ! Tu fais partie de la famille. Sandrine t'adore et, je ne le cacherai pas, moi aussi !

Mathieu prit une gorgée du café qu'elle lui avait servi.

— Ça fait un bon moment que j'ai deviné que tu étais... disons spécialement attaché à Valérie. Je t'attendais hier en soirée car Valérie m'avait prévenue qu'elle t'invitait à souper. Et tu as ces yeux brillants ce matin, alors je... Tu comprends, je ne veux pas être indiscrète... Ce ne sont que des suppositions, mais...

— Arrête de supposer, Cathou, tu as raison. Je suis amoureux de Valérie, elle le sait depuis hier et nous avons fait, je crois, un pas dans la bonne direction.

— Celle de la chambre à coucher ?

Ils éclatèrent d'un même rire intimidé. Mathieu était gêné d'avouer son secret et Catherine était désolée de son indiscrétion.

— Je crois avoir été sage depuis la mort de ma femme... Hier, c'était plus fort que moi. Il fallait que je lui dise tout... Cathou, Valérie ne serait pas contente que je me sois confié à toi. J'espère que tu seras discrète. Disons que rien n'est assuré entre nous et, ce matin, elle ne m'a même pas regardé droit dans les yeux. Tu la connais, les coups de tête ne sont pas son fort et, hier soir, pour elle, ç'en était un. Notre priorité est aussi de protéger les enfants. C'est très important.

— Tu n'avais pas besoin de me le demander, Mathieu. Je peux te dire ce que je ressens sincèrement ?

— Bien sûr.

— Ça fait longtemps que je rêve de vous voir ensemble, tous les deux. Je n'ai rien contre le père de Judith, je ne le connais pas tellement, mais je savais qu'il ne rendait pas Valérie heureuse. Je vous souhaite que ça fonctionne, Mathieu. Sincèrement.

— Merci, Cathou. Ça me fait plaisir. Ce matin, je me suis demandé si j'avais commis une erreur. Tout comme Valérie, je ne veux pas gâcher notre amitié, ni celle de nos enfants, ni l'entente qui règne entre nous.

— Mathieu, je t'en prie, n'abandonne pas. Je vous imagine tellement heureux, tous les quatre ensemble !

Mathieu, vraiment touché, remercia chaleureusement Catherine.

Il s'excusa de ne pas avoir le souvenir qu'il lui avait acheté avec lui. En fait, il n'en avait qu'une partie.

Il lui offrit le chandail comme aux autres « femmes de sa vie » et cette belle pensée toucha Cathou. Il lui offrit ensuite un livre en anglais sur les broderies espagnoles. Ayant eu un coup de cœur pour une courte-pointe et étant convaincu que Cathou l'adorerait, il s'était laissé tenté. Il avait cependant dû la poster, car la courte-pointe plutôt volumineuse ne rentrait pas dans ses bagages déjà serrés.

Encore une fois, ils s'étreignirent avec beaucoup de chaleur.

Lorsque Mathieu quitta sa maison, vers onze heures trente, Cathou le suivit des yeux par la fenêtre. Comme elle l'aimait, son petit Mathieu ! Elle le connaissait depuis huit ans déjà mais c'était comme s'il avait toujours fait partie de sa vie.

Catherine venait de perdre son mari quand leurs destins s'étaient croisés.

Jeune résident à l'urgence, Mathieu avait parlé à ses collègues de son désir de trouver une personne fiable pour s'occuper de son bébé. Valérie avait pris une année sabbatique pour profiter de sa propre fille, mais Judith avait déjà atteint ses douze mois. Sandrine avait à peine sept mois et son père n'avait pu se résoudre à la laisser à une femme trop jeune et sans expérience. Il avait fait deux ou trois tentatives mais il avait tout de suite vu que ça ne fonctionnerait pas. Sandrine pleurait, n'était pas bien. Il préférait une personne plus âgée, plus expérimentée.

Stressé par sa situation familiale, par son travail si peu rémunérateur, par son désir de réussir à démarrer sa carrière et par son rôle de père célibataire qu'il n'avait pas prévu, encore en deuil, fatigué par d'interminables journées à l'urgence doublées de travaux de recherche et de nuits blanches imposées par son enfant, Mathieu avait désespérément besoin d'aide.

Une infirmière l'avait saisi par le bras, un matin, alors qu'il s'apprêtait à rentrer chez lui après sa garde hebdomadaire de vingt-quatre heures. Elle lui avait expliqué qu'une de ses tantes venait de perdre son époux. Elle avait dans la cinquantaine, avait des références et se cherchait un travail pour passer le temps de façon agréable. Elle lui avait confié qu'elle adorerait prendre soin d'un bébé. Pensant que cela pourrait l'intéresser, elle lui avait tendu un bout de feuille froissé sur lequel elle avait griffonné le numéro de téléphone de sa tante.

Il avait téléphoné aussitôt arrivé chez lui. La voix et le ton de la femme lui avaient plu immédiatement même si la dame avait avoué traverser une période difficile de sa vie. Mathieu lui avait révélé spontanément qu'il la comprenait. Après le décès de sa femme, lui aussi avait ressenti le besoin de se plonger dans le travail et dans l'amour pour sa fille afin d'éviter de sombrer.

Ils avaient pris rendez-vous chez lui pour le lendemain soir. Mathieu désirait qu'elle rencontre Sandrine.

La première impression avait été positive. L'une avait les yeux gonflés de larmes, l'autre les avaient gonflés de fatigue... et de larmes aussi.

Pendant leur conversation qui dura plus d'une heure, Cathou avait tenu le bébé. Elle lui avait même donné le biberon de dix-neuf heures. Mathieu avait été impressionné car, avec les autres femmes, Sandrine n'avait jamais cessé de hurler, de se débattre et avait toujours refusé de boire.

Ils s'étaient entendus sur un salaire. Mathieu était conscient qu'avec des horaires aussi compliqués et irréguliers que les siens, il aurait dû payer davantage, mais il n'en avait pas encore les moyens.

Catherine, bien que ce revenu supplémentaire l'aidât, n'y voyait aucun inconvénient. Pas plus qu'avec les horaires. Pour elle, demeurer vingt-quatre ou trente-six heures à chérir un bébé était encore mieux que de se morfondre seule chez elle. Ils avaient convenu d'une période d'essai d'un mois.

Les premiers jours, angoissée, Valérie allait plusieurs fois par jour chez Mathieu. Catherine comprenait la situation et ne se formalisait pas de toutes ces visites. Dès la seconde journée, les longues discussions entre elles avaient commencé. Le plus important était que Valérie constate combien le bébé semblait bien.

La troisième journée était celle du vingt-quatre heures de garde de Mathieu. Catherine avait eu de la peine en le voyant rentrer après toutes ces heures de travail, sans sommeil. Sa fatigue était si intense qu'il en avait les larmes aux yeux. Chaque pas lui semblait une montagne à franchir.

Il avait pris un morceau de fromage à la cuisine, avait cajolé sa fille quelques minutes puis, dix minutes plus tard, il s'était écroulé dès qu'il avait posé la tête sur l'oreiller, sans s'être déshabillé, ni glissé sous les couvertures. Réveillé vers dix-sept heures, il avait trouvé sa fille dans les bras de sa nouvelle gardienne, le biberon dans la bouche.

Il avait voulu continuer lui-même mais Cathou l'avait enjoint d'aller à la cuisine. Il y avait trouvé un rôti fumant dans le four. Touché, il était venu la remercier mais lui avait demandé de ne plus cuisiner pour lui. Il ne la payait pas pour ça. Toujours aussi généreuse, la nouvelle grand-maman de Sandrine lui avait rétorqué qu'elle aimait bien faire la cuisine et que cela l'obligeait à manger autre chose que des boîtes de conserve et du réchauffé, comme c'était aussi son cas depuis la mort de son mari. Pour que personne n'y perde au change, elle ferait un repas sur deux chez elle et l'autre, chez lui. Ainsi, les coûts seraient équitablement répartis mais ils auraient des repas sains. Valérie lui avait précisé que Mathieu aimait la bonne nourriture.

Heureux, le médecin avait insisté pour que Cathou prépare tous les repas chez lui. Un peu plus ou un peu moins de factures d'épicerie, avait-il alors déclaré, quelle importance. Son salaire assurait l'essentiel et l'assurance-vie de Rosie, pas très importante, payait le reste.

Cathou avait aussi décidé de faire elle-même les purées pour Sandrine. Une bouchée des pots tout faits l'avait dégoûtée de la vie de bébé. Mathieu n'allait pas se plaindre que sa fille puisse recevoir une bien meilleure alimentation.

Cathou devenait déjà irremplaçable.

Quelques mois plus tard, contre un léger supplément, Catherine avait commencé à garder aussi la fille de la designer et de l'archéologue. Pour elle, c'était une double joie. Deux fillettes à chérir, deux enfants qui deviendraient certainement de bonnes amies.

L'amitié entre elle et Valérie se développait, mais Cathou avait envie de prendre soin de Mathieu. Attentif, dévoué, il avait meilleure mine depuis qu'elle l'aidait en assumant quelques-unes de ses responsabilités. Catherine aimait lui faire plaisir, lui préparer ses repas préférés après ses longues heures de garde, l'encourager quand son moral était au plus bas.

Un jour, les filles avaient vingt-quatre et vingt-neuf mois, Mathieu l'avait appelée « maman » et avait déclaré qu'elle était devenue la grand-maman des enfants.

Ce jour J était resté marqué dans le cœur de Cathou. C'était un 12 décembre et ç'avait été son plus beau cadeau de Noël.

Catherine revint au présent un peu à regret. Cinq ans déjà qu'elle habitait avec Mathieu dans sa grande maison. Il l'avait achetée après avoir touché ses premiers salaires de médecin. L'assurance-vie de Rosie avait permis de finir de payer la première maison. Lorsque Mathieu avait décidé de la vendre et d'en acheter une plus grande, il n'avait eu à débourser que la différence de prix entre les deux. Et si la maison était si grande, c'était parce que le rêve de Rosie avait été d'en posséder une où elle pourrait élever leurs enfants. Même s'il fallait que ce soit à titre posthume, Mathieu avait quand même eu la satisfaction de lui offrir ce qu'elle avait tant désiré....

Catherine, si heureuse de faire partie des familles Tourigny et Samson-Grondin, se rendit à la cuisine en rêvant d'une fusion Tourigny-Samson. Même si une union entre eux et un déménagement de Valérie et de Judith « l'expulseraient » de chez le médecin, elle s'en moquait. Elle continuerait de travailler pour eux et les verrait enfin heureux. Cette idée lui faisait chaud au cœur.

Elle continua à préparer le rôti. C'était le plat préféré de Mathieu, elle l'avait deviné lors de ses premiers jours de travail. Pour célébrer son retour, quoi de mieux qu'un repas à cinq ?

44

Rémy était tout de suite parti couvrir la conférence de presse d'un organisme d'aide à l'enfance dont un des membres avait été accusé d'agression sexuelle sur un mineur. Il croisa donc la plupart de ses collègues à l'heure du dîner. Plusieurs journalistes, cameramen, preneurs de son s'attroupèrent autour de lui et l'entendirent commenter sa nouvelle passion pour l'archéologie.

Il avait beaucoup parlé et beaucoup ri quand il quitta la cafétéria pour regagner son bureau, où bien des dossiers s'étaient accumulés. Il n'avait pas encore vu Andréanne et ne s'attendait pas à la croiser en face de son bureau. Ils se toisèrent un instant, de façon plutôt froide.

— Bon voyage ? lui demanda-t-elle avec un sourire un peu plus chaleureux.

— Très bon voyage. Je te montrerai les photos, si tu veux, Mathieu doit les avoir d'ici la fin de la semaine.

— D'accord.

Elle n'ajouta rien et, mal à l'aise, Rémy se balança sur une jambe, puis sur l'autre, sans savoir quoi dire.

— Ça s'est bien passé au remariage de ton père ?

— Je n'y suis pas allée. Je n'en avais déjà pas envie, alors, toute seule, c'était impensable.

— Je suis désolé. Faudra-t-il que je te le répète souvent, Andréanne ?

— J'oublie tout mais à une seule et unique condition.

— Bon. Laquelle ? Nous ne sommes pas unis, je ne te dois rien, dans le fond.

— Nous ne sommes pas unis, non, mais je n'ai jamais entendu dire qu'il fallait l'être pour tenir une promesse. Tu m'avais promis de m'accompagner, Rémy, c'est aussi simple que ça. Ma condition : tu m'invites à souper pour me raconter ton voyage.

— Ça, c'est une proposition honnête qui a beaucoup de bon sens. À dormir aussi ?

— On verra, répondit-elle après un instant d'hésitation.

— Tu seras prête vers dix-huit heures ?

— Même avant. Je t'attends à mon bureau.

Elle avança d'un pas pour le quitter et il n'hésita pas une seconde. Il la prit par la taille, l'embrassa et la complimenta sur le choix de son chandail. Le rouge allait très bien à une femme aussi passionnée, lui dit-il.

— Ça va aussi très bien avec le sang, tu ne trouves pas ?

— Ton sang chaud, oui, c'est vrai.

Il rit mais elle demeura sérieuse. Rémy reconnaissait enfin la Andréanne d'avant, celle avec qui il aimait passer du bon temps.

— J'ai été cruelle dans la lettre que je t'ai écrite... J'en ai honte, maintenant. Pardonne-moi.

— Je te pardonnerai à la condition que tu me prouves hors de tout doute, ce soir, que je ne suis pas si désagréable que tu le disais.

— Marché conclu, dit-elle avec un clin d'œil. Je devrai aussi te parler du « cadeau » que j'ai reçu de ton admiratrice. Tu dois aller voir les policiers dès demain matin, Rémy. Tu n'as plus le choix.

— Ouf ! Qu'est-ce qui s'est passé ? Qu'as-tu reçu ?

— Un de mes foulards imbibé de sang – d'animal, j'espère. La lettre, écrite avec le sang, disait que si je continue à te fréquenter, un foulard pareil allait servir à m'étrangler...

— C'est horrible ! Pourquoi dis-tu que c'est *ton* foulard ?

— C'est le mien, Rémy. Je l'ai perdu au cours de l'été et, comme c'était un souvenir de ma mère, je l'ai cherché longtemps. Je n'arrivais plus à me rappeler où je l'avais mis. Je l'ai porté pour une journée d'enquête et, en arrivant au bureau, paf ! Volatilisé. Voilà la preuve que nous voulions. Cette personne te connaît, me connaît aussi, elle est proche de nous.

— Si tu l'as porté en ondes, peut-être que la femme s'en est simplement procuré un pareil ?

— Il est trop vieux pour ça et, en plus, une des deux extrémités était un peu effilochée. Je l'ai porté parce qu'il allait très bien avec la couleur de mon chandail.

— J'appelle tout de suite pour prendre rendez-vous avec un enquêteur. Je suis désolé pour ton foulard, Andréanne.

— Ce n'est quand même pas de ta faute !

Elle l'embrassa de nouveau sur une joue, puis le quitta. Rémy s'assit, réfléchit, prit le téléphone. Il s'entretint quelques minutes avec un enquêteur qu'il connaissait relativement bien. Celui-ci le référa à un collègue. Rémy prit rendez-vous pour le lendemain, en fin de journée.

Il venait tout juste de raccrocher qu'on l'appelait : reportage d'actualité à faire avec une victime d'un vol à main armée dans une banque. Ça lui changerait au moins les idées.

45

Valérie avait beaucoup réfléchi depuis le départ de Mathieu. Il semblait tellement savoir ce qu'il voulait ! Elle désirait, elle aussi, donner l'impression de le savoir... du moins un peu !

Mathieu la regardait avec un sourire et des yeux moins brillants que ceux qu'il avait le matin même. À son arrivée, il l'avait embrassée sur les joues, avait fait une blague sur la surprise qu'il avait eue de retrouver sa voiture en un seul morceau, puisqu'elle s'en était servi pendant les vacances, et il s'était dirigé vers un bon restaurant.

Devant leur café, cependant, ses yeux avaient repris de l'éclat. Il se permit même d'avancer la main pour s'emparer de celle de Valérie, posée sur la table.

— J'ai beaucoup pensé à tout ce qui te fait peur, Valérie. J'ai essayé de trouver des solutions, des portes de sortie. Mais avant, une chose doit être extrêmement claire entre nous. Que ressens-tu pour moi ? Ne me mens pas. Je préfère la vérité, quelle qu'elle soit, à un mensonge qui me décevrait tellement plus tard.

Valérie le fixa une longue minute puis lui serra la main. Elle songeait à Christopher, à Rosie, à leurs enfants. Qui aurait pu dire qu'ils en seraient là, dix ans après leur mariage respectif ?

Pour Valérie, un gouffre la séparait encore de Mathieu. Mais elle s'imaginait vivre avec lui, un jour. Quand ce serait le temps. Elle lui dit tout ce qu'elle ressentait à son égard, tout ce qu'elle s'imaginait, tout ce qu'elle craignait, tout ce qu'elle souhaitait éviter et finit son exposé par une déclaration d'amour en bonne et due forme.

Abasourdi, Mathieu la pria de répéter les derniers mots. Valérie sourit, planta ses yeux dans les siens et déclara :

— Je t'aime, Mathieu. Je ressens plus que de l'amitié pour toi mais pour que notre relation dure longtemps, il faudra s'assurer qu'elle démarre bien. C'est important. Toi et moi sommes des adultes et nous sommes conscients des risques que nous prenons, pas nos deux petites.

— J'y tiens aussi. Ma fille m'a dit, il y a quelques semaines, qu'elle avait fait un superbe rêve. Dans ce rêve, elle t'appelait maman et toi, tu disais à tout le monde qu'elle était ta fille. Tu aurais dû voir ses yeux. Elle aurait aimé que je lui dise que son rêve pouvait se concrétiser.

— Pourtant, elle « connaît » sa mère. Tu lui parles beaucoup d'elle.

— Oui, mais c'est comme un conte. Rien de plus. Si nous sortons ensemble, je n'ai rien contre le fait qu'elle te considère comme sa mère. Et toi ?

— Ouf, c'est surprenant. Tu sais comme je l'aime mais cela implique plein de choses. J'ai peur, Mathieu.

— Nous irons à ton rythme, Valérie. Tu prends le train avec moi, c'est ce qui importe. Je te laisse prendre la direction et la vitesse que tu veux.

— Plusieurs points sont déjà clairs. Dans la confusion qui règne présentement dans ma vie, et en considérant que je n'ai eu que quelques heures de réflexion, c'est déjà bien, non ?

— C'est vraiment bien ! Quels sont les points en suspens ?

Valérie lui expliqua qu'elle ne voulait pas faire connaître leur liaison tout de suite. Sa motivation principale était de protéger les enfants. Après quelques semaines, voire quelques mois de liaison, s'ils devaient constater que l'amitié leur convenait mieux, les fillettes n'auraient pas eu de faux espoirs. Toutes deux rêvaient d'avoir une vraie famille. Aussi, pas question d'emménager ensemble avant un bon moment.

— Je comprends, mais comment cacher une relation plus... intime entre nous ?

— Je pourrais aller te retrouver le jeudi et le vendredi soirs, après le travail. Aux yeux de tout le monde, ce serait dans le but de voir ma fille.

— « Tout le monde », tu crois que ça inclut Cathou ?

— Évidemment pas. Tu dois déjà savoir qu'à toute bonne règle, il y a une exception...

Un sourire lumineux apparut sur les lèvres de Mathieu. Au moins quelqu'un avec qui il allait pouvoir parler de l'évolution de sa relation avec Valérie !

— Dis-moi la vérité. Quand as-tu découvert que tu étais amoureux de moi ?

— Dur à dire. Ce n'est pas un coup de foudre mais un amour qui a mûri, qui s'est développé.

— Tu t'es réjoui lorsque j'ai décidé de quitter Christopher ?

— Je crois que mon amour n'était pas étranger au fait que je savais que ça allait mal entre vous deux. Si tout avait bien été dans votre couple, comme dans celui de Benjamin par exemple, je n'aurais peut-être jamais songé à devenir amoureux de toi. Ça aurait été impossible, alors qu'avec le cher archéologue...

— ... Tout était possible. Je n'aurais jamais pu croire qu'on en serait là aujourd'hui, il y a quelques mois, Mathieu. Maintenant, je suis capable de faire des projets. De nous imaginer ensemble, comme une famille... presque pas recomposée !

— Je suis le plus comblé des hommes, ma belle.

Il lui embrassa doucement la main. Pour la première fois depuis le matin, Valérie le fixa droit dans les yeux, sans la moindre trace de timidité.

46

Le sergent-détective Stéphane Thivierge observa attentivement le journaliste assis devant lui. Visiblement nerveux, Rémy se frottait les mains mais il respirait quand même l'assurance, la confiance en lui. Les deux hommes n'avaient eu qu'un bref échange au téléphone et l'enquêteur ignorait encore à quel genre de personne et de cas il aurait affaire.

— Alors, vous recevez des lettres bizarres, monsieur Gaucher...

Rémy avait tout mis dans un sac. Il sortit le paquet de lettres et les déposa sur le bureau de l'enquêteur. Même chose pour le pot rempli de sang et le foulard d'Andréanne. Les deux objets intéressèrent particulièrement l'enquêteur qui se pencha pour mieux les observer. Il demanda au journaliste de tout lui raconter sans omettre le moindre détail. Les personnalités publiques avaient tendance, selon lui, à vouloir cacher des éléments aux enquêteurs. Il affirma « être dans la police » depuis assez longtemps pour flairer ces mensonges et ces non-dits.

— Je n'ai rien à cacher, affirma Rémy sur le ton de l'innocence.

— Tant mieux. Allez-y, racontez-moi tout.

La discussion entre eux dura presque une heure. À la fin, l'enquêteur avait rempli une feuille de notes. Il réfléchit un moment en mordillant le bout de son crayon.

— C'est un peu ennuyeux mais je dois vous demander combien de maîtresses vous avez eues... Disons ces deux dernières années.

Rémy se passa la main dans les cheveux.

— C'est déplacé comme question, vous ne trouvez pas ? Disons « plusieurs ». Ça fait votre affaire ? Une de plus, une de moins...

— Écoutez-moi bien, monsieur Gaucher...

L'enquêteur, déjà impatient, désirait prouver au journaliste que son statut ne l'impressionnait pas. Il se leva et s'assit sur le coin de son bureau, tout près de Rémy.

— Je ne vous pose pas cette question pour le plaisir de savoir. Personnellement, je m'en moque. Cependant, il y a de bonnes chances pour que la coupable soit parmi celles-ci, si chanceuses ou malchanceuses soient-elles. Si vous avez eu dix maîtresses, ça nous fait dix suspectes. Si vous en avez eu cent, ça nous en fait cent. Vous pigez ?

— Je ne suis pas un enfant, inutile de chercher à m'insulter et à m'impressionner, monsieur Thivierge. Je suis reporter depuis une dizaine d'années, alors, des policiers et des gens de toutes sortes, j'en ai connus. Maintenant que nous savons que nous ne pouvons pas exagérer l'un l'autre, je vais répondre à votre question. Comme je m'assagis en vieillissant, je vous dirais quinze ou vingt, tout au plus.

— Seulement ça ? se moqua l'enquêteur.

— Et vous ?

— Je suis marié.

— Quelle chance vous avez, rétorqua Rémy d'un ton moqueur. Je dois peut-être vous préciser que je suis en ce moment dans une... « union libre », si vous comprenez le terme. Dans le fond, ça veut dire que ma copine est amoureuse, pas moi, et qu'elle se contente de ce que je lui offre, sous peine de ne plus rien recevoir si elle en demande trop.

— La journaliste qui a reçu le foulard ?

Rémy hocha la tête.

— Donc, la suspecte le sait. Aucune autre femme n'a reçu de menaces ?

— Je dois avouer que j'ai vraiment été sage depuis le début de cette histoire. Oui, une autre femme a reçu une lettre. C'est la femme d'un ami. Je la vois peu souvent mais elle est dans mon entourage proche.

Rémy fouillait dans la pile de lettres, à la recherche de celle qui avait été adressée à Valérie.

— C'est la seule lettre qu'elle a reçue et c'est une chance, car je ne veux pas qu'il arrive quelque chose de malencontreux à cette femme.

L'inspecteur lut la lettre, regarda l'adresse de la boutique, compara *l'écriture* de deux enveloppes et retourna s'asseoir. Il sortit un paquet de feuilles, les posa devant lui et prit un Bic à cinquante sous.

— Il semble évident que la suspecte travaille à la station de télévision ou en est proche. Sinon, jamais elle n'aurait pu trouver le foulard de la journaliste. Dites-moi combien vous avez eu de maîtresses dans votre milieu de travail. Je crois que c'est par là que nous allons débuter notre enquête, monsieur Gaucher.

Il regarda Rémy droit dans les yeux. Celui-ci ravala sa salive. Ce qu'il craignait le plus, ce qu'il désirait le plus éviter, la seule raison pour laquelle il avait tant tardé avant d'aller voir la police se produisait : on enquêterait à la CNI.

— Honnêtement, monsieur Gaucher ? Faites un effort...

— Quatre. Andréanne, une présentatrice, une recherchiste et une maquilleuse.

— Bon ! Commençons. Mettons quinze à vingt femmes sur la liste rouge, en débutant avec celles de la CNI.

— Pas Valérie. Et pas Andréanne.

— Pas la dame de la boutique mais nous allons jeter un coup d'œil à la journaliste, monsieur Gaucher. Vous seriez surpris d'apprendre combien de gens sont trahis par des proches en qui ils ont confiance.

— Oui, oui, je sais... Est-ce que je peux compter sur votre discrétion, sergent-détective ? Premièrement, Andréanne ne sera pas contente de savoir que vous enquêtez sur son compte. Elle en serait même insultée. Deuxièmement, au moins une de ces femmes est mariée. Si vous arrivez à la station avec vos gros sabots ou bien si vous frappez à la porte de leur maison, je ne me ferai pas d'amis !

— Je vais commencer par établir un plan d'attaque, examiner quelques dossiers dans nos fichiers, etc. Je vous tiendrai au courant au fur et à mesure que l'enquête se progressera. Si vous y tenez, vous pourrez me faire vos recommandations. Je verrai ensuite ce que je pourrai faire.

— C'est mieux que rien, je suppose !

— Pour conclure, monsieur Gaucher, n'oubliez pas que je vous ai demandé de ne pas me raconter d'histoires. Je sais que vous, gens publics, en avez beaucoup à cacher. Je veux le nom de toutes les femmes qui peuvent vous en vouloir, à divers degrés et pour diverses raisons.

Rémy rentra à la station fourbu et découragé. Il fit une intervention pour – encore ! – une manifestation et revint dans son bureau pour prendre ses affaires. Andréanne avait collé une note sur son babillard, lui demandant de lui téléphoner ou de passer la voir pour lui raconter sa rencontre avec le détective. Il l'appela sur-le-champ et s'informa si le souper était sous-entendu dans le « Passe me voir ». Elle rétorqua : « Quand il y en a pour un, il y en a pour deux : je t'attends ! »

Il lui résuma sa rencontre en dévorant comme un loup la lasagne qu'elle avait préparée.

— As-tu mangé pendant tes vacances, Rémy ?

— Oui, mais rien d'aussi bon que ta cuisine, ma chère ! Je me demande dans quel bourbier je me suis embarqué, Andréanne. Si la personne qui m'écrit m'a suivi jusqu'au poste de police, elle sera furieuse. L'enquêteur doit demander un profil psychologique. Si, selon cet expert, elle est sérieuse en te menaçant, je ne te verrai plus, crois-moi. Si quelqu'un devait se faire blesser ou... tuer par ma faute, je ne m'en remettrais pas.

— Je t'apprécie assez pour prendre des risques, Rémy. C'est ma décision, libre et volontaire. J'ai acheté un bon gâteau Forêt-Noire. Si tu me promets de passer la nuit ici, pour une fois que ce serait chez moi, je t'en donne un gros morceau.

— Si tu me prends par les sentiments, que puis-je dire ?

— Tu dis oui et, si c'est possible, tu dis que tu m'aimes... bien...

Il l'embrassa doucement.

— Je reste et je t'aime bien, Andréanne. Je pensais que tu le savais ? Généralement, on ne passe pas autant de temps avec une personne qui nous est antipathique...

Elle lui tira la langue et le sujet fut clos.

— Quelle grosseur, le morceau de gâteau ? Après toutes ces pâtes, tu ne dois plus avoir très faim !

— Donne-moi un gros morceau, ma journaliste favorite, j'ai toujours assez d'appétit pour les desserts !

Le téléphone cellulaire de Rémy sonna et Andréanne en profita pour aller couper le gâteau. La jalousie s'empara d'elle en entendant le journaliste refuser une invitation. La femme semblait insister. Elle attendit qu'il ait raccroché pour revenir à la table avec les deux assiettes. Elle tenta de faire comme si de rien n'était mais Rémy sentait que l'atmosphère n'était plus la même.

— Ça arrive rarement qu'on me fasse la cour. En général, c'est moi qui la fais.

La rage étrangla Andréanne. Elle ne dit rien, Rémy non plus, mais elle supposa qu'il s'agissait de l'animatrice de *Tendances*. Depuis le défilé de mode, Andréanne l'avait plusieurs fois croisée à l'étage des reporters. Allait-elle chaque fois rendre visite à Rémy ? Sans doute pas mais elle devait certainement y aller faire son tour de temps en temps. Andréanne trouvait Rémy effronté d'ajouter sans sourciller qu'il ne refuserait pas l'invitation dans d'autres circonstances. Voulait-il lui prouver encore une fois que leur liaison était « libre » et qu'il ne l'aimait pas ? En tout cas, il réussissait fort bien.

— Si Mathieu ne m'avait pas avoué qu'il était amoureux de Valérie, je me serais mis en quête de quelqu'un de sérieux pour lui. Nos dix jours ensemble m'en auraient convaincu. Il était temps que mon petit veuf sorte enfin de sa léthargie. Il t'aurait intéressé ?

— Le médecin ? Non, à cause de son enfant. Rémy, je t'avais dit que tu perdrais un confrère et gagnerais une consœur, au service des nouvelles ? C'est une annonce qui s'est officialisée pendant ton voyage mais je crois avoir oublié de t'en parler, hier.

— Je ne suis au courant de rien.

— Marc Lambert quitte, il va travailler pour la Chaîne en Ontario. Qui le remplacera à son poste de reporter ? Moi ! Je n'ai pas eu le choix du poste offert mais je suis contente. Avant et pendant mes études, je m'intéressais surtout aux faits divers, bien que je me sois ensuite spécialisée en journalisme d'enquêtes. Mon premier poste permanent !

— Félicitations, chère collègue ! Je suis vraiment heureux pour toi. Je suis persuadé que tu continueras à faire un excellent boulot !

Il la serra dans ses bras comme un copain encouragerait une amie. Andréanne avait du chagrin mais elle était décidée à ne plus le montrer. Rémy s'en moquait. Il ne l'aimait pas. Il n'aimait que lui-même...

47

Benjamin avait mal à la tête. Sa secrétaire lui avait apporté deux comprimés mais le mal persistait. Il avait assisté à sa réunion du matin, le mardi étant toujours LA journée des réunions. Cependant, ni l'esprit ni le cœur n'y étaient. Il avait tellement mal qu'il avait failli téléphoner à l'hôpital pour demander conseil à Mathieu. Ce n'était pas un simple mal de tête et cela l'inquiétait de plus en plus.

Geneviève avait pris de ses nouvelles au milieu de l'avant-midi. Depuis la fausse couche, ils s'étaient beaucoup rapprochés. Fallait-il préciser qu'il avait mis beaucoup d'eau dans son vin ? Tout le monde semblant plus heureux, Benjamin ne s'en plaignait pas trop. Pendant quelques semaines, il avait craint que son couple ne redevienne plus jamais tel qu'il l'avait été au début. La fausse couche semblait avoir brisé quelque chose entre Geneviève et lui. Même les enfants agissaient différemment. La fin de semaine dernière, Geneviève lui avait parlé d'avoir un troisième enfant. Il lui avait proposé d'attendre encore quelques mois, au moins jusqu'aux fêtes de fin d'année. À ce moment-là, enfin, la construction de l'usine serait terminée et il pourrait penser davantage à sa famille. Aussitôt qu'il serait en mesure de prendre des vacances l'esprit en paix, il planifiait deux voyages : un à Paris avec les enfants pour aller dans le merveilleux monde d'Euro-Disney et l'autre avec elle, quelque part sur une île paradisiaque, où ils pourraient être seuls au monde. Il avait pensé à l'île Maurice ou bien à Tahiti. Il aurait donné n'importe quoi pour y être déjà. Il avait envie de se sentir aimé et désiré, d'aimer et de désirer quelqu'un. Voilà trop longtemps que Geneviève lui donnait l'impression de s'être totalement éloignée de lui.

Sa secrétaire vint lui présenter des dossiers, lui dit qu'il était blanc comme un drap et qu'il devrait peut-être rentrer chez lui pour se reposer. Il la remercia mais déclina l'offre.

Un sombre pressentiment agitait l'homme d'affaires. Il ignorait quel était le problème mais il était certain que, quelque part, quelque chose couvait...

48

Christopher poussa un cri de joie après avoir lu une des deux lettres qu'on lui avait remises à la réception de l'hôtel. Érika le regarda, chercha à deviner quelle était la nouvelle qui le faisait ainsi réagir.

— Cinq d'entre nous avons enfin des places pour aller explorer les grottes de Lascaux ! J'ai fait cette demande il y a presque deux ans, tu te rends compte ? Richard, François, Marc, toi et moi allons passer une journée dans cette grotte ! C'est fabuleux. Découvrir de nos yeux ces fresques qui datent de dix-sept mille ans avant notre ère a quelque chose d'extraordinaire, même pour des gens qui pensent avoir – presque – tout vu ce qui est ancien.

— Tu m'as choisie parmi tout le monde ? C'est vraiment bien d'avoir une relation privilégiée avec le chef d'une mission !

Ne la trouvant absolument pas drôle, Christopher s'approcha d'elle et lui posa un doigt sur le nez.

— Ce n'est pas vrai. Tu as droit au même traitement que les autres lorsque j'ai des décisions à prendre. Si tu te vantes du contraire à qui que ce soit une seule fois, finie notre liaison. Tu fais partie de la liste car, au moment où j'en avais parlé, il y a deux ans, tu étais parmi les plus intéressés.

— Je m'en souviens. Je commençais dans le métier, j'étais passionnée et j'aurais fait n'importe quoi... ou presque pour tes beaux yeux.

Les beaux yeux en question la fusillèrent, alors que la dame riait à gorge déployée. Christopher était doublement fâché. Premièrement, elle disait des sottises ; deuxièmement, elle lui gâchait le plaisir qu'il avait éprouvé à l'annonce de cette bonne nouvelle.

— Si le projet ne t'intéresse pas véritablement, je peux changer le nom. Ne laisse pas quelqu'un rater une aussi belle chance si toi, tu n'en as pas envie. Mes beaux yeux, tu les vois dix mois par année, alors pour une journée...

— Excusez-moi, Monsieur Indépendant. Je blaguais. Non, j'ai très envie de visiter Lascaux. Pendant quelques instants, j'ai seulement eu la nostalgie des premiers moments de ma jeune carrière.

— En tout cas, je peux réitérer mon avertissement de ne jamais devenir amoureuse de moi. Tu sais quels sentiments m'habitent.

— Ne te fais pas de souci. Je t'ai partagé physiquement avec ta femme pendant des mois. Et je ne parle pas de ta tête et de ton cœur ! Là, c'est encore plus complexe.

— Oui, surtout la tête. Bon, laisse-moi lire la lettre de ma fille.

Elle lui parlait du voyage de Mathieu et de Rémy et une bonne partie de sa lettre, la plus longue qu'elle avait jamais écrite, était consacrée à la façon dont elle avait classé ses pierres. Elle lui posait tant de questions que, pour une fois, Christopher était convaincu qu'il n'aurait aucune difficulté à lui répondre.

Il posa la feuille sur la table et voulut quitter la chambre pour aller prévenir les archéologues concernés qu'ils visiteraient Lascaux. Érika lui demanda, avant qu'il ne sorte, si elle pouvait lire la lettre de sa petite Judith.

— Non !

« Quoi de mieux qu'une situation clairement établie ? » s'interrogea Érika. Cependant, elle commençait à en avoir marre de la froideur de Christopher envers elle. Elle ne lui demandait rien, n'avait jamais été possessive... Elle en discuterait avec lui sous peu, mettrait cartes sur table. Il fallait toutefois attendre qu'il soit de bonne humeur, ce qui lui arrivait quand même à l'occasion, souvent après avoir fait l'amour ou après une bonne nuit de sommeil. Ne voulant pas le perdre, mais désirant améliorer leur qualité de vie à deux, Érika allait habilement manœuvrer les ficelles de leur vie commune...

49

Malgré l'importance de chacune des réunions auxquelles il assistait, Benjamin était heureux que celle-ci soit annulée. Un des directeurs n'avait pu finaliser son dossier pour des raisons qui échappaient à son contrôle et il n'en finissait plus de s'excuser. Le directeur de l'usine l'assura que ce n'était pas grave, qu'on reprendrait la réunion dans deux ou trois jours. Outre son mal de tête, Benjamin était plus que débordé. Il s'apprêtait à ouvrir un dossier lorsqu'une énorme détonation déchira le silence. Tout trembla, un vase tomba et se fracassa dans un tintamarre intolérable. Abasourdi, Benjamin se précipita à la fenêtre. Une vision d'horreur indescriptible s'offrait à lui. L'un des bâtiments de son usine venait de subir une explosion. Dans un nuage de poussière immense, l'usine semblait ébranlée, mais il était encore difficile de déterminer à quel point les dommages étaient importants. Benjamin, affolé, sortit de son bureau en courant avant même que le système d'alarme n'ait eu le temps de se déclencher.

Benjamin n'était pas encore arrivé dehors qu'une nouvelle explosion se produisit, moins de vingt secondes après la première. Il resta sans voix devant le spectacle. Des débris de verre, de métal, de briques furent projetés de tous côtés, dans un nuage de poussière et de flammes.

Le directeur de l'usine traversa le stationnement jonché de débris et s'arrêta devant le bâtiment en ruines.

Outre le crépitement des flammes, seul le bruit de la sirène du système d'alarme envahissait les environs. Benjamin regarda les camions de la compagnie chargée d'effectuer des travaux d'agrandissement à l'usine. Où étaient les employés ? Et ses propres employés ? Vu la soudaineté et la force de l'impact, surtout lors de la seconde explosion, il se douta de l'horrible, de l'intolérable vérité. Des morts. Il y aurait des morts dans son entreprise !

Benjamin aperçut quelque chose bouger sur sa gauche. Il plissa les yeux pour mieux voir à travers l'opaque nuage de fumée. Un homme à genoux ! Cet homme, qui semblait s'échapper du brasier, s'effondra par terre.

Saisi d'horreur et de désespoir, le propriétaire de l'usine courut vers la forme en question, priant pour qu'il ne soit pas trop tard... Il voulait l'aider avant qu'une autre explosion ne survienne ou que les flammes, rapides et vives, ne les rejoignent. Que s'était-il passé et que risquait-il encore d'arriver ?

Benjamin s'arrêta près de l'homme qui ne semblait souffrir d'aucune brûlure. Il était couché par terre et gémissait mais, quand Benjamin lui parla, il ne répondit pas. Le directeur de l'usine reconnut l'employé, Jocelyn Malenfant, un homme d'une trentaine d'années qui travaillait pour lui depuis le début.

— Aide-toi, Jocelyn, je t'en prie, aide-toi !

Benjamin le saisit sous les bras, mais comment tirer une personne qui n'avait même plus la force de se tenir un peu ? Animé par l'énergie du désespoir, toussant parce que la fumée l'étouffait, l'homme d'affaires se jura qu'il allait réussir à mettre l'homme en sécurité en attendant l'arrivée des secours. Il le tira péniblement car il était plus grand et plus gros que lui.

Un autre employé approcha. Voyant son patron affronter l'incendie, il s'était demandé ce qu'il faisait, puis, avançant prudemment, il avait compris. Il devait l'aider, c'était la moindre des choses que d'unir leurs forces dans une situation pareille. Ils allongèrent la victime un peu plus loin, derrière une voiture, près de la clôture.

Benjamin releva les manches de sa chemise et posa ses doigts sur le cou de l'homme. Le pouls était faible mais il battait toujours. Noirci par la fumée, ensanglanté, son visage exprimait une grande souffrance. Jocelyn avait heureusement perdu conscience pendant son transport. Benjamin souffrait pour lui.

Une sirène se fit entendre.

Tous les employés étaient sortis après l'explosion, obéissant au plan d'urgence qui était répété une fois par année. L'électricité avait de plus été coupée. Les chefs d'équipe avaient pris la situation en main, rassemblant et comptant leurs employés.

Benjamin eut un bref échange avec le premier policier arrivé sur les lieux pour faire le point sur la situation. Une dizaine de personnes devaient encore se trouver sous les décombres. Il tenterait de savoir le nombre exact le plus vite possible.

Le directeur de l'usine ordonna à son employé de rester auprès du blessé jusqu'à l'arrivée de l'ambulance. Le policier se chargerait de la guider vers eux au plus vite.

La secrétaire de Benjamin approcha dès qu'elle le vit se diriger vers le groupe des employés qui, immobile et figé d'horreur, regardait le brasier se consumer. Elle sursauta en voyant son patron. La chemise déchirée au col, la cravate de travers, les manches relevées, le visage couvert de suie, ce n'était pas son image habituelle.

— Quatre de nos employés se trouvaient dans l'usine au moment de l'explosion, monsieur Magnan. Cinq autres étaient miraculeusement à la cafétéria pour la pause. J'ai téléphoné par cellulaire à l'entrepreneur qui s'occupe des travaux d'agrandissement et il envoie immédiatement quelqu'un avec une liste de ses employés. Selon la personne à qui j'ai parlé, il y en avait cinq sur ce chantier, ce matin.

— Bon travail. Avez-vous les noms de mes quatre employés ?

Elle lui tendit une feuille où quatre noms étaient griffonnés à la main. Outre Malenfant, le miraculé, Benjamin reconnut les trois autres noms. Deux d'entre eux étaient à son emploi depuis l'ouverture de la compagnie. L'ingénieur avait dans la trentaine et Benjamin savait qu'il avait de jeunes enfants. Le contremaître, plus âgé, était certainement proche de la cinquantaine. Le troisième était le plus jeune en âge et en ancienneté et Benjamin le connaissait peu.

D'autres sirènes annonçaient l'arrivée des secours. Benjamin aperçut un camion de pompiers et une ambulance dans le stationnement.

Il se rendit près des véhicules d'urgence et observa une seconde les pompiers dérouler les tuyaux d'incendie et les brancher à la citerne de leur camion. Il alla voir le pompier dont l'uniforme jaune de combat était orné de bandes orangées, sachant qu'il s'agissait du chef de cette équipe.

En criant pour couvrir le bruit des flammes, des sirènes, des camions, il lui indiqua qu'au moins huit personnes étaient portées disparues. Les gens qui faisaient les travaux de construction devaient tous être dans l'aile droite de l'édifice. Quant à ses employés réguliers, Benjamin ne pouvait dire leur position exacte, mais il montra l'endroit d'où était sorti le blessé, quelques minutes plus tôt.

— Nous allons éteindre le feu et nous allons tout mettre en œuvre pour rechercher des survivants. Pourquoi y avait-il si peu de gens à l'intérieur ?

— Nous effectuons des travaux d'agrandissement et nous avons choisi de fermer ce secteur pendant quelques jours afin de pouvoir avancer plus vite. À l'heure actuelle, une bonne trentaine de travailleurs se trouvent dans le confort de leur résidence.

— Excellente nouvelle ! Y a-t-il des matières inflammables dans ce bâtiment, bombonnes de gaz, produits chimiques ?

— Non, rien de chimique. Par contre, possiblement beaucoup de poussière de bois. Je suis venu dans le bâtiment il y a une trentaine de minutes et un employé s'affairait à démonter le dépoussiéreur pour le déplacer. J'avais pourtant interdit l'utilisation de tout appareil électrique tant et aussi longtemps que la concentration de poussière de bois serait élevée dans l'air. D'après vous, la poussière de bois peut-elle provoquer de telles explosions si elle est mise en contact avec une étincelle ou avec du feu ?

— Il est clair que la poussière de bois est une matière explosive mais seulement dans certaines circonstances bien particulières. À mon avis, vu l'état actuel du bâtiment, il n'y a plus de risques d'explosion maintenant.

— Merci, mon Dieu !

— Bon ! Nous allons tout faire pour retrouver des survivants, monsieur, soyez sans crainte !

Benjamin savait que ce n'était pas le moment de discuter de la cause de l'incendie, mais plutôt d'en traiter les conséquences. Il voulait comprendre ce qui s'était passé, savoir si c'était de sa faute ! Le directeur de l'usine songea aux enquêtes qui les attendaient, lui et son administration : la police, la Commission de la santé et de la sécurité du travail, le coroner. Par-dessus tout ça, l'Ordre des ingénieurs viendrait sans aucun doute faire sa petite enquête.

Pendant dix minutes, Benjamin regarda défiler pompiers, policiers et ambulanciers sans faire un geste. Il mesurait l'ampleur de la catastrophe au niveau humain. Au moins huit morts. Dans son usine. Par la faute de qui ou de quoi ? Et si c'était sa faute, directement ou non ? Lui qui voulait être un bon patron et faisait tout pour l'être, il refusait d'y penser !

Un policier s'approcha, accompagné du patron de la firme de construction. Ils firent le bilan. Cinq ouvriers manquaient à l'appel du côté de l'entrepreneur.

— L'enquête permettra-t-elle de trouver la cause exacte de ce sinistre ? s'informa celui qui était lié par contrat à l'usine de Benjamin.

— Tout sera mis en œuvre pour cela, monsieur.

Benjamin le savait trop bien. Puisqu'il était directeur et propriétaire de l'usine, et par conséquent maître d'œuvre, il serait pointé du doigt quoi qu'il soit arrivé. Cette enquête serait longue et pénible, il en avait la certitude.

Le policier leur suggéra de prévenir les familles des disparus sans tarder car les médias commençaient à arriver. Personne n'aimait apprendre qu'un membre de sa famille pouvait avoir été tué via la télévision ou la radio.

Benjamin secoua la tête. Il ne pouvait croire que c'était *à lui* qu'on suggérait de faire des appels aussi ignobles. Il allait trouver son directeur des ressources humaines. Dans l'état où il se trouvait, il était incapable d'assurer une telle corvée. C'était bien au-dessus de ses forces.

Benjamin trouva rapidement l'homme qu'il cherchait ; il discutait et rassurait les employés. Les deux hommes se regardèrent droit dans les yeux un instant et le subalterne saisit le téléphone cellulaire dans sa poche. Il prit la feuille que lui tendait Benjamin, déclara qu'il allait s'éloigner pour qu'il n'y ait pas trop de bruit et demanda à son patron de lui souhaiter bonne chance.

En se retournant, Benjamin tomba nez à nez avec un journaliste. Rémy... Amitié ou pas, s'il s'agissait du reporter qu'il avait en face de lui, il ne voulait pas lui parler et il ne se gêna pas pour le lui dire.

— Je respecte ta décision, Benjamin. Mais c'est l'ami qui s'inquiète... J'étais à la station quand j'ai entendu le nom de ton usine. Nous sommes arrivés parmi les derniers mais je tenais absolument à venir en personne.

— C'est gentil mais je ne veux surtout pas parler aux médias, au tien comme aux autres. C'est déjà assez difficile. Il y a au moins huit... disparus, Rémy.

— C'est sûrement un accident, tout ça... Est-ce que Geneviève est au courant ?

Benjamin arrêta brusquement sa marche et observa Rémy, les yeux exorbités. L'idée de prévenir sa femme ne lui avait même pas effleuré l'esprit. Rémy le comprit et sortit Fidèle de sa poche.

— Il faut l'avertir avant qu'elle ne l'apprenne par les médias. Mais comment la prévenir sans l'effrayer ?

— Je l'appelle ? proposa Rémy.

— Non, pas directement... Avertis mon beau-père. Il saura lui apprendre la nouvelle de façon rassurante et Geneviève pourra venir me rejoindre si sa mère garde les petits.

— As-tu le numéro ?

Cinq minutes avant d'être en ondes en direct, lui fit signe Sylvain, son cameraman. Rémy ne savait pas grand-chose. Il devrait donc improviser avec les quelques renseignements soutirés depuis sa toute récente arrivée dans le stationnement de l'usine de son ami.

Le beau-père de Benjamin se montra abattu, inquiet pour son gendre en apprenant la nouvelle. Il allait immédiatement avertir sa fille et sa femme garderait les enfants sans problème.

Rémy s'adressa à Marthe Caza pendant quelques minutes. Sylvain, pour ne pas afficher l'embarras du journaliste, filmait le feu, le travail des pompiers, l'organisation des secours, les autres employés qui, figés, observaient le sinistre spectacle sans pouvoir faire quoi que ce soit.

Rémy retourna le plus vite possible auprès de son copain. Rarement l'avait-il vu dans un état semblable. Non seulement il était sale mais sa figure affichait une expression troublante. Toute la détresse de cet homme se lisait dans ses yeux.

Apercevant Rémy et croyant qu'il s'agissait d'un journaliste qui tentait de faire parler Benjamin, le partenaire de son sauvetage héroïque s'approcha et le fit venir vers lui, à quelques pas du patron. Il lui affirma qu'il avait une histoire à lui raconter concernant son *boss*, une bien belle histoire. Pour protéger Benjamin, Rémy la lui fit résumer d'abord. Dès la fin du bref exposé, il se tourna vers son ami, occupé avec un policier, une étincelle d'admiration dans le regard. Si snob et si bon à la fois, cet homme !

Rémy interrogea l'employé devant la caméra avec la ferme intention de présenter l'entrevue non seulement à sa prochaine intervention, mais de l'inclure dans le reportage qu'il ferait pour les bulletins de nouvelles de la Chaîne nationale d'informations.

Il se tourna à temps pour voir Geneviève se précipiter dans les bras de Benjamin. Ils se serrèrent l'un contre l'autre pendant longtemps.

Rémy connaissait peu le père de Geneviève mais il l'avait vu chez Mathieu, l'été précédent. Ils se serrèrent la main, puis Rémy posa sa main sur l'épaule de Geneviève, qui était bouleversée. Il ne savait pas quoi dire. Il déclara à Geneviève que son mari était un héros et qu'il avait risqué sa vie pour sauver celle d'un employé qui était, à l'heure actuelle, en route vers l'hôpital. Elle se tourna vers son mari et le regarda à la fois avec amour et inquiétude. Elle voulait connaître tous les détails. Benjamin refusa de raconter l'événement et, d'un ton calme, détaché, suggéra à Rémy de le faire lui-même puisqu'il était si bien informé.

Geneviève étreignit de nouveau son mari après avoir entendu l'histoire de la bouche de Rémy. Même si elle ressentait, quelque part en elle, une certaine peur, elle était très fière de l'acte que son époux avait posé.

— Je vais continuer mon investigation. Je ne serai pas loin si vous avez besoin de moi. Benjamin, sois ferme avec les reporters, ils voudront certainement t'interroger. Tu devrais cependant déléguer quelqu'un pour représenter l'usine.

— Il n'y a rien à dire, Rémy. C'est une catastrophe et personne ne peut affirmer que les victimes sont bel et bien mortes. Qu'est-ce que tu veux que l'on dise au nom de l'usine aux médias, au public ? Pour l'instant, *il n'y a rien à dire, RIEN !*

Secouant la tête de désespoir, Benjamin s'éloigna, désirant être seul avec lui-même. La souffrance irradiait dans tout son corps.

— Je suis là, Geneviève. Si j'apprends des faits intéressants, je t'en ferai part aussitôt.

— Merci, Rémy.

La jeune femme le regarda s'éloigner, puis elle observa les flammes qui perdaient de l'ampleur, prises en charge par les sapeurs. Geneviève vit par la suite le directeur des ressources humaines, Louis Therrien, venir vers elle. Il lui serra la main et ils échangèrent un regard plein de regret, de découragement.

— Les familles des... victimes, bien que j'aie du mal à me faire à ce mot, arriveront bientôt. Je pense regretter, pour la première fois, d'avoir choisi une carrière en relations humaines.

— Est-ce que vous avez le nom de ces employés ? Je connais beaucoup de gens, alors, si je connais leurs épouses...

Plein d'espoir, il lui tendit un bout de feuille et ce fut quand même avec regret qu'il vit Geneviève blêmir. Elle lui avoua assez bien connaître deux des femmes, les plus jeunes.

L'arrivée des familles offrit des scènes touchantes, pathétiques. Connaissant la gentillesse de Benjamin, personne ne sembla vouloir porter d'accusations contre lui. Il étreignit chacune des conjointes, mères, amies, tantes, exposa son découragement et sa peine, tenta de rassurer, de consoler.

Quand Benjamin s'éloigna des familles, regroupées dans un coin du stationnement, il semblait avoir vieilli de dix ans. Veillant toujours sur son ami, concerné par l'image publique qu'on garderait de lui et de son usine, Rémy ordonna à son cameraman de le filmer en gros plan. De profil, le visage sale, ses sentiments transperçaient l'écran et, de plus, une larme coula rapidement sur sa joue. Benjamin n'avait même pas la force de l'essuyer. Il s'appuya contre une voiture, baissa la tête et la secoua de désespoir.

Rémy montra cette image dans son reportage aux nouvelles de dix-huit heures.

Alors qu'il venait de souper et d'ouvrir la télévision, Mathieu demeura figé devant l'image. S'il portait toujours une attention particulière aux reportages de son copain, celui-là le laissa sans voix.

Sandrine aussi reconnut Benjamin, sale et malheureux, puis regarda la réaction de son père. Ils étaient tous deux décontenancés.

Sans hésiter, il composa le numéro du Fidèle de Rémy.

— C'est Mathieu. Dis-moi que j'ai rêvé, que ce n'est pas vrai ce que je viens de voir !

— Tu n'as pas rêvé. Que dirais-tu de venir faire un tour ? Peux-tu lui apporter un quelconque médicament ? Il est vraiment en état de choc. Il répond aux questions des policiers et des pompiers comme un automate et, depuis l'arrivée des familles, il ne dit pas plus de trois mots d'affilée. Rien sur ce qu'il ressent, ce qu'il pense, juste de la logistique. Geneviève, son père et moi voyons bien que ça ne va pas du tout. Je m'inquiète.

— Cathou est sortie. J'emmène Sandrine chez Valérie et j'arrive aussitôt. Je peux toujours regarder si j'ai un échantillon de somnifère pour qu'il puisse dormir cette nuit, mais pour le choc, il n'y a pas grand-chose à faire...

— En es-tu certain ? Ça me fait mal de le voir dans un état pareil...

— Je suis sur place dans trente minutes, tout au plus, Rémy.

Il raccrocha. Sandrine mit dans sa petite valise un pyjama et des vêtements pour le lendemain. Elle apporta aussi son sac d'école, au cas où son père ne rentrerait pas à la maison avant le dodo.

Mathieu remercia Valérie qui, inquiète, lui demanda de l'appeler quand il le pourrait, même si c'était très tard. Le médecin acquiesça et, profitant de l'éloignement des enfants, l'attira vers lui et l'embrassa.

Mathieu se trouva sur les lieux du sinistre vers dix-neuf heures. Devant le regard vide de Benjamin, il comprit immédiatement ce qu'avait voulu dire Rémy au téléphone. Le directeur de l'usine vivait vraiment un choc profond. Mathieu tenta en vain de le convaincre de rentrer chez lui. Son ami répliqua que les autorités pouvaient avoir besoin de lui et qu'il ne quitterait pas les lieux tant que les corps de ses employés n'auraient pas été retrouvés.

Mathieu donna un échantillon de somnifère à Geneviève. Elle l'accepta en avouant qu'elle savait que Benjamin refuserait de le prendre. Le lendemain et les jours suivants seraient durs. Il y aurait nombre de décisions à prendre, de choses à faire, d'enquêtes à suivre. Benjamin refuserait d'embrouiller son esprit avec des drogues.

— Peut-il l'avoir plus embrouillé avec un léger somnifère qu'il ne l'a maintenant ?

— Non et je le sais. Lui, l'admettra-t-il ?

— Espérons-le, Geneviève.

Mathieu rentra chez lui vers vingt-deux heures, alors que six des huit corps avaient été retirés des décombres. Cathou, à qui il avait parlé dans la soirée, lui avait proposé de s'occuper des enfants Magnan le temps qu'il faudrait pour les aider. Geneviève avait été touchée car, elle l'avouait, elle aurait aimé avoir sa mère près d'elle pour lui remonter le moral avec son inébranlable optimisme.

Benjamin et sa femme rentrèrent vers minuit, plus de dix heures après le début du drame.

Geneviève proposa immédiatement à son mari de prendre une douche et de se coucher. Elle lui présenta même le somnifère, qu'il examina comme s'il s'agissait d'une maladie incurable.

— Je ne pourrai pas dormir. Peux-tu me faire un café, s'il te plaît ? C'est de ça dont j'ai envie.

Elle hésita, puis obtempéra. Qui pourrait dormir dans de telles circonstances ?

Lorsqu'elle revint près de lui, il était allongé sur le divan, les yeux hagards. Il but le café qu'elle lui tendit, pourtant brûlant, en quelques gorgées. Geneviève se demandait ce qui se passait dans sa tête.

— Les enfants ?

— Gâtés chez grand-maman pour quelques jours. Ne t'inquiète pas.

— Ce soir, je voudrais mourir. À quoi bon tout ce que j'ai bâti, si ça ne sert qu'à enlever la vie aux autres ?

— As-tu pensé à tous ces gens qui gagnent leur vie grâce à toi ?

— Demain, seuls les cadres et les secrétaires rentrent au boulot. J'accuserai des retards de livraison dans mes commandes et si je perds mes contrats, beaucoup moins de gens gagneront leur vie *grâce à moi*. Et la perdront aussi...

— Ne dis pas de bêtises, chéri. Ferme les yeux, essaie de dormir. On va t'appeler si on a besoin de toi. Inutile de passer toute la nuit à te torturer.

— Comment sont les gens qui ont perdu un membre de leur famille, cette nuit, tu crois ?

— C'est différent.

— Je vais aller prendre une douche. Je me sens sale.

Geneviève l'accompagna jusqu'à la salle de bains pour voir sa réaction lorsqu'il s'apercevrait dans le miroir. À son grand étonnement, il ne broncha même pas. Cela lui ressemblait si peu qu'elle s'en inquiéta : se voyait-il ou bien était-il tellement perdu dans ses pensées qu'il ne réalisait plus ce que ses yeux voyaient ? Benjamin enleva machinalement sa cravate et sa chemise et les tendit à sa femme.

— Je t'aime, Benjamin. Toute la journée, je me suis dit : « Et s'il avait fallu que je le perde ? Qu'est-ce que j'aurais bien pu faire de ma vie sans lui ? »

— Plusieurs veuves se posent la même question, ce soir.

— Pense à nous aussi, Benjamin, pas seulement aux autres.

— Je t'aime.

Ils se serrèrent l'un contre l'autre. Geneviève espéra lui avoir transmis un peu de sa force.

— Je t'attends en bas, mon amour.

— Tu peux aller te coucher. Tu es déjà affaiblie par ta fausse couche, je ne veux pas que tu t'épuises davantage pour moi.

Il revint au salon près d'une demi-heure plus tard, les yeux plus clairs, l'esprit moins obscurci. Geneviève tentait de lire mais elle parcourait sans cesse les deux mêmes pages. La concentration lui manquait.

— Demain, j'aurai besoin de toi, Geneviève. Je dois aller voir les familles des victimes et celle du blessé aussi. Je pense que ce serait bien que tu m'accompagnes. C'est plus facile pour les femmes de se parler et de se confier entre elles.

— Je suis parfaitement d'accord, mon amour. Je t'en prie, viens te coucher un peu. Ça va te faire du bien.

Il secoua la tête comme un enfant obstiné.

— Vas-y, toi. De toute façon, j'ai besoin d'être seul, de réfléchir. Je vais faire une liste de toutes les choses à faire et à vérifier dès demain, à la première heure. Je te réveillerai si je me sens seul ou si j'ai besoin de toi.

— Pas question.

Quelques minutes plus tard, Geneviève trouva son mari dans un sommeil fort léger, allongé sur le divan. Elle déposa le café qu'il lui avait demandé sur la table du salon.

Elle s'assit en face de lui, l'observa attentivement. Une bouffée d'amour l'envahit.

Geneviève regretta d'avoir été dure avec lui après sa fausse couche. Il avait compris, avait changé, elle et les enfants étaient plus heureux. Dans des circonstances comme celles qu'ils venaient de vivre, elle ne pouvait que regretter que lui aussi n'ait pas été plus heureux. Elle le connaissait et savait qu'il mettrait longtemps à se remettre de la catastrophe qui avait frappé son usine. Juste d'y penser lui brisait le cœur. Patron modèle, père attentionné, époux dévoué, ami fidèle, fils et beau-fils affectueux, homme d'affaires à la fois juste et bon, Benjamin ne méritait pas qu'une telle épreuve lui arrive. Comme elle le trouvait beau, son mari, ainsi abandonné, au naturel.

Geneviève décida d'aller dormir un peu, elle aussi. Elle aurait tout le temps pour réfléchir, analyser ce drame pendant les journées, voire les semaines à venir. Si Benjamin et elle dormaient quelques heures, cela ne pourrait que leur faire du bien avant de s'attaquer au lendemain.

Dans la salle de jeux, elle trouva un carton destiné aux talents artistiques des enfants. Elle écrivit un court message, incitant son mari à la réveiller aussitôt qu'il ouvrirait les yeux. Elle termina par un « Je t'aime ! » Elle plia le carton en deux et le déposa sur la table du salon, près du café.

Elle se glissa sous les couvertures vers deux heures du matin.

Un baiser dans le cou la réveilla vers six heures. Assis à ses côtés, Benjamin mettait sa montre. Il était déjà habillé, coiffé, rasé, prêt à partir.

— Je vais à l'usine. Certains de mes directeurs sont déjà sur place. Nous allons nous réunir, dès sept heures, pour faire le point sur ce qui s'est passé... Et surtout sur ce qui va se passer dans les prochains jours. Rejoins-moi à l'usine vers dix heures pour aller voir les familles. Je devrais normalement être prêt. J'ai fait du café frais pour toi. Je t'aime. À tantôt !

Il était déjà sur le pas de la porte et s'apprêtait à sortir de la pièce quand Geneviève, assise dans le lit, l'arrêta en criant son nom. Elle lui rappela qu'elle lui avait demandé de la réveiller plus tôt, ce à quoi il répondit qu'il avait besoin de travailler et elle de dormir. Découragée, elle lui demanda ensuite s'il avait mangé.

— Je ne peux supporter qu'une odeur, celle du café. J'ai mon cellulaire, si tu as besoin de me joindre. Je ne sais pas si le système téléphonique de l'usine pourra être rétabli aujourd'hui. Je dois y aller !

Elle se leva et le suivit. Geneviève arriva à la fenêtre du salon au moment même où la voiture de son mari quittait l'allée de leur demeure.

La jeune femme s'apprêtait à quitter pour aller chercher les enfants chez ses parents quand le téléphone sonna. Il était sept heures quinze. Certaine qu'il s'agissait de Benjamin, elle fut surprise d'entendre la voix de Mathieu au bout du fil. Celui-ci s'informa de la nuit qu'ils avaient passée et il proposa ensuite à Geneviève d'emmener les enfants à Cathou aussitôt qu'elle serait prête. Elle les attendrait. Geneviève promit de passer entre neuf heures et neuf heures trente.

En quittant la maison, Geneviève se demanda ce qui allait advenir de sa famille pendant les prochains jours.

50

Quand Geneviève frappa à la porte du bureau de son mari, celui-ci venait de raccrocher le téléphone après plus de quatre-vingt-dix minutes de conversations avec ses clients et ses fournisseurs. Si tout allait bien, il pourrait peut-être sauver ses contrats et ne pas avoir à faire de mises à pied.

— J'ai donné à Cathou la permission d'emmener les enfants souper au restaurant, avec les filles de Mathieu et de Valérie. Ça va les aider à s'adapter à leurs nouvelles conditions de vie.

— Pourquoi pas, répondit-il machinalement.

En fait, il n'avait rien entendu. Il avait la tête ailleurs.

— Je dois d'abord m'entretenir avec un des nombreux enquêteurs. Ensuite, je serai prêt à partir. Tu m'attends ou tu m'accompagnes ?

— Je vais t'attendre. Je n'ai pas envie de retourner près des ruines.

— À ton choix. Je te rejoins le plus tôt possible.

Ce n'est qu'une heure plus tard qu'il la retrouva dans son bureau. Il débita que les causes de la catastrophe ne semblaient pas encore claires aux enquêteurs mais l'hypothèse qu'il avait soulevée leur semblait la plus probable... La première déflagration aurait été causée par le contact de la poussière de bois avec une flamme ou une étincelle. Cette explosion aurait alors causé le soulèvement de toutes les particules de bois présentes dans l'usine et provoqué ainsi la seconde explosion, beaucoup plus violente que la première.

Il fronçait les sourcils d'inquiétude. Si l'explosion était due à une négligence, plusieurs mesures pourraient être prises contre lui. Celui qui était ingénieur avant d'être homme d'affaires connaissait très bien les conséquences.

Geneviève fut touchée qu'il la prenne par la main. Tant d'hommes avaient honte de leur conjointe, désiraient la cacher. Benjamin agissait de façon tout à fait différente et elle en était fière.

Une fois dans la voiture, elle s'informa des développements depuis le matin. Benjamin avoua que, outre ses conversations avec ses clients et ses fournisseurs et la réunion des cadres, il avait eu peu de temps pour le reste. La journée serait encore longue.

— Je t'attends vers quelle heure, ce soir ? Je veux te préparer un bon repas. Tu auras besoin de forces.

— Inutile, je n'ai pas faim. Ne m'attends pas, chérie. Va chez tes parents, si tu veux, ou invite-les à la maison. Je rentrerai sûrement en toute fin de soirée. Ou peut-être que je devrai passer une partie de la nuit ici, je ne sais pas encore. Je reconnais que j'aurais besoin de sommeil mais mon esprit fonctionne tellement vite que je ne réussirai jamais à me reposer.

— Je vais demander des somnifères à Mathieu. Pour nous deux.

— Peut-être. Tu as pensé à ce qu'il faut dire aux familles ? Je me charge du côté « On s'occupe de vous financièrement » et toi du côté « Nous sommes aussi détruits par le chagrin... »

— Il ne faut rien préparer, Benjamin. Dans ce genre de situation, c'est la spontanéité qui est la meilleure solution. Es-tu nerveux ?

— Ce ne sera pas facile, alors, oui, je suis nerveux. Toi ?

— Un peu...

Ils restèrent une demi-heure avec chacune des trois familles affectées. Ils versèrent quelques larmes, les rassurèrent, les consolèrent. Ils firent un détour par l'hôpital, discutèrent avec la femme et les parents du blessé qui dormait, puis rentrèrent à l'usine.

Benjamin n'avait pas franchi la porte de son bureau que tous voulaient le voir. Geneviève se sentit rapidement de trop et décida de s'esquiver. Elle aurait pu quitter la pièce sans que son mari ne s'en aperçoive mais elle tint à le saluer. Contre toute attente, devant deux directeurs, il vint la serrer contre lui, lui demanda d'être prudente et lui promit d'appeler chez eux en début de soirée. Après lui avoir donné un baiser chaleureux, il retourna à ses préoccupations professionnelles.

51

Mathieu revint de l'aire de jeux, le sourire aux lèvres. Judith s'occupait de Louis. Par le mur vitré, il voyait bien les quatre enfants s'amuser. Cathou et Valérie les observaient aussi avec tendresse.

— C'est beaucoup, quatre enfants ! s'exclama Valérie quand Mathieu se fut assis. Je ne sais pas comment les gens font pour en avoir autant, surtout quand les deux parents travaillent et qu'ils n'ont pas la chance d'avoir une perle comme Cathou à leurs côtés !

Mathieu ne manqua pas l'occasion que lui offrait Valérie :

— J'aime bien les familles de quatre mais celles de trois, c'est déjà pas si mal, non ?

Il la regardait avec tellement d'insistance que Valérie comprit immédiatement l'allusion. Dans ses nombreuses heures de réflexion, elle considérait le fait que, si elle acceptait de vivre avec Mathieu, ils auraient un enfant ensemble. Elle savait qu'il y pensait déjà et n'ignorait pas combien ce serait important pour lui. Avec une autre femme, peut-être n'en aurait-il pas eu envie, mais avec elle, c'était si évident. Les deux petites filles deviendraient des sœurs ; le bébé serait un trait d'union entre les deux. Valérie devait en plus penser à sa carrière, à ce qu'il en adviendrait avec l'arrivée d'un autre enfant. Que ferait-elle de sa boutique pendant son congé de maternité ?

— C'est vrai que trois, ça ne doit pas être si mal, répondit Valérie.

— Surtout quand les deux premiers sont assez distancés du troisième..., ajouta Catherine avec un sourire malin.

Louis revint bien vite. Le passage de chez sa grand-mère à chez Mathieu l'avait quelque peu perturbé. Il avait adopté Cathou pendant la journée et, bien qu'il ne dédaigne pas Valérie et Mathieu, il préférait se trouver près d'elle. Cathou le serra étroitement contre elle et Mathieu lui caressa les cheveux. Il lui demanda s'il était fatigué, ce à quoi le bambin répondit qu'il était « à bout d'louffle ». Mathieu reconnut bien là le « à bout de souffle » caractéristique de Benjamin. Il trouvait fascinant de constater comment les enfants pouvaient ressembler à leurs parents, sur tant de points différents.

Leila suivait à la trace les deux grandes filles. Elle adorait ça. Elle avait aussi hâte *d'être une grande* et Judith annonça que ce serait elle, le soir même, qui lirait une histoire à la petite avant qu'elle ne s'endorme.

Valérie et Mathieu échangèrent un regard. Il n'avait pas été question qu'en ce mercredi soir, Judith dorme chez lui. Un bref aparté leur permit de décider que Valérie quitterait après que les filles se soient toutes trois endormies et qu'elle reviendrait tôt le lendemain pour aider à les habiller et à les faire déjeuner. Cathou prendrait la relève quand les parents partiraient travailler.

Mathieu, qui continuait de rêver au bébé dont ils avaient parlé un peu plus tôt, proposa que les aînées dorment ensemble dans le lit du haut et que la plus petite dorme dans celui du bas. Leila était tout excitée.

Vers vingt heures trente, Mathieu serra Valérie dans ses bras, devant la porte. Il aurait aimé qu'elle reste dormir chez lui mais il comprenait qu'elle préfère ne pas risquer d'être surprise par les enfants.

— J'ai quelque chose à te proposer, Mathieu. Tu es libre d'accepter ou non.

— N'importe quoi si ça te fait plaisir, dit-il en souriant.

— Nous pourrions passer un week-end quelque part, seuls ensemble. Ça nous permettrait de discuter sans avoir peur d'être victimes d'oreilles indiscrètes ou de petits yeux trop curieux. Ensuite, si nous voyons que nous envisageons notre relation de la même façon, si nous nous sentons prêts, ce sera bientôt le temps de la révéler au grand jour.

— Wow ! Je ne pensais jamais que tu me ferais une telle proposition ! Benjamin prête son chalet de Magog à volonté. Ou bien je peux nous réserver un beau petit nid d'amour dans la région de Charlevoix. Ou les Laurentides. J'aime ces régions.

— Si Benjamin te prête son chalet, ce serait moins cher.

— Tu es trop économe, toi, dit-il avec un rire doux. Je vais t'apprendre à l'être moins !

— Tu n'es pas assez économe, toi, répliqua-t-elle sur le même ton. Je vais t'apprendre à l'être plus !

Il lui demanda quand elle prévoyait faire ce petit voyage d'amoureux.

— Dans un mois.

— Un mois ! Quelle souffrance d'attendre jusque-là... Crois-tu que je mérite ça ?

— Je ne pourrai pas me libérer avant et ça va laisser une chance à Benjamin de se remettre de cette tragédie.

— Pas besoin que ce soit la grande forme pour prêter une clé...

— Trois fins de semaine à attendre, Mathieu...

— Et Christopher ?

— Il doit être ici dans six semaines, à temps pour le rendez-vous au tribunal. Tu sais, moi aussi j'ai envie de passer du temps en ta compagnie. J'ai de plus en plus envie d'être près de toi, dans tes bras...

— Reste pour la nuit, Valérie. Tu passeras chez toi pour te changer avant d'aller travailler. Tu peux dormir avec un de mes t-shirts. Tu iras dans la chambre de Judith aux petites heures... Allez, s'il te plaît, accepte...

Ils échangèrent un regard plein de désir. Pour toute réponse, elle répliqua : « À la douche ! » et le poussa vers l'escalier.

Pendant que Mathieu prenait une douche, elle observa attentivement le sommeil des trois filles. Chacune semblait s'être réfugiée bien confortablement au pays des rêves.

Louis, voyant qu'il allait dormir seul dans l'ex-chambre de Judith – puisqu'elle ne servait presque plus depuis l'arrivée du lit à deux étages –, s'était mis à pleurer. Cathou lui avait proposé de dormir avec elle, ce qui avait paru le soulager. Celle-ci veillerait donc sur le petit garçon jusqu'au petit-déjeuner.

Mathieu prit Valérie par la taille et l'entraîna hors de la chambre. Elle voulut le rassurer sur le sommeil des enfants mais il n'écoutait pas vraiment !

— Je dois en profiter. C'est peut-être la dernière fois que tu acceptes de passer une nuit ici avant notre week-end !

— Peut-être pas. Si les enfants ne se doutent de rien et si Cathou nous trouve... *touchants*, peut-être m'autoriserai-je le plaisir d'une autre nuit près de toi !

Valérie passa sous la douche et s'abandonna une nouvelle fois dans les bras de Mathieu. Elle se sentait complètement différente. De femme mariée à un homme fantôme, passionné par autre chose que sa famille, elle devenait une femme mûre, consciente de ce qu'elle faisait, amoureuse, comblée. Elle n'avait jamais ressenti autant d'amour de la part d'un homme, même au début de son union avec Christopher.

— Je n'ai pas été aussi heureux depuis fort longtemps, Valérie. Je suis désolé si tu trouves que je me répète mais c'est important que tu le saches. Je veux te dire et te répéter mes sentiments jusqu'à ce que tu les saisisses, les acceptes et... peut-être que je rêve... que tu les partages.

— Je te trouve très agréable à entendre Mathieu.

Elle ferma les yeux et s'endormit blottie contre lui.

52

Rémy termina ses céréales en jetant un coup d'œil aux nouvelles du samedi matin, à la télévision. Même pendant les jours de congé, son esprit de journaliste restait toujours en éveil et il lui arrivait fréquemment de critiquer ses collègues, de chercher ce qu'ils auraient pu faire de mieux avec un sujet donné. Pour cette raison, il préférait lire les journaux. C'était un exercice moins épuisant.

Il rangea le bol dans le lave-vaisselle et observa le spectacle que lui offrait sa porte-fenêtre. Devant lui, le fleuve Saint-Laurent s'étendait, majestueux. Avec le soleil radieux de ce samedi matin, la vue était particulièrement belle.

Voilà quelques années que Rémy habitait ce magnifique condo au quatrième étage d'un immeuble très luxueux. Il y était heureux. Les pièces étaient spacieuses et très éclairées, l'appartement bien insonorisé. Jamais Rémy n'entendait un seul bruit provenant du corridor ou de chez ses voisins.

Il enfila ses pantoufles pour descendre au rez-de-chaussée chercher, dans sa boîte à lettres, les journaux auxquels il était abonné.

Il ouvrit la porte et faillit se heurter contre une boîte de carton, déposée sur le pas de sa porte. Surpris, il remarqua son nom écrit en belles lettres carrées sur le dessus de la boîte. Il se pencha et observa la boîte attentivement. Vu les circonstances, il pouvait s'agir de n'importe quoi : une couverture, un pot rempli de sang animal ou bien... une bombe. Il entendait un « tic tac » assez stressant. C'était trop gros pour être vrai ! Rémy détestait s'alarmer mais il savait qu'il n'avait pas le choix. Victime de menaces, il ne courrait aucun risque avec ce nouveau *cadeau* de son *admiratrice.*

Il sortit la carte professionnelle du sergent-détective et composa le numéro de son téléavertisseur.

En espérant qu'il rappellerait rapidement, il laissa la porte de son appartement ouverte, en priant pour qu'il n'arrive rien à personne. Rémy tremblait de peur. Il laissait deux minutes à Stéphane Thivierge pour le rappeler, sinon il téléphonerait directement à la police.

Quatre-vingt-dix secondes plus tard, la voix endormie du sergent-détective le salua. Rémy venait de le réveiller, encore qu'il ne comprenait pas comment le son d'un téléavertisseur avait pu le tirer du sommeil.

Rémy lui fit un résumé de la situation, ce qui eut pour effet de réveiller tout à fait le sergent-détective. Il répondit qu'il envoyait immédiatement des policiers en nombre suffisant pour faire évacuer tout l'immeuble, les artificiers de l'escouade des explosifs et que lui-même serait là dans moins de trente minutes. Il enjoignit Rémy d'évacuer l'immeuble en même temps que les autres locataires.

Rémy imagina le message que recevrait un reporter : « Alerte à la bombe dans un chic immeuble sur la rive nord du fleuve Saint-Laurent. Samedi, huit heures cinquante. »

Le journaliste frissonna. Il n'aurait plus le choix de rendre cette affaire publique. Une bombe, fausse ou non, c'était bien plus grave que des lettres de menaces ou qu'un petit pot rempli de sang d'animal.

Rémy respecta l'ordre d'évacuation. Il avait pris le temps d'enfiler un jean, une chemise et un chandail de laine avant de sortir. Si le sergent-détective était d'accord, il raconterait son histoire à la Chaîne nationale d'informations.

Le service de police mit rapidement un autobus à la disposition des locataires évacués en robe de chambre, en pyjama et en pantoufles. Seul Rémy resta à l'extérieur de l'autobus. Il reconnut, même de loin, son collègue qui représentait la CNI.

— Ne faites pas le timide, vous, rentrez qu'on puisse causer !

Rémy dévisagea le sergent-détective aux yeux pétillants de malice et le suivit sans rechigner vers une voiture fantôme de la police. D'entrée de jeu, Stéphane Thivierge avoua qu'il n'interdirait pas au relationniste de dire en ondes la vérité sur le destinataire de cette bombe. Car il s'agissait bien d'une bombe : un artificier de l'escouade spéciale venait de le confirmer. Rémy pensait lui aussi que de rendre l'affaire publique ne pouvait plus nuire. Il fallait que la suspecte se sente coincée, épiée, sache qu'on la prenait au sérieux.

Rémy s'adressa sur-le-champ à son collègue, fort surpris.

La lectrice du bulletin de nouvelles, Josée Lambert, fut tout aussi déconcertée de l'entendre. Chez elle, Andréanne en eut la nausée. Dégoûtée qu'on puisse ainsi chercher à faire peur à son amant, elle se mit à craindre, soudain, pour leur sécurité. Avant, malgré les menaces successives, jamais la personne n'avait commis le moindre acte pouvant les blesser ou les tuer. Mais une bombe !

La veille, elle avait invité Rémy à venir dormir chez elle. Il avait refusé, prétextant qu'il avait envie d'être seul. S'il avait accepté, la bombe aurait-elle été déposée sur le pas de sa porte à elle ?

Bien qu'il soit encore en ondes, en direct, Andréanne l'appela sur son cellulaire. Ni les yeux, ni les mains du journaliste ne bougèrent. Avait-il oublié son précieux Fidèle ? C'était quasi impossible, le connaissant. Elle ignorait à quel point Rémy se sentait paniqué et déstabilisé par ce qui lui arrivait, de là à en oublier complètement son téléphone portable.

Pour être à l'abri des regards des habitants de son immeuble et des curieux qui se massaient déjà le long du ruban jaune de la police, Rémy monta dans la camionnette de la CNI. Il y resta longtemps et refusa de répondre au téléphone qui ne cessait de sonner pour lui. Le reporter en devoir repoussa les appels d'Andréanne et de nombreux autres compagnons de travail qui n'étaient pas au courant de cette histoire. La nouvelle s'était répandue comme une traînée de poudre, chacun en appelant un ou deux autres qui, à leur tour, téléphonaient à d'autres... Rémy soupirait chaque fois que le téléphone sonnait. Dorénavant, tout le monde saurait. Les efforts de Stéphane Thivierge pour être discret pendant son enquête étaient devenus inutiles. Tout le monde pointerait Rémy du doigt à la station.

Son collègue en eut vite assez d'éconduire Andréanne, qui se faisait particulièrement insistante, et Rémy fut bien obligé de prendre son appel. Il ne lui dit pas grand-chose, sinon que la saga se poursuivait et qu'il lui téléphonerait quand ce serait enfin terminé.

Ce n'est qu'une heure plus tard que le sergent-détective Thivierge vint vers lui et lui demanda de sortir du camion.

Le sergent expliqua à Rémy qu'il s'agissait d'une vraie bombe mais de fabrication artisanale. Le genre de recette qu'il était possible de trouver sur le réseau Internet et qu'un profane pouvait très bien fabriquer à condition d'avoir réussi à se procurer un ou deux produits chimiques. Pour créer plus d'effet, la personne avait placé dans la boîte un vieux cadran qu'il fallait remonter à la main. Si cette bombe avait explosé, elle aurait causé de légers dégâts matériel et aurait pu le blesser si elle avait détoné entre ses mains.

— La section de l'Identité judiciaire apportera la boîte et tout ça. Ils vont chercher des empreintes, des indices. Je mets ma main au feu que cette personne va finir par craquer.

— Il faut l'espérer.

Des chiens policiers, accompagnés de leur maître, effectuaient une fouille dans l'immeuble pour s'assurer que d'autres bombes n'avaient pas été déposées ailleurs. Ensuite, tous les résidents pourraient réintégrer leur demeure.

Un sentiment de solitude et d'impuissance envahit Rémy. Jamais il n'aurait pu croire qu'il serait un jour la cause d'un tel déploiement policier.

Lorsqu'il rentra chez lui, Rémy s'assit sur le divan, face au fleuve, en se demandant jusqu'où irait cette histoire. Il repensa à toutes les aventures qu'il avait vécues au cours des dernières années. Qui donc avait bien pu se faire autant d'idées sur ses intentions ? Il n'y avait qu'à Andréanne qu'il faisait parfois des promesses ou donnait rendez-vous plus de vingt-quatre heures à l'avance. Et les autres ?

Stéphane Thivierge lui avait suggéré de surveiller ses fréquentations, à l'avenir. Rémy le ferait, ça, c'était certain. Il lui avait aussi suggéré de réduire le nombre de ses fréquentations tant que toute cette histoire ne serait pas terminée.

Comme par magie, lorsqu'il ouvrit la porte dans l'intention d'aller faire du jogging au bord du fleuve, Andréanne se trouva en face de lui avec son plus beau sourire, une bouteille de vin et deux poulets en boîte entre les mains...

53

Lundi soir, Rémy fut invité à une émission très sérieuse de sa chaîne, pour parler des menaces qu'il recevait. Pendant quinze minutes, il ferait le point. Lui et Stéphane Thivierge avaient soigneusement préparé les réponses.

— Heureusement, tout cela devrait bientôt arrêter. La personne qui a posé cet acte a été imprudente, car elle a laissé quelques empreintes digitales sur la boîte. Les policiers ne tarderont pas à la retrouver grâce à ces précieux indices.

Dans son salon, la suspecte trembla. Elle était pourtant certaine d'avoir fait bien attention ! Elle n'était pas fichée à la police, ce qui l'aiderait. Pour trouver quelqu'un grâce à ses empreintes, il fallait que celles-ci soient déjà enregistrées. Sinon, elles ne servaient à rien.

Elle avait manqué quelques phrases de l'entrevue.

— La police a présentement deux ou trois suspectes. Ils envisagent de les interroger bientôt. Leurs motifs sont suffisamment sérieux pour demander un mandat de perquisition.

Oh ! là ! là ! S'ils devaient fouiller chez elle et à la station, les choses se compliqueraient...

Elle éteignit la télévision. Inutile d'en savoir plus. Au cours de la semaine, elle poserait des questions subtiles à Rémy pour avoir plus de précisions. En attendant, le mieux était de ne rien changer à ses habitudes. Elle devait agir tout à fait normalement envers lui. Rémy ne pouvait pas la suspecter !

Et si les choses se corsaient, elle agirait immédiatement, avant qu'il ne soit trop tard...

54

Geneviève aperçut sa petite fille qui entrait dans la maison. Elle lui envoya un baiser pendant qu'à l'autre bout de la ligne, l'agent d'assurances parlait et la faisait indéfiniment attendre. La ravissante Leila passa de nouveau devant sa mère, vêtue de son petit manteau jaune et d'un pantalon noir. Elle était en journée pédagogique et elle profitait du beau temps pour s'amuser dans le jardin avec son petit frère.

Quand l'agent la laissa enfin tranquille, Geneviève n'avait pas vu ses enfants depuis cinq minutes à peine.

Ne les apercevant plus par la porte-fenêtre, elle sortit sur le patio et les appela, en vain.

Elle sentit une pointe d'inquiétude l'envahir. Elle fit le tour de la maison en appelant ses enfants à tour de rôle. Elle jeta un œil dans la rue, qui était déserte. Aucune trace d'eux.

Debout sur le trottoir, elle les appela une dernière fois, sans réponse. Geneviève demeura immobile, le corps alourdi, les pensées sombres. Un voile noire tomba devant ses yeux. Prise de panique, ses yeux se remplirent d'eau. Elle se mit à trembler de tous ses membres et sentit son cœur s'affoler.

Ses deux petits avaient disparu ! Que s'était-il passé ? Elle n'avait rien entendu, rien vu, tout ça était de sa faute ! Si elle les avait surveillés aussi...

De sombres histoires d'enlèvement et de kidnapping lui revinrent en mémoire. L'usine... L'explosion, la vague d'incendies industriels... Une grande frayer monta en elle.

Tâchant tant bien que mal de se contrôler, Geneviève rentra et composa le numéro de téléphone du bureau de son mari. Au ton de sa voix, dès qu'il prononça le « oui », elle devina qu'il était occupé, mais elle s'en moquait.

Elle lui expliqua la situation d'un seul souffle. Benjamin, comprenant que son épouse était prise de panique, tenta de demeurer calme et lui suggéra d'appeler la police sans tarder. Il la rejoindrait dans une quinzaine de minutes. Avant de raccrocher, il tenta de la réconforter un peu, stipulant qu'il y avait peut-être une explication toute simple à cette... disparition.

Pas le moins du monde rassurée, Geneviève suivit les conseils de son mari. Dès que les policiers furent sur place, elle leur expliqua la situation comme elle l'avait fait avec Benjamin. La situation sociale de son mari les fit réagir prestement.

Geneviève sortit de nouveau et appela encore et encore ses enfants. Elle aurait donné n'importe quoi, y compris la fortune de son mari, pour qu'ils soient devant elle sains et saufs. Pour qu'ils ne soient jamais partis. La culpabilité la tuerait s'il devait leur arriver quelque chose.

Après une dizaine de minutes, une voiture de police s'avança dans l'allée de la maison. Geneviève crut avoir une hallucination. Sur la banquette arrière, il lui semblait avoir vu deux petites têtes. Pourtant, ce n'était pas un rêve. Louis sortit du côté du passager et Leila, livide, du côté du conducteur.

— Ils n'ont pas été difficiles à trouver, madame. Ils étaient chez McDonald's, selon les dires de mademoiselle. Dieu merci, il ne leur est rien arrivé de regrettable !

Geneviève, sans rien comprendre à l'explication du policier, serra ses enfants contre elle pendant ce qui parut être une éternité. Le soulagement, mêlé à une pointe de colère et à un restant de culpabilité, l'empêcha de dire un mot.

— Merci, monsieur. Je suis tellement soulagée !

— Tout est bien qui finit bien. À votre service, madame. Bonne fin de journée ! Salut, Louis, salut, Leila !

Louis agita sa petite main en direction du policier mais pas Leila, qui se blotissait dans les bras de sa mère. Tandis qu'ils rentraient, l'agent regagna sa voiture et se mit à rédiger son rapport d'intervention.

En voyant la voiture de police s'arrêter près d'eux et en entendant le policier les appeler par leur prénom, Leila avait soudain compris qu'elle aurait de gros problèmes. Elle avait même craint qu'on ne l'emmène en prison mais le policier l'avait rassurée et lui avait expliqué qu'il allait les ramener chez eux.

— Qu'est-ce qui s'est passé, Leila ? Pourquoi es-tu partie si loin d'ici sans avertir maman ?

— Je voulais aller acheter du McDonald's pour Louis et pour moi...

Au même instant, Benjamin arriva, survolté. Le policier, qui s'apprêtait à partir, lui avait résumé la situation d'une seule phrase. L'homme d'affaires était sorti de ses gonds, même s'il était soulagé de savoir ses deux enfants en sécurité. Aller chez McDonald's ! Se sauver et faire paniquer tout le monde pour aller chez McDonald's !

— Leila Magnan, veux-tu bien me dire à quoi tu as pensé ?

Un rapide coup d'œil lui avait permis de constater que ses enfants étaient sains et saufs. Louis semblait même de bonne humeur.

Benjamin se pencha à la hauteur de sa fille et la saisit par les bras. Il ne serra pas fort mais Leila se sentait tout de même prise au piège. Les larmes, qu'elle retenait depuis qu'elle état montée dans la voiture de police, se mirent à couler sur ses joues. Expressive comme à son habitude, son chagrin était sincère. Dans le temps de le dire, son petit visage était tout rouge. Rien, cependant, ne pouvait faire flancher Benjamin qui était furieux.

— Je voulais...

— Je sais que tu voulais aller au restaurant, le policier me l'a dit. Leila, ton geste a été absurde et irréfléchi ! Je suis très fâché ! Sais-tu que ce que tu as fait est très dangereux ? Louis et toi auriez pu avoir un accident, vous faire frapper par une voiture ; un méchant monsieur ou une méchante madame aurait pu vous enlever ! Les enfants ne doivent jamais quitter leur maison sans la permission de leurs parents, *jamais* ! As-tu compris ? Tu n'as pas idée comment maman et moi avons eu peur pour toi et pour Louis ! Nous avons beaucoup de peine tous les deux. Je croyais que tu étais une grande fille mais maintenant, j'en doute. Je ne sais plus si tu es assez grande pour avoir des sous, Leila.

— Non, non ! s'écria-t-elle en pleurant à chaudes larmes. Je ne le ferai plus mais je veux mes sous ! J'écoute maman et je ramasse mes jouets. S'il te plaît, papa !

— Je vais y réfléchir et je te ferai part de ma décision plus tard. Leila, dis-moi si tu comprends la gravité de l'acte que tu as posé ?

— Pardon, je ne le ferai plus !

— Maintenant, pour réfléchir à la peur et à la peine que tu as causées à tes parents, pour que tu te rendes compte que tu as agis dangereusement, tu seras punie. Et il n'est pas question de discuter ! Tu passeras le reste de la journée dans ta chambre, sans sortir. Ne fais pas cet air-là, cette punition te donnera le temps de réfléchir. Maman te montera ton souper dans ta chambre. Tu as le droit de sortir pour aller à la salle de bains, c'est tout. Demain matin, si tu me prouves que tu as bien réfléchi et que tu as bien compris, ta punition sera terminée. Allez, file !

La fin du monde aurait été annoncée que Leila n'aurait pas eu plus de peine. Elle regarda sa mère en espérant qu'elle intercède en sa faveur, en vain.

Ayant compris qu'il lui était inutile de discuter, la petite courut vers l'escalier. Elle savait que le jugement de son père serait sans appel. Sur la première marche, elle s'arrêta et s'adressa à son père à travers ses sanglots :

— Ne pu... punis pas... Lo... Louis... C'est moi qui... qui voulais... qu'il... qu'il... me suive... Lui, il ne... savait pas !

— Ne t'occupe pas de ton frère, c'est à toi que je parle !

— Heuuuuuu !

Geneviève regarda sa fille monter l'escalier en courant, le cœur brisé par ses sanglots.

Anxieux, le petit Louis craignait de se faire disputer, lui aussi. Mais son père se tourna vers lui avec des yeux rassurants. Il se pencha à sa hauteur et le prit par les bras.

— Ne fais plus jamais des choses comme ça, Louis. Si ta sœur te demande de nouveau de la suivre, tu dis non et tu viens avertir papa ou maman. Est-ce que c'est compris ?

— Oui, papa. Pris.

— Va jouer dehors mais reste dans le jardin.

— Oui, papa. Je t'aime.

Il lui tendit ses petites lèvres et Benjamin lui donna un baiser avant qu'il ne sorte.

Geneviève se laissa aller contre son mari.

— Toute la journée dans sa chambre, ça ne te semble pas un peu sévère ?

— Pas du tout. La réflexion m'a rarement semblé une punition aussi indiquée. Le geste que Leila a posé est grave, Geneviève, il faut qu'elle comprenne qu'elle ne peut pas recommencer sous n'importe quel prétexte.

— Tu as raison. J'ai vécu les minutes les plus angoissantes de ma vie, Benjamin. S'il leur était arrivé quelque chose, je serais devenue folle ! Nous avons pensé à la même chose, n'est-ce pas ? Un enlèvement... Une rançon, quelque chose comme ça...

— Oui. Mais il n'est rien arrivé. Promets-moi de ne pas aller voir Leila dans sa chambre. Si elle a le sentiment de gagner, qui sait ce qu'elle pourrait inventer la prochaine fois qu'elle aura envie de quelque chose !

Ils s'assirent à la table avec un café. Geneviève, tournée vers le jardin, voyait Louis à genoux dans son carré de sable, jouant avec ses pelles et ses camions. Comme sa mère dans sa jeunesse, il adorait ça et y passait tout son temps.

Benjamin ressentait encore l'angoisse l'étreindre. L'incident était mineur : Leila réfléchirait et ne recommencerait plus jamais. Il connaissait sa fille. S'il avait fallu, cependant, que cette disparition soit en fait un enlèvement... L'homme d'affaires ferma les yeux et tenta de ne plus y penser. L'inquiétude serra son cœur. Qu'aurait-il pu arriver à ses deux petits trésors ? S'ils avaient été retrouvés en pleine forme mais s'ils avaient été kidnappés, leur père n'aurait jamais pu se pardonner de leur avoir imposé une telle épreuve. Les kidnappeurs n'avaient pas la réputation d'être tendres avec leurs victimes, fussent-elles des enfants. Un frisson parcourut Benjamin ; Geneviève s'en aperçut et posa sa main sur la sienne.

Elle lui proposa d'emmener une fois par semaine les enfants au restaurant. Pourquoi pas le mardi soir puisqu'il n'était pas là, de toute façon. Benjamin accepta avec quelques réticences, à la condition que ce ne soit pas un dû mais bien une récompense. Pour l'obtenir, Leila devrait accomplir une tâche supplémentaire et Geneviève devrait trouver quelque chose de raisonnable à faire faire à Louis.

Le téléphone cellulaire de Benjamin sonna. Son épouse l'écouta rassurer son interlocuteur sur l'état de ses enfants, puis elle se désintéressa de la conversation. Quand il raccrocha, elle était perdue dans la contemplation de Louis. Il lui demanda si elle avait une objection à ce qu'il retourne au bureau ; il en aurait pour une heure environ. Il était au beau milieu d'une importante réunion quand elle l'avait appelé : plusieurs enquêteurs étaient présents et la Commission de la santé et de la sécurité du travail, le coroner et la police échangeaient des informations potentiellement susceptibles d'aider les autres enquêteurs. Le syndic de l'Ordre des ingénieurs était aussi présent.

Geneviève n'y voyait aucun problème car elle savait combien ces enquêtes pesaient lourd à Benjamin. Elle lui promit de ne pas permettre à Leila de sortir de sa chambre, même si elle en avait le cœur meurtri. Benjamin avoua qu'il n'appréciait pas davantage la situation.

Geneviève ne prit aucun risque et fit rentrer Louis avant de monter à l'étage. Elle prit grand soin de secouer ses vêtements sur le pas de la porte.

Leila pleurait. L'oreille collée à la porte, Benjamin et sa femme distinguaient clairement ses sanglots. Geneviève imaginait sa fille couchée sur son lit, seule, et devait se faire violence pour ne pas intervenir.

La solide étreinte de Benjamin la rassura et lui fit comprendre qu'il ressentait la même chose qu'elle.

— Il faut résister à notre instinct de parents, chérie. J'ai autant envie que toi d'ouvrir cette porte et de serrer très fort notre fille dans mes bras. Il ne faut pas.

— Je sais. Quand elle ira à la salle de bains, je lui dirai simplement qu'elle peut jouer dans sa chambre...

— D'accord. Je reviens dans une heure au plus tard. Je t'aime.

Geneviève passa la demi-heure suivante à tourner en rond, au second étage, écoutant sa fille geindre par moments. Elle était calme quand elle sortit de sa chambre pour se diriger vers la salle de bains. Lorsqu'elle aperçut sa mère, elle se remit à pleurer et se cacha la figure dans ses petites mains. Elle faillit foncer dans le mur plutôt que d'affronter le regard de sa mère.

Geneviève lui dit avec douceur qu'elle voulait lui parler lorsqu'elle sortirait de la salle de bains. La petite sortit rapidement et regarda sa mère avec un mélange de crainte et d'espoir dans ses yeux. Geneviève lui tendit la main et la ramena dans sa chambre.

— Je ne lèverai pas la punition de papa car elle est justifiée, ma belle. Cependant, je veux que tu arrêtes de pleurer. Papa est d'accord pour que tu t'amuses dans ta chambre, tu sais. Ma grande fille, explique-moi pourquoi tu as fait ça. Pourquoi n'as-tu pas dit à maman que tu avais très envie d'aller au restaurant ?

— Après le défilé de mode, j'ai mangé au restaurant, moi, mais pas Louis. J'ai même mangé une crème glacée. Je voulais que Louis en mange aussi, maman, je voulais faire plaisir à mon petit frère ! Mes dollars étaient dans mes poches, j'ai décidé d'y aller... Papa ne veut jamais y aller, il dit toujours que ce n'est pas bon pour la santé. C'est pour ça que je n'ai pas demandé la permission !

Leila était tellement heureuse de gagner des sous qu'elle les mettait souvent dans ses poches. Sa mère le savait. Cependant, qu'elle ait voulu emmener son petit frère au restaurant pour lui faire plaisir la fascinait. Cette enfant merveilleuse avait-elle vraiment eu le sort qu'elle méritait ? Benjamin avait peut-être été trop drastique mais, d'un autre côté, il ne fallait pas qu'elle recommence.

— As-tu compris combien c'était dangereux de partir seuls, Louis et toi ?

— J'ai compris, maman. Papa me l'a expliqué.

Quelques minutes plus tard, Geneviève quitta sa fillette moins abattue. Elle lui avait donné la permission de mettre des cassettes dans sa petite radiocassette et de jouer avec n'importe lequel de ses jeux.

Même avec de la musique, Leila trouvait le temps long. Quand elle s'assit sur le bord de sa fenêtre et qu'elle aperçut Louis dans le carré de sable, elle recommença à pleurer de plus belle.

Elle arrêta la musique un peu plus tard et entendit la voix de son père, au rez-de-chaussée. Elle l'aimait tellement, elle trouvait pénible qu'il soit déçu d'elle. Quand il venait la border, le soir, il lui racontait parfois comment se passaient ses journées à l'usine et elle comprenait tout ce qu'il disait. Il lui répétait sans cesse combien il était fier d'elle, de son intelligence, de l'intérêt qu'elle portait à ses histoires. Elle l'avait déçu ! C'était lourd à porter.

Leila décida de profiter de son temps de réflexion pour faire quelque chose qui en valait la peine. Elle choisit dans sa bibliothèque un cahier avec des lettres à tracer sur des pointillés. Elle savait écrire quelques mots, dont son prénom, mais elle voulait s'améliorer encore. Elle avait hâte de savoir lire. Maman lui avait expliqué que, lorsqu'elle saurait lire, elle pourrait lire une histoire toute seule avant de se coucher.

Leila regardait un livre d'histoire tout en écoutant la musique de *La petite sirène* quand son père entra dans sa chambre. Il portait un plateau de nourriture. Son regard était encore dur mais beaucoup moins que quand il l'avait punie.

— Va te laver les mains, je vais placer ton repas sur ton bureau.

— Non, papa, s'il te plaît... J'ai réfléchi, je ne partirai plus jamais sans permission, s'il te plaît, c'est promis ! Je ne veux pas manger toute seule dans ma chambre, papa !

Elle avait joint ses petites mains pour le supplier. Benjamin savait qu'elle était sincère. Il déposa le plateau sur le bureau et tendit une main à sa fille. Leila s'en empara avec hésitation et, bien que son père soit assis sur son lit, elle ne s'attendait pas à ce qu'il l'attire contre lui.

— Pardon, papa. J'ai bien réfléchi.

— D'accord. J'ai décidé de continuer à te donner ton argent de poche toutes les semaines. Cependant, si tu recommences, ce sera fini. Je fais confiance à ma grande fille.

Pour toute réponse, elle se jeta à son cou et posa la tête contre sa poitrine. Benjamin se sentit fondre :

— Tu viens manger à table avec toute la famille mais tu ne pourras pas jouer jusqu'au coucher. Tu écouteras un film dans le salon, jusqu'à ce que tu prennes ton bain.

— Je t'aime, mon papa d'amour !

Après un dernier gros câlin, Benjamin aida sa fille à se relever et reprit le plateau.

Geneviève fut comblée en les voyant arriver ensemble ! Elle avait été soulagée que Benjamin lui propose d'aller porter le repas de Leila dans sa chambre, car jamais elle n'aurait pu se résoudre à laisser son enfant seule. Pour elle comme pour Benjamin, les repas étaient des moments de quiétude et de rassemblement familiaux.

Elle embrassa son mari et le remercia. Il lui répondit par un clin d'œil et un sourire complice.

Le spectacle fut plutôt amusant pendant le repas. Les deux petits, épuisés, s'endormaient et bâillaient à fendre l'âme. Avec tout ce qui s'était passé, Louis n'avait pas fait de sieste et les crises de larmes de Leila avaient davantage fatiguée la fillette qu'une journée complète passée au grand air.

Cela ne faisait pas quinze minutes qu'ils écoutaient le film que Louis, appuyé contre sa sœur, dormait à poings fermés. Geneviève s'occupa de lui pendant que Benjamin, assis au salon, pas très loin de sa fille, lisait le rapport de la réunion de l'après-midi qu'il avait en partie manquée.

— Je ne recommencerai plus jamais, papa, répéta de nouveau Leila sans quitter l'écran des yeux, lui prouvant ainsi qu'elle n'écoutait pas du tout son film. Je vais garder mes sous et je vais t'acheter un beau cadeau pour ta fête, avec mes dollars à moi !

Que répondre à ça, sinon par un gros câlin et par un « je t'aime » des plus sincères ?

À son retour, Geneviève trouva sa petite fille en train de s'endormir dans les bras de Benjamin. Elle éteignit sa télévision et prit la fillette dans ses bras, direction la salle de bain. Benjamin précisa qu'il lui lirait une histoire, par la suite. En riant, Geneviève répondit que Louis s'était endormi à la quatrième phrase et que ce serait sans doute la même chose pour Leila.

— C'est toi qui vas me raconter mon histoire, papa d'amour ?

En chemise de nuit, l'air à peine plus éveillée, Leila regardait son père avec affection et étonnement.

Benjamin et Geneviève terminèrent la soirée dans les bras l'un de l'autre, heureux et soulagés que la mésaventure se soit si bien terminée pour eux... et pour leurs enfants chéris.

55

Valérie était heureuse de l'arrivée du colis pour sa petite Judith. Elle l'attendait depuis bien longtemps. Une chose la dérangeait cependant : depuis quelque temps, Judith dormait presque tous les soirs chez Mathieu pour leur permettre, à lui et à elle, de passer la soirée ensemble. Donc, à partir du jeudi matin, Judith passait souvent plus de trois jours complets chez Mathieu sans remettre les pieds chez elle et, lorsque Valérie avait de grosses journées, elle ne la revoyait parfois pas avant le samedi après-midi ! Ces situations, qu'elle essayait d'éviter le plus possible, la rendaient fort malheureuse.

Ce jour-là, travail ou pas, Valérie irait chez Mathieu, peu après le souper, pour apporter à sa fille le colis rempli de pierres que son père lui avait envoyé, plusieurs semaines auparavant.

Comme le vendredi soir s'annonçait tranquille à la boutique, Valérie se paya le luxe de partir vers dix-neuf heures. Son employée était d'accord. Elles s'entendaient bien toutes les deux et si elles pouvaient s'entraider, elles le faisaient avec plaisir.

Judith sauta dans les bras de sa mère. Les yeux malins, Sandrine réclama aussi sa part de caresses. Valérie fut surprise de la trouver moins expressive qu'à son habitude. S'était-il passé quelque chose ?

Valérie demanda à Mathieu d'aller chercher la boîte dans la voiture, puisqu'elle était lourde. Il la monta directement dans la chambre de Judith qui, au bord des larmes tant elle était heureuse, regarda sa mère la déballer.

— Wow ! Wow ! Regardez ça ! Wow !

Chaque pierre était dans un petit écrin ; il y en avait des dizaines. Elles étaient toutes bien identifiées... en anglais, ce qui, pour l'heure, ne sembla aucunement déranger la fillette. Un gros volume sur la géologie se trouvait dans le fond de la boîte. Valérie posa sa main sur l'épaule de sa fille.

— Si tu apprends l'anglais à la même vitesse que tu as appris à écrire parce que tu voulais correspondre avec ton père, ça va aller vite !

— C'est trop dur mais papa va m'aider quand il reviendra. Il va m'apprendre plein de choses. Je croyais que papa avait oublié, mais il me l'a envoyé, mon cadeau. Je suis tellement contente !

Heureuse pour sa fille, Valérie se promit qu'elle lui permettrait de téléphoner à son père le dimanche. Judith serait comblée de pouvoir le remercier de vive voix.

Quant à Sandrine, elle commençait à trouver pénible de ne pas avoir de mère. Elle enviait de plus en plus Judith. Ce soir-là, elle demanderait à son père de lui raconter une histoire au sujet de sa maman. Ça mettrait un peu de baume sur son cœur triste...

56

Benjamin lut le rapport de l'enquêteur de la section des crimes graves du service de police de la Communauté urbaine de Montréal. Supporté par le laboratoire de police scientifique et par l'escouade spécialisée en explosifs, cet enquêteur avait toujours semblé le plus compétent à Benjamin. Il n'avait qu'un objectif : trouver la cause de l'explosion afin de savoir si elle était de nature accidentelle ou criminelle.

Les résultats de ses investigations se retrouvaient cependant au fur et à mesure entre les mains du coroner qui, lui, pouvait porter des accusations criminelles contre Benjamin. Négligence ? Mauvais entretien ? Mauvaise supervision des travaux ?

Benjamin était le maître d'œuvre des travaux, c'est-à-dire qu'il avait la responsabilité de les superviser. Lui et le contremaître du chantier travaillaient en collaboration, tout comme l'ingénieur que Benjamin avait posté dans l'usine pendant toute la durée des travaux.

Vu l'état du bâtiment, il était difficile de déterminer avec exactitude la cause des deux explosions successives. Celle que tout le monde privilégiait était l'hypothèse de Benjamin : une explosion à la suite de l'utilisation d'un appareil électrique dans un environnement saturé de poussière de bois.

Du temps de son baccalauréat en génie mécanique, Benjamin se rappelait fort bien avoir effleuré le problème dans l'un de ses cours. Il fallait des conditions spéciales pour provoquer une telle explosion. Les faits étaient qu'ils se trouvaient dans une usine de traitement du bois et que le dépoussiéreur était en cours de démontage. Un grand ménage était fait dans l'usine quatre fois l'an. Benjamin avait jugé qu'il était inutile d'en faire faire un pendant les travaux. Cependant, à la fin des rénovations, il avait prévu un nettoyage de fond en comble avant le retour des travailleurs. L'accumulation de poussière de bois était donc presque à son maximum et le démontage du dépoussiéreur en avait de plus libéré une grande quantité dans l'air.

— Voilà pourquoi, une demi-heure plus tôt, j'avais interdit l'utilisation de tout appareil électrique dans le secteur ! Je connaissais les risques et j'en ai averti les ouvriers, affirma Benjamin en regardant le coroner droit dans les yeux. Que pouvais-je faire de plus ? J'avais délégué un ingénieur sur place. Il devait connaître les risques aussi bien que moi.

Benjamin rageait intérieurement contre l'Ordre professionnel des ingénieurs. Leur mission première était de protéger le public du travail de mauvais ingénieurs et cela demeurait un objectif louable. Mais dans son cas, pourquoi s'acharner à trouver le moindre geste susceptible de le blâmer ? N'était-il pas un bon patron, ses antécédents n'étaient-ils pas excellents et les autres bâtiments de son usine ne respectaient-ils pas toutes les normes en vigueur ?

Benjamin dépensait une fortune, chaque année, pour respecter les normes établies par le gouvernement et les recommandations des journaux d'associations de manufacturiers. Le budget annuel qu'il allouait à la sécurité dépassait largement la moyenne du budget alloué par la majorité des entreprises et il le savait.

Lorsque le syndic avait soulevé des doutes sur la propreté des lieux et les risques que cela pouvait entraîner, Benjamin avait bondi : il savait qu'il surpassait les règles établies par l'industrie de la transformation du bois.

— Peut-être que l'ingénieur en poste, monsieur Courtemanche, n'a pas fait son travail correctement, cracha Benjamin en direction du syndic. Allez-vous le blâmer, allez-vous le poursuivre au criminel ? Car je suppose que le fait qu'il soit mort écrasé et que son identification ait été rendue possible par son fichier dentaire ne vous arrêtera pas. Votre mission est bel et bien d'aviser les Québécois qu'un ingénieur a mal fait son boulot et qu'heureusement, il ne pourra plus nuire puisqu'il a été tué ! Cependant, allez-vous prévenir la population qu'il est impossible de savoir ce qui s'est passé exactement puisque tous les témoins sont décédés ? Qu'on connaît la cause de l'explosion mais pas les raisons exactes de cette cause ?

— Monsieur Magnan, je comprends que vous viviez des moments éprouvants. Cependant, je ne tolérerai plus votre insolence et vos insultes. Vous avez choisi d'être ingénieur et de conserver votre titre lorsque vous avez cessé de pratiquer l'ingénierie. Vous connaissez les règles du jeu. Imaginez une parade. Sur le trottoir, il y a quelques milliers de personnes qui la regardent passer. Cette parade n'est composée que d'une centaine de personnes. Si quelqu'un dans la foule n'est pas bien habillé, ce n'est pas grave, personne ne le remarquera. Toutefois, dans la parade, tout le monde doit porter un habit de circonstances. Nous, les ingénieurs, avons *choisi* d'être dans la parade. Alors, c'est comme ça.

— Je n'ai pas besoin de vos paraboles pour comprendre, vous savez.

— Si vous avez l'esprit en paix, pourquoi faire toute une histoire autour de ma présence ici ? Vous avez fait votre travail, vous avez respecté vos responsabilités ? Alors, c'est très bien. S'il y a eu une erreur de votre part mais qu'elle est mineure, que vous l'avez commise par « ignorance » plutôt que par paresse ou par négligence, que vous retiendrez la leçon en plus, il n'y aura pas de conséquences à mon enquête, monsieur Magnan. Je suis là pour protéger le public et les employés des industries des ingénieurs incompétents, irresponsables ou complètement insouciants, pas pour chercher n'importe quelle raison de blâmer un ingénieur consciencieux et respectable.

Ces paroles eurent pour effet d'apaiser Benjamin. Il se sentait moins visé, comprenait davantage l'omniprésence du syndic. Il était conscient de réagir de façon un peu spontanée et irréfléchie – ce qui ne lui ressemblait guère de toute façon ! – mais il devait mettre tout ça sur le compte de la fatigue, du stress.

— Comprenez-moi d'être un peu stressé, monsieur, ajouta-t-il d'un ton plus doux. Il y a huit morts dans l'entreprise à laquelle je consacre ma vie ; j'ai des contrats à respecter et regardez-moi l'état d'une de mes usines ; j'ai des employés qui sont maintenant sans travail. Ça fait trois nuits que je dors deux ou trois fois une demi-heure dans mon bureau parce que j'ai trop de choses à faire. Penser qu'on puisse en plus douter de ma crédibilité et de mon sérieux est difficile à supporter.

— C'est la routine, ce sont les règles de l'Ordre des ingénieurs, c'est tout. Vous n'avez donc pas à vous sentir personnellement visé par une mesure exceptionnelle, monsieur Magnan.

Benjamin hocha la tête. Il n'était certainement pas le premier ingénieur outré par les règlements de l'Ordre. Par contre, le dire aussi bêtement qu'il l'avait fait comportait des risques et il en prenait conscience. Heureusement, le syndic semblait compréhensif.

Le représentant de la Commission de la santé et de la sécurité du travail prit la parole à son tour, n'ayant pas manqué un mot de la conversation précédente :

— L'enquête n'est pas terminée mais, de prime abord, je peux vous dire que je serais rassuré de travailler ici.

— C'est vrai, ajouta le coroner. Les normes recommandées sont respectées, parfois supérieures, le personnel de direction est en nombre suffisant. Vous devriez prendre le temps de dormir, monsieur Magnan.

— C'est ce que je prévoyais essayer de faire ce soir, admit-il avec un faible sourire.

Le sergent-détective du service de police se racla la gorge. Benjamin avait son dernier rapport entre les mains.

— À mon avis, il serait temps de procéder à la démolition du bâtiment. Il faudrait cependant superviser les travaux afin que nous puissions nous rendre dans la pièce où se trouvait le dépoussiéreur pour y effectuer quelques examens. Vu la violence de l'incendie, même le laboratoire de police scientifique doute de pouvoir trouver de nouveaux indices, mais sait-on jamais. L'un d'entre vous a-t-il des objections à la démolition éventuelle du bâtiment ?

— Je ne m'en plaindrai pas si cela peut être fait bientôt, avoua Benjamin. Il est difficile pour tout le monde d'avoir ces ruines sous les yeux chaque jour et de continuer à travailler quand même.

Le coroner et le syndic hochèrent également la tête.

— Alors, ce sera fait dès que possible, affirma le propriétaire.

La réunion se termina sur ces mots. Les quatre enquêteurs avaient terminé leur journée de travail. Pour la première fois depuis les explosions, Benjamin se sentait légèrement plus calme. Et extrêmement fatigué. Dix-neuf heures à peine. Il prit ses clés, son manteau et son cellulaire. On saurait comment le joindre en cas de besoin. Benjamin savait que de serrer ses enfants contre lui lui apporterait plus de réconfort que toute une nuit de sommeil. S'il devait ne rentrer qu'une seule heure chez lui, il voulait qu'elle soit consacrée à ses deux petits trésors.

57

Mathieu partait dans trente-six heures avec Valérie. Excité comme un enfant, sa valise était prête depuis une semaine, ce qui faisait bien rire Cathou. La visite de Rémy, ce jeudi soir, lui fit plaisir. Le journaliste était troublé.

Lorsqu'il apprit que Mathieu et Valérie avaient prévu de passer la fin de semaine ensemble, le journaliste eut une idée. Il se faisait une promesse depuis longtemps et n'avait jamais pris la peine de la mettre à exécution, par paresse. Il demanda donc à Judith de venir près de lui, sachant fort bien que Sandrine allait la suivre au pas.

— J'ai pensé que ma filleule serait peut-être intéressée de passer un samedi complet avec son parrain, à la station de télévision. Je pourrais lui montrer plein de choses, manger au restaurant avec elle... Qu'en dit ma filleule préférée ?

— Ce serait super, Rémy, mais... Sandrine ?

Rémy tourna des yeux surpris vers celle-ci, qui semblait à la fois stupéfaite et déçue. Il éclata de rire après quelques secondes.

— Je pense que ce ne serait pas une mauvaise idée d'inviter aussi ta meilleure amie !

Sandrine sembla soulagée mais elle ne comprenait pas vraiment l'humour de Rémy. Il l'attira dans ses bras, la serra contre lui et lui planta un baiser dans le cou.

— Je voulais simplement faire une blague à la future petite vedette ! Pensais-tu que je ne voulais pas t'emmener ?

— Je croyais que tu préférais emmener juste ta filleule... Moi, mon parrain, c'est le père de Judith...

— Je sais. Je vous emmène toutes les deux, à moins que tu ne sois pas intéressée ?

— Oh ! oui ! J'adore la télévision, Rémy !

Rémy mit tout au point avec Cathou.

Le journaliste savait que Mathieu avait bien des choses en tête et que ce n'était pas le bon moment pour lui parler de ses problèmes. Pour une fois qu'il avait la possibilité d'être heureux, il n'allait pas tout gâcher ! Épuisé par la tournure des événements, Rémy avait pris un peu de recul face à Andréanne et il s'en ennuyait. Ses sentiments à son égard étaient plus forts qu'il ne l'aurait souhaité. Il se sentait très seul. Il ne sortait plus, passait son temps libre chez lui, à se promener sur Internet ou à écouter des films. Il avait besoin de parler à Mathieu !

— Tu sais quoi ? La boîte dans laquelle a été déposée la bombe est celle d'un fournisseur de la station... La conclusion est donc que la suspecte travaille dans l'immeuble ou tout près.

— Hum... L'enquêteur croit-il toujours que cette fameuse suspecte est une ancienne aventure ou bien que cela peut être n'importe qui ?

— Je crois qu'il opte davantage pour l'ex-conquête, mais va savoir. Après être passé par les bureaux des quatre personnes avec qui j'ai eu une relation dans l'immeuble, voilà ce qu'il en a conclu : toutes avaient accès à des stylos Bic, à des règles, à du papier d'imprimante et à des enveloppes blanches. Pas facile d'avancer sans empreintes, sans le moindre début de preuve ou d'indices !

— Andréanne reçoit-elle encore des lettres ?

— Nous en recevons moins depuis quelque temps. Je dois préciser que je la vois moins ces temps-ci.

— Est-ce que l'enquêteur espère arriver à dénouer cette intrigue bientôt ? J'ai l'impression que ça traîne en longueur...

Rémy expliqua que l'enquêteur avait épluché le passé de plusieurs femmes qu'il avait eues dans sa vie. Il avait interrogé certaines d'entre elles, dont Andréanne. Elle avait d'ailleurs passé plus de trois heures avec l'enquêteur, beaucoup plus de temps que les autres. Elle en était ressortie en larmes, épuisée, en colère, et l'enquêteur avait semblé rassuré sur son compte. Le profil psychologique de la suspecte n'avait pas donné grand-chose et l'analyse de tout ce qu'il recevait restait vierge d'indices. L'enquêteur ne pouvait pas faire beaucoup plus.

Mathieu ne savait pas quoi dire.

Avant de s'en aller, Rémy lui souhaita un bon week-end et promit aux fillettes de passer les prendre vers neuf heures tapantes, samedi matin.

58

Benjamin avait pris son somnifère plus tard que prévu. Puisque cela n'était pas dans ses habitudes, il n'avait pas pensé le prendre lors du coucher des enfants. Il avait hâte de ne plus avoir recours à cette béquille. Le matin, il lui fallait souvent deux ou trois heures avant de pouvoir fonctionner normalement. C'était tout de même mieux que de ne pas dormir du tout et sans ça, jamais il ne serait parvenu à dormir profondément.

Trois semaines après le drame à l'usine, les choses revenaient tranquillement dans l'ordre. On s'affairait jour et nuit à la reconstruction des différents systèmes atteints par l'explosion, dont le téléphone et l'alimentation en électricité. Dans une semaine, tout serait terminé.

L'étape suivante serait cruciale : la reconstruction de l'usine. Benjamin avait bien failli décider de laisser vacant le terrain où huit personnes avaient trouvé la mort. Les différents cadres de son entreprise et Geneviève partageaient le même point de vue que lui à ce sujet : ils savaient qu'ils ne pourraient supporter la vue d'un endroit désolé, désert. Benjamin avait décidé de rebâtir l'usine et de reprendre la production des ensembles de blocs de bois pour enfants.

Geneviève s'était chargée de faire fabriquer deux plaques commémoratives pour les huit employés. Benjamin en placerait une dans le hall d'entrée de l'usine principale et une dans la nouvelle usine de blocs de bois.

Malgré tout, Benjamin n'ignorait pas que rien ne pourrait remplacer les vies humaines qui s'étaient perdues tragiquement. Ayant assisté aux funérailles de chacun de ses employés, il avait conscience de l'énormité que représentait ces disparitions pour les familles.

Deux des hommes tués par le souffle de l'explosion avaient de jeunes enfants. Le troisième était à dix-huit mois de prendre une retraite bien méritée, qui l'aurait emmené vers la Floride en compagnie de son épouse.

Un samedi midi, le patron avait organisé un repas pour les employés de l'usine. Presque tous avaient été présents. Pendant tout l'après-midi, ils avaient discuté du drame et la présence de quelques psychologues avait visiblement été appréciée. Chacun avait une anecdote à raconter sur une des victimes. Tous se rencontraient à l'occasion, que ce soit à la cafétéria, au stationnement ou au vestiaire.

Les psychologues avaient jugé que cette rencontre avait fait du bien aux employés. Partager émotions et anecdotes avec des gens qui comprenaient était souvent un excellent remède.

Quant aux trois familles éprouvées par le deuil, Benjamin avait remis à chacune d'elle une lettre dans laquelle il leur promettait toute l'aide nécessaire. Elles pourraient le contacter quand bon leur semblerait.

Le blessé que Benjamin avait secouru se rétablissait tranquillement. Il avait eu quelques côtes fracturées, une commotion cérébrale, un choc nerveux, des ecchymoses, bref, rien de très grave. Sa vie n'était plus menacée et Benjamin lui avait aussi promis toute son aide.

Il devait son salut au fait qu'il se trouvait beaucoup plus loin que les autres employés au moment de la première explosion, occupé à une tâche qui n'avait rien à voir avec les travaux d'agrandissement. Il n'avait donc pu donner aucun détail sur les causes de l'accident. Il s'apprêtait à sortir de l'usine lorsque la première explosion avait eu lieu et avait pu gagner l'extérieur avant la seconde. Le choc avait été terrible dès la première explosion, avait-il précisé. Lui-même avait été projeté par terre, quelques mètres à l'extérieur, plusieurs machines et équipements avaient bougé ou étaient tombés. Un nuage s'était aussitôt élevé dans l'édifice. Ce que cet employé avait cru être de la fumée aurait plutôt été un nuage de poussière de bois. Les enquêteurs avaient donc été confortés dans leur hypothèse.

Toutes les enquêtes avaient été conclues. Cause accidentelle d'origine partiellement inconnue. L'Ordre des ingénieurs n'avait jeté aucun blâme sur Benjamin.

Même si le propriétaire de l'usine serait marqué à jamais par cette épreuve, malgré tout, la vie reprendrait tranquillement son cours normal. Dans quelques mois, partout dans le monde, des petits garçons pourraient jouer avec des blocs de bois fabriqués par son entreprise.

De plus, Leila parlait encore de sa « sortie » pour aller chez McDonald's et la regrettait. Benjamin était rassuré, sachant qu'elle ne recommencerait jamais.

Benjamin se tourna vers Geneviève, qui s'approchait lentement de lui.

— Je craignais de te faire sursauter. Je te connais bien. Quand tu es lunatique, tu n'entends rien autour de toi.

— J'étais simplement pensif. Viens t'asseoir ici, suggéra-t-il en lui indiquant ses genoux.

L'homme d'affaires était assis sur une chaise de cuisine qu'il avait tournée de façon à ne plus faire face à la table. Geneviève alla s'asseoir sur ses genoux, comme il le lui avait demandé et, lui faisant face, elle mit ses bras autour de son cou. Elle ne se souvenait pas d'avoir vu les yeux de son mari briller avec une telle intensité depuis l'accident. Elle se serra contre lui et sentit avec surprise ses mains se balader dans son dos.

— On dirait que tu vas mieux, ce soir...

— Le moral a déjà été plus fort qu'en ce moment mais je suis en vie et j'ai envie d'en profiter. Et toi ?

— J'en ai aussi envie, chéri. Il est temps que la vie redevienne normale pour nous quatre. Les enfants ont ressenti les effets de tous les événements survenus ces derniers mois.

— Je sais bien. Quelle chance que tes parents aient été là pour nous aider, tout comme Cathou et Mathieu. J'espère que j'aurai bientôt l'occasion de leur rendre la pareille...

— J'espère aussi. Viens...

Benjamin, sans savoir pourquoi, avait compris ce jour-là que, malgré les hauts et les bas de la vie, celle-ci conservait ses droits et que, beau temps mauvais temps, la terre continuait de tourner.

59

L'édifice comptait plusieurs étages qui appartenaient au même groupe mais pas à la même station. Rémy avait fait un plan de ce qu'il voulait montrer aux fillettes mais, à force de poser des questions, c'était finalement Sandrine qui les guidait d'un endroit à l'autre.

Par malchance, il n'y avait personne dans la salle de montage. Rémy aurait aimé leur montrer comment se faisait un reportage. Il les emmena ensuite à l'étage du service des nouvelles où il travaillait. Elles finirent par s'asseoir à son bureau où Rémy, dérouté, trouva une nouvelle lettre posée sur son pupitre. Il la plaça discrètement dans la pile de courrier, ne désirant pas éveiller la curiosité des enfants. Il remarqua que la lettre ne portait ni timbre, ni sceau de la poste...

Il se rendit quelques bureaux plus loin. Andréanne travaillait ce jour-là puisque son manteau était posé sur sa chaise. Les filles discutaient de leur visite à l'étage où étaient produites des émissions pour enfants. Rémy les écouta un moment.

— Que diriez-vous de louer des films avant de rentrer chez Sandrine ? Cathou n'aurait qu'à les rapporter demain après-midi au club vidéo. Bonne idée ?

— Super !

Sandrine lui sauta au cou et Judith, plus discrète, lui donna un bisou sur la joue. Rémy proposa ensuite un tour à la cafétéria, car il avait un petit creux. Il assura que c'était là qu'on faisait la meilleure pizza au fromage du monde et leur proposa d'en partager une à trois. Comment refuser une telle offre ?

Dans un couloir, le journaliste rencontra Marthe Caza. Visiblement de bonne humeur, elle s'arrêta près de lui et il lui présenta les filles.

— Je t'ai déjà vue à la télévision, s'écria Sandrine sans la moindre gêne. Quand le monsieur est venu dans ma classe et que Rémy m'a fait parler à la télévision, c'est à toi qu'il parlait. Il m'a donné une cassette, je l'ai réécoutée souvent et c'est toi que je voyais ! Tu es une... une... une lectrice de bulletins de nouvelles ! C'est ça, hein ?

Triomphante, elle se tourna vers Rémy qui hochait la tête avec un doux sourire.

— Rémy nous a montré, tout à l'heure, le monsieur qui parlait sur l'écran, près des caméras. C'en est un, lui aussi.

Marthe la félicita pour sa mémoire et pour son apparition à la télévision. Elle lui assura qu'elle se souvenait d'elle et qu'elle avait été excellente.

Pendant toute la conversation, Judith serra plus fort la main de Rémy. Quand ils furent tous les trois dans l'ascenseur, elle leva les yeux vers lui.

— Je n'aime pas cette madame, Rémy.

— Ah ! bon ? Pourquoi ?

— Elle a des yeux mauvais. Je ne l'aime pas.

— Tu as le droit, ma cocotte. Allez, qu'est-ce que vous allez boire ?

Rémy jeta un coup d'œil à sa montre.

La pizza fut partagée dans la joie. Ils venaient juste de terminer quand l'heure sonna. Quelques jours auparavant, Rémy avait organisé une petite surprise pour les fillettes. Il priait pour que ça fonctionne...

Il rapporta les plateaux et rapporta à chacune une boisson gazeuse. Sandrine et Judith furent surprises, car elles avaient rarement l'occasion d'en boire. Elles avaient hâte de retourner à la découverte du monde télévisuel.

— Je dois aller à mon bureau deux petites minutes. Avez-vous peur de m'attendre ici ? Dès mon retour, nous allons continuer la visite.

— Nous ne sommes pas des bébés ! s'exclama Sandrine, sur le ton de l'évidence. Bye !

— Amusez-vous, je reviens dans moins de cinq minutes.

Dans l'entrée de la cafétéria, un cameraman était déjà en position pour filmer les enfants. Avec l'accord de Rémy, il commença les prises de vue sur les fillettes qui riaient, jacassaient, buvaient leur boisson avec une paille à une table trop haute pour elles. Fier et orgueilleux, Rémy les trouvait adorables.

Deux jours plus tôt, il avait appris qu'on était à la recherche de deux enfants pas trop vieux pour tourner une publicité qui vanterait la programmation de la station. Comme il ne s'agissait que d'un fond visuel et qu'il n'y avait aucun rôle à jouer, les producteurs ne voyaient aucun mal à filmer des enfants d'employés de la station plutôt que ceux d'une agence. Rémy avait sauté sur l'occasion et avait fouillé son bureau pour trouver une récente photo des filles. Il en avait finalement trouvé une, qui avait été prise aux fêtes. Le producteur avait déclaré que les petites seraient parfaites et, quand il avait expliqué son plan au journaliste, celui-ci avait trouvé l'idée excellente.

Le cameraman filma pendant dix minutes et s'arrêta quand, visiblement, les filles commencèrent à s'inquiéter de l'absence de leur ange gardien. Rémy, amusé, les rejoignit au pas de course.

— Ouf ! Ce fut plus long que prévu. Prêtes ou pas prêtes, on y va !

Abasourdies, Sandrine et Judith se regardèrent sur l'écran pendant quelques minutes, sans souffler mot. Rémy expliqua ensuite son projet. Sandrine jubila, Judith rougit. Il proposa qu'ils gardent le secret. Le premier jour où la publicité serait diffusée à l'heure du souper, il les préviendrait pour qu'elles entraînent leurs parents devant la télévision. Ne seraient-ils pas surpris et heureux de voir leurs petites filles agir comme des vedettes ?

À l'unisson, elles déclarèrent qu'il s'agissait d'une idée géniale, et Rémy fit deux copies de la cassette vidéo. Ils retournèrent à son bureau, où il posa des étiquettes sur les cassettes.

— Eh ! bien ! Bonjour ! Que faites-vous ici ?

— Salut, Andréanne !

— Tu te souviens de moi, Sandrine ? Quelle mémoire !

— Oui. Et tu sais quoi, Judith et moi allons paraître dans une publicité ! C'est super, trouves-tu ?

— Certainement ! Racontez-moi tout ça.

Ils discutèrent pendant un moment, puis un monteur appela Andréanne. Elle s'excusa et leur expliqua qu'elle devait faire un montage du reportage qu'elle venait d'effectuer. Rémy se leva comme une balle.

— Je voulais justement montrer cette étape de la production aux filles, mais chaque fois que je suis passé au local, personne n'y était. Verriez-vous un inconvénient à ce que nous vous accompagnions ?

La réponse – positive – d'Andréanne fusa. Le monteur, lui-même père de jeunes enfants, fut un excellent professeur, et les filles, de bonnes élèves.

Il était presque quinze heures quand ils sortirent de la salle, la cassette du reportage en main.

Andréanne souffla à l'oreille de son amant que, s'il était libre, elle pourrait peut-être partir avec eux... Rémy avait plutôt prévu d'aller prendre quelques bières dans un bar, question d'oublier ses soucis un moment. Certes, il avait envie d'être auprès d'elle. Comment concilier ce désir et son besoin d'indépendance ? Andréanne avait fait naître en lui un sentiment inconnu, à la fois effrayant et excitant, et il *devait* se prouver qu'il pouvait le contrôler.

— C'était une simple proposition. Ne te sens pas obligé. Il doit y avoir un autre flirt dans ta vie depuis quelques semaines, car nos rencontres se raréfient... Je ne tiens pas à savoir de qui il s'agit.

— J'accepte, si les filles sont d'accord pour avoir de la compagnie.

Andréanne posa la question immédiatement et Judith répondit que non, ça ne les dérangeait pas. Rémy prit la lettre dans la pile et la mit dans sa poche, avec son cellulaire.

— C'était une journée extra, déclara Judith, assise à l'avant dans la voiture de Rémy. J'ai hâte de nous voir à la télé !

— Il fallait bien que ton parrain fasse quelque chose avec toi. J'ai souvent l'impression de négliger ma filleule !

— Tu es le parrain de Judith ! s'exclama Andréanne, étonnée, de l'arrière de la voiture.

— J'ai effectivement ce privilège.

Si Rémy avait été choisi plutôt que Mathieu ou Benjamin, c'était parce que Christopher et lui étaient plus proches à l'époque que le médecin ou l'homme d'affaires. Sachant en plus que Rémy n'aurait probablement pas d'enfant, c'était une raison supplémentaire pour le nommer.

Rémy reconnaissait qu'il n'avait pas toujours été très présent mais, maintenant que sa filleule vieillissait, il commençait à se sentir plus à l'aise en sa compagnie et il désirait représenter davantage pour elle que celui qui lui offrait un cadeau de plus aux occasions spéciales.

La réalité l'avait rattrapé lors de la prise d'otages. Il avait pensé à Mathieu, à Valérie, mais à lui aussi. S'il était arrivé un malheur à Judith, il ne se serait pas pardonné de ne pas l'avoir mieux connue et aimée. Cette fillette méritait tout l'amour du monde et Rémy rêvait, en secret, de la rendre moins gênée grâce à son contact. Les quelques apparitions à la télé qui avaient été rendues possibles grâce aux circonstances l'aideraient peut-être. Il l'espérait.

Les petites choisirent leurs films et bombardèrent Cathou d'explications dès leur retour à la maison. Rémy l'avertit pour la pub de la station et lui demanda de garder le secret. Il téléphonerait quand il saurait l'heure de la première parution en soirée. Cathou, amusée, promit de ne rien dire et assura qu'elle tenterait de garder Valérie à souper ce soir-là, pour que tous aient le plaisir de découvrir la publicité en même temps.

Rémy quitta la maison après de nombreux câlins et remerciements de la part des enfants.

Détendu, de bonne humeur, il ne regretta pas la présence d'Andréanne dans la voiture. Il posa sa main sur la cuisse de la jeune femme et l'y laissa jusque chez lui, où ils avaient décidé de faire un repas inoubliable. Ensuite, ils mettraient de la musique, danseraient un peu et...

Andréanne se précipita sur le système audio et sélectionna une musique d'ambiance. Elle se dirigea ensuite vers le frigo et les armoires, d'où elle sortit tout ce qu'il fallait pour la préparation de son imbattable rôti de veau. Rémy avait été obéissant et avait acheté tout ce qu'elle lui avait recommandé lors d'une précédente visite. Lui ne cuisinait pratiquement jamais : il allait soit à son bistro préféré, *L'Express*, ou bien il allait chercher des surgelés ou encore des conserves chez M. Chinois.

— Je suis doublement satisfait d'avoir été à la station aujourd'hui. Un : j'ai fait plaisir à ma filleule. Deux : j'ai reçu une lettre.

— Répète-moi ça : tu es content d'avoir reçu une lettre ?

— Elle n'était pas sur mon bureau à mon arrivée à la station. Je suis monté directement avec les filles pour le savoir. Elle y était par contre avant le dîner et j'ai vérifié ton horaire.

Tu es partie vers sept heures pour la manifestation des producteurs de porcs. Cette lettre parle des enfants et de notre visite à la station. Tu ne pouvais ni l'écrire, ni savoir que nous étions là. Regarde ça par...

Rémy avait levé les yeux et avait fait deux pas en direction d'Andréanne. Il s'arrêta subitement en l'apercevant figée, les yeux ronds, le teint blême. Il comprit sa bévue avant même que les yeux de la reporter ne s'embuent de larmes.

— Andréanne, je sais ce que tu penses mais laisse-moi t'expliquer. C'est le sergent-détective Thivierge qui m'a mis en tête de suspecter tout le monde...

Elle ne lui laissa pas le temps de lui toucher le bras qu'elle reculait brusquement. L'incompréhension déformait ses traits.

— C'est ça que tu penses de moi, Rémy Gaucher ? Je n'arrive pas à y croire. C'est vraiment l'image que tu as de moi ?

— Tu ne comprends pas, Andréanne, je...

— Tu n'es pas assez beau et je ne t'aime pas assez pour te harceler, mon cher ! Je voulais bien que tu m'aimes mais pas à n'importe quel prix et pas en agissant n'importe comment. Tu as vraiment pensé que je t'aimais assez pour risquer la prison ou l'asile pour toi ? Je suis tellement déçue... Je croyais que notre relation commençait à s'embellir, à s'approfondir mais je vois que je me suis trompée. Sans le sexe, je ne serais rien pour toi. Je ne veux plus jamais te revoir. Jamais.

Elle prit une poignée de mouchoirs en papier, se moucha et retint ses sanglots. Rémy lui toucha le bras en s'excusant, mais elle le repoussa. Son contact lui brûlait la peau, lui donnait la nausée.

— La pauvre fille qui t'envoie ces lettres ne te connaît vraiment pas bien. Tu ne vaux même pas le papier sur lequel elle écrit. À part au lit, tu es nul partout, dans tout !

— Laisse-moi t'expliquer, Andréanne ! Malgré ce que je lui ai dit, Thivierge a insisté pour te garder sur la liste des suspectes. Mais moi, je n'y croyais pas !

Sourde aux explications de Rémy, la jeune femme lui lança au visage :

— Avec ce que tu penses de moi, j'ai bien fait de me faire avorter. Quel genre de père aurait eu mon bébé ! Je te hais, je ne veux même plus te croiser dans les couloirs de la station ! Je me sens souillée, Rémy Gaucher !

Rémy en eut le souffle coupé. Aucun mot ne lui venait à l'esprit. Quand le brouillard se fut quelque peu dissipé, Andréanne claquait la porte. Émergeant de son quasi-coma, il courut pour tenter de la rejoindre mais les portes de l'ascenceur se refermaient déjà sur elle.

Andréanne appela un taxi de la première cabine téléphonique qu'elle trouva. Elle n'avait qu'une idée en tête : être chez elle ! Jamais elle n'aurait cru pouvoir être aussi déçue de quelqu'un ou de quelque chose. L'homme qu'elle aimait pensait tellement de mal d'elle ; avec la meilleure imagination du monde, elle n'arrivait pas à l'admettre, à le concevoir.

Son bébé ne connaîtrait jamais la vie. Comme elle avait eu du mal à se rendre à son rendez-vous à la clinique ! Elle s'était répété que rien n'était prêt dans sa vie pour accueillir un enfant. Son emploi était instable et non permanent ; elle était jeune ; son enfant n'aurait pas de père ou bien, si elle insistait, un *papa-pension-alimentaire*. Elle voulait mieux que ça pour elle et pour son bébé.

Tout comme son amie Isabelle, Andréanne ne voulait plus rien savoir des hommes. Ça durerait un bon moment, car la blessure était profonde.

Elle était chez elle depuis une heure, allongée sur son lit, dans son vieux pyjama confortable, quand des coups furent frappés à la porte. Elle essuya ses larmes. Se doutant bien de qui il s'agissait, elle choisit de ne pas répondre mais avança vers la porte.

Rémy l'appela, s'excusa, lui demanda quelques secondes de son temps. Comme elle s'était un peu calmée, que son envie de lui arracher la tête était plus contrôlable, elle ouvrit la porte et se retrouva nez à nez avec un énorme bouquet de fleurs. Sans le toucher, sans regarder ni les fleurs ni ce... ce grossier personnage qui osait encore l'importuner, elle lui tourna le dos et se rendit au salon.

Rémy la suivit et posa les fleurs sur la table de salon qui les séparait. Andréanne n'avait pas encore levé les yeux sur lui. Elle aurait pu constater qu'il était sous le choc autant qu'elle, qu'il était terriblement déçu et mal à l'aise.

— Les fleurs ne sont pas très fraîches car je n'ai trouvé aucun fleuriste ouvert le samedi soir. Tous fermaient vers dix-sept heures. Ce sont les seules que M. Chinois avait. Je lui ai demandé de faire plus attention car, à notre prochaine dispute, je veux qu'elles soient plus belles que ça...

— Tu les achèteras pour une autre que moi. C'est terminé entre nous. Ne me demande surtout pas de comprendre ! J'ai tout fait pour t'aider et ce, depuis la première lettre que tu as reçue. J'ai supporté ton indélicatesse, tes rendez-vous de dernière minute, tes rendez-vous manqués, ton indépendance, j'ai reçu des lettres de menaces de mort sans dire un mot, en continuant de te voir encore et encore...

— J'étais certain à quatre-vingt-dix-neuf pour cent que tu n'étais pas l'auteure de ces menaces. Je l'espérais de tout cœur. Le sergent-détective m'a mis en tête que n'importe qui peut être responsable, que je serais probablement surpris. J'ai peur, maintenant, tu le sais, ça. Une bombe a été placée devant ma porte, j'ai reçu du sang d'animal et la fameuse personne ne commet jamais d'erreurs. Si elle me tire une balle, tant pis. Mais si elle fait du mal à mes amis, je ne pourrai jamais m'en remettre. Essaie de comprendre. J'ai dû suspecter tout le monde, y compris les femmes de mes amis.

— Et maintenant ?

— Maintenant que je pourrais profiter de toi pleinement, tu m'en veux terriblement... Je ne te le cache pas, j'ai besoin de toi, Andréanne.

Il lui prit la main et l'embrassa. Pour la première fois, leurs regards se croisèrent. Rémy s'en voulait d'avoir fait du mal à cette fille qui ne le méritait pas.

— Ce que tu as dit... Est-ce que c'est vrai ?

— Encore une preuve que tu me connais bien mal, Rémy Gaucher ! Je ne jouerais pas avec des sujets aussi sérieux. Je suis tellement idiote que quand le test de grossesse a tourné au rouge, je me suis dit, mot pour mot : « Il a tellement de soucis, le pauvre. Je vais lui en épargner, je vais réfléchir, prendre ma décision seule et continuer comme si de rien n'était pour le protéger ! » Innocente ! Tu sais, j'avais du mal à admettre que j'avais empêché un petit être de voir la vie. Je me rends soudain compte que c'était encore moins grave que de le laisser naître avec un père qui pense tant de mal de la mère.

Rémy essuya une larme mais pas parce qu'il était triste qu'elle ait décidé de se faire avorter. Il en était même plutôt soulagé. Sa déception provenait du fait qu'Andréanne pensait de lui ce qu'il avait toujours voulu éviter d'être. Jamais il n'avait fait de promesses à une femme, il ne voulait pas les faire souffrir. Voilà qu'Andréanne l'accusait du pire des crimes : être irresponsable et lâche comme ses parents l'avaient été. Concevoir qu'il puisse ressembler à ceux à qui il en voulait tant était horrible pour lui. Rémy n'aspirait pas à atteindre la perfection sur le plan humain, mais descendre aussi bas le scandalisait.

— Tu aurais pu me l'apprendre. Nous en aurions discuté... Après tout, je suis aussi responsable de cette grossesse, quoique j'aie toujours bien protégé nos relations...

— Ne va pas penser que tu n'es pas le père ! Aucun moyen de contraception n'est parfaitement efficace. Et pour la discussion, je ne me leurre pas. Tu aurais paniqué, crié et m'aurait suppliée d'aller me faire avorter au plus vite. Comme si des fleurs pouvaient racheter tout ça, Rémy...

— Je suis tellement désolé... En même temps, je me sens impuissant, Andréanne. Je ne savais pas pour la grossesse. Quant à ma suspicion, j'ai une seule excuse, celle qui fait de moi un homme à bout, épuisé et effrayé, qui n'a aucune idée de ce qui l'attend lui et ses proches. Je ne veux pas que notre relation se termine dans un cul-de-sac comme ça. Je tiens trop à toi, Andréanne. Qu'est-ce que je peux faire pour me racheter ?

— Laisse-moi du temps pour digérer tout ça. Attends que je te fasse signe, évite-moi à la station et quand c'est impossible, salue-moi tout simplement. Il n'y a rien d'autre à faire. Je ne vois de toute façon pas l'utilité de continuer une relation comme la nôtre. Il n'y a que le sexe qui compte pour toi.

— Mais non. Tu es mon amie, j'aime ta compagnie, je te trouve belle, intéressante, intelligente... Laisse une chance à notre amitié d'évoluer. Ne me ferme pas la porte au nez.

— Pour un certain temps, je ne peux pas faire autrement. Mon cœur est en miettes, il faut que je le soigne avant de décider si je continue ou non de te fréquenter.

Rémy essuya encore une larme. Les paroles de sa mère, prononcées quelques années plus tôt, résonnaient dans sa tête aussi clairement que si elle avait été devant lui. « Un pas bon, un raté, tu gâches ta vie... » Rémy avait échoué un examen à sa première année d'université. Il travaillait entre trente et quarante heures par semaine dans une épicerie et il avait entrepris ses études en anglais pour augmenter ses chances à son arrivée sur le marché du travail. Chaque parole cruelle de sa mère restait gravée dans sa tête ; elle l'avait si peu aimé. C'était au tour d'Andréanne, maintenant. Il ne pouvait plus reculer. La réalité était là, devant lui, incontournable : il était un pas bon, un raté, il gâchait sa vie... À part ses trois amis d'enfance, personne ne gravitait autour de lui. Il était incapable de se faire des amis, de les garder, de se faire aimer. De toute façon, qu'y avait-il à aimer chez quelqu'un comme lui ?

Rémy se sentait anéanti.

— Je vais y aller...

— Je pense que c'est mieux. Bonne chance, Rémy. Je ne me tiendrai plus au courant pour les menaces. Je ne veux plus m'en mêler, je crois que je l'ai été de trop près. J'espère que tout va bien se régler et que tu pourras poursuivre ta vie sans problème.

— Ne me fais pas le coup de m'abandonner, Andréanne. Je t'aime beaucoup...

— Salut.

— Appelle-moi si tu as besoin de quoi que ce soit.

— Va-t'en, Rémy. Je ne veux plus te voir.

— Au fond, je te comprends bien. Excuse-moi encore. Je te supplie de me pardonner, Andréanne !

— Va-t'en !

Il reçut les fleurs sur l'estomac, elles tombèrent par terre dans un bruit de plastique froissé. Rémy trouva une étrange similitude entre ce paquet de pétales éparpillés et sa vie à lui. Le regard dur d'Andréanne le glaça jusqu'au cœur et il quitta l'immeuble en se répétant que sa mère avait toujours eu raison...

Dehors, assise dans une voiture, une femme rageait contre cette maudite journaliste. *Elle* commençait à en avoir assez d'elle, de son omniprésence. Si cette Andréanne ne comprenait pas le message de ses lettres, qui était pourtant très clair, *elle* changerait sa méthode et tant pis pour cette sotte frivole.

Les larmes qu'elle lui avait vu verser en sortant de chez *son* Rémy l'avaient ravie mais ce n'était pas suffisant puisqu'il l'avait suivie peu après. *Attention ma jolie...,* murmura la femme, un sourire démoniaque aux lèvres.

60

Cela faisait bien longtemps que Mathieu ne s'était pas senti ainsi : comblé par la vie.

Il observait Valérie avec soin. Elle était si différente en compagnie des enfants, de Cathou, de leurs amis et dans l'intimité ! Lui qui s'était tellement préparé à souffrir d'une immense peine d'amour avait encore du mal à saisir tout ce qui se passait.

Après la séparation officielle de Valérie et de Christopher, Mathieu avait peu à peu dévoilé à Valérie les sentiments qu'il ressentait pour elle. La designer avait fait mine de rien, s'était même cachée, jusqu'à ce qu'elle découvre que Mathieu avait invité une amie chez lui, un soir. Sa réaction – non excessive mais bien claire – avait ravi Mathieu et lui avait donné espoir. Mais jamais n'avait-il espéré autant.

Dès son retour d'Espagne, Valérie s'était abandonnée à lui. Le lendemain de leur première nuit, elle s'était montrée distante et réservée devant les enfants, n'osant pas le regarder dans les yeux. Il avait alors craint que ce soit le nouveau visage de leur relation.

Et puis voilà que, dans l'intimité, les yeux de Valérie brillaient comme des soleils, qu'elle venait l'embrasser dès qu'elle passait près de lui, qu'elle lui chuchotait même des mots d'amour à l'oreille. Elle lui avait offert un repas en tête-à-tête dans un restaurant chic, ne se gênant pas du tout pour s'afficher publiquement avec lui.

Ils s'étaient entendus pour oublier Christopher le temps d'un week-end. Mathieu y pensait pourtant parfois. Lorsqu'il glissait ses mains dans les cheveux ou sur le dos de Valérie, il ne pouvait s'empêcher de penser qu'avant lui, son ami avait posé les mêmes gestes. Il n'avait pourtant pas le droit d'être jaloux de Christopher : Valérie était sa femme ! Ils faisaient l'amour avant qu'elle ne soit divorcée ; elle commettait donc l'adultère, elle aussi... aux yeux de la loi ! Pressée de divorcer pour se libérer de cette relation, pour régler les obligations alimentaires, Valérie avait fait une demande de divorce pour cause d'adultère. Cela lui permettait d'obtenir un divorce immédiat, alors que la cause « échec du mariage » exigeait une séparation datant au moins d'une année complète. Elle passerait bientôt devant le juge avec Christopher.

— À quoi penses-tu ? demanda Valérie en venant s'asseoir à ses côtés.

— Au fait que je sois si bien ! Je suis tellement surpris de me retrouver ici, dans un beau chalet, en ta compagnie... Moi qui n'avais jamais osé espérer que tu puisses t'intéresser à moi !

— Tu sais, Mathieu, je pourrais maintenant voir la maîtresse de Christopher sans ressentir la moindre colère, peine ou rancune. Il a fallu qu'elle éternue pour que je me sorte de cette situation de femme mariée sans plus vraiment l'être. Il a fallu ça, aussi, pour que je découvre le plus merveilleux des cadeaux. Il a fallu ça pour que je redécouvre l'homme extraordinaire que je côtoyais chaque jour. Merci d'être là, Mathieu, merci d'avoir été patient, merci de m'aimer malgré tout ce qui semblait nous séparer à une certaine époque...

— Valérie, c'est tellement bon de t'entendre ! Avec toi, j'ai l'impression de redevenir un homme à part entière. Depuis la mort de Rosie, je me suis consacré à ma fille et à mon métier. Point à la ligne. Je suis devenu un médecin père de famille. Maintenant, Valérie, j'ai une conjointe, une famille complète. Ça me manquait tellement !

— Elle sera belle, notre famille, Mathieu. De plus en plus, chaque jour, notre entourage et nous-mêmes allons oublier nos passés.

— Il ne faut pas les oublier. Ma première épouse restera toujours la mère de Sandrine. Ton premier mari demeurera le père de Judith. Je pense que les gens deviendront de plus en plus à l'aise avec notre couple. Il deviendra « naturel ». Nos amis, nos proches, ceux pour qui ça compte vraiment, *oublieront* Christopher et Rosie. Ils ne verront plus que nous, un couple solide, uni et amoureux, ayant des enfants heureuses et équilibrées. C'est tout ce qui compte pour moi.

— Crois-tu qu'un jour nous pourrons être dans la même pièce que Christopher sans nous sentir mal à l'aise ?

Mathieu s'arrêta pour réfléchir.

— Je ne sais pas encore. N'as-tu pas dit : « Nous traverserons le pont une fois rendus à la rivière » ?

— D'accord. Je t'aime, Mathieu.

Elle ne l'avait pas dit si souvent depuis le début de leur relation. Mathieu s'en délectait.

— Je t'aime aussi, Valérie. Que je t'aime...

61

Cathou avait bien aimé avoir la responsabilité entière de Sandrine et de Judith pour la fin de semaine mais, au retour de leurs parents, elle avait senti que quelque chose avait changé.

Mathieu se transformait. Catherine le connaissait assez bien pour comprendre que leur relation avait évolué. Elle se réjouissait : les aimant comme des enfants qu'elle n'avait pas portés, elle leur souhaitait tout le bonheur possible.

Cathou n'était pas très fière d'elle, mais l'inquiétude l'envahissait sans qu'elle ne puisse la contrôler, voire l'enrayer. Les enfants vieillissaient. Elles auraient bientôt huit ans toutes les deux. Elles avaient de moins en moins besoin d'elle. Déjà, Cathou s'ennuyait de ne plus pouvoir câliner Sandrine comme elle l'avait fait au tout début, alors qu'elle était un bébé.

Si une femme venait habiter la maison, si Mathieu formait un couple, elle ne demeurerait plus au sous-sol. Elle ne souhaitait pas devenir, même accidentellement, une « voleuse d'intimité ». Si Valérie, excellente cuisinière, faisait les repas, quelles tâches lui resterait-il ? Mathieu commencerait peut-être à trouver qu'il la payait trop cher pour faire le ménage et pour s'occuper des enfants une heure trente après l'école...

Catherine commençait à envisager son départ... L'ennui et la solitude lui faisaient peur. Elle n'y avait plus fait face depuis qu'elle prenait soin de Sandrine.

Elle était tellement attachée à sa petite Sandrine ! Ne plus la voir, l'embrasser, l'écouter raconter ses histoires d'école, l'aider à faire ses devoirs chaque jour... Ce serait un trou béant dans sa vie. Mathieu ne la chasserait sûrement pas définitivement. Il était trop bon et trop perspicace pour ça.

Il fallait qu'elle lui en parle. Peut-être avait-il déjà songé à une solution, temporaire ou non... Elle manquait toutefois de courage. La réalité blesserait peut-être son cœur de grand-maman. Après la mort de son époux, elle avait été la plus heureuse des femmes de trouver cet emploi. Elle s'y était investie corps et âme pour rendre le bébé heureux et équilibré. Huit ans plus tard, se retrouver hors de la vie de Sandrine, ce serait... le désert.

En pensant avec son cœur et non avec sa tête, elle savait qu'il était impossible que Mathieu se passe entièrement de ses services. Après tout, Judith et Sandrine étaient aussi attachées à elle. Sandrine plus encore car, pour elle, Cathou faisait partie de la maison. Aussi merveilleuse que puisse être Valérie avec la petite, Cathou était convaincue qu'elle aurait toute sa vie une petite place spéciale dans le cœur de l'enfant.

Au moment où les larmes lui montaient aux yeux, à la pensée que *ses petites filles* pourraient l'oublier, la remplacer par Valérie, Sandrine et Judith ouvraient la porte en lui criant un joyeux bonjour. Cathou ravala ses larmes et, radieuse, les serra toutes les deux tendrement contre elle.

62

La surprise était soigneusement planifiée. Valérie avait demandé qu'on ne souligne son anniversaire que par un gros câlin et des bisous. Mais tous les autres, en secret, avaient décidé qu'elle méritait beaucoup plus.

Mathieu avait insisté pour qu'elle reste à souper. En privé, il lui avait dit qu'il avait envie d'être avec sa conjointe le jour de son anniversaire. Valérie n'avait pu résister à cette logique. De toute façon, elle aussi avait envie de le passer en compagnie de son amoureux – même si elle avait du mal à prononcer ce mot – et de *ses* filles et même de Cathou. Ses parents habitant la Floride presque à longueur d'année pour soigner les rhumatismes de son père, Valérie les voyait peu et en était venue à considérer Cathou comme une seconde maman, elle aussi.

Cathou s'était attelée à la tâche : le repas favori de Valérie, le dessert, les emballages cadeaux ainsi que la décoration de la maison avaient nécessité une longue journée de travail. Elle s'y était mise dès six heures du matin pour que tout soit prêt à temps. Quand Mathieu s'était réveillé, elle était déjà au rez-de-chaussée, accrochant des ballons au plafond.

L'épouse de Benjamin avait téléphoné pour prévenir qu'elle ferait livrer un bouquet de fleurs. Elle avait demandé vers quelle heure il serait préférable que le livreur passe. Catherine avait répondu vers dix-huit heures trente, pendant le souper. Cela ajouterait à la surprise.

Rémy aussi avait téléphoné. Il désirait demander à Cathou si, à sa connaissance, Mathieu et la fêtée avaient une activité prévue pour le samedi soir suivant. Cathou avait répondu qu'elle ne le croyait pas.

Mathieu fit aux filles la surprise d'aller les chercher à l'école. Ayant quitté l'hôpital plus tôt, il avait eu une autre idée de cadeau et voulait s'informer auprès de Judith si Valérie se l'était procuré. Judith était persuadée que non, alors ils se rendirent dans un magasin.

Tout serait prêt pour l'arrivée de Valérie. Ils en étaient sûrs. Ils lui chanteraient un *Joyeux anniversaire* de bon cœur et l'embrasseraient tour à tour.

Judith surveillait l'arrivée de la voiture de sa mère dans l'allée de la maison de Mathieu. Pour elle, fêter le trente et unième anniversaire de sa maman était particulièrement important : elle était si heureuse de gâter les gens qu'elle aimait ! Mathieu avait tenu compte de toutes ses idées, elle en était bien fière. Par exemple, elle avait précisé que sa mère disait toujours que les cartes de souhaits achetées, c'était de l'argent gaspillé. Ils avaient donc décidé d'en fabriquer chacun une. Les filles, Catherine et Mathieu avaient tous fait un dessin qui représentait leurs sentiments pour Valérie. C'était le thème. Sa maman apprécierait davantage que de recevoir des cartes commerciales, comme elle les appelait.

— Elle arrive ! Elle arrive ! s'écria Judith avant d'aller rejoindre les autres qui se tenaient en retrait, près du vestibule.

Judith ouvrit la porte à sa mère en feignant d'avoir couru. Elle l'invita à se dépêcher pour voir ce que Sandrine avait reçu de sa grand-mère. Et elle s'éloigna sans l'attendre.

Surprise que la grand-mère paternelle de Sandrine ait envoyé un cadeau à sa petite-fille – Valérie ne l'aimait pas beaucoup et Mathieu reconnaissait qu'elle n'était pas très importante dans sa vie –, la designer ne songea à rien d'autre qu'à ça en sortant du vestibule.

Le joyeux *Bonne fête !* la surprit. Elle demeura figée en voyant les décorations et rougit en devinant la machination dont elle avait été victime. Malgré ses demandes, on fêtait son anniversaire... D'un côté, cela lui faisait extrêmement plaisir.

— Nous avons décidé tous ensemble, mais c'est Cathou qui a tout organisé. Tu es contente, maman ? Après avoir mangé, nous allons t'offrir nos cadeaux !

C'était si important pour Judith... Valérie l'embrassa, la remercia, leur avoua qu'elle était émue et tellement surprise ! Elle essuya une larme.

Pour faire plaisir aux filles et pour digérer un peu l'excellent repas de Catherine, ils décidèrent d'offrir les cadeaux avant le dessert.

Valérie, gênée, déballa premièrement le cadeau offert par les filles, celui qu'elles avaient acheté avec Mathieu après la classe. C'était une compilation de musique classique qui venait de sortir sur le marché. Mathieu savait qu'elle l'aimerait.

Cathou lui offrit ensuite deux romans qui ravirent Valérie. Elle adorait la lecture mais s'achetait peu de livres, par manque de temps. Cependant, lorsqu'elle en avait un entre les mains, elle le dévorait dans le temps de le dire.

Mathieu n'aimait pas offrir des enveloppes mais il n'avait pas vraiment eu le choix. Valérie lut le certificat et ses yeux s'agrandirent. Elle le dévisagea un instant sans pouvoir rien dire.

— J'avoue que c'est une idée de Cathou. Comme nous trouvons que tu te donnes trop peu de temps pour prendre soin de toi, nous avons pensé qu'une journée à te faire dorloter, ça ne te ferait pas de mal.

Mathieu aurait aimé acheter un forfait pour deux jours de soins dans un centre de repos pour femmes mais deux choses l'avaient convaincu qu'il valait mieux se contenter d'une seule journée. Valérie aurait trop de mal à s'absenter de nouveau deux jours de suite et il savait qu'elle serait mal à l'aise s'il lui offrait un cadeau trop important.

— Ça va me faire le plus grand bien. Comment te remercier, Mathieu ?

— Et si tu m'embrassais ?

Cathou savait que la réponse du médecin laissait la porte ouverte au dévoilement officiel de leur liaison, une semaine avant l'arrivée de Christopher...

Comme Cathou et lui l'avaient prévu, elle l'embrassa sur les joues et le serra un bref instant dans ses bras. Elle lui tapota gentiment le dos, puis s'éloigna en évitant de le regarder dans les yeux. Pour un adulte, ce qu'elle tentait de cacher était très évident.

— Maintenant, c'est au tour de ton plus beau cadeau ! C'est Sandrine et moi qui l'avons payé avec notre argent et nous l'avons choisi avec Cathou ! expliqua Judith.

Valérie développa un magnifique vase antique, un coup de cœur immédiat. Comment Cathou et ses filles avaient-elles pu deviner qu'elle l'apprécierait autant ? Comme elle les aimait, toutes les trois ! Elle les serra contre elle bien fort. La sonnette de la porte lui fit desserrer son étreinte.

— Oh ! là ! là ! Je pense que c'est pour toi, Valérie. Un gros cadeau !

Deux livreurs déposèrent un arbuste dans un énorme vase en terre cuite. Tout ça faisait bien un mètre de haut sur un demi de large. Mathieu remercia les livreurs, prit la carte qui était accrochée à une des branches et l'apporta à Valérie. Les deux petites semblaient déçues.

— Un autre vase..., murmura Judith.

— Ce n'est pas du tout la même chose ! les rassura Valérie.

Elle lut à voix haute le message sur la carte, décorée d'un dessin d'enfant : « Joyeux anniversaire à une amie extraordinaire. Amuse-toi bien, tu le mérites ! Nous t'embrassons, Benjamin, Geneviève, Leila et Louis. »

— Je savais que Benjamin ferait un cadeau extravagant. Pas moyen pour lui d'envoyer un bouquet de fleurs traditionnel ! s'exclama Mathieu.

— Ça aurait été mieux, avoua Judith. On aurait pu mettre les fleurs dans notre vase !

— J'ai pensé à ça, les filles, vous savez. Va dans ma chambre, Judith, tu y trouveras quelque chose de bien !

Quelques secondes plus tard, un cri de joie retentit du deuxième étage et, dans le temps de le dire, Judith s'était matérialisée devant eux, un magnifique bouquet de fleurs entre les mains.

— Il pense à tout, ce Mathieu, s'exclama Cathou, une vraie perle !

Ils n'eurent pas le temps d'installer les fleurs dans le vase qu'on frappait de nouveau à la porte. Cette fois, Rémy apparut et tendit une enveloppe à Valérie. Elle y trouva d'abord une feuille avec l'en-tête de la station de télévision, sur laquelle il avait inscrit un bien simple « Bonne fête ! » Puis, deux billets pour le spectacle d'un de ses chanteurs favoris, le samedi soir suivant. Elle le remercia chaleureusement et l'embrassa sur les joues. Elle savait déjà qui l'accompagnerait.

— C'est vraiment gentil d'avoir pensé à moi !

— C'est tout naturel. Tu es la mère de ma filleule, après tout !

— Tu restes pour manger le gâteau ? l'invita Mathieu. C'est la prochaine étape !

— Je ne peux malheureusement pas, j'ai rendez-vous avec le sergent-détective dans une demi-heure. Nous voulons faire le point. Joyeux anniversaire, ma vieille, profite bien de chaque jour qui passe car, à ton âge, ça va de plus en plus vite !

— Eh ! T'es pas gêné ! Et en plus, j'ai un an de moins que toi !

— C'est vrai, j'aurai bientôt l'âge canonique de trente-trois ans, ouf ! Je dois y aller si je ne veux pas faire attendre le sergent-détective. Je peux avoir des bisous de ces jolies ved... euh... filles ?

— Qu'est-ce que tu allais dire ? demanda Mathieu.

— Rien du tout.

Rémy, en embrassant les enfants, eut chaud. La pub devait être présentée le lendemain pour la première fois. Les enfants avaient hâte et il avait bien failli vendre la mèche et gâcher leur surprise. Judith l'étreignit plus longtemps que Sandrine. Il en fut touché.

Valérie coucha les filles vers vingt heures, puis alla retrouver Mathieu et Catherine au rez-de-chaussée. Elle remercia chaleureusement Cathou pour tout le mal qu'elle s'était donné pour l'organisation de cette fête. Cette belle pensée la touchait autant que les magnifiques cadeaux qu'elle avait reçus.

— Tu vas... dormir ici, Valérie ? s'informa Cathou avec un sourire qui voulait tout dire.

— Si mon ami m'invite, probablement...

— Si tu crois que ton ami va se priver de cette joie !

Il approcha ses lèvres des siennes. C'était la première fois qu'il l'embrassait devant un témoin et Valérie ne protesta pas. On frappa à la porte à ce moment-là. Mathieu fronça les sourcils en se levant. Qui pouvait bien les déranger à cette heure ?

— Excusez-nous, mon patron avait presque oublié. Je suis allé à l'autre adresse avant de venir ici.

Mathieu remercia le livreur et revint avec un nouveau bouquet de fleurs. Surprise, Valérie ouvrit la carte, la première carte commerciale de la soirée et sursauta en reconnaissant l'écriture de son mari.

> « Je ne serai pas là le jour de ton anniversaire, Valérie. Je regrette d'y penser maintenant que nous sommes séparés. J'aurais dû prendre soin de toi avant que ça ne devienne irrémédiable. Je te souhaite tout le bonheur possible cette année. Que ces trente et un ans t'apportent un vent de renouveau et de joie dans ta vie. Tu le mérites. Bonne fête ! Je t'embrasse et embrasse Judith aussi. Christopher. »

Mathieu, qui avait lu la carte par-dessus l'épaule de Valérie, tenta de ne pas s'en faire. Il ne voulait surtout pas commencer à jalouser son copain. Il était visible, à la lecture de la carte, qu'il ne regrettait pas leur séparation mais uniquement l'attitude qu'il avait eue pendant leur mariage.

— J'ai été gâtée, aujourd'hui ! Et moi qui vous avais demandé de ne rien me préparer... Je vais vous rendre la pareille à vos anniversaires !

— Tu méritais bien une petite fête, ma belle, et Judith y tenait très fort. Elle aura huit ans dans quelques semaines, j'ai déjà des plans pour son anniversaire. Et je suis d'accord avec toi, il faudra bien gâter notre Cathou !

— Je ne veux rien ; ça me gêne et j'ai le sentiment de ne rien mériter de particulier.

— Rien mériter ? Voyons, Cathou, tu es indispensable dans nos vies. Tu mérites que nous t'offrions le ciel !

Cathou se coucha ravie et un peu rassurée, ce soir-là.

Mathieu ne pouvait demander mieux : Valérie avait décidé de passer la nuit chez lui.

Valérie était comblée, autant par la fête pleine d'amour et de chaleur qu'elle avait eue, que par sa présence dans le lit de Mathieu. Elle s'y sentait bien, en sécurité.

63

Valérie aurait bien aimé rentrer chez elle pour y ranger ses cadeaux. Elle les avait tous laissés chez Mathieu, à l'exception du vase et du bouquet de fleurs qui trônaient sur le comptoir de la boutique pour qu'elle puisse en profiter pendant quelques jours. Elle rapporterait ensuite le vase chez elle pour le mettre en sécurité.

Ce soir-là, Judith insista pour dormir chez Sandrine, ce qui eut pour effet d'agacer Valérie. Elle eut beau insister, affirmer que ce n'était pas sa maison, que Mathieu devait se reposer de temps à autre, celui-ci s'en défendit en affirmant que ça ne le dérangeait pas du tout. Valérie accepta donc de rester à souper et, à voir l'attitude des enfants, Mathieu vint lui souffler à l'oreille qu'il devait sûrement y avoir anguille sous roche. C'était la première fois qu'elles agissaient ainsi : petits rires, petites tapes dans les mains, murmures à l'oreille...

Ils se mirent à table tous les cinq. Les fillettes ayant insisté pour que Cathou reste aussi avec eux, Mathieu et Valérie comprirent qu'elle était dans le coup.

La sonnerie du téléphone interrompit le repas après quelques minutes à peine. Sandrine faillit se fracturer une jambe pour aller répondre plus vite. Bon, même le téléphone était de la partie ! se disait Mathieu.

— Tout le monde, c'est très important, il faut absolument aller devant la télévision !

Sandrine et Judith étaient déjà rendues au salon et Cathou fit un clin d'œil aux parents. Souriants, Mathieu et Valérie acceptèrent les places que Sandrine leur présentait, les plus près du téléviseur. C'était l'heure des informations. Ils s'attendaient donc à voir Rémy dire ou faire quelque chose de spécial. Mais qu'est-ce que ça pouvait bien être de si mystérieux, de si important pour les deux filles ?

— Regardez attentivement, ça ne sera pas long ! les avertit Judith, à genoux à côté de l'écran.

Mathieu sursauta en apercevant les deux petites frimousses. Il n'avait pas compris grand-chose à la publicité, il n'avait vu que les cinq secondes où apparaissaient les filles au début, puis les deux secondes de la fin.

— Qu'est-ce que c'est que ça ? Quand avez-vous été filmées ?

— C'est le jour où nous avons visité les studios de télé, s'exclama Sandrine. Rémy nous a fait une super surprise ! C'est beau, hein, papa ? Es-tu fâché ?

Elle lui donna un bisou avant qu'il n'ait eu le temps de répondre.

— Mais non. Vous êtes contentes, toutes les deux ?

— C'est bien ! Toutes nos amies vont nous voir et Rémy a dit que la pub allait passer plusieurs fois par jour pendant *deux mois* !

Cathou avait mis le vidéo en marche plus d'une heure plus tôt, question de ne pas se faire remarquer, et avait reculé la cassette pendant que les filles discutaient avec leur parent respectif.

La publicité de la Chaîne nationale d'informations fut diffusée au moins dix fois dans le salon des Tourigny avant que le téléphone ne sonne de nouveau.

Rémy avait aussi enregistré l'annonce publicitaire et était fier pour les deux petites. Dès le lendemain matin, il se vanterait à la station qu'il s'agissait des deux plus belles petites filles de la terre, que l'une d'elles était sa filleule et l'autre, sa nièce de cœur.

Rémy s'assura que les parents n'étaient pas en colère, puis discuta un bon moment avec les filles. Ensuite, il prit tout son courage à deux mains et composa le numéro de téléphone d'Andréanne. Elle répondit à la troisième sonnerie. La conversation fut brève, dure. Andréanne n'avait pas vu la pub et n'y tenait pas. Si la relation entre eux s'était arrêtée en ce samedi où, justement, les images des enfants avaient été prises, elle ne les reverrait plus. À quoi bon faire un spécial pour les regarder ?

— Si je te propose une pizza et un bon film en toute amitié, qu'en dirais-tu ? Je te reconduis après le film, si tu ne veux pas de ma chambre d'amis. Je te l'avoue, Andréanne, j'ai envie de te voir. Je m'ennuie de ta présence.

— Hors de question. Je t'ai demandé d'attendre que je te fasse signe. Ça peut prendre du temps, c'est vrai. J'ai une grosse déception à digérer. J'allais dire *oublier* mais c'est impossible, alors je préfère le terme digérer. Ça signifie que ça a été dur et que ça me reste pris dans la gorge. Bye !

Dépité, le journaliste se promit de faire des efforts et de faire preuve de patience pour reconquérir la jeune femme. Elle lui manquait terriblement.

Imaginer la joie qui devait régner dans la maison qui serait bientôt celle des Tourigny, Samson et Grondin lui rendit sa bonne humeur.

64

Rémy avait passé une journée plutôt particulière. En appui aux victimes d'un tremblement de terre qui avait fait de nombreux morts et d'énormes dégâts matériels en Amérique du Sud, une marche pour ramasser des fonds avait été organisée malgré le froid de novembre. Pour les supporter dans leur action, la CNI avait envoyé un reporter qui ferait avec eux le trajet de dix kilomètres sur l'île de Montréal. Initiative étonnante pour un mardi.

Cet envoyé spécial était Rémy.

Il avait donc marché, fait des entrevues, monté des reportages au fil de la journée, suivi tout au long du trajet par la camionnette de la station.

Rentré vers dix-sept heures trente, il n'avait pas eu le temps de faire une synthèse de sa journée. Il irait donc la raconter en direct, en supplément à la lectrice, Marthe Caza.

Rémy avait trouvé la journée longue et, après cette intervention, il n'avait plus qu'à finir son reportage pour rentrer chez lui. Une bonne nuit de sommeil ne lui nuirait pas avant d'attaquer une autre journée de faits divers.

Il parla trois minutes en direct, quelques images à l'appui.

— Les organisateurs ont-ils récolté les fonds qu'ils espéraient ? demanda Marthe Caza au reporter.

— Il est encore trop tôt pour le dire mais je devrais avoir plus d'informations à ce sujet demain.

— Vous avez visiblement passé une belle journée, et pour une cause qui en vaut la peine, affirma-t-elle en guise de conclusion.

Le regard de Rémy s'anima. Expressif, le journaliste l'était encore plus quand il était heureux ou enthousiaste. Il répondit en s'adressant directement à la lectrice :

— Absolument, Marthe. Je suis habitué de couvrir des manifestations où la violence est malheureusement chose courante. Être témoin de l'une d'entre elles où règne enfin la bonne humeur et l'esprit d'entraide, c'est vraiment extra-ordinaire.

Surpris, il vit l'expression affable de Marthe changer. Une seconde plus tôt, elle était calme, posée, souriante, comme toute bonne lectrice de nouvelles doit l'être. La seconde d'après, ses yeux étaient remplis de haine, de colère, de rage, à en être défigurée.

Tout en regardant le journaliste droit dans les yeux, alors qu'il était subjugué par ce regard menaçant, elle prononça, du ton le plus officiel :

— Vous aimez voir des choses insolites, chers téléspectateurs, en voici une : l'assassinat de *MON HOMME* en direct ! Tu es à moi, Rémy Gaucher, personne d'autre ne t'aura si ce n'est pas moi !

Dans le temps de le dire, sans que Rémy n'ait rien vu venir, elle lui planta une seringue dans le bras qu'il avait tendu pour se protéger en voyant le coup venir. La journaliste eut le geste assez vif pour appuyer fermement sur le piston de la seringue, lui injectant du sang avant que l'aiguille ne brise sous sa peau. Par réflexe, Rémy fit un mouvement brusque du bras, se débarrassant ainsi de la seringue qui alla percuter le sol..

La diffusion avait été arrêtée quelque part au milieu de la phrase hurlée par Marthe Caza.

Rémy poussa un cri et se leva en renversant son tabouret. Plusieurs personnes de l'équipe technique se précipitèrent vers lui. Deux cameramen saisirent Marthe et l'obligèrent à reculer en la maintenant fermement. Le preneur de son et le réalisateur entraînèrent plutôt Rémy dans la direction opposée.

Tout ça n'avait pris que quelques secondes et ce furent les seules où Marthe ne prononça pas un mot. Elle se mit à vociférer de toutes ses forces en regardant le journaliste.

— Tu savais que je t'aimais, tu t'es servi de moi comme d'une vulgaire poupée, tu savais que tu me faisais du mal ! Tu ne méritais que de mourir, et je voulais que tu souffres autant que moi. Profite bien de la vie, mon cher, parce que le SIDA sera foudroyant ! J'étais prête à tout quitter pour toi, tout, et tu préférais cette petite idiote de journaliste incompétente ! Pourquoi tu m'as fait mal, pourquoi ? Tu savais que nous pouvions être heureux ensemble, tu ne devais pas te servir de moi ! Je n'ai pas voulu me laisser faire, m'ajouter tout simplement à ta trop longue liste de conquêtes ! Je veux que tu meurs, je veux assister à ton agonie et j'ai choisi pour ça le moyen le plus sûr, le plus efficace : le SIDA ! Tu n'as rien compris à mes lettres, à celles que j'ai adressées à tes amis et à ta petite fille de joie, à mes *cadeaux*, tu es vraiment un imbécile !

Considérant qu'elle avait atteint une limite qu'elle ne pouvait plus dépasser, un des cameraman eut le réflexe de lui mettre la main sur la bouche pour la faire taire. Une morsure lui fit lâcher prise avec un cri et ce sont les autres qui, finalement, sortirent Rémy de la salle des nouvelles. Livide, il entendit une personne conseiller à quelqu'un de ne pas toucher à la seringue, que la police s'en chargerait.

— Ça va, Rémy ? Enlève ta chemise pour que l'on puisse voir ton bras.

— La police va arriver bientôt, l'enquêteur qui s'occupe de ton dossier va venir aussi.

— Il n'y avait peut-être pas vraiment le SIDA dans cette seringue. Ne te décourage pas.

Étourdi, ébranlé, Rémy s'assit sur une chaise et, malgré une douleur vive et tenace au bras, il ne bougea plus. Le poids des mots de Marthe l'accablait. Jamais il n'avait voulu se jouer d'elle, la blesser, jamais ! Pas plus d'elle que d'une autre conquête ! Sa vie venait de basculer en l'espace de trois ou quatre secondes ! C'était à la fois effroyable, inimaginable et ridicule. Comment, au beau milieu d'un reportage télédiffusé en direct, avait-elle pu décider de prendre une seringue contenant du sang et de le piquer avec ? Dans un appartement, au cours d'une conversation enflammée, d'une dispute sévère, elle aurait pu prendre un couteau et tenter de le blesser. La thèse du moment de folie ou du coup de colère aurait alors été plausible. Les circonstances démontraient pourtant combien son acte était prémédité, planifié, soigneusement calculé. Et que la folie l'habitait depuis longtemps. Elle l'avait agressé en direct à la télévision et devant au moins dix témoins.

Autour de lui, on s'activait.

Quand la porte menant aux studios s'ouvrit, la voix grave et délirante de Marthe se répandit dans la pièce. Rémy eut la nausée. Encore sous le choc, il avait du mal à réfléchir normalement.

Rémy sentit un doigt frôler son avant-bras gauche. Il tressaillit et repoussa la main d'un geste brusque avant de jeter un premier coup d'œil sur sa blessure. Ce n'était pas beau à voir. La... détraquée avait utilisé une seringue munie d'une aiguille longue et épaisse. Une douleur de plus en plus puissante déchirait le journaliste.

Pendant ce temps, dans les huit étages de l'immeuble entièrement consacrés à la télévision, la nouvelle de l'agression en direct à la Chaîne nationale d'informations se répandait comme une traînée de poudre.

Quatre policiers en uniforme pénétrèrent dans la pièce, accompagnés par un des producteurs de la station. Un seul d'entre eux resta avec Rémy, les autres allèrent s'occuper de l'arrestation de la suspecte et de la protection de la scène du crime.

— L'ambulance sera ici sous peu, monsieur Gaucher, ils vous transporteront à l'hôpital. Vous allez tenir le coup ?

— Oui, répondit Rémy d'une voix aussi peu assurée que son teint était livide.

Sylvain se tenait proche de lui mais ne savait pas quoi faire.

— Qui sont les meilleurs témoins ? s'informa le policier en sortant un calepin de sa poche de chemise.

Un des cameramen se nomma et cita plusieurs autres personnes qui, tout comme lui, avaient été témoins de l'agression. Il mentionna aussi la bande vidéo sur laquelle une partie de la scène avait été enregistrée avant qu'on ne coupe l'image. Le policier allait la faire saisir comme élément de preuve.

Pendant ce temps, les trois policiers maîtrisaient une lectrice de bulletin de nouvelles folle de rage. Ils lui lurent ses droits, les sempiternels « Vous avez droit à un avocat, tout ce que vous direz pourra être retenu contre vous... », qu'elle n'écouta pas le moins du monde. Les menottes aux poignets, les mains derrière le dos, elle demanda à un des policiers, en lui jetant un regard furieux, de quel droit ils l'arrêtaient.

— Vous êtes accusée de tentative de meurtre, madame. C'est un acte criminel pour lequel vous serez jugée.

— Tentative de meurtre ? Mais voyons, je n'ai que légèrement brutalisé un chien qui m'a fait bien pire ! Et lui, vous ne l'arrêtez pas ?

— Tout ce que vous dites peut être retenu contre vous, madame.

— Mais je le déteste ! Je le hais !

L'arrivée du sergent-détective détourna l'attention des policiers. Après s'être assuré que l'accusée connaissait bien ses droits, il ordonna qu'on l'emmène au poste.

— Demandez qu'on la surveille de près. Je ne crois pas qu'elle soit en pleine crise de délire mais elle a un comportement étrange. Je ne veux pas de problèmes avec une personnalité publique. Soyez vigilants. J'irai l'interroger au poste quand j'en aurai terminé ici. Où est la victime ?

— Dans l'autre pièce, là-bas, fit un patrouilleur en pointant une porte du doigt.

Marthe eut envie de cracher sur cet impertinent à lunettes qui semblait se prendre pour Dieu le Père. Le policier la fit avancer juste assez vite pour qu'il puisse l'éviter.

Ce journaliste dénaturé allait mourir, débarrasser la terre d'une ordure. Grâce à elle.

— Cher monsieur Gaucher, la bonne nouvelle, c'est que nous connaissons maintenant l'auteure des menaces !

— Oui mais à quel prix ? J'ai peut-être... probablement même... le SIDA...

— Soyons positifs. Il y a encore une bonne quantité de sang dans la seringue, suffisamment pour en faire une analyse. Ainsi, nous aurons rapidement une bonne idée de ce que cette personne a pu vous inoculer, en attendant les résultats officiels des tests que vous passerez... Je garde espoir. Bon... il est temps que l'ambulance arrive. Votre bras n'est pas beau à voir. Comment vous sentez-vous ?

— Sous le choc.

— Monsieur Gaucher, je vais vous contacter demain avant-midi. Je vais monter mon dossier pour le présenter au juge et je vais aussi, dès mon retour au poste, interroger la suspecte. Il faut faire le lien entre les lettres de menaces, la bombe, le sang d'animal et cette tentative de meurtre. Je vais aussi aller chercher le rapport du médecin à l'hôpital, un peu plus tard. Je vous informerai de l'heure à laquelle elle passera devant le juge et, après l'audition, je vous dirai ce qu'il aura décidé pour elle.

— Rémy n'est pas en sécurité si cette désaxée est remise en liberté, vous le savez ? s'informa Sylvain, le caméraman et ami de Rémy, choqué.

— Elle ne sera pas remise en liberté. Si tout se passe tel que prévu, elle devra subir un examen psychiatrique. Elle sera alors placée en cure fermée et, lorsque le rapport de l'enquête préliminaire sera sorti, nous saurons à quoi nous attendre.

— C'est-à-dire ?

Le journaliste ne l'écoutait qu'à moitié mais il craignait de voir sa collègue remise en liberté. L'enquêteur, de son côté, était conscient qu'il faudrait tout lui réexpliquer dans un jour ou deux, quand le choc serait passé.

— Est-ce que cette personne est apte à subir un procès, comprend-elle vraiment la portée de son geste ? C'est au psychiatre de nous le dire et, selon sa réponse, l'issue du procès sera différente.

Le sergent-détective glissa quelques mots aux ambulanciers qui venaient de se présenter. Rémy refusa qu'ils lui touchent le bras. Il était hypersensible et un des techniciens ambulanciers lui promit qu'un anesthésique local lui serait appliqué à l'hôpital.

Rémy était honteux de descendre les cinq étages sur une civière. Il se sentait toutefois trop faible pour faire le trajet à pied. Il demanda aux ambulanciers d'agir le plus rapidement possible. Il n'ignorait pas qu'au moment où il leur parlait, la CNI ne serait pas la seule station à vouloir relater les événements tragiques et inusités qui étaient survenus en direct à la télévision. Les chaînes concurrentes, les journaux, les stations de radio, tous voudraient en savoir le plus possible sur les circonstances, les conséquences, les accusations, les blessures. Rémy était bien placé pour en savoir quelque chose.

Dans l'ascenseur, il refusa l'offre de Sylvain de l'accompagner à l'hôpital. Il voulait être seul.

— Veux-tu que j'appelle quelqu'un ? Ta famille, un ami, Andréanne ?

— Non, merci.

Dès que la civière fut installée dans l'ambulance, les ambulanciers s'empressèrent de fermer les portières. Comme Rémy s'y était attendu, journalistes et reporters de divers milieux étaient déjà sur place. Par chance, l'ambulance était garée sur le pas de la porte et le supplice n'avait pas duré trop longtemps.

Encore sonné, Rémy se laissa soigner docilement par l'urgentologue. Après avoir retiré l'aiguille du muscle, celui-ci désinfecta le bras, fit les prises de sang nécessaires aux analyses, referma la plaie avec quelques points de suture et rédigea une ordonnance pour des antidouleur. On lui administra ensuite le traitement choc qu'on donnait, dans les deux heures suivantes, aux gens qui, comme lui, venaient d'être mis en contact avec le virus du VIH. Ce fut long et pénible. Le médecin lui recommanda du repos, quelques semaines de congé, des applications de glace sur le bras, de bien prendre les médicaments et d'attendre les résultats. Rémy le trouva bête : comme si des comprimés pouvaient le rassurer, le consoler, le guérir s'il avait vraiment le SIDA ou l'hépatite C, qui étaient des maladies mortelles, facilement transmissibles.

Une infirmière lui appela un taxi. Une fois à l'intérieur, Rémy sentit les idées noires affluer au même rythme que le chauffeur marquait les feux rouges : très vite.

Il était près de vingt-deux heures quand il rentra chez lui. Son répondeur téléphonique indiquait six messages. Ne voulant plus rien savoir du reste du monde, il coupa la sonnerie de son téléphone et celle de son cellulaire, n'écouta pas ses messages même si les personnes méritaient sans doute d'être rappelées. Il se doutait bien que parmi les six messages, il s'en trouvait un de Benjamin et un de Mathieu.

Rémy voulut se verser un verre de cognac, puis se rappela les recommandations du médecin : pas d'alcool avec les médicaments. Jugeant qu'il avait suffisamment de problèmes sans risquer d'en créer d'autres, il se servit un Coke et se laissa tomber sur le divan, dans le noir le plus total. Au loin, les lumières des riverains du fleuve Saint-Laurent brillaient. Rémy se perdit dans ses pensées.

Le SIDA.

Pendant toutes ces années où on l'avait qualifié de coureur de jupons, ses amis, ses connaissances et même quelques-unes de ses maîtresses l'avaient mis en garde contre ce virus qui pouvait se propager facilement : même le condom n'était pas complètement sûr. Il s'était soulagé – psychologiquement – de ce problème en choisissant ses partenaires dans des milieux plus bourgeois que modestes et en étant toujours très prudent sur les méthodes de protection qu'il utilisait.

Et malgré tout ça, Andréanne était devenue enceinte ! De lui ? Il n'en doutait pas. Elle était une « femme à hommes », certes, mais il ne mettait pas en doute sa fidélité depuis le début de leur liaison : elle semblait l'aimer ! Avait-il tout simplement baissé la garde en sa compagnie, jugeant leur relation plus stable, donc moins à risques ?

Cela avait peu d'importance maitenant, de toute façon.

Rémy se remémora les premières et les dernières lettres reçues. À la fin, bien qu'il ait commencé à avoir sérieusement peur, il ne pouvait encore imaginer la cruauté de la suspecte.

La suspecte était devenue l'agresseure et elle s'appelait Marthe Caza.

Soudain, un flash lui revint en mémoire.

Lorsqu'il avait fait visiter la station aux deux petites, Rémy avait presque aussitôt reçu une lettre faisant mention des enfants. Obnubilé par ses problèmes, il n'avait pas songé à se demander *qui* était présent et *qui* l'avait vu en leur compagnie. Il s'était contenté d'être heureux de découvrir que la suspecte ne pouvait pas être Andréanne. Avec un brin de perspicacité, il aurait tout de suite allumé. Il était tombé nez à nez avec Marthe et Judith, sa timide filleule, lui avait dit qu'elle ne l'aimait pas, qu'elle avait des yeux méchants ! Idiot de triple idiot. Et peu après, il s'était étonné que l'enfant accueille Andréanne à bras ouverts. S'il avait été attentif le moins du monde, il aurait deviné.

La cruauté. Rémy aurait préféré que son ex-consœur de travail le poignarde ou encore qu'elle lui tire une balle. Mourir sur-le-champ n'aurait pas été douloureux et ses soucis terrestres auraient été terminés. S'il devait avoir attrapé le SIDA via cette seringue, il mourrait lentement, terriblement, périrait à petit feu...

Non ! Rémy ne pouvait pas accepter cette éventualité. Une crise d'angoisse lui déchira le corps. Il n'arrivait plus à respirer. Lorsqu'il eut finalement repris son calme, il était trempé de sueur. Des gouttes d'eau perlaient sur son dos, ses bras, sa tête. Première crise d'angoisse à vie.

Le journaliste côtoyait souvent des gens qui vivaient des drames. Certains avaient tout perdu dans un incendie. Les biens matériaux c'était une chose, mais il arrivait parfois qu'on déplore aussi la perte d'un proche. D'autres vivaient de terribles accidents de voiture et, trop souvent, il y avait des victimes. Il y avait des viols, des erreurs fatales au travail, des meurtres gratuits, des vols traumatisants, des prises d'otages, des découvertes de cadavres qui allaient perturber à vie... Tant de choses, tant de drames humains dont il avait l'habitude...

Souvent, on lui parlait de *cet infime instant* qui changeait la vie à tout jamais. Quelques heures plus tôt, le journaliste *imaginait* ce que ressentaient les gens à ce moment-là. Maintenant, avec son bras douloureux pour le lui rappeler à tout instant, Rémy *comprenait*. Il aurait voulu être ailleurs, réagir autrement, *agir* d'une autre façon. En l'espace d'une seconde, celle où Marthe Caza avait sorti la seringue de sa poche et l'avait enfoncée dans son avant-bras, Rémy avait vu sa vie passer du blanc au noir. Irréversible. Sans savoir pourquoi, le journaliste n'avait que ce mot en tête. La seconde était ir-ré-ver-si-ble. Même s'il désirait recommencer sa vie, effacer la liaison qu'il avait eue avec cette femme mariée, refuser d'accompagner les manifestants pour la journée, arriver plus tôt afin d'avoir le temps nécessaire pour faire son reportage, inutile. C'était fait, c'était irréversible et il ne pouvait plus revenir en arrière. Jamais. Il allait peut-être mourir du plus gros fléau du présent siècle, dans des souffrance horribles, et il n'y pouvait rien.

Rémy s'approcha du téléphone. Pourquoi fallait-il qu'il ait envie de parler à sa mère ? Il se doutait trop bien de l'accueil qui lui serait réservé mais il composa tout de même le numéro.

— Maman ?

Ils se connaissaient si peu et, pourtant, Rémy avait l'impression de retrouver quelque chose d'important en entendant sa voix.

— Oui, Rémy. J'ai su ce qui t'était arrivé. Comment ça va ?

— Oh, pas très fort... Je me sens... seul. Je dois suivre un traitement médical très rigoureux pendant trente jours pour tenter de combattre le virus du SIDA et l'hépatite C.

— Pourquoi cette journaliste t'a-t-elle agressé ? Qu'est-ce que tu lui as fait ?

— Je n'ai pas l'impression de lui avoir fait quelque chose de suffisamment grave pour justifier cette agression, maman.

— Rémy, je te connais trop bien. Dis-moi donc la vérité ! Que lui as-tu fait ?

Rémy ravala sa salive. C'était donc lui le responsable de tout ça ?

— Je suis seul, maman. J'ai mal *en dedans.*

— Tu as besoin de quelqu'un pour jouer à l'infirmière ? Tu peux toujours venir, si tu es mal pris. Le divan du salon ne doit pas être trop inconfortable, ton père s'y endort souvent en écoutant des films ! Appelle-moi d'avance si tu viens, d'accord ?

Voilà tout ce qu'il pouvait tirer de sa mère : un sentiment accru de culpabilité, l'impression de la déranger, de se faire accorder une faveur en allant la voir. Une nouvelle fois, le petit garçon était déçu.

Sentant venir une seconde crise d'angoisse, Rémy ouvrit la porte-fenêtre et sortit sur le balcon. Un noir d'encre l'enveloppait, bien plus opaque que celui de la nuit. Il n'y avait ni étoile, ni lumière.

Rémy Gaucher avait déjà souffert dans sa vie. Rejeté par ses parents, il avait eu ensuite de nombreux chagrins, d'innombrables déceptions. Mais jamais il ne lui était arrivé de broyer tant d'idées noires.

Des larmes, des torrents de larmes lui serraient la gorge, l'étouffaient. La pression lui faisait mal. La douleur irradiait son corps. Elle prenait toute la place. En comprenant qu'il faisait une autre crise d'angoisse et que, faute d'oxygène, il n'arriverait pas à la cuisine, il se pencha au-dessus de la rambarde du balcon, se plia en deux, se retrouva à moitié dans le vide, appuyé de tout son poids contre la grille de métal qui le séparait du néant.

Rémy avait généralement le vertige mais à ce moment-là, son désir de mourir était plus fort que tout le reste. Il était si fort qu'il en était insupportable.

Ses pieds ne touchaient plus que le sol ; ils ne supportaient plus son poids. La rambarde le supportait, tenait le coup.

Rémy se redressa et estima qu'il lui faudrait deux secondes pour « escalader » la grille, environ dix secondes pour tomber quatre étages plus bas. Personne ne savait ce que ressentaient les gens qui faisaient une telle chute : la plupart en mouraient et les autres, assommés, n'en gardaient plus aucun souvenir.

Dix horribles secondes étaient-elles pires que des années d'agonie ? Non.

Le vide l'attirait avec la même force que la chaleur des bras de sa mère l'aurait attiré si elle les lui avait tendus, là, tout de suite.

À travers le brouillard, Rémy entendit le bruit strident de son répondeur. Sans savoir pourquoi, il se redressa un peu pour écouter le message :

> « Rémy, c'est Andréanne. Je viens d'apprendre ce qui s'est passé, j'en suis toute bouleversée... Je suis à Québec pour encore trois ou quatre jours, je couvre le procès du chef des motards... Ouf... Ce que je veux te dire, Rémy, c'est que je t'aime. Laisse-moi prendre soin de toi, laisse-moi t'aider dans tout ça, laisse-moi être à tes côtés. Je t'aime, Rémy ! »

Rémy se redressa complètement. Le message d'Andréanne venait de le frapper en plein cœur. Elle l'aimait ! Avait-il bien compris ? Elle l'aimait, elle ne le rejetait plus, elle était prête à lui tendre la main !

Andréanne l'ignorait, mais elle venait de lui sauver la vie...

Encore tremblant, il rentra et appuya sur la touche *play* de son répondeur.

Sur huit messages, deux étaient de Mathieu, deux de Benjamin, un de Valérie, deux autres provenaient de membres de la Chaîne, dont le directeur général. Et il y avait celui d'Andréanne, que Rémy réécouta deux fois, tellement il était touché.

Mathieu et Benjamin l'invitaient à les appeler ou à aller les voir n'importe quand.

Mathieu. Oui, c'était une bonne idée de lui rendre visite. Il avait toujours été là quand il en avait eu besoin, c'était son grand ami, son meilleur ami. Il comprit soudain qu'outre sa mère, c'était Mathieu qu'il avait le plus envie d'avoir auprès de lui. Il appela un taxi. Il frappa à la porte qui s'ouvrit sur Mathieu, étonné de voir son copain se matérialiser devant lui. Malgré sa grande taille, Rémy paraissait affreusement petit, ce soir-là. Il était devenu un enfant dont la vie risquait de s'écrouler.

— Tu nous as fait toute une peur, Rémy... Je suis vraiment content de te voir... J'ai téléphoné chez toi et sur ton cellulaire cent fois et je me demandais si je ne devais pas aller chez toi directement... Comment te sens-tu ?

— Pas bien du tout. Devine quoi ? Je me suis fait peur moi-même. Je ne veux plus être seul, Mathieu, j'ai peur de ce que je pourrais faire... Je me sens au bord du gouffre. Je sens le vide sous mes pieds, j'ai peur de basculer, de m'y jeter...

— Je comprends, mon pauvre. Allez, viens, je suis avec Valérie.

Valérie se leva en les voyant entrer. Elle embrassa Rémy sur les joues et le serra contre elle.

— Je suis contente de te voir, Rémy. J'ai eu peur pour toi.

Il hocha la tête. Il ne savait même pas quoi répondre.

— Tu as bien fait de venir. Je vais regarder ton bras. Veux-tu soulever la manche de ton chandail ?

— Justement, je voulais te demander conseil au sujet des médicaments que le médecin m'a prescrits. J'aurais dû arrêter à la pharmacie en venant ici mais je voulais ton approbation et, franchement, je n'avais pas le courage d'attendre debout des heures devant le comptoir de la pharmacie.

— Dès que Mathieu les aura approuvés, j'irai te les chercher et je rentrerai ensuite à la maison. Quoi de mieux qu'une bonne conversation entre hommes pour se remonter le moral ?

Rémy avait tendu la feuille de prescriptions à son ami. Il sourit à Valérie.

— C'est vrai qu'aujourd'hui, les femmes, j'en ai soupé !

— Les médicaments sont conformes, mais je vais aussi te prescrire un somnifère, le même que j'avais prescrit à Benjamin et à Geneviève, d'ailleurs. Tu vas avoir besoin de sommeil pour récupérer.

— Pourquoi pas ? Je voudrais dormir jusqu'au moment où j'aurai le résultat final... dans six mois !

— Je vais m'occuper de ton dossier, Rémy. Je vais essayer d'obtenir l'analyse préliminaire de tes tests et celle de la seringue contaminée le plus tôt possible. Ça nous donnera une bonne idée de départ. Je vais chercher un bloc de prescriptions dans mon bureau et je reviens.

Avant le départ de Valérie pour la pharmacie, Mathieu insista pour examiner le bras du journaliste. La designer frissonna, le médecin s'étonna de la grosseur de la seringue que Marthe Caza avait utilisée. Il ne pouvait donner qu'un seul conseil à son ami : appliquer des compresses de glace.

Aussitôt Valérie partie, Mathieu demanda à Rémy la permission d'appeler Benjamin. Il s'était inquiété autant que lui et ils s'étaient souvent téléphonés, tant pour se rassurer que pour savoir quand il donnerait des nouvelles.

Que Benjamin propose d'aller les rejoindre fit plaisir au journaliste. Soudain, Rémy craqua. Enfin, quelques larmes coulèrent. La présence de Mathieu, assis à ses côtés, était réconfortante.

— Les chances qu'elle t'ait transmis le SIDA sont faibles, Rémy. Tu as reçu le meilleur traitement et ce, dans les délais recommandés.

— Elle a quand même injecté du sang dans mon corps, Mathieu ! Et ce sang peut appartenir à n'importe qui. N'est-ce pas la méthode la plus efficace qui soit pour transmettre le virus ?

— C'est un vecteur possible, mais la contamination n'est pas garantie. *Si* la seringue contenait le virus, et si, par ailleurs, ce dernier était encore actif, tu as des chances d'y échapper grâce au traitement. Et encore, si la seringue venait d'une personne contaminée, il faut se demander depuis combien de temps cette... détraquée la traînait avec elle. La dessiccation est un phénomène par lequel les virus et certaines bactéries sont sensibles au dessèchement à l'air ambiant et sont détruites par lui après un certain temps. Le virus du VIH est extrêmement sensible à cette dessiccation, contrairement au virus de l'hépatite qui, lui, est bien plus résistant. Un sang « vieux » est peu susceptible de transmettre le SIDA. Par sang « vieux », j'entends un sang mis en contact avec l'air ambiant depuis plusieurs heures déjà. Tu me suis ?

Rémy hocha la tête.

— Tu vois, les chances de ne pas avoir le virus sont bien plus grandes que les risques de l'avoir contracté.

Rémy essuya du revers de la main les quelques grosses larmes qui roulaient sur ses joues. Il affirma qu'une femme capable de construire une bombe, aussi artisanale soit-elle, devait avoir bien planifié « le coup de la seringue ».

Valérie revint moins d'une demi-heure plus tard. Elle resta dans le vestibule, ne désirant pas imposer sa présence au journaliste.

— Merci, dit Mathieu à son amie de cœur. Je pense qu'il vaut mieux que je reste seul avec lui. Benjamin va venir bientôt et c'est de ses deux vieux copains dont il a le plus besoin, je crois.

— Bien sûr. Téléphone-moi s'il y a un problème. Veux-tu que je vienne m'occuper des enfants, demain matin ?

— Ça ira, je vais demander à Cathou de venir me donner un coup de main et de veiller sur Rémy. Je t'aime, Valérie.

— Moi aussi. Bonne chance. Je vais penser à vous très fort.

— Merci.

Mathieu s'empressa de retourner auprès de son ami qui, de toute évidence, n'en menait pas large. Il sortit les cinq boîtes de médicaments que Valérie venait d'apporter et les déposa sur la table du salon.

— Je t'expliquerai comment fonctionne ton traitement demain matin. La tri-thérapie est extrêmement complexe. Je vais même jeter un œil dans mes livres avant de me coucher pour être certain de te fournir les bonnes informations. Tu peux prendre immédiatement l'anti-inflammatoire et le somnifère. Je vais te chercher de l'eau.

Rémy se mit à parler avant même d'avaler les médicaments. Il informa Mathieu qu'il avait peut-être un futur cadavre devant lui. Avec fermeté, Mathieu lui ordonna de cesser de dire n'importe quoi. Le journaliste ne s'arrêta pas pour autant.

— Si Marthe m'avait tiré une balle dans la tête ou dans le cœur, je serais mort sur le coup. Finis les soucis, les peines, les peurs, les angoisses, disparue toute souffrance humaine. Mais cette chère Marthe a préféré m'injecter une substance probablement mortelle, tu te rends compte ? Je suis peut-être, à l'heure actuelle, sur la voie d'être aussi mort que les cadavres de la morgue de ton hôpital. C'est une question de temps, mais...

— Rémy, chacun peut mourir n'importe quand ! Rosie est morte à vingt-trois ans, subitement, pendant un accouchement comme des millions de femmes en ont chaque année.

— Pourquoi tout semble s'acharner sur nous, Mathieu ? C'est incroyable. Ta femme est morte ; l'usine de Benjamin a explosé ; Christopher a divorcé, il se sent toujours coupable de ne pas suffisamment s'occuper de sa fille ; et regarde ce qui m'arrive maintenant...

— Une vie sans heurts, Rémy, ça n'existe pas. Même en vivant dans une tour d'ivoire, il peut arriver malheur. Une tornade qui détruit la tour ou bien la servante qui meurt...

Rémy sourit et releva la tête. On avait frappé à la porte. Benjamin entra, alla s'asseoir à côté de Rémy sans dire un mot et lui tapota le dos. Leurs cours de tennis étaient loin derrière eux mais leur amitié était encore très solide.

— Quand Rosie est morte, ou quand il y a eu l'explosion à l'usine, est-ce que l'idée de la mort vous a frôlés ? Si oui, quand, comment et qu'est-ce qui vous a raccroché à la vie ?

Mathieu et Benjamin échangèrent un long regard inquiet. Sa blessure étant moins fraîche que celle de Benjamin, Mathieu prit la parole le premier. Il pouvait se rappeler le drame qu'il avait vécu avec plus de recul et moins de souffrance que Benjamin.

— J'y ai songé, bien sûr, mais jamais je ne suis allé au-delà de la pensée. J'avais Sandrine, je l'adorais, je ne voulais surtout pas faire ce mauvais coup à mon petit bébé qui n'avait pas demandé à naître. La côte a été pénible à remonter mais, aujourd'hui, je profite entièrement de la vie et je ne regrette pas de m'être battu.

Benjamin avait bien du mal à mettre des mots sur ce qu'il avait vécu quelques semaines plus tôt. Après un moment d'hésitation, il affirma qu'il avait songé à la mort le soir même de l'explosion. Épuisé, découragé, à bout de forces, il avait songé que ce serait moins douloureux de mourir que de rester debout et de faire face à la musique. Benjamin savait qu'il aurait du pain sur la planche pour rebâtir son usine, pour rendre à ses employés décédés l'hommage qu'ils méritaient. Et puis, il avait sa femme, ses enfants...

— Je pense que tout le monde, au moins une fois dans sa vie, imagine la mort comme la seule façon de cesser de souffrir. Les statistiques sur le suicide le prouvent, d'ailleurs : une majorité de gens commettent cet acte irréversible pour arrêter d'avoir mal, rien d'autre ! Quand de pareilles idées nous traversent l'esprit, je crois qu'on devrait penser aux gens qui nous aiment, à ceux que nous aimons si fort. Ces deux petits êtres qui dorment en haut et que j'aime tellement, quel héritage leur aurais-je laissé en me donnant la mort ? demanda Mathieu en fixant Rémy dans les yeux.

— Je n'ai ni femme ni enfant à qui me raccrocher. À quoi bon me battre pour vivre si j'ai le SIDA ?

— Tu as tes trois vieux copains, lui dit Mathieu, c'est déjà ça. Et ta belle Andréanne. Est-elle au courant de ce qui s'est passé ? Ça m'a surpris que tu ne sois pas avec elle.

— Nous sommes séparés depuis quelques jours. Elle m'a laissé un message sur mon répondeur. Si vous saviez le bien qu'elle m'a fait !

Rémy raconta leur rupture, l'avortement qu'avait subi Andréanne. Oui, en quelques heures à peine, il avait compris que sa vie en dents de scie était finie. S'il avait le SIDA, les raisons étaient bien évidentes. Sinon, il s'assagirait, même si sa vie devait devenir ennuyeuse. Plus question de faire la chasse à la mort.

— Tu vas voir que l'on peut être heureux dans une vie stable, Rémy.

— Benjamin, jamais je ne pourrai faire du huit à cinq et rentrer dormir tous les soirs à la maison, comme un bon toutou. Vous le savez, je quittais la maison, tard le soir ou même aux petites heures, pour aller prendre l'air ou aller vous retrouver et ce, dès l'âge de huit ou neuf ans. Mes parents...

Un sanglot lui coupa la parole. Toujours à côté de lui, Benjamin lui tapota doucement le dos en guise de réconfort. Ni l'homme d'affaires ni le médecin ne se souvenaient vraiment de la dernière fois où Rémy s'était permis de pleurer devant eux avec autant de laisser-aller.

— La dernière fois que je t'ai vu pleurer, c'est, je crois, quand ta première petite copine t'a laissé tomber..., se remémora Mathieu.

Rémy se calma. L'humour, en situation de stress, lui était toujours bénéfique.

— La première ? C'est moi qui l'ai laissée tomber, Mathieu. J'avais six ans et j'étais en première année. Celle dont tu parles, c'est la seule qui m'ait quitté avant Andréanne. Elle s'appelait Olive, j'étais en secondaire IV et je n'arrêtais pas de lui dire que j'étais heureux d'être son Popeye. Ça m'a valu un billet vers la sortie assez vite !

Ils rirent et Rémy étouffa un bâillement. Il montra le flacon de somnifères à Benjamin.

— Mathieu m'a empoisonné avec le même venin que toi. Pas trop d'effets secondaires ?

— Le réveil est un peu lourd mais le repos, ça n'a pas de prix.

Ce n'est que deux heures plus tard que Rémy s'endormit enfin dans le lit de sa filleule. Benjamin et Mathieu, pour se détendre, burent une bière, puis ils décidèrent d'essayer d'aller dormir un peu dans l'espoir de parvenir à trouver le repos...

65

Judith s'habilla avec les vêtements choisis la veille et qui, comme d'habitude, avaient été suspendus sur le valet de nuit dans la chambre de Sandrine. Depuis quelque temps, sa mère passait toutes ses soirées chez Mathieu et Sandrine. Judith dormait de moins en moins souvent chez elle. Elle ne s'en plaignait pas et elle adorait son amie, Cathou et Mathieu, mais elle s'ennuyait de ses petites choses à elle et, surtout, de sa collection de pierres.

Elle en discuterait avec sa mère le soir même. Les choses allaient changer, Judith en était certaine.

Soudain, elle se rendit compte qu'elle avait oublié de sortir une paire de chaussettes.

Elle se dirigea vers sa chambre et, sans allumer, ouvrit le tiroir de la commode où se trouvaient ses vêtements. En se retournant, elle lâcha un petit cri de surprise. Deux yeux la fixaient. Comme la personne avait la couverture remontée jusqu'au nez, elle mit quelques secondes à reconnaître... son parrain !

— Excuse-moi, Rémy, j'ai seulement pris quelque chose. Fais dodo, je ne reviendrai plus. Bye !

Elle lui donna un baiser sur la joue et sortit après lui avoir fait un magnifique sourire que Rémy avait tout juste perçu à la lueur de l'aube.

Aussitôt la petite sortie, il s'étira pour prendre un mouchoir en papier dans la boîte que Mathieu avait déposée sur la table de nuit, à son intention. Quelle magnifique et adorable enfant ! Et dire qu'il ne la reverrait peut-être plus... bientôt... si le SIDA était aussi foudroyant que le lui avait promis Marthe...

Rémy se rendormit après s'être mouché un bon coup. Vive les somnifères...

Judith mit ses chaussettes et alla rejoindre Mathieu. À peine avait-elle ouvert la bouche que Mathieu rétorqua qu'elle ne lui avait pas dit bonjour et il lui donna un baiser sur le bout du nez.

— Pourquoi Rémy est dans ma chambre ? Pourquoi pas dans la chambre d'amis ? Ses pieds dépassaient du lit ! C'était drôle !

— J'ai oublié de vous avertir en vous réveillant... Je vais vous expliquer ce qui s'est passé à toutes les deux. Sandrine est dans sa chambre ?

— Je vais aller la chercher !

Elles s'assirent toutes les deux à la table de la cuisine, les mains sous le menton, gaies mais attentives. Mathieu leur expliqua tout simplement que Rémy avait été malade et qu'il était épuisé. Il avait besoin de se reposer. S'il lui avait offert de venir chez eux, c'était pour pouvoir lui donner des médicaments et pour qu'il ne s'ennuie pas trop. Il s'était endormi dans la chambre de Judith parce que la chambre d'amis n'était pas prête et qu'ils n'avaient pas envie, ni l'un ni l'autre, de faire le lit.

En plus, Rémy trouvait amusante l'idée de dormir dans la chambre de sa petite filleule. Il était convaincu qu'elle ne serait pas fâchée.

— Mais non ! Je l'aime beaucoup, Rémy, et je veux bien lui prêter mes choses.

Judith observa les nombreux flacons posés sur le comptoir de la cuisine.

— Toutes ces pilules, c'est pour lui ? Tu lui en as donné beaucoup !

— Je n'avais pas le choix. Allez, au déjeuner !

Mathieu téléphona à Cathou vers six heures trente et lui demanda de monter un peu plus tôt que d'habitude. Il avait une histoire à lui raconter et une tâche spéciale à lui confier. Elle accepta sans un mot et quinze minutes plus tard, les filles lui faisaient la bise.

Elle fut attristée et très choquée d'entendre l'histoire que lui racontait Mathieu, au sujet de Rémy. Elle l'assura qu'elle prendrait grand soin du blessé aussitôt qu'il se réveillerait.

Mathieu mit les médicaments dans un petit plat à part, car il tenait à ce que Rémy prenne le traitement rigoureusement à l'heure. Il décida même d'aller les lui faire avaler sur-le-champ. Sans que rien ne paraisse, le corps de son ami était peut-être en train de livrer la plus grande bataille de sa vie. C'était en dormant qu'il avait le plus de chances de lutter contre le virus ; voilà pourquoi Mathieu avait ajouté quelques milligrammes à son somnifère, comparé à celui qu'il avait prescrit à Benjamin et à Geneviève peu avant. Rémy serait sans doute un peu dans les limbes en se réveillant. Mathieu demanda également à Cathou d'appeler sur ton téléavertisseur quand Rémy voudrait quitter la maison : il voulait savoir ce qu'il prévoyait faire.

Rémy s'assit dans le lit et avala tous les comprimés que Mathieu lui tendait sans chercher à se rappeler à quoi ils servaient. S'il ne pouvait faire confiance à Mathieu, à qui le pourrait-il ? Il se recoucha aussitôt et avoua qu'il s'endormait encore. Il se sentait comme au lendemain d'une cuite, toute une cuite. La mémoire lui revint alors.

— As-tu mal au bras ? Je ne t'ai pas donné d'anti-inflammatoire, tu dois les prendre au besoin uniquement. En veux-tu un ?

— Oui. J'ai l'impression d'avoir le bras dans un brasier : ça brûle !

— D'accord. Rémy, je vais travailler mais Cathou sera là quand tu te réveilleras. Elle va s'occuper de toi comme de son fils.

— C'est bien. Il y a aussi ma mère qui est prête à « jouer à l'infirmière » si je suis seul, *vraiment* tout seul. Tu te rends compte ? Comme si c'était un jeu !

Ils secouèrent la tête tous les deux. Rémy allongea le bras et saisit son téléavertisseur, sur la table de nuit. Il demanda à Mathieu de le confier à Cathou et de lui demander de le réveiller si l'enquêteur appelait. Il donna son numéro.

— C'est bien. Rendors-toi. Appelle à l'aide si tu as le moindre problème.

— Merci, Mathieu. Pour tout.

— Ce n'est rien, Rémy. Si je peux faire plus, dis-le-moi sans hésiter.

— Juste de savoir que je peux compter sur toi, ça me fait du bien.

— Bonne journée, Rémy. Repose-toi bien. Quand tu te réveilleras, bois beaucoup. Ton traitement occasionnera sans doute quelques effets secondaires et l'absorption de beaucoup de liquide est à titre préventif. Je t'en reparlerai ce soir.

Rémy ouvrit les yeux, fit un sourire à son ami et hocha la tête en signe d'assentiment.

Le journaliste se réveilla en sursaut quand il se tourna sur le côté gauche. La douleur le fit tressaillir et l'éveilla entièrement. Il regarda sa montre et constata qu'il était déjà dix heures.

Le sourire de Cathou le toucha quand il pénétra dans la cuisine. Elle quitta son fourneau, s'approcha spontanément de lui et le serra très fort contre elle. L'étreinte dura longtemps et Rémy avait les yeux remplis d'eau quand ils se séparèrent.

— Garde courage, je sais que tu vas bien t'en sortir.

— Merci, Cathou... J'ai fait tant de mal autour de moi. À cette Marthe Caza, entre autres. À preuve, regarde jusqu'où elle est allée pour me rendre la monnaie de ma pièce... À Andréanne aussi...

— Ta belle Andréanne est amoureuse, n'est-ce pas ?

— Elle l'est. Et moi aussi, je pense. Je m'ennuie vraiment d'elle, en tout cas.

Rémy ferma les yeux et imagina une minute la chaleur d'Andréanne. Il aurait tellement aimé la voir !

De fil en aiguille, tout en conversant, il finit par manger la moitié d'un croissant. Le téléavertisseur retentit. Rémy rappela le sergent-détective au poste.

— Marthe Caza était en crise, hier soir. Elle m'a engueulé, vous insultait, répétait que tout était de votre faute parce que vous l'aviez blessée, bref, c'était l'enfer. Elle est beaucoup plus calme ce matin, mais refuse toujours de me dire où elle a obtenu cette seringue. La seule chose qu'elle veut bien dire, c'est qu'elle n'est pas séropositive. On verra bien, nous lui avons fait faire une prise de sang. Son avocat plaidera probablement la non-culpabilité pour cause de désordre mental. Rendez-vous devant le juge vers quatorze heures. Voulez-vous y assister ? Je serai là et pourrai vous présenter l'avocat de la Couronne.

— Non, merci. Appelez-moi après, d'accord ? Je n'ai pas envie de me trouver face à face avec Marthe Caza. Je la déteste mais, en même temps, elle me fait pitié...

— Ah ! bon ?

Le sergent-détective semblait sidéré. Rémy l'imaginait bien : assis à son bureau, tapant du crayon sur un bloc de feuilles, les lunettes remontées sur le front en signe de concentration. Drôle de bonhomme sur lequel il était tombé, mais il l'aimait bien. L'enquêteur était à peine plus vieux que lui, mais il lui faisait confiance.

— Nous savons maintenant que la seringue a été volée dans un hôpital : en effet, seuls les hôpitaux québécois utilisent les seringues de cette compagnie. Ce n'est pas sorcier, n'importe qui est capable de commettre un tel vol lors d'une visite à l'urgence ou dans certaines cliniques médicales privées. La principale question, maintenant, est : d'où provient le sang ? J'en discutais avec des collègues et nous allons patienter vingt-quatre heures avant d'aller enquêter dans le milieu des toxicomanes. J'ai l'impression que Caza va finir par parler. De plus, c'est pour demain en fin de journée qu'on nous a promis les résultats des analyses. Nous saurons donc si c'est le sang de Marthe Caza qui était dans la seringue. N'oubliez pas que rien ne nous prouve, pour l'instant, que le sang était contaminé.

— Son mari ? Avez-vous pensé à l'interroger ?

— Bien entendu. Il était à Hull lorsque je l'ai rejoint, hier soir. Il est revenu tout de suite et je l'ai rencontré vers deux heures, ce matin.

Le mari de Marthe Caza semblait réellement sous le choc. En enquêtant à la station, immédiatement après l'agression, un confrère de Thivierge en avait appris pas mal sur elle : elle avait eu au moins deux autres amants et elle racontait la même histoire à tout le monde. Elle disait que son mari et elle étaient sur le point de divorcer, qu'ils ne faisaient plus rien en commun, que chacun menait sa vie comme il l'entendait. Son mari avait secoué la tête fermement : tout cela était faux ! Certes, ils s'étaient éloignés l'un de l'autre au cours des derniers mois mais jamais ils n'avaient voulu se séparer. Il ignorait comment sa femme avait pu construire une bombe artisanale chez eux, sans qu'il s'en rende compte. Il n'avait jamais vu la moindre lettre suspecte, ne savait pas comment elle avait pu prélever du sang à quelqu'un... Lorsque Thivierge lui avait appris qu'il avait fait la demande d'un mandat de perquisition pour fouiller leur résidence, à la recherche de preuves, de matériel explosif, de lettres écrites mais non envoyées, etc., il avait acquiescé d'un air bien découragé.

— Elle comparaît sous quel chef d'accusation, au fait ? demanda Rémy.

— Nous essayons « tentative de meurtre », rien de moins. Dès l'instant où elle vous a piqué, elle se méritait déjà une « agression armée ». Le fait qu'elle ait proféré des menaces de mort change tout : nous pouvons maintenant l'accuser de tentative de meurtre, car il est clair que son intention était de tuer. D'autres accusations seront aussi portées : harcèlement, etc. Bref, je pourrai vous dire en fin de journée si notre accusation va tenir le coup devant le juge, mais je suis prêt à parier que oui.

Le sergent-détective Thivierge ne lui précisa pas que s'il devait mourir par la suite, Caza devrait revenir au tribunal pour un nouveau procès. Le chef d'accusation serait alors le plus grave : « meurtre », rien de moins !

— Je ne compte donc pas sur vous pour cet après-midi ?

— Non ! Je n'ai pas du tout envie de me retrouver nez à nez avec elle, ni devant une dizaine de journalistes. Vous me tiendrez au courant ?

— Bien entendu. J'appellerai votre téléavertisseur ou votre cellulaire aussitôt que ce sera terminé.

Rémy raccrocha et retourna à la table. Pour une rare fois, il écouterait le bulletin de nouvelles de dix-huit heures. Il se demandait bien comment la station allait s'en sortir. Si leur journaliste avait été agressé par une étrangère, ou par la lectrice d'une autre chaîne, ils auraient tenté d'en tirer le maximum.

Mais que feraient-ils puisque l'agresseur était également de la maison ? Placés entre l'arbre et l'écorce, entre la victime et l'agresseur, Rémy supposait que les directeurs auraient l'impression de jouer avec une patate chaude. Caza ayant beau être à la station depuis une vingtaine d'années, personne ne pouvait, avec intelligence et discernement, approuver le geste qu'elle avait posé. Agresser quelqu'un – le *tuer* si la seringue contenait le virus du SIDA ou de l'hépatite C – et ce, en direct à la télévision, était un geste indiquant la folie.

Rémy se demanda comment il allait passer les prochains jours, voire les prochaines semaines. Il n'en pouvait déjà plus d'attendre, de vivre dans l'incertitude.

— Catherine, pendant que j'y pense... Est-ce que tu sais quel jour Christopher arrive à l'aéroport ?

— Je crois que Judith s'attend à voir son père ici vendredi matin. Il doit donc arriver jeudi soir ou dans la nuit de jeudi à vendredi. Valérie te le confirmera.

Le journaliste quitta la demeure de son ami sur l'heure du dîner. Au téléphone, Mathieu et lui avaient convenu que Rémy reviendrait souper et dormir chez Mathieu. Au moins pour une journée encore. Les résultats devraient rentrer le lendemain.

Dans sa voiture, Rémy éteignit la radio après le bulletin de nouvelles qui parlait de son agression :

> « *La journaliste Marthe Caza doit comparaître cet après-midi devant la cour criminelle pour répondre à des accusations de menaces de mort, de détention d'explosifs, de harcèlement et de tentative de meurtre sur la personne de son collègue, le journaliste Rémy Gaucher. Rappelons qu'hier, en direct à la Chaîne nationale d'informations, elle l'a agressé en le piquant avec une seringue...* »

Partout, on parlait de cet événement. Un fait divers aussi spectaculaire – compte tenu du fait qu'il avait été commis en direct devant des milliers de téléspectateurs –, survenu dans le milieu journalistique lui-même, c'était suffisamment rare et étonnant pour en faire tout un plat.

Rémy prit ses journaux en rentrant chez lui. Il sursauta en voyant sa photo en première page de l'un d'eux. Dans l'autre quotidien, il faisait le coin supérieur de la première page !

Il les mit de côté, se promettant de les lire plus tard. Pour réussir à oublier, il ne voyait qu'une alternative et c'était celle d'aller se dépenser physiquement. Il se concentrait généralement sur les pas qu'il faisait ou, en des temps plus heureux, il repensait à sa dernière conquête... Ce jour-là, il compterait chacun de ses pas. Pour ne pas en manquer un, il ne fallait pas laisser l'esprit divaguer.

Rémy fit plus d'une heure de jogging ; des milliers de pas. Au moment de sortir de la douche, son téléavertisseur sonna. Rémy composa rapidement le numéro du policier à son bureau.

Marthe Caza avait plaidé non coupable. Son avocat avait demandé qu'elle subisse un examen psychiatrique, ce que le juge lui avait bien sûr accordé. L'enquêteur serait tenu au courant quand le psychiatre remettrait son rapport. D'ici là, Rémy était en sécurité. S'il était reconnu que Caza était dépressive ou qu'elle souffrait d'une forme de folie quelconque, les accusations tomberaient sous certaines conditions : qu'elle subisse une cure fermée pour un certain temps, qu'elle soit ensuite en thérapie pour une période donnée, etc. L'avocat de la Couronne exigerait alors certaines conditions, par exemple qu'elle ne s'approche jamais du journaliste à moins de tant de mètres, qu'elle n'entre pas en contact avec lui, etc. Évidemment, s'ils prouvaient qu'elle lui avait injecté le virus du SIDA ou un autre virus mortel, ils pourraient empêcher l'annulation des accusations.

S'il n'avait pas le SIDA, Rémy se moquait bien de la sentence de Marthe Caza. Bien sûr, il voulait qu'elle soit guérie de sa folie pour lui : il en allait de sa sécurité future. Pour le reste, ce n'était pas important. S'il avait une maladie, cependant, ce serait autre chose. Là, il faudrait qu'elle paye et plus cher que par une simple cure psychiatrique. Elle devait, de toute façon, se faire soigner : ce n'était pas une punition qu'on lui imposait.

— Ça va, monsieur Gaucher ? Je sais que tout ça est un peu vague pour l'instant mais ce sont les procédures habituelles.

— Ça va, excusez-moi, j'analysais vos paroles. Est-ce que son mari était présent ?

— Oui. Est-ce que vous le connaissez personnellement ?

— Pas du tout. Je me demandais seulement comment il avait réagi en apprenant que sa femme était dépressive, l'avait trompé, avait agressé quelqu'un après l'avoir harcelé pendant des mois, lui avoir envoyé des pots pleins de sang d'animal et avoir déposé une bombe devant sa porte...

— Il semblait tout droit sorti d'un mauvais rêve, croyez-moi.

Le mari de Marthe Caza avait beaucoup observé sa femme dans le box des accusés. En fait, chaque fois que Thivierge avait tourné les yeux vers lui, il la regardait en secouant doucement la tête de droite à gauche. À la connaissance du policier, Caza n'avait pas une seule fois relevé la tête. Après la vengeance, venait la punition. Dans sa maladie, elle n'avait peut-être pas prévu de se retrouver sur le banc des accusés.

Le journaliste coupa assez brusquement la conversation. Son téléphone cellulaire sonnait.

Il fut surpris d'entendre son patron au bout du fil. Celui-ci désirait le rencontrer dès que ce serait possible. Imaginant qu'il ne voudrait pas se rendre à la station, il était prêt à aller le voir chez lui. Rémy lui demanda la permission de le rappeler quand il aurait les résultats d'analyse de la seringue. D'ici là, il n'avait envie de discuter avec personne. Son patron comprenait. La direction avait pris des décisions concernant Marthe Caza et il voulait lui en parler.

Rémy avait hâte de retrouver la chaleur du foyer de Mathieu. Valérie viendrait chercher Judith et, qui sait, peut-être Sandrine voudrait-elle les suivre. Après tout, depuis le début de leur liaison à demi officielle, Judith était presque toujours chez Sandrine et les deux petites devenaient de plus en plus inséparables.

Rémy arriva chez son copain vers seize heures trente. Chaque heure lui paraissait tellement longue ! Cathou lui demanda comment s'était déroulée sa journée. Sans lui laisser le temps de répondre, les deux fillettes se jetèrent sur lui. Elles l'embrassèrent sur les joues, puis l'invitèrent à les suivre dans la cuisine.

— Tiens, nous t'avons fait chacune un beau dessin pour que tu ailles mieux !

Sandrine lui tendait une feuille de couleur. Il observa avec tendresse sa « photo » couchée dans un lit, un grand soleil et une... boîte de vitamines C près de lui.

Quant à celui de Judith, le soleil avait la même prédominance mais elle l'avait plutôt représenté avec une caméra sur pied à ses côtés et un micro dans la main droite. Et dans un coin, debout sur un tapis de fleurs, elle le regardait attentivement.

Ému, Rémy les remercia et s'engagea à les afficher sur son frigo. Cela lui remonterait très certainement le moral.

Vers dix-neuf heures, effectivement, Sandrine prit la décision d'aller dormir chez sa copine. Valérie promit au journaliste de trouver les coordonnées du vol de Christopher et de les lui communiquer le plus vite possible. La fausse petite famille quitta après bien des au revoir et des bisous.

— Maintenant que tout le monde est parti, tu n'as plus le choix de rester à coucher. Je t'avais déjà confié que j'avais peur de dormir seul sur mon étage ?

— Non mais tu m'as déjà dit que tu n'aimais pas te sentir seul dans la maison. Que même la présence endormie de Sandrine te comblait.

C'était effectivement vrai que Mathieu n'aimait pas dormir seul. L'habitude d'être entouré au début de sa conjointe, puis après de son enfant, lui avait fait prendre ce mauvais pli.

— De toute façon, je suis content de dormir ici. Je n'ai pas envie d'être seul à la maison... À partir de demain, c'est réglé : je vais inviter notre quatrième comparse à passer la semaine chez moi.

— Christopher ? Excellente idée. Ça m'agaçait de le laisser à l'hôtel mais, tu vois, tant que la situation n'est pas réglée avec Valérie, je me sens mal à l'aise de l'inviter ici.

— Je sais qu'il sera heureux pour vous deux. Mathieu, dis-moi, quand penses-tu avoir les résultats ?

— Demain, en fin de journée. Je te demande de ne pas crier victoire tout de suite, même si les résultats sont négatifs. Tu en as pour six mois avant de pouvoir respirer normalement.

— Mathieu, si le sang dans la seringue est négatif, c'est quand même bon signe, non ?

— Si l'analyse du liquide biologique trouvé dans la seringue est négative, de même que celle de ton propre sang, je considère que les risques sont largement minimisés. Dans trois mois, dans six mois et dans un an, tu devras malgré tout avoir chaque fois une prise de sang.

— Je sais tout ça... Mais si le sang est négatif, je ne peux pas croire que j'ai presque autant de risques d'avoir attrapé quelque chose que s'il est positif !

— C'est certain, mais c'est toujours une question de phénomène de dessiccation, c'est-à-dire que le contact à l'air libre peut détruire certains virus. C'est pourquoi le résultat de l'analyse de la seringue n'est pas fiable à cent pour cent. S'il s'est passé une heure ou un peu plus entre l'attaque et le moment de l'analyse, ça peut laisser le temps au virus de « disparaître ». Tu comprends ?

Rémy hocha la tête.

Il fallait qu'il connaisse les risques mais, en même temps, il était inutile de l'inquiéter plus que nécessaire. Lui, en tant que médecin, ne considérerait pas le dossier clos avant une année complète. Pour les six prochains mois, peu importe le résultat de l'analyse de la seringue, il lui recommanderait d'être prudent, d'éviter le plus possible « les différentes façons de transmettre ce genre de virus ». Et après les six mois, il se permettrait de lui conseiller d'être prudent s'il désirait avoir des relations sexuelles.

— Il serait peut-être temps que je t'explique en détail en quoi consiste la tri-thérapie. En fait, je me sens surtout un devoir de te prévenir des effets secondaires possibles.

— Je me souviens vaguement que le médecin que j'ai rencontré à l'urgence m'a parlé d'effets secondaires importants.

— Effectivement. La tri-thérapie est un traitement dont les résultats sont plus ou moins reconnus. Elle consiste en un cocktail de trois médicaments antiviraux : l'Épicir, le Combivir et le Virécept, ou encore le Crixivan. La plupart des gens cessent le traitement ou désirent le cesser après quelques semaines, alors qu'il faut réellement le poursuivre pendant trente jours.

— J'ai presque peur d'entendre parler des effets secondaires...

— Ils sont nombreux et variés, en effet. Il y a des risques de nausées, de perte de goût, de vomissements, de crampes abdominales... Je te recommande de boire au-delà de deux litres d'eau par jour pendant tout le traitement, afin de limiter les risques de souffrir de coliques néphrétiques, autrement dit, de pierres au rein. Les femmes qui ont connu cet effet secondaire affirment que c'est plus douloureux qu'un accouchement. Ça te donne une idée ! Dernier effet secondaire possible : la diarrhée. Au cas où, tu devrais acheter de l'Imodium !

— C'est tout ? demanda Rémy d'un ton agressif.

— Tu sais, la tri-thérapie est recommandée dans toutes les situations de contamination potentielle, qu'il s'agisse d'une piqûre avec une seringue, d'un viol, etc. Elle aide grandement l'organisme à combattre le virus. C'est aussi un traitement symptomatique qui n'a pas encore prouvé toute son efficacité sur les sidéens. Il semble toutefois donner d'excellents résultats. Elle ne les guérit pas mais freine l'évolution de la maladie. Deux problèmes majeurs subsistent, cependant : le coût exorbitant et les effets secondaires...

— Je vois pourquoi tu m'expliques ça... Si j'abandonne le traitement en cours de route et que je me retrouve séropositif, j'en ai pour bien plus que trente jours à avaler le cocktail...

— Exactement. Alors achète-toi de l'Imodium, bois beaucoup d'eau et n'arrête jamais le traitement. On verra au fur et à mesure ce qu'on peut faire pour t'aider si tu souffres trop.

Rémy acquiesça. Il était vraiment découragé.

66

Par une petite fenêtre, Mathieu regarda dans la salle d'attente et s'aperçut avec stupeur que seulement une dizaine de personnes attendaient leur tour pour voir un des deux médecins de garde. C'était si rare qu'il y en ait moins de vingt qu'il se promettait de l'inscrire sur le calendrier au poste des infirmières, vaste carré entouré de salles d'examens où toutes les personnes en costumes blancs et verts se retrouvaient pour écrire, prescrire, regarder une radiographie, appeler un autre service, un médecin ou des patients en attente d'une réponse et, de temps en temps, pour boire quelques gorgées de café ou manger une bouchée entre deux visites ou en attendant l'arrivée imminente d'une ambulance.

Mathieu jeta un œil au dossier qu'il avait entre les mains. Pas très compliqué. L'infirmière et l'interne avaient fait le plus gros du travail. Jeune garçon de trois ans, un peu de fièvre, mal aux oreilles, écrivait l'infirmière. L'interne avait diagnostiqué une otite. Mathieu le confirma sur-le-champ. Il retourna donc au box des infirmières pour donner une prescription d'antibiotiques à la maman du petit garçon.

— Docteur, lui dit son amie, l'infirmière Nancy Trottier, vous avez reçu des résultats d'analyses.

— Merci.

Il lui avait littéralement arraché les deux feuilles des mains, mais il les posa face contre table. Il n'avait pas demandé d'analyses depuis le début de la semaine ; il savait très bien à qui appartenaient les résultats inscrits sur ces feuilles qui provenaient du télécopieur.

— Vous vous sentez bien, docteur Tourigny ?

— J'ai peur.

— Vous connaissez si bien le patient ? À moins que...

— Pas d'idées farfelues, garde. C'est mon meilleur ami.

Mathieu, sous les yeux de cette amie qu'il vouvoyait au travail, tourna rapidement la feuille et lut avec l'énergie du désespoir.

> « Patient : Rémy Gaucher, 30-08-1968 : sang du groupe B rhésus négatif :
>
> Hépatite B : négatif.
> Hépatite C : négatif.
> VIH : négatif. »

Mathieu soupira et regarda la seconde feuille après une seconde d'hésitation :

> « Liquide biologique dans une seringue souillée : sang du groupe A rhésus positif :
>
> VIH : positif. »

— Ah non ! Merde !

Garde Trottier lui tapota l'épaule. Mathieu avait beaucoup changé depuis la soirée qu'elle avait passée chez lui. Il était plus gêné, plus distant, et elle avait fini par comprendre qu'il était amoureux d'une autre femme. Elle se tenait à distance depuis.

Mathieu savait que rien n'était perdu. À preuve, le sang de Rémy était toujours négatif et il recevait un traitement très agressif pour prévenir l'infection.

Comment allait-il lui annoncer cela ? Depuis que Rémy avait trouvé refuge chez lui qu'ils espéraient de tout cœur que le liquide biologique contenu dans la seringue soit négatif. Apprendre le contraire risquait-il de plonger Rémy dans la détresse ? Valait-il mieux le lui apprendre en personne ?

Mathieu réfléchit et décida de téléphoner chez lui. Dix heures à peine, probablement que Rémy y serait encore, peut-être dormirait-il. Cathou répondit mais lui passa immédiatement le journaliste « encore passablement endormi », l'avertit-elle.

— J'ai une excellente nouvelle et une moins bonne. Je commence par laquelle ?

Pas tout à fait sorti des limbes dans lesquels le somnifère l'entraînait, Rémy devina tout de suite la signification des paroles de Mathieu. Une seule larme roula sur sa joue. Quelle punition cruelle ! Pendant six mois, son sang allait combattre la mort. Pendant les trois premiers mois au moins, il ne serait jamais tranquille, sachant bien quel combat livrait son corps...

— Rémy, l'analyse de ton sang est négative et tu mets toutes les chances de ton côté pour qu'elle le reste : repos, sommeil, traitement médical, beaucoup de liquides...

— Tu te rends compte, Marthe voulait vraiment me tuer ! Je lui ai fait assez de mal pour qu'elle trouve une seringue pleine de sang contaminé et la plante dans mon bras en ondes, devant des milliers de téléspectateurs, ruinant ainsi sa carrière, sa réputation, sa vie ! Comme j'ai dû la blesser pour qu'elle en arrive là, Mathieu. Je suis un monstre.

— Rémy... Ce n'est certainement pas la première fois dans l'histoire de l'humanité qu'une femme est rejetée par un homme. Tu n'es coupable de rien : elle est folle !

Que lui dire ? Rémy avait un petit ange et un petit diable au-dessus de l'épaule. Ils se bataillaient. Rémy faisait un ménage de conscience que lui seul pouvait accomplir.

— Tu viendras subir une nouvelle prise de sang demain. Soixante-douze heures après l'agression, nous aurons une confirmation du diagnostic négatif de ton sang.

— Je ne veux pas mourir, Mathieu ! Mais je veux tout lâcher... Je suis trop fatigué. Je suis fatigué de me battre pour essayer d'être bien, juste être bien, je ne suis jamais heureux !

— Le bonheur est une accumulation de petits plaisirs réunis, Rémy. Secoue-toi un peu. Je vais te parler comme un pédiatre parlerait à un enfant atteint du cancer. Une armée ennemie s'est infiltrée dans ton sang. Ton système immunitaire s'est lancé à la défense, aidé du traitement que tu dois prendre pendant trente jours. Garde ton énergie pour ce combat, Rémy. C'est le plus important que tu livreras probablement jamais. Fonce, toi le journaliste sans peurs et sans reproches, toi le don Juan audacieux. Ne t'apitoie pas sur ton sort. Profite de cette prise de conscience pour changer les choses que tu peux changer. Laisse celles du passé là où elles sont. Oublie les Marthe Caza et autres aventures sans bon sens. Tourne-toi vers Andréanne, ou vers une femme comme elle, change tes habitudes, ta mentalité ! Vas-y, Rémy, c'est le moment ou jamais, et je sais que tu peux y arriver. Nous sommes plusieurs derrière toi pour t'épauler dans ton combat.

Rémy eut peine à répondre :

— Merci, Mathieu. Merci !

67

Dans la file d'attente à la douane de l'aéroport international de Montréal, Christopher avait le moral au plus bas. La majorité de ses collègues allaient retrouver des gens qu'ils aimaient. Beaucoup étaient célibataires mais, au moins, leur vie était organisée. Ils avaient un toit, des tiroirs où placer leurs vêtements, savaient qui les attendait et dans quel état d'esprit, savaient où ils logeraient. Lui ne savait plus. Il avait résisté à la proposition d'Érika de partager une chambre à l'hôtel, car il ignorait quelle serait la réaction de Valérie. Comme il tenait à s'occuper de la petite et à la voir en dehors des magasins et des restaurants, il valait mieux que sa chambre soit celle d'un célibataire.

Il était vingt-trois heures, les douaniers se faisaient lents, il devait louer une voiture et, encore pire, trouver un hôtel. Il en avait noté deux ou trois, pas très loin de son... ancien chez-lui. Comment trouver une chambre à son goût, c'est-à-dire qui ressemblerait davantage à un petit appartement qu'à une simple chambre, sans payer trop cher et sans trop s'éloigner de son ancien quartier ? Il avait failli demander à Valérie de s'informer et de lui en trouver une, mais il s'était abstenu.

Christopher leva la tête. Dans cet aéroport, à l'étage supérieur, il y avait un vaste espace pour permettre aux proches des arrivants de les attendre. Reconnaître les gens en haut était facile.

Il y avait peu de monde à cette heure tardive, un jour de semaine. Christopher se souvenait avec nostalgie de ses premiers retours où, heureuse et impatiente, Valérie l'attendait avec un ballon ou une fleur pour lui souhaiter bon retour. Ses yeux parcoururent la balustrade et, reconnaissant Rémy qui agitait la main en sa direction, son sourire s'accentua, ses yeux brillèrent. Il ignorait ce qu'il faisait là mais importait peu. Il était impatient de le retrouver.

Son tour vint enfin aux douanes. Les archéologues y passaient toujours beaucoup de temps. Les représentants fédéraux voulaient s'assurer qu'ils ne transportaient aucune matière illégale, qu'ils ne se livraient à aucun trafic et qu'ils n'avaient été en contact avec aucun virus dangereux.

En attente des bagages, il se permit de rendre son baiser à Érika. Non seulement Rémy ne le voyait plus mais, depuis qu'il avait officiellement annoncé sa séparation et son divorce imminent, il se sentait moins coupable et avait moins honte de s'afficher en sa compagnie devant ses collègues.

Les copains se jetèrent dans les bras l'un de l'autre pour une brève étreinte. Christopher sursauta quand son ami poussa un « ayoye ! » de douleur avant de poser la main droite sur son avant-bras gauche.

— Qu'est-ce que tu fais ici ? Je suis vraiment surpris mais combien heureux de te voir. Tu n'as pas idée.

— Je te ramène chez moi. J'ai pensé que tu n'aurais pas plus envie d'être seul dans une chambre d'hôtel que moi dans mon appartement. Vrai ou faux ?

— Oh comme c'est vrai ! Ta copine n'est pas disponible ?

— Je te raconterai tout ça demain, Christopher. Il se fait tard et je suis persuadé que tu es mort de fatigue. Le lit de ma chambre d'amis est fait, tout est prêt pour que tu puisses passer une bonne nuit. J'ai mis une clé de mon appartement sur la table de la cuisine. Prends-la en arrivant, je te la donne.

— Mais voyons... Pourquoi fais-tu tout ça ?

— Pour plusieurs raisons mais je n'ai pas l'énergie de t'expliquer ça ce soir. Je ne travaille plus pour quelques semaines. J'aurai plein de temps à passer avec toi !

— Ça me fait plaisir, en tout cas, merci beaucoup.

Rémy reconnut quelques-unes des personnes qu'il avait côtoyées en Espagne. Le journaliste bâillait à fendre l'âme mais pas question de laisser Christopher conduire. Même après avoir appris que le liquide biologique trouvé dans la seringue était positif, il tenait à vivre encore quelque temps... Traverser la ville de Montréal avec Christopher au volant, même la nuit, équivalait à une mission suicide.

Dans la voiture, la discussion porta sur Judith, puis sur le travail archéologique qui avançait assez vite dans le sud de l'Espagne. Peut-être même trop au goût de Christopher, qui voulait y être encore à la fin juin, afin d'y emmener les filles.

— Je suis content de pouvoir passer pas mal de temps avec toi. Je vais te raconter ce qui m'est arrivé mardi soir et je veux aussi te parler d'un autre sujet... Nous n'aurons pas trop de la journée de demain. J'espère que tu n'avais rien prévu avant que Judith ne revienne de l'école ? Samedi matin, Mathieu et Benjamin devaient jouer au squash, alors je me suis permis de changer leur sortie pour un déjeuner à quatre au restaurant.

— C'est parfait. À part mardi, jour du passage au tribunal pour mon divorce, je n'ai pas grand-chose de planifié. Peut-être mercredi ou jeudi, si j'arrive à convaincre Valérie de faire sauter un jour d'école à la petite.

Les copains, dans leur chambre respective, firent chacun le tour de l'horloge. Ils se réveillèrent à peu près à la même heure mais pas dans le même état. Rémy se sentait à demi comateux.

— Veux-tu bien me dire en quel honneur tu prends des somnifères, toi ?

— Paré pour une longue, longue histoire ?

— Paré.

Ils se servirent du café et Christopher remarqua enfin les deux chefs-d'œuvre fixés avec des aimants sur le frigo du journaliste.

L'invitation de Rémy à demeurer chez lui pour un certain temps, à chacune de ses visites, avait fait extrêmement plaisir à l'archéologue. Rémy avouait s'ennuyer parfois, lorsqu'il était seul. En plus, il voulait se calmer, arrêter de « courir les femmes », comme l'aurait si bien dit son père. Et il espérait encore officialiser un peu les choses avec Andréanne, qui se faisait bien silencieuse depuis son dernier message sur son répondeur téléphonique.

Si les choses changeaient dans un an ou deux, si les événements se bousculaient, Christopher aurait eu l'occasion de réfléchir, d'analyser, de prévoir. En attendant, ils étaient tous deux les plus heureux des hommes de pouvoir compter sur la présence de leur copain.

Christopher attendit sa fille chez Mathieu. Il n'était pas particulièrement à l'aise de s'inviter chez ce dernier mais il ignorait comment il devait s'occuper de Judith.

La petite en avait des choses à raconter à son père ! La présence de celui-ci enthousiasmait moins Sandrine, qui perdait ainsi un peu son amie. Elle préféra écouter la télévision plutôt que de parler avec lui ou même avec Rémy.

Lorsque Judith demanda à son père d'aller chez eux pour qu'il l'aide à classer les pierres de son « super colis », il lui rappela que la maison était dorénavant celle de sa mère. Il faudrait la permission de Valérie pour qu'il puisse y aller. Et ce serait seulement en sa présence.

— Pourquoi ? Tu es encore mon papa ! Pourquoi maman ne veut pas que MON PÈRE vienne dans notre maison ?

— Nous lui demanderons, mon ange. C'est samedi, demain. Je vais aller prendre une bouchée avec Ben, Rémy et Mathieu. Après, je passerai le reste de la journée avec toi.

Mathieu rentra dix minutes plus tard. Christopher ressentit une petite différence dans l'accueil que lui réservait son copain et dans sa façon de le regarder. Il s'interrogea. Mathieu avait l'habitude d'être tellement intègre !

— Tu peux peut-être téléphoner à ta mère, Judith ? Ce ne sera pas agréable si tu boudes comme ça jusqu'au coucher.

Elle composa le numéro qu'elle connaissait par cœur. Elle pleurnicha un peu, façon de faire que Mathieu n'aimait pas chez les enfants. Finalement, elle tendit le combiné à Christopher.

— Salut, lui dit doucement Valérie. Revenu sain et sauf de ton Espagne lointaine ?

— Comme d'habitude. J'ai failli t'appeler mais j'ai pensé que moins tu aurais de mes nouvelles, mieux tu te porterais. Je suis désolé que la petite pleure pour ses pierres, je n'y peux rien.

— Elle aime tellement ça, je me sentirais coupable de l'empêcher d'en profiter. Cathou a la clé. Demande-la-lui mais à une condition : tu t'occupes de Judith jusqu'au dodo et tu la mets au lit vers vingt heures trente au plus tard. J'arriverai vers vingt et une heures trente.

— Merci ! Nous en profiterons pour prendre un petit verre ensemble ? Nous nous sommes promis de rester en bons termes.

— D'accord.

— Est-ce que Rémy peut venir aussi ? Peut-être voudra-t-il rester avec Mathieu mais il ne semble vraiment pas en forme, aujourd'hui.

« Pauvre Mathieu ! songea Valérie. J'espère qu'il ne s'inquiète pas de la présence de Christopher... Je me sens tellement libérée ! »

— Je veux bien mais n'oublie pas que tu es chez moi, maintenant, plus chez toi.

— Je sais. J'en profiterai pour prendre quelques-unes de mes affaires afin de les apporter chez Rémy. Depuis hier, je n'ai que ma valise et tu sais que mes vêtements d'archéologue, ce n'est pas le grand luxe.

Dix minutes plus tard, Judith se jeta sur son père avec un cri de joie. Père et fille partirent seuls car Rémy ne se sentait pas très intéressé par des tas de pierres à classer. Sandrine décida d'aller jouer dehors, puis Cathou regagna son appartement.

— Et le silence se fit..., rigola Rémy alors que toute la maison s'était vidée. Jaloux de Christopher, hein ?

— Non, non. J'ai simplement hâte que la situation soit claire et réglée.

Vers vingt et une heures trente, deux minutes après l'arrivée de Valérie, Rémy et Mathieu se présentèrent chez elle. Souriante, elle leur servit un verre et, profitant de la chance qui lui était offerte, elle alla s'asseoir près de Mathieu.

Christopher leur raconta sa prochaine visite à Lascaux. Il était impatient d'y être.

— Tu vas penser à ta fille, j'espère, et lui rapporter un petit bout de pierre de cette grotte ? Ou bien si, comme dans tes recherches, tu seras trop concentré pour songer à elle ?

— Tu es dure, là, Valérie ! rétorqua Mathieu. Christopher s'est quand même amélioré !

— Merci de ton soutien, Mathieu ! soupira l'archéologue. Ne t'inquiète pas, Valérie. Avec les superbes lettres qu'elle m'écrit chaque semaine, je ne peux plus l'oublier.

Le groupe se sépara vers vingt-deux heures trente. Rémy prenait encore des somnifères. Sans cette aide chimique, dès qu'il se couchait, les idées se mettaient à défiler dans sa tête comme un train à grande vitesse. Revoir les yeux de Marthe Caza, son changement d'expression, c'était un cauchemar atroce...

68

Mathieu était plutôt distant et avait annoncé, aussitôt arrivé, qu'il avait des activités à faire en compagnie de sa fille ; il ne resterait pas longtemps au déjeuner. Rémy fumait davantage qu'il ne parlait et Benjamin semblait avoir la tête à l'usine. Christopher commençait à trouver qu'il n'avait pas choisi une excellente semaine pour leur rendre visite, bien qu'il soit content de pouvoir tenir compagnie à Rémy, dont le moral était bien bas, surtout le soir.

— Eh ! J'ai oublié de vous annoncer une extraordinaire nouvelle !

— Qu'est-ce que c'est ? s'exclama Rémy en regardant Benjamin. Allez, remonte-nous le moral !

— Geneviève est de nouveau enceinte ! Vous le devinez, je suis vraiment content. À défaut de pouvoir le dire également de ma vie professionnelle, je peux au moins me vanter que ma vie privée va mieux !

Il reçut de chaleureuses félicitations et la demande de les transmettre à sa femme. Benjamin se tourna vers Mathieu et lui demanda s'il désirait toujours être le parrain de ce troisième bambin.

— Bien entendu ! C'est tout un honneur, je suis heureux que tu me l'aies demandé. Garçon ou fille ?

— Pas de préférence. Vraiment aucune. Leila voudrait une sœur et Louis s'en moque bien. Pour autant que Geneviève mène sa grossesse à terme sans complications et que notre bébé naisse en santé, je n'ai pas de problèmes avec le sexe. Louis est plus turbulent que Leila mais celle-ci a plus de caractère, alors, ça m'est égal.

— Si j'avais des enfants, je voudrais un gars. J'aurais déjà bien assez de problèmes à comprendre la mère, alors une fille en plus !

— Ce n'est pas une bonne période pour te parler de fonder une famille, Rémy, j'avoue, dit Benjamin.

Cette bonne nouvelle avait remis un peu de gaieté dans le groupe, mais Mathieu les quitta précipitamment après avoir conseillé à Christopher de ne pas trop tarder. Judith ne serait pas de bonne humeur de se retrouver seule avec Cathou, même si elle l'adorait.

La fin de semaine se déroula ainsi. Rémy et Christopher étaient ensemble, les petites se faisaient gâter par leurs pères et leurs parrains, Mathieu se mêlait moins que d'habitude au groupe.

Quand il retrouva sa femme près de la salle où serait entendu leur divorce, Christopher l'embrassa sur les joues. Elle semblait bien plus nerveuse que lui. Leurs avocats les avaient prévenus que ce serait une simple formalité. Leur entente étant préétablie, il n'y aurait aucun problème.

Ce fut effectivement le cas. Ils sortirent de la salle vers onze heures, échangèrent quelques mots avec leur avocat respectif et l'archéologue prit son... ex-femme par le bras.

— Je peux t'inviter à dîner ?

Elle accepta volontiers. Elle consentit à ce que Judith manque une journée d'école et qu'ils demeurent tous les deux chez elle, le lendemain. Il avait pu contacter un ancien collègue géologue pour qu'il vienne enseigner certains principes fondamentaux à Judith.

— Une rencontre avec un vrai de vrai géologue, ça ne se manque pas ! Si tu avais dit à la petite que je la privais de ça, j'aurais probablement perdu son respect pour toujours ! Tu sais, je suis même en train de me faire à l'idée que je vais la *perdre* aussi souvent que toi quand elle sera plus vieille. Pas facile à accepter.

— Elle a le temps d'avoir la piqûre pour autre chose. Encore presque dix ans avant qu'elle ne choisisse son programme universitaire. Ne te tracasse pas trop avec ça.

— J'essaie de l'éviter, effectivement.

Ce soir-là, devant une bière pour l'archéologue et un jus d'orange pour le journaliste, Christopher confia ses impressions. L'éloignement de ses amis, la réserve de Mathieu... Il avait du mal à comprendre.

— Si tu te souviens bien, quand je suis allé te chercher, je t'ai dit que j'avais un sujet sérieux de discussion. Après, je me suis senti coupable de colporter. Ce n'est pas mon affaire, après tout... Mais ma réflexion et tes commentaires m'ont décidé à tout te raconter. Je prends le blâme si tu te fâches mais j'accepterai aussi les compliments si tu es heureux pour eux.

— Pour eux ? Allez, vas-y, raconte-moi, ça m'inquiète !

69

Mathieu félicita Christopher pour son amélioration. De passable, il devenait un excellent père. Cela le surprenait et lui faisait plaisir.

— Samedi, Sandrine m'a dit quelque chose qui m'a un peu peiné. Dans ses mots, elle m'a dit que Judith avait une mère, pas elle. Judith avait un père et moi qui l'aime aussi fort qu'un père. Sandrine, elle, n'a qu'un père.

— Pauvre petite. Maintenant que j'ai reconquis le cœur de ma fille, je vais m'attaquer à ma filleule. Elle me considère beaucoup plus comme le voleur de sa copine que comme un parrain. Au pire, j'espère que le voyage en Espagne, l'été prochain, va nous rapprocher pour de bon.

— Je ne voulais pas te faire de reproches, Christopher. Je voulais simplement t'expliquer ce que pensait la petite de la situation.

— D'accord. Mathieu... Est-ce qu'il y a quelqu'un dans ta vie ?

— Ma fille et mes amis, oui. Rien de nouveau.

— Et Valérie ? Tu n'as pas besoin de me jouer la comédie. Je suis tout à fait heureux pour vous deux. Ça va donner une mère à Sandrine. Et à Judith... pas un père, mais une présence masculine qui l'aime et qu'elle adore. Voulez-vous un autre enfant ? Toi qui en désirais tellement un autre, il me semble que c'est l'occasion rêvée !

— Minute, minute ! Tu vas trop vite pour moi, là. Qui t'a raconté ça ?

— Honnêtement, c'est Rémy mais je me doutais de quelque chose. Notre couple aurait dû éclater il y a des siècles, Mathieu. J'ai une maîtresse depuis plus de deux ans. J'aurais dû rompre à ce moment-là et je ne l'ai pas fait. J'aime beaucoup Valérie mais ce que nous attendions l'un de l'autre n'était pas compatible. Elle n'aimait pas davantage entendre parler de mes découvertes que moi de ses créations. Je ne suis pas fait pour la vie de couple, le petit train-train quotidien. Tout ça pour dire une chose : je suis heureux pour toi, pour Valérie et pour les filles.

Mathieu avait légèrement rougi et il regardait le sol. Christopher lui donna une claque amicale sur la jambe.

— Profite bien de la vie, Mathieu. Si tu aimes vraiment Valérie, fonce. Cela ne pourra que faire le bonheur des enfants.

— Elle a quand même été ta femme...

— Si j'étais un peu plus courageux, elle ne le serait plus depuis au minimum trois ans. C'est vrai que c'est une drôle de situation mais je vais m'y adapter sans problème. Je suis enchanté et je te laisse le soin de l'apprendre à Valérie. Je trouve cela trop délicat d'en discuter avec elle.

— Je suis content que tu sois d'accord. Je veux que tu saches une chose : il n'y a jamais rien eu entre elle et moi avant que votre décision de divorcer soit claire, nette et établie.

— Je te connais assez bien pour n'en avoir jamais douté. Maintenant, respire et souris. Je ne t'en veux pas et je suis heureux pour toi qu'il y ait enfin quelqu'un dans ta vie.

— Je t'avoue que je suis infiniment soulagé !

Sincère, Christopher fut témoin de la détente de Mathieu. Intérieurement, il lui souhaitait à la fois tout le bonheur possible, ainsi que... beaucoup de chance.

70

Andréanne frappa deux petits coups à la porte de Rémy. Elle était nerveuse, ignorant l'accueil que le beau brun lui réserverait. Rémy eut l'air ahuri. Quatre jours déjà... Le message et plus rien... Rémy aurait pu téléphoner à la station, leur demander le numéro de sa chambre d'hôtel mais à quoi bon... Peut-être avait-elle changé d'idée. Ça le rendait triste et amer mais elle lui avait demandé de ne plus la contacter et il respecterait cela.

— Je suis revenue de Québec hier, en soirée. J'ai eu besoin de temps pour avoir le courage de venir te relancer... Je ne savais pas quelle serait ta réaction. Tu as eu mon message ?

— Oh oui !

Rémy eut un pincement au cœur en repensant à sa détresse alors qu'il se trouvait à moitié suspendu dans le vide. Elle lui avait carrément sauvé la vie et il voulait le lui dire. Mais ce n'était pas le moment, pas encore.

— Bien... Tu veux m'inviter à entrer ?

— Excellente idée.

Il l'attira plutôt dans ses bras et la serra longuement contre lui. La chaleur de sa présence lui manquait, sa douceur, sa gentillesse, ses yeux rieurs, ses sourires malicieux, son humour si subtil mais parfois si direct... Il voulait lui dire tant de choses mais maintenant qu'elle était là, les mots lui manquaient.

Andréanne se sentit merveilleusement bien. Elle ne ressentait aucun désir sexuel, aucune avance dans le geste de Rémy. Elle ne se serait jamais lassée d'être ainsi serrée contre lui.

— Andréanne... Tu m'as manqué, si tu savais !

Pour toute réponse, elle se serra davantage contre lui et l'embrassa.

— Tu sais, je suis peut-être atteint du VIH. Caza a raconté au psychiatre qu'elle a payé un toxicomane pour lui faire une prise de sang. Incroyable, non ? Elle, elle est séronégative.

— Je serai toujours à tes côtés, Rémy. Raconte-moi tout ce qui s'est passé depuis que Caza t'a agressé. Je veux tout savoir. Je t'aime tant !

Ce fut si bon à entendre ! Rémy ferma les yeux, oubliant le reste du monde pendant un instant.

71

La visite de la grotte de Lascaux avait été extraordinaire. Si Judith se dirigeait un jour vers un domaine relié à l'archéologie, telle la géologie, il faudrait qu'ils viennent ensemble visiter la mieux conservée de toutes les grottes qu'il avait jamais visitées. Cette conservation miraculeuse avait été permise grâce à des éboulements de pierres. Pendant dix-sept mille ans, jusqu'en 1940, la caverne avait été maintenue à une température constante de 12 ° Celsius et n'avait pas connu la lumière du jour. En 1940, quatre adolescents téméraires se promenèrent sur la colline dominant la ville de Montignac, dans l'est de la France. Au milieu des bois, au-dessus du manoir de Lascaux, s'ouvrait un trou, révélé quelques années auparavant par la chute d'un grand pin. Ils se glissèrent dans l'étroite anfractuosité, puis dévalèrent la pente masquant l'entrée originelle de la grotte. Après avoir élargi un trou, ils pénétrèrent dans la grotte miraculée. L'annonce de cette découverte fabuleuse se répandit comme une traînée de poudre. Dans les jours suivants, les gens du village et les sommités en archéologie de l'époque se succédèrent dans la grotte.

Mais dans quel état serait-elle vraiment lorsque Judith aurait l'âge de la découvrir ?

Chère petite Judith... Elle rêvait déjà de son voyage en Espagne. Lui aussi avait hâte d'y être, même s'il se demandait comment il les occuperait pendant une semaine sur un site archéologique.

« Zone de turbulences, annonça le pilote dans le haut-parleur du Convair CV 580. Attachez vos ceintures. »

Christopher attacha la sienne et, à la demande d'Érika, ferma le volet de son hublot. Le ciel était noir, sinistre. La jeune femme prit la main de l'archéologue. Non, il ne faisait vraiment pas beau.

Christopher faisait le tour du monde depuis sept ans. Il en avait vu d'autres et les turbulences, aussi violentes soient-elles, ne l'inquiétaient pas outre mesure.

Lors de ses prochaines vacances, sa fille aurait une famille. En plus de sa mère, elle aurait une sœur et un beau-père. Il était heureux pour son ex-femme – l'expression lui faisait encore très étrange – et pour Mathieu. Si Judith devait avoir un beau-père, il préférait que ce soit Mathieu plutôt que n'importe qui d'autre. Un étranger aurait pu vouloir prendre sa place de père, l'effacer de la vie de l'enfant ou quoi encore. Avec Mathieu, il savait qu'il garderait sa place bien au chaud dans le cœur de Judith. C'était déjà rassurant. Son entente avec Rémy le comblait également. Au moins, il demeurerait ailleurs que dans un hôtel froid et impersonnel lors de ses vacances en sol québécois. En plus, il s'ennuierait beaucoup moins en sa compagnie que seul dans son petit coin. Oui, il préférait rentrer et retrouver le foyer chaleureux de Judith et de Valérie. Cependant, il était conscient que c'était un choix et qu'il méritait bien ces quelques inconvénients.

Soudain, l'avion bascula sur la gauche. Des cris retentirent dans l'habitacle. L'avion reprit vite un peu d'équilibre mais il était clair qu'il y avait un problème. Le côté gauche pendait vers le bas, comme s'il était soudainement devenu trop lourd à porter pour le moteur: le côté droit semblait, quant à lui, tenir le coup.

Effrayée, Érika jeta un regard implorant à Christopher, espérant qu'il allait trouver une solution. Comme s'il y pouvait quelque chose !

Les agents de bord prièrent les passagers de rester calmes. Le pilote leur fournirait sous peu une explication. La voix de celui-ci raisonna bientôt dans le haut-parleur de l'appareil :

« Nous connaissons présentement des problèmes avec un des deux moteurs. Nous allons demander la permission de nous poser sur la première piste disponible. D'ici là, je vous demanderais de bien vouloir suivre les instructions des agents de bord. Merci. »

Des cris de protestation, de peur et de surprise résonnèrent dans l'avion, couvrant les voix des hôtesses de l'air qui tentaient de faire respecter les consignes.

Érika pleurait à côté de Christopher. En tant que chef de mission, il savait que c'était à lui de raisonner sa troupe. Il déboucla sa ceinture, malgré le geste d'Érika pour l'en empêcher, passa devant elle et se campa au milieu de l'allée.

— S'il vous plaît ! Nous avons déjà vécu bien d'autres situations dangereuses, nous n'allons pas nous mettre à pleurer et à crier comme des enfants ! S'il vous plaît, écoutez toutes les consignes des agents de bord. Nous ne pouvons rien faire de plus, personne ne sait piloter un avion parmi nous ! Nous allons nous en tirer sains et saufs, vous le savez. Restez calmes, c'est la règle d'or. Alors, bonne chance à tout le monde.

Un silence lourd s'ensuivit ; plus personne n'osait parler. Même Érika avait séché ses larmes pour obéir au grand manitou de leur expédition. Celui-ci se réinstalla dans son siège et, comme les autres, enfila une ceinture de sauvetage. En sept ans de périples, jamais Christopher n'avait eu à en porter une alors qu'avant tous les décollages, on leur montrait comment faire.

Érika lui serra la main à l'écraser.

L'avion commença à dessiner des cercles dans les airs, comme s'il s'apprêtait à atterrir mais qu'il devait patienter en survolant l'aéroport. Christopher n'avait pas un bon pressentiment. Selon son estimation, ils étaient au-dessus des Pyrénées. Il fallait que l'avion tienne encore un bout de temps pour que le pilote puisse espérer atterrir dans un aéroport. Sinon...

Christopher sentait le regard d'Érika posé sur lui. Plus les minutes passaient, plus l'inquiétude le gagnait, lui aussi. Dans sa tête, les images se bousculaient. Il revoyait la naissance de Judith, le jour de son mariage, sa première expédition, sa rencontre avec Érika, sa première découverte, sa plus belle, sa plus récente...

La main gauche de Christopher s'agrippa au rebord du siège. Maintenant, lui aussi serrait la main de sa maîtresse.

Il ne voulait pas mourir. Après avoir divorcé et s'être enfin rapproché de sa fille, il ne fallait pas qu'il mourût ainsi ! Il avait encore tant de découvertes et de recherches à faire ; il venait de se promettre de faire visiter Lascaux à Judith... La petite rêvait déjà du voyage promis. Non, Christopher ne voulait pas mourir.

— Je t'aime, Christopher.

Il observa Érika et médita quelques secondes. Ils allaient mourir tous les deux.

— Je t'aime aussi. Bonne chance, Érika.

L'avion connut une nouvelle secousse qui les fit dévier vers la gauche. Presque tous les archéologues et les assistants de l'équipe, soit près d'une trentaine de personnes, s'étaient assis à la droite de l'appareil. Une décision qui sauverait peut-être plusieurs vies...

« Nous allons devoir atterrir immédiatement. S'il vous plaît, mettez les masques à oxygène et placez-vous en position de secours. Enlevez lunettes, prothèses dentaires, bijoux, poussez tous les bagages sous les sièges. »

Ça non plus, Christopher ne l'avait jamais expérimenté. Les masques d'oxygène tombèrent du plafond comme des pendus se jetant dans le vide, et tout le monde en saisit un. La moitié restèrent à se balancer car l'avion n'était rempli qu'à demi-capacité.

Avant de se pencher et de se placer la tête entre les jambes, Christopher observa un court instant sa copine et jeta derrière lui un regard plein de regrets. Il avait bien peur que ce soit la fin pour lui et pour tous les membres de son équipe. Que s'était-il soudain passé pour que l'oiseau de métal ait des problèmes techniques alors qu'ils étaient, *eux*, dans cet appareil d'Air France ? Il devait avoir fait des centaines de voyages partout dans le monde avant celui-là !

L'avion commença à descendre tranquillement, le côté gauche toujours plus bas que le droit. Christopher était convaincu que sa vie se terminerait là, quelque part entre Paris et Séville. Quarante autres personnes, comprenant les membres de l'équipage, allaient périr avec lui. Le pire, c'était qu'il ne possédait aucun moyen de survivre, de revoir sa fille juste un instant pour lui dire combien il l'aimait, combien elle allait lui manquer... Lui dire qu'il prendrait soin d'elle d'une autre façon... De ne pas abandonner son rêve de devenir géologue ou archéologue...

La panique l'envahit tout entier. Une boule qui naît dans le creux de l'estomac et qui monte, grandit jusqu'au moment où elle explose enfin dans la gorge. Coupé du reste du monde, empêtré dans ses souvenirs, dans ses peurs, dans l'idée de sa propre mort, Christopher ressentit à peine les secousses terribles de l'avion qui se posait au sol. Une douleur abominable le déchira et le fit hurler avant qu'il ne sombre dans un grand trou noir.

Quand l'avion s'immobilisa complètement, des branches d'arbres avaient envahi la carlingue, un silence sinistre régnait et personne ne bougeait.

Le vol 642 d'Air France venait de se terminer tragiquement.

72

La vie sembla reprendre peu à peu dans la carcasse de l'avion. La pluie cognait contre le métal, pénétrait par les hublots fracassés. Le froid figeait les corps. C'était le matin mais, pourtant, il faisait aussi sombre qu'à la brunante. L'orage sévissait et toute parcelle de clarté était absorbée par l'épaisseur de la forêt.

L'un des passagers du côté arrière droit fut le premier à déboucler sa ceinture pour se lever, les jambes tremblantes, une migraine lui martelant la tête, le corps entier courbaturé. Dans un concert de gémissements, de cris, de plaintes, il observa tant bien que mal la scène qui s'offrait à lui. Quelques corps bougeaient, d'autres étaient immobiles. Le plus pénible était cette odeur de mort et de sang qui s'imprégnait dans ses narines.

Richard Morency fit quelques pas, désireux de se rendre jusqu'à l'avant afin de constater l'étendue des blessures de ses collègues. À chaque rangée de sièges, des gens bougeaient, geignaient, surtout sur sa droite. Les quelques personnes assises à la gauche semblaient plus mal en point encore.

Érika s'éveilla doucement, émergeant d'un voile épais, plus confortable que la réalité. Une violente douleur à la jambe la vrillait mais une vérification sommaire, avec ses deux mains, la rassura : elle n'avait rien de cassé.

Christopher ! Elle se tourna subitement vers lui et poussa un hurlement en l'apercevant. La tête pendant vers l'avant, le visage couvert de sang, il était immobile. Son bras gauche était pris entre l'accoudoir de son siège et la carlingue de l'avion, un peu plus haut que le coude.

— Christopher ! hurla-t-elle à pleins poumons. Christopher, réveille-toi ! Réponds-moi !

Richard s'approcha d'elle. Elle était la première qu'il entendait parler. Quelques autres personnes commençaient aussi à se lever de leurs sièges.

L'homme fut pris d'une nausée soudaine. Ayant quelques notions en premiers soins, il se doutait que le choc nerveux et la commotion cérébrale subie lors de l'atterrissage forcé de l'avion y étaient pour quelque chose.

Il fallait trouver une trousse de premiers soins, des linges propres, sinon ce serait impossible de soigner les blessures de tout le monde. Il quitta le chef de mission pour se diriger vers les toilettes, à l'avant du Convair CV 580. L'avion était dans un piteux état. Les pilotes avaient-ils survécu ?

Richard trouva une minuscule trousse de premiers soins et demanda à un agent de bord, sonné mais conscient, de lui trouver des linges propres ou au moins des serviettes de table pour étancher le sang. Malgré la douleur qu'il ressentait, le jeune homme s'exécuta.

Richard s'approcha de Christopher, ouvrit la trousse, prit un des rares morceaux de tissu qu'elle contenait et l'appliqua sur le front de l'archéologue pour éponger le sang afin de mieux cerner la nature de sa blessure. Il fut soulagé de voir qu'il s'agissait d'une entaille au front, même si la blessure semblait profonde. Par contre, il ne put refréner le frisson d'angoisse qui le secoua en entier lorsqu'il vit de près l'état du bras de Christopher. Il était vraiment coincé et, une fois libéré, qu'en resterait-il ? Richard l'ignorait et le craignait. Il releva la tête et appela quelques-uns des hommes qui étaient debout. Ils se mirent à quatre pour tirer sur le siège tandis que Richard soutenait le bras du blessé.

Aidé d'Érika, qui était encore sous le choc, Richard fit un garrot et, à l'aide de serviettes propres, tenta d'absorber le sang qui s'écoulait de la plaie. La noirceur ne l'aidait pas. Il avait du mal à voir ce qu'il faisait et où il devait poser ses pansements.

Il enjoignit la jeune femme de maintenir une pression sur le bras de Christopher et une sur le front, tout en lui recommandant de ne pas paniquer et de l'attendre.

— Il nous faut absolument ouvrir la soute à bagages, dit-il à une hôtesse de l'air. Nous avons de la nourriture, de l'eau, un équipement de survie, des lampes de poche, bref, des choses dont nous avons bien besoin maintenant ! Vous savez comment faire ?

— Non ! Peut-être que lui, là-bas, le saura ! Ou les pilotes.

L'homme désigné savait effectivement comment s'y prendre mais avoua qu'il serait périlleux et ardu d'y avoir accès sans échelle ni outils, avec le temps de chien qu'il faisait.

— Si on attend le retour du soleil, il y a des gens ici qui vont mourir ! Tu vas assez bien pour y aller avec lui, Marc ? Je vais continuer de soigner ceux pour qui je suis capable de faire quelque chose. Il nous faut tout l'équipement de survie dont on dispose : lampes, médicaments, trousses de premiers soins, fusées de détresse, tout ! Essaie aussi de trouver des plastiques ou des morceaux de toile pour calfeutrer les hublots, des couvertures pour les blessés !

— J'y vais.

— Il ne respire plus !

Richard se tourna vers un assistant, penché au-dessus d'un passager du côté gauche de l'appareil. Il s'approcha et sursauta en reconnaissant Yvon, le plus vieux membre de leur équipe. Pour des archéologues comme Christopher et lui, il était le modèle à suivre. Pas de blessures sérieuses à première vue. Crise cardiaque ?

Il tenta la réanimation cardiorespiratoire pendant une dizaine de minutes, puis se rendit à l'évidence : il n'y avait plus rien à faire pour lui. Il baissa la tête et l'assistant comprit.

— Qu'est-ce qu'on fait ?

— Transportons-le à l'avant pour l'instant. Nous l'emmènerons dehors plus tard. Il y a trop de blessés, il faut concentrer nos efforts pour sauver les autres. Veux-tu aller donner un coup de main à Marc et à l'agent de bord, à l'extérieur ?

L'assistant hocha la tête et se dirigea vers la sortie. Les deux hommes, dehors, avaient réussi à descendre l'escalier.

Richard retourna auprès de Christopher, toujours inconscient.

— Nous allons le coucher par terre, dans le fond de l'avion, aussitôt que nous aurons des lampes de poche pour y voir un peu mieux. Ce sera plus confortable pour vous deux.

— J'ai peur. Nous allons peut-être tous mourir !

— Ne perds pas courage, Érika, tout le monde ici veut survivre et nous allons faire tout ce qui est en notre pouvoir pour cela. Occupe-toi de Christopher jusqu'à mon retour.

Un assistant fut retrouvé inconscient. Son pouls était irrégulier, sa respiration aussi. Richard eut envie de crier : « Appelez l'ambulance ! » ou encore « Allez chercher la jeep ! » Sans équipement médical, qu'allaient-ils pouvoir faire pour lui ? Si son état ne se stabilisait pas de lui-même, ils n'y pourraient rien.

— L'asthme ! Il a une crise d'asthme, il doit avoir des médicaments dans sa valise !

— Peut-être dans son sac ? Regarde dans le porte-bagages. Sinon, je ne sais trop s'il va pouvoir attendre qu'on trouve sa valise...

Richard s'arrêta un instant et évalua la situation. Au moins un mort et deux blessés graves. Et ce n'était pas fini. Il n'avait vu que peu de blessés. Il fallait qu'ils soient vite retrouvés par les autorités. Avec le peu de connaissances médicales et de médicaments qu'ils possédaient, certains blessés ne pourraient pas tenir longtemps. Par chance, ils avaient de l'eau et de la nourriture en quantité suffisante.

Quelqu'un cria à ce moment-là qu'on avait besoin d'aide en avant. Richard se précipita jusqu'à la cabine de pilotage. Le pilote était mort et pas beau à voir. Peu dédaigneux, Richard en eut tout de même la nausée. Il avait le sentiment que, pendant les prochains mois de sa vie, cette vision du pilote décédé hanterait ses cauchemars. Quant au copilote, il était inconscient et avait les deux jambes broyées.

Richard s'aperçut qu'il pourrait dégager le corps du pilote. Aussitôt qu'ils auraient des toiles de plastique, il ferait transporter son corps à l'extérieur, avec celui d'Yvon. Ça le troublait de devoir traiter ainsi des cadavres – auxquels, de par son métier, il vouait le plus grand respect –, mais il savait qu'il n'y pouvait rien. La putréfaction des corps polluerait l'air et contaminerait les autres passagers.

Richard fit venir un agent de bord pour lui demander comment se servir de la radio de l'avion. Ils essayèrent en vain de la faire fonctionner. L'avant de l'avion avait été si abîmé que ce n'était pas surprenant.

À l'extérieur, les trois hommes travaillaient avec acharnement. La pluie tombait si fort qu'ils ne pouvaient pas lever la tête un seul instant. Ils tentaient par tous les moyens d'ouvrir la soute. Une fois que ce serait fait, le plus dur serait passé. Il suffirait de trouver les bonnes valises, parmi les dizaines qui s'y trouvaient.

Marc, un archéologue de l'âge de Christopher, s'arrêta un bref instant et se concentra. Qui aurait pu dire qu'ils se retrouveraient là un jour ?

À l'horizon, de chaque côté, il ne voyait que des arbres durement secoués par la pluie. C'était horriblement sinistre. Tant de grandes silhouettes qui se balançaient au gré du vent et qui semblaient les menacer, eux, ces petits humains qui s'accrochaient à la vie. Mais que pouvaient-ils faire contre les forces de la nature ? Rien et Marc le savait. Ce fut uniquement son instinct de survie qui le poussa à continuer de se battre pour ouvrir cette soute à bagages.

Jamais plus il ne reprendrait l'avion. S'il s'en sortait, Marc irait enseigner. Finie l'archéologie dans les pays éloignés. Finis les rêves, les objectifs. Le destin l'avait frappé de plein fouet pour l'empêcher de les atteindre. Une larme se mêla aux gouttes de pluie. Il fallait avant tout survivre.

73

Valérie finissait de servir une cliente quand le téléphone sonna. Elle la remercia et répondit, d'excellente humeur. Elle s'étonna d'entendre au bout du fil un des cadres de la société qui engageait Christopher. Elle le fut encore plus quand il lui demanda si elle était seule et qu'il lui recommanda de s'asseoir.

— Madame, il y a une dizaine d'heures, l'avion dans lequel prenait place votre époux a disparu des écrans radars. Il sévit une terrible tempête dans les Pyrénées, en ce moment. Les autorités espagnoles commencent les recherches mais elles sont très laborieuses. Pour l'instant, je suis désolé de vous annoncer que nous sommes sans nouvelles de nos archéologues et de nos assistants depuis leur disparition des écrans radars.

Valérie, bouche bée, était incapable de dire un mot. Elle sentit sa pression baisser. Impossible de réfléchir à ce que signifiait la nouvelle que venait de lui annoncer cet homme. Christopher, mort ? Deux semaines après leur divorce ? Sa petite Judith... Elle aurait tant de peine... Non, c'était impossible ! se jura-t-elle intérieurement. C'était une erreur : il devait s'agir d'une autre équipe de chercheurs. Son employée, Mélanie, l'observait attentivement, inquiète.

— Je suis vraiment désolé, madame. Soyez certaine que personne ne ménagera le moindre effort pour les retrouver. Aussitôt que la tempête sera calmée, la police et l'armée espagnoles vont déployer tout un arsenal d'avions et d'hélicoptères pour aller à leur recherche. De notre côté, nous sommes sur un pied d'alerte et nous allons tout mettre en œuvre pour que notre personnel soit retrouvé sain et sauf.

— L'avion s'est-il écrasé, monsieur ? Le savez-vous ? S'il s'est écrasé dans les Pyrénées, leurs chances de survie ne doivent pas être fort élevées !

— Nous l'ignorons, madame. Nous croisons les doigts pour que ce ne soit pas le cas. Peut-être l'avion s'est-il posé quelque part à la suite d'un problème technique. Selon les informations que j'ai pu obtenir, les pilotes sont parvenus à communiquer par radio avec une tour de contrôle peu de temps avant leur disparition. La communication était mauvaise, vous vous en doutez, mais ils ont cru comprendre qu'un des deux moteurs ne fonctionnait plus. Il semble possible d'atterrir avec un seul moteur.

Tremblante, nerveuse, Valérie donna le numéro de téléphone chez Mathieu, assurant l'employeur qu'elle pourrait probablement toujours être rejointe à ce numéro. Il promit d'essayer de la contacter chez elle ou à son emploi et, après avoir exprimé ses regrets sincères, prit congé.

Valérie demeura assise, la coude droit appuyé sur le comptoir, la main devant la bouche, les yeux hébétés, pendant d'interminables minutes. Mélanie se tenait près d'elle. Elle lui proposa d'appeler son ami à l'hôpital. Valérie entreprit de composer le numéro du téléavertisseur de Mathieu. Ses gestes étaient ceux d'une automate.

Mathieu se montra ravi de lui parler, l'assura qu'elle ne l'avait pas dérangé. Il changea cependant de ton quand elle lui apprit la nouvelle. Il lui conseilla de rentrer chez lui en taxi sans tarder. Il la rejoindrait le plus vite possible. La journée de travail tirait à sa fin.

— As-tu pensé à la réaction de la petite, Mathieu ? Judith l'aime de plus en plus, ce serait... inadmissible qu'il meure... Inadmissible... Je me sens dépassée par cette nouvelle, Mathieu.

— Attends que je sois à la maison avant de prendre la décision de lui annoncer ou non cette catastrophe. C'est une décision importante.

— Oui, d'accord.

Valérie rentra effectivement chez Mathieu en taxi, ne se sentant pas la force de conduire. Dans sa tête, elle échafaudait tous les scénarios possibles et impossibles. Effrayée mais impuissante, Valérie espéra que l'avion ait pu atterrir d'urgence, sans faire de blessés. Ou encore qu'il se soit écrasé et que tous soient morts sur le coup. Elle ne souhaitait ni à Christopher, ni aux autres archéologues, qu'elle connaissait pour la plupart, de vivre des souffrances atroces dans des conditions inhumaines.

Valérie fit une prière.

74

Au moment même où Mathieu arrivait chez lui, à l'autre bout du monde, Érika entendit Christopher gémir pour la première fois. Armée de sa lampe de poche et de serviettes humides, elle lui épongea le front et s'approcha de sa figure. La respiration du blessé s'accélérait. Il bougeait et, visiblement, souffrait beaucoup.

Richard s'agenouilla à ses côtés. Il posa sa tête sur l'épaule d'Érika quelques secondes, ferma les yeux. Il n'avait pas dormi depuis plus de vingt-quatre heures, il était à bout de forces et un mal de tête lancinant l'empêchait de réfléchir efficacement.

— Il faut lui donner quelque chose, Richard. Il ne peut pas continuer à souffrir comme ça pendant des heures...

— Nous n'avons rien d'intraveineux, Érika. Dès qu'il sera complètement éveillé, je lui donnerai un comprimé à avaler. Nous allons tenter de le laisser *dormir* le plus possible, cela lui évitera de paniquer en constatant que son bras est bien amoché.

— Il va le perdre, hein ?

— Prions, Érika. Nous l'avons désinfecté, nettoyé, pansé, le sang ne coule plus...

La respiration de la jeune femme s'accéléra. L'épuisement se faisait sentir chez elle aussi.

— Eh, eh, Érika, pas de panique. Nous sommes tous épuisés, nous souffrons tous, mais il faut garder notre calme et tout notre courage. Nous ne devons pas gaspiller la moindre petite parcelle d'énergie qu'il nous reste, car il y a beaucoup à faire avant l'arrivée des secours.

Elle caressait les cheveux de Christopher, que la douleur réveilla presque immédiatement. Déshydraté et souffrant, il n'avait pas la force de gémir ou de se plaindre.

Richard parvint à lui faire avaler un peu d'eau et un comprimé antibiotique. Tant bien que mal, Christopher demanda ce qui s'était passé. Érika lui répondit en évitant les détails.

— Est-ce qu'il y a des morts ?

À demi conscient, il n'attendait pas vraiment la réponse. Pour éviter que le choc ne soit trop grand, si toutefois il se souvenait de quelque chose à son prochain réveil, son collègue lui répondit que le pilote était décédé et qu'il y avait quelques blessés.

— Des aspirines dans ma valise. Ça peut aider...

— Je vais les chercher, merci. Repose-toi, Chris. Érika et moi, nous nous occupons de toi. Bats-toi.

Il se rendormit tant bien que mal, la main droite posée sur son avant-bras gauche. Des larmes coulaient doucement, silencieusement, sur les joues de la jeune archéologue. La solitude lui pesait comme jamais auparavant. Sur certains sites où elle avait eu la chance de travailler, elle avait déjà eu le sentiment de se sentir loin, déracinée. Voilà que, subitement, elle avait l'impression de tomber dans un abîme inadmissible. Jamais, jamais elle ne pourrait encore se sentir aussi loin, aussi seule, aussi perdue dans ce bas monde, pourtant pas si grand. Le froid la saisit jusqu'au cœur, jusqu'à l'âme. Pourquoi se battre alors qu'elle n'était pas certaine qu'on viendrait les chercher ? Qu'ils ne finiraient pas tous par mourir de faim et de soif ? Elle admirait le courage et le dévouement de Richard. Depuis l'accident, une journée plus tôt, il s'était donné corps et âme pour les autres.

« Je dois avoir la force de faire comme lui, s'avoua Érika. Je ne m'occupe que de Christopher, lui court d'un blessé à l'autre. Pourquoi n'en serais-je pas capable, moi aussi ? »

— Aussitôt que la pluie s'arrêtera, nous serons secourus. Bon, assez de paresse, je vais aller voir pour trouver sa valise. Tu peux me la décrire ?

— Noire avec un logo de golf dans les quatre coins. Assez grosse. Je le sais car ça m'a toujours amusée, il déteste ce sport !

Richard hocha la tête, enfila un imperméable avant de sortir de l'avion et revint une quinzaine de minutes plus tard, avec la bouteille d'aspirines et un petit paquet de photos.

— Excellente idée ! Sa petite fille, quelle merveilleuse façon de le motiver à se battre ! Elle est tellement ravissante.

— C'est vrai. Je me demande comment elle et sa femme vont réagir en apprenant ce qui nous est arrivé...

— Son ex-femme !

Richard jeta un rapide coup d'œil à la première photo qu'Érika avait prise. Mère et fille se serraient l'une contre l'autre.

Érika se demanda pourquoi son amant avait abandonné sa famille à son profit. Mais... était-ce réellement ce qu'il avait fait ? Son épouse était tellement plus belle qu'elle. Pouvait-il l'aimer vraiment ou bien le choix s'était-il imposé par lui-même ? Érika ne savait plus quoi penser. Elle s'était attachée à lui au fil des mois mais sans oublier que leur histoire ne dépasserait jamais les cadres de l'archéologie. Avec le temps, Christopher et elle avaient évoqué, chacun leur tour, la possibilité qu'ils prennent un appartement ensemble, qu'ils se voient à l'extérieur des sites. Christopher s'attachait-il ou avait-il besoin de quelqu'un ? Et elle, ressentait-elle de l'amour à son égard ou comblait-il simplement chez elle un manque de chaleur humaine, d'affection ? Si Christopher perdait son bras, l'archéologie serait terminée pour lui. Se reverraient-ils ? S'aimeraient-ils ?

Richard prit la décision de dormir quelques heures. Il sentait que, de toute façon, il ne pourrait plus faire grand-chose de bien en cas de problèmes. Il indiqua à Érika où il se coucherait et vers quelle heure le réveiller.

Tous les blessés ayant été déposés à l'arrière de l'avion, sur des matelas de fortune, avec de nombreux oreillers et quelques couvertures, il dut passer devant le copilote de l'avion. Celui-ci faisait pitié à voir et Richard avait bien peur qu'il ne s'en sorte pas. Les fractures de ses jambes le faisaient tellement souffrir qu'il délirait. Brûlant de fièvre, il n'était plus que l'ombre de lui-même et l'enflure de son corps le rendait méconnaissable.

À bout de forces, Richard s'endormit tout de suite malgré le bruit qui régnait dans l'appareil : pleurs, conversations, pluie qui frappait contre la carlingue, les hublots et les toiles qui remplaçaient ceux qui avaient été fracassés. Il se réveilla en sursaut après une heure de demi-sommeil, de demi-cauchemars, trempé de sueur.

Il avait revécu en détail les toutes dernières minutes qui avaient précédé l'écrasement : sa vie entière en accéléré, la peur de la souffrance et de la mort, l'horrible *écrasement* qui les avait terriblement secoués et mis hors de combat pour un moment... Découragé, aussi fatigué qu'avant de s'installer sur un siège qui ne descendait qu'au quart, il rejoignit les blessés à l'arrière.

Christopher était réveillé et Érika tentait tant bien que mal de le faire boire pour éviter qu'il ne se déshydrate. Il était plus lucide qu'à son premier réveil. Richard lui tendit un nouvel antibiotique et deux aspirines en lui précisant que, tout en calmant la douleur, cela permettrait de contrôler l'infection si elle avait l'idée de se manifester.

— Mon bras... Je vais le perdre. Je ne veux plus vivre, laissez-moi mourir. Gardez les médicaments pour d'autres blessés. Qu'est-ce que vous voulez que je fasse sans mon bras ?

— Regarde ça, Christopher. En plus de moi qui veut te garder vivant, il y a au moins une personne sur ces photos qui veut te revoir.

Désespéré, Christopher aperçut sa petite fille sur les photos du défilé de mode. Elle lui en avait envoyé plusieurs, elle était si fière... De sa main droite, tremblotante, il tourna quelques-unes des photos et, finalement, s'arrêta sur une de la mère et de la fille. Pour la première fois, une pointe de jalousie piqua le cœur d'Érika.

— Mon bébé... J'espère qu'elle n'est pas au courant. Je ne mérite pas qu'elle s'inquiète pour moi. Mon petit bébé... Je veux la revoir mais je ne veux pas vivre sans mon bras...

Laisse-moi partir, Érika. Tu sais que ma vie ne vaut rien sans l'archéologie. C'est toute ma vie. Sans mon métier, c'est le vide. La vie n'a plus aucun intérêt.

— Toutes les conditions ont été minutieusement réunies pour que tu ne perdes pas ton bras, Christopher. Tu ne fais même pas de fièvre. Essaie de bouger les doigts.

Il essaya mais sans résultat. Son bras était trop enflé. Richard se pencha au-dessus de lui.

— Écoute-moi bien, Christopher. Tu vas me faire le plaisir de te battre bien fort pour survivre. Ta petite veut te revoir ; Érika t'aime ; tu as peu de risques de perdre ton bras ; tu as beaucoup à apporter à l'archéologie ; tu as encore tant de beaux moments à vivre avec nos recherches... Tu ne vas pas flancher pour ça, Christopher. Imagine un instant la douleur et le chagrin de ta fille si tu meurs ! Mort, entends-tu ça ? Mort : état irréversible dont on ne peut pas revenir quand la douleur est passée. Et qui multiplie de beaucoup la souffrance en la dirigeant vers tous ceux qu'on aime plutôt que vers nous-même !

— C'est vrai, Chris, tu as encore tellement de belles découvertes à faire. Judith est impatiente de venir visiter notre site espagnol, imagine si tous ses beaux rêves s'évanouissaient... Après l'Espagne, tu pourras lui faire visiter l'Égypte, l'Amérique du Sud, pense aux belles expériences que vivra cette enfant ! Promets-moi, jure-moi de te battre.

Christopher ferma les yeux, hocha la tête et tendit la main droite pour prendre les médicaments. Il les glissa sur sa langue et les avala avec difficulté. Il avait à peine terminé qu'Érika se penchait pour l'embrasser sur la joue.

— La pluie commence à diminuer d'intensité. D'ici une journée, elle devrait avoir cessé. Ils vont nous retrouver. Ce ne sera plus qu'un cauchemar loin derrière nous, Christopher. Tu pourras appeler ta fille de l'hôpital et lui dire que tu arriveras bientôt... Les pierres que tu as prises pour elle à Lascaux sont toujours dans ta valise.

— J'ai hâte que ce soit terminé... Loin derrière moi. Derrière nous. Nous vivons une situation d'enfer.

— Exactement. Nous en serons bientôt sortis. Tu seras de retour à la maison, dans ta famille, entouré des gens que tu aimes.

Christopher se mit à rire de façon saccadée, comme s'il avait pensé ou entendu quelque chose d'extrêmement drôle. Richard savait qu'une situation désespérée, reliée à la douleur et à la fatigue, pouvait très bien provoquer ce genre de réaction.

— Rémy... Il m'a offert d'habiter avec lui et il va me voir rentrer à la maison en civière ! Il sera découragé !

— Tu crois ?

— Oh, je ne sais plus...

Christopher s'assombrit. Il avait une pensée pour Mathieu et pour sa femme. Comment réagiraient-ils ? Les enfants savaient-ils déjà pour leur union ? Est-ce que Mathieu remplacerait Christopher dans le cœur de Judith, qu'ils le veuillent ou non ? Sans le vouloir, l'archéologue se rendormit. Érika était soulagée.

75

Plus jeune, Mathieu adorait observer les enfants ; il admirait leur naïveté, leur légèreté. Lorsque Rosie était décédée, il avait même envié sa fille de pouvoir se contenter d'avoir soif, d'être fatiguée ou de vouloir que sa couche soit changée.

Les filles avaient presque huit ans maintenant mais quand il prenait le temps de les observer comme à la belle époque, il pouvait encore les envier. Elles avaient des soucis, des tout petits, et passaient bien vite par-dessus. Rien ne pouvait empêcher les enfants d'être des enfants. Ils voulaient s'amuser, avoir du plaisir, rire et ils y parvenaient.

Fallait-il tout raconter à la petite Judith ? Les filles étaient trop belles devant leur planche de Scrabble. Mathieu se leva en tenant la main de Valérie. Elle le suivit sans se faire prier et se laissa serrer contre lui, dans l'intimité de la cuisine. Depuis trente-six heures, elle était une autre personne, inquiète, angoissée. Voilà déjà quarante-huit heures que Christopher et son équipe étaient portés disparus. Branché sur Internet, Mathieu suivait les nouvelles météorologiques en Espagne. La dépression qui sévissait dans le sud de la France, le nord de l'Espagne et bien sûr dans les Pyrénées devait durer encore vingt-quatre heures. Les employeurs des archéologues semblaient assez confiants de les retrouver sains et saufs, malgré les heures qui passaient, répétant sans cesse qu'ils avaient de l'eau et de la nourriture pour au moins deux mois dans leurs bagages.

— Nous ne dirons rien, Valérie. Elle l'apprendra bien assez tôt. Je n'ai pas envie de voir une ombre dans ses petits yeux. Laissons-la être une enfant encore quelque temps.

— D'accord. J'ai peur, Mathieu.

— Je sais, Valérie. Encore quelques heures et nous serons fixés.

— L'attente est insupportable.

— Je sais... Nous n'y pouvons rien.

Ce que Valérie ignorait, c'est qu'elle faisait exactement ce que Christopher attendait d'elle, dans la carlingue de son avion : prier.

76

La pluie avait cessé au milieu de la nuit. Tout le monde en était enchanté, Richard le premier. Christopher souffrait beaucoup et son moral ne tiendrait pas longtemps. Quant au copilote, ses heures étaient probablement comptées. Richard croyait que ses jambes étaient dévorées par l'infection et il craignait la gangrène. Faute de traitements, il y aurait une victime de plus.

Lui-même ne savait plus comment il faisait pour tenir debout. Depuis l'écrasement, il n'avait dormi que trois heures, par tranches d'une heure.

Dehors, il prit quelques grandes bouffées d'air frais, quoique chargées d'humidité. Il en avait bien besoin pour se donner un peu d'énergie... et de courage... Dans une heure exactement, cela ferait quatre jours, quatre jours terriblement longs, qu'ils étaient prisonniers de la forêt. Comme bien d'autres, il n'en pouvait plus.

Était-il victime d'une hallucination, comme quelqu'un de perdu dans le désert qui croyait subitement voir une étendue d'eau ? Richard tendit l'oreille attentivement et se surprit à entendre... le vrombissement d'un avion ! Il tourna les yeux vers un assistant, aussi surpris et heureux que lui, et ils se levèrent d'un bond. La même pensée leur était venue : les fusées de détresse ! D'un signe de tête, ils décidèrent de ne pas prévenir les autres immédiatement. En cas d'échec, moins de gens le sauraient, moins il y aurait de déçus. Et de désespérés.

Jamais Richard n'avait lu si vite un mode d'emploi. Cinq minutes plus tard, la fusée s'éleva pour aller exploser dans le ciel. La seconde la suivit de près. Presque tous les membres de l'équipe qui tenaient encore debout étaient sortis de l'avion, alertés par le bruit que les fusées avaient fait.

Un rêve. Une illusion collective. Quand le premier bout d'aile du petit avion apparut au-dessus de leurs têtes, des cris de bonheur et d'émerveillement fusèrent. Pendant un moment, le battement de leurs mains et leurs cris se mêlèrent au bruit de l'appareil qui les survolait. Enfin, chacun ressentait un grand bonheur, un sentiment vif et agréable, tellement différent de ce qu'ils avaient éprouvé pendant les quatre derniers jours.

Érika vint aux nouvelles, cria de joie et retourna auprès de son amant. Il dormait malgré tout le brouhaha.

— Chéri, réveille-toi ! Un avion nous a repérés. Ils vont nous secourir sous peu ! Mon Dieu !

— Enfin ! Érika, si jamais nous ne nous revoyons pas, je veux te dire que j'ai beaucoup apprécié le temps que nous avons passé ensemble. Vraiment.

— Ne pas nous revoir ?

— Je ne sais pas où la route va nous mener. Notre équipe va se dissoudre, c'est bien certain. C'est sans compter si je perds mon bras... Comment poursuivre notre relation si nous ne faisons plus partie de la même équipe ou si nous ne partageons plus les mêmes objectifs pour le reste de nos carrières ?

— Je vais aller te rejoindre à l'hôpital dès que nous pourrons être évacués, nous aussi. Je t'aime beaucoup, Christopher, je ne me contenterai pas de brefs adieux dans ce grand moment de bonheur.

— D'accord. Je voulais aussi te remercier de t'être occupée de moi.

— Tu n'as pas à le faire. C'était tout naturel.

Il ne voulait plus la revoir ? Était-ce la fin de leur liaison ? Le doute envahit Érika.

Christopher pensait à sa vie qui s'achèverait s'il perdait son bras. Inutile de le dire à Érika. De toute façon, la vie reprenait ses droits et, dans l'attente des secours, l'envie de se battre était bien plus forte. Peu importaient les épreuves qu'il avait vécues pendant les quatre journées précédentes, la vie était forte, plus forte que tout.

Trente minutes plus tard, un hélicoptère survola à son tour le lieu où l'avion s'était écrasé. Les archéologues et les assistants en pleuraient de joie et de soulagement. Fascinés, ils regardèrent un homme vêtu de rouge descendre à l'aide d'un câble. Une scène digne d'un film policier !

Ils expliquèrent à ce soldat qu'il y avait deux blessés graves. À part ça, plusieurs personnes n'étaient que légèrement blessées ou indisposées. Deux morts étaient également à déplorer.

Le soldat expliqua le plan d'urgence. Ils évacueraient sur-le-champ les deux blessés, en hélicoptère. Quant aux autres, l'armée de terre était déjà en route. Il leur faudrait toutefois quelques heures avant de les rejoindre puisqu'il y avait du terrain à défricher. D'ici douze heures, au plus tard, il les assura que tous seraient en route vers Madrid.

Il communiqua par radio avec le pilote de l'hélicoptère. Un autre soldat fut envoyé à terre, puis une civière entreprit la même descente.

Les soldats, dont l'un était infirmier, s'engouffrèrent dans la carlingue. Ils s'occupèrent d'abord du copilote et revinrent avec une civière. Fiévreux, glacé, fatigué, Christopher n'avait que la force de se laisser faire. Il n'apprécia pas quand il comprit de quelle façon il allait gagner l'hélicoptère, mais le soldat lui assura qu'il n'y avait aucun danger, que cette méthode était très sécuritaire.

Érika s'approcha pour embrasser doucement Christopher avant qu'il ne parte. Elle avait envie de pleurer mais se contrôlait... tant bien que mal. Richard était debout à ses côtés et n'arrivait pas encore à croire que, dans quelques heures, le cauchemar serait terminé. Il resterait de nombreuses cicatrices physiques et mentales à chacun d'entre eux mais, au moins, le plus dur serait passé.

— Nous nous verrons d'ici vingt-quatre heures, murmura-t-elle à l'oreille du blessé. Je penserai très fort à toi.

— Merci à vous deux.

Richard lui serra la main droite, tout en le regardant droit dans les yeux pour lui transmettre sa force. Après une épreuve pareille, leur complicité allait être encore plus forte qu'avant, eux qui, déjà, s'appréciaient beaucoup. Richard était moins passionné, pouvait davantage envisager la vie quotidienne d'un mariage et d'un travail en enseignement mais, sur un site, l'un comme l'autre oubliait tout.

— On te revoit à l'hôpital, Christopher. Bonne chance. Sois courageux. Peu importe les nouvelles.

Il hocha la tête et la civière entreprit la montée. S'ils frissonnaient au sol, ce n'était rien comparé à Christopher. Arrivé à destination, salué par un sympathique militaire espagnol au très mauvais accent lorsqu'il s'exprimait en anglais, il avait la nausée. L'hélicoptère se mit aussitôt en branle et Christopher ferma les yeux.

— Qu'est-ce que c'est ? demanda un soldat en montrant ce que Christopher tenait serré contre lui.

— Des photos. Ma fille. Et ça, c'est Richard qui m'a demandé de le remettre au médecin.

Il tendit une feuille avec quelques inscriptions. Le troisième jour, pour tromper le temps, Richard avait entrepris d'écrire ce que chaque personne avait avalé comme médicament, quand et en quelle quantité. Certains lui avaient dit que c'était inutile, voire absurde. Il avait rétorqué que si ça n'aidait pas, ça ne nuirait pas non plus. L'infirmier assura que ça avait été une idée très pertinente, puisque certains médicaments étaient contre-indiqués avec la prise d'autres médicaments.

Il l'observa attentivement puis lui offrit un analgésique. Cela calmerait la douleur, la peur et le stress pendant le voyage jusqu'à l'hôpital de Madrid. Christopher accepta sans se faire prier, désireux d'oublier, de ne pas *être là* quand la décision de garder ou d'amputer son bras serait prise. La souffrance morale viendrait bien assez tôt si on lui coupait le bras.

Christopher s'endormit après avoir demandé au soldat de supplier les médecins de garder son bras, coûte que coûte.

77

Il était quinze heures en ce samedi après-midi, lorsque le téléphone sonna chez Mathieu. Celui-ci lisait tranquillement alors que Valérie s'occupait de ses plantes et que les filles jouaient dans la cour arrière.

Valérie répondit à la première sonnerie et s'assit en constatant qu'il s'agissait... du patron de son mari. Il lui annonça que l'avion avait enfin été repéré et les blessés, secourus.

— Les blessés ? Il n'y a aucun mort ?

— Seulement deux. Je ne connais pas leur identité pour le moment. Cependant, je sais que l'état de Christopher est stable. Il est blessé mais selon les informations que j'ai pu obtenir de l'armée, on ne craint pas pour sa vie. Je vais appeler l'hôpital pour tenter d'avoir plus d'informations, Madame. Je voulais vous informer tout de suite de l'heureuse nouvelle.

— Attendez. Il y a un médecin à mes côtés, je crois que ce serait bien qu'il téléphone lui-même. Est-ce possible ? Nous saurions beaucoup plus vite de quoi il retourne.

— Je vous donne le numéro.

Mathieu téléphona aussitôt. Une préposée lui répondit que le blessé venait à peine d'arriver, qu'il dormait et que le médecin était à ses côtés. Mathieu précisa la situation, sa fonction et laissa ses coordonnées, demandant à ce que le médecin le rappelle dès qu'il serait fixé sur l'état des blessures.

Ils patientèrent plus d'une heure, anxieux, perdus dans leurs pensées. Les filles avaient tenté de les intéresser à leurs jeux mais avaient rapidement abandonné et étaient retournées jouer dehors.

Lorsque la sonnerie se fit entendre, Mathieu se précipita sur le combiné. Valérie fit des efforts désespérés pour ne pas écouter. La conversation fut plutôt longue – dix bonnes minutes. Valérie regarda Mathieu avec désespoir. Elle voulait tout savoir ; et ne rien savoir en même temps.

Mathieu avoua ne pas avoir très bien compris le résumé de l'accident mais tant pis. Il répéta les paroles du médecin quant aux blessures.

— Oh, Seigneur...

Mathieu serra Valérie contre lui un moment puis, la prenant par les épaules, se recula d'un pas pour la regarder dans les yeux.

— Soyons positifs. Ce chirurgien me semblait compétent et confiant. Il va rappeler à la fin de l'intervention, quand le résultat sera assuré. Comment pourrait-on passer le temps d'ici là ? Il ne nous rappellera pas avant au moins cinq ou six heures.

— J'aurais dû aller à la boutique. Mais j'avais le pressentiment que j'aurais des nouvelles aujourd'hui... Je suis heureuse d'être avec toi, Mathieu. Que dirais-tu d'aller souper au restaurant avec les filles ? Elles seront heureuses et il est inutile de se tourner les pouces ici, si tu crois qu'il faudra attendre longtemps de toute façon.

Mathieu la trouvait parfois incohérente. Elle parlait, enfilait un monologue sur deux ou trois sujets, revenait ensuite à sa première idée, hésitait... Il était heureux de savoir que c'était probablement dû aux circonstances entourant l'accident de Christopher. Autrement, il aurait été inquiet.

— Si cet homme perd son bras, je me demande bien ce qu'il va faire. L'archéologie est tellement importante pour lui, plus que Judith et moi l'avons été... Il ne voudra plus vivre, Mathieu, ce sera l'enfer.

— Je sais, chérie, je sais. Nous serons bientôt fixés. Croise les doigts.

78

Christopher découvrit un monde blanc, immaculé, en ouvrant les yeux. Où était-il ? Que faisait-il là ? La sonnerie d'une machine le fit sursauter et il tourna la tête. Elle était tellement lourde ! C'est alors qu'il comprit qu'il était à l'hôpital. Mais il lui fallut encore quelques instants pour que les images qui défilaient dans sa tête se précisent : l'accident, son bras, l'hélicoptère...

Il baissa la tête et vit, avec une indescriptible joie, le bout de ses doigts qui dépassaient d'un immense bandage blanc. Il tenta de les bouger. Et ils bougèrent ! Pas beaucoup, de toute façon il se sentait bien incapable de remuer quoi que ce soit, mais ils avaient frémi ! En tournant la tête, Christopher aperçut une infirmière, souriante. Elle lui posa quelques questions auxquelles Christopher répondit par *yes* et par *no*. Quand le médecin se présenta, il lui annonça que son bras était sauvé. Amoché, mais sauvé.

— Vous avez reçu de bons soins, là-bas, cher monsieur Grondin. Il n'y avait aucune infection. Ce bras gauche sera utile et fonctionnel d'ici quelques mois.

— Ma famille...

— J'appellerai un de vos amis médecin dans quelques minutes. Vous pourrez leur téléphoner plus tard, quand vous vous sentirez un peu mieux.

Christopher hocha la tête. Déjà, son esprit s'embrumait. C'était comme si un feu le consumait de l'intérieur et que la fumée cherchait désespérément à sortir de son corps.

— Mes collègues ?

— Je n'ai pas encore eu de nouvelles d'eux. Aussitôt qu'ils arriveront, ils viendront vous voir.

Soulagé, Christopher s'endormit après avoir remarqué qu'on avait déposé sur sa table de nuit, dans un petit cadre, la photo de Judith avec sa mère. Avant de sombrer, son dernier regard fut pour elles.

79

Érika et Christopher s'endormaient autant l'un que l'autre ; Érika était privée de sommeil et de repos depuis plusieurs jours, Christopher était encore drogué par tous les anesthésiques. Il tenait absolument à attendre minuit pour téléphoner chez lui : il serait dix-huit heures au Québec.

Il embrassa Érika, toujours présente à ses côtés depuis son retour de la forêt, puis lui demanda de composer le long numéro pour le Québec. Ensuite, il tenait à ce qu'elle rentre à l'hôtel pour y passer une bonne nuit. Elle accepta et lui tendit le combiné avant la première sonnerie.

Christopher fut ému d'entendre la voix de Mathieu. Il avait tellement craint de ne plus les revoir !

— Salut, Mathieu. Comment vas-tu ?

— Oh, Christopher... Je suis tellement content de t'entendre ! Comment te sens-tu ?

— Je commence à me sortir des affres des anesthésiques et des calmants. Je pense que j'ai davantage souffert ici que dans l'avion ! En tout cas, Mathieu, je suis heureux de te parler. J'ai beaucoup pensé à vous, là-bas.

Christopher entendait Judith crier derrière qu'elle voulait absolument parler à son père. Il demanda à Mathieu de la rassurer : il ne manquerait pour rien au monde de lui parler. Ils discutèrent brièvement du retour de l'archéologue et de la possibilité qu'il soit soigné à l'hôpital où Mathieu exerçait.

Judith arracha presque le combiné des mains de Mathieu et posa à son père des questions sur l'accident, sur sa santé, des « Est-ce que tu as eu peur ? » et des « Est-ce qu'il y avait du feu ? » Dès qu'elle fut rassurée et calmée, Christopher put lui avouer ce qu'il trouvait le plus important. Sans doute ne comprendrait-elle pas vraiment la signification de ses paroles mais les prononcer lui ferait du bien. À lui.

— J'ai beaucoup pensé à toi, là-bas, ma grande. J'avais ta photo et je me disais qu'il fallait que je te rapporte tes pierres de Lascaux. J'ai hâte de te voir et de te serrer contre moi. Je t'adore, ma fille. Je suis heureux d'être ton père.

Il essuya une larme, la première depuis l'écrasement. Pendant toutes ces journées, il s'était battu pour ne pas faire souffrir sa fille. Valérie se serait remise de sa mort. De toute façon, elle ne l'aimait plus. Ses amis, adultes équilibrés et intelligents, s'en seraient aussi remis sans problème. Mais la petite passionnée de géologie ? Il commençait à peine à se rapprocher d'elle, à mieux la connaître et à se plaire dans son rôle de père. Disparaître à ce moment-là ? Ça aurait été cruel pour Judith. Il s'était donc battu contre lui-même.

— Moi aussi, je t'aime, papa. J'ai hâte de te voir ! Maman m'a dit que si tu arrives un jour d'école, je n'irai pas et je pourrai aller te retrouver plus vite.

— Excellente idée. De toute façon, tu es un petit génie.

Christopher prit la décision de couper court à la conversation. L'émotion était trop forte. Ils s'échangèrent des bisous, se répétèrent qu'ils s'aimaient *à la folie*, selon Judith, et ce fut Valérie qui prit le combiné. Elle l'entendit renifler. Elle aussi était fort émue. Ils discutèrent cinq minutes. Il raccrocha et se retrouva seul dans la noirceur et l'intimité de sa chambre d'hôpital, avec les machines pour seule compagnie. Il lui fallait dormir. D'ici une semaine, il serait parmi les siens, même s'il devait séjourner à l'hôpital pour quelque temps encore. Ensuite, il devrait complètement réhabiliter son bras avant de partir pour une nouvelle mission.

Mais avait-il vraiment envie de repartir ? L'accident ne lui avait-il pas enlevé le goût de voyager, d'explorer, cet amour pour la découverte qui l'avait toujours habité ?

Christopher ne voulait pas se poser ce genre de questions. C'était douloureux. Et s'il devait s'avouer que tout ça était fini, il devrait du même souffle reconnaître que sa vie était fichue...

80

On avait décidé qu'il serait plus sage d'attendre Christopher à l'hôpital plutôt qu'à l'aéroport. Puisqu'il avait besoin de soins médicaux, il serait transféré de toute façon en urgence à l'hôpital dès sa sortie d'avion.

Valérie reconnut tout d'abord cette fameuse Érika. Apparut ensuite une civière, entourée de trois hommes, dont deux devaient être infirmiers. La jeune archéologue sursauta en apercevant l'ex-femme de son amant, puis elle rougit. Mathieu serra les épaules de Valérie. Inutile qu'elle se sente dans un face-à-face. Elle n'avait rien à prouver à personne, surtout pas à cette fille. S'il comprenait bien la mentalité des femmes, mais il n'en était pas sûr, Valérie devait être en train de se comparer, de se demander qui était la plus belle, quand, comment, pourquoi, etc., etc. Un tas de questions sans réponses et bien inutiles.

Érika s'excusa, de quoi au juste Mathieu n'aurait su le dire, mais il présuma que c'était de sa présence. Judith, qui piaffait d'impatience depuis leur arrivée, devina qu'il s'agissait de son père sur la civière et elle se haussa sur le bout des pieds pour mieux le voir.

— Papa ! s'exclama-t-elle tout haut.

— Chut ! fit Mathieu en lui serrant un peu la main. N'oublie pas que tu ne dois pas faire de bruit dans un hôpital, Judith.

L'infirmier les informa que Christopher dormait et que le médecin devait le voir avant qu'ils ne puissent lui rendre visite. Il serait sûrement réveillé à ce moment-là. Il les pria d'attendre patiemment dans la salle d'attente.

Ami, ex-femme, fille, maîtresse et collègue se retrouvèrent nez à nez dans une petite pièce que quelques personnes occupaient déjà. Richard Morency se présenta. Mathieu diagnostiqua tout de suite un sévère état de choc. Il aurait besoin de repos, voire d'une thérapie.

— Je vais partir tout de suite, dit Érika sans avoir levé les yeux une seule fois. Christopher est entre bonnes mains.

— Vous pouvez rester, lui dit Valérie dans un élan de générosité qui surprit son nouvel ami. Vous avez votre place auprès de lui. *Maintenant*, ce n'est plus important pour moi.

Richard avait tourné la tête, Mathieu aussi : pas question de se mêler de ces histoires. Érika avait regardé Valérie. Érika était jolie, quoique très naturelle, même si elle semblait s'être évadée d'une guerre : coiffée sommairement d'un chignon, les yeux cernés, le regard vide et fuyant, une ecchymose sur le front, une autre sur le bras gauche... Elle aussi, selon Mathieu, aurait besoin de temps pour effacer les séquelles psychologiques de cet horrible accident.

— Richard mérite une médaille pour tout ce qu'il a fait sur les lieux de l'écrasement. Il a vraiment tout pris en charge... Sans lui, je ne sais pas ce que nous aurions fait.

— Ce devait être très éprouvant, lui dit Mathieu. Vous semblez épuisé. Avez-vous vu un médecin en Espagne ?

— Non, mais j'irai voir mon médecin de famille bientôt.

— Je peux aller réveiller papa ? demanda Judith avant de pousser un grand soupir. C'est long ! Je veux le voir !

Érika la trouvait ravissante et hésita avant de lui donner ce qu'elle avait pour elle dans son sac à main. Christopher ne serait peut-être pas content et qui sait quelle serait la réaction de son ex-femme. Valait mieux attendre.

Mathieu prit Judith dans ses bras. La fillette passa ses jambes autour de sa taille et ses bras autour de son cou. Elle le serra fort, puis posa sa tête contre son épaule. Mathieu l'assura que ce ne serait pas long et qu'il lui fallait pratiquer l'art de la patience.

Érika s'assit un peu plus loin, après avoir précisé qu'elle avait un bref message à faire à Christopher. Elle ne serait pas longue et quitterait tout de suite après.

Lorsque le médecin vint les prévenir que Christopher était à demi réveillé, Judith sauta sur ses pieds. Elle aurait passé la porte comme une balle si sa mère ne l'avait pas attrapée au vol. Elle mit de l'ordre dans la tenue de sa fille et lui fit promettre d'être sage et tranquille. Elle lui rappela également qu'elle risquait d'être impressionnée par l'allure de son père.

Elles se rendirent dans la chambre main dans la main. Judith s'arrêta un instant sur le pas de la porte pour évaluer la situation comme le lui avait conseillé Mathieu. Elle voyait le bras blessé, qui semblait enveloppé dans une grosse couverture blanche. Elle était gênée. Elle savait qu'elle ne devait pas toucher son père n'importe comment et ignorait s'il était bien réveillé.

Valérie exerça une faible pression sur l'épaule de sa fille pour l'inviter à avancer. Christopher ouvrit les yeux en la sentant approcher, lui sourit.

— Salut, ma grande. Comment vas-tu ?

— Bien... As-tu mal, papa ?

— Pas vraiment pour l'instant, mais je m'endors beaucoup. Je suis content de te voir, approche-toi un peu, que je t'embrasse. Tu peux avancer la chaise et grimper dessus.

Pendant que Judith s'exécutait, Christopher regarda son épouse. Il y eut de la tendresse entre eux, comme il n'y en avait pas eu depuis longtemps. Il était ému d'être encore vivant pour les voir toutes les deux. Valérie était heureuse de le voir alerte et en meilleure forme qu'elle l'avait imaginé.

— Fais attention, recommanda Valérie à sa fille.

— J'ai tellement envie de serrer ce bébé-là dans mes bras ! Oups... Juste un bras !

Judith se pencha, déposa un bisou sur la joue mal rasée de son père et se serra contre lui, enfouissant sa tête dans son cou. Christopher la serra avec son bras droit.

— Je n'aurais pas voulu que tu meurs dans ton avion, papa. J'étais fâchée, je ne voulais pas que tu sois malade !

— L'important, c'est que j'aille bien, maintenant, Judith. Dans une semaine, je serai sorti de l'hôpital. Nous pourrons nous voir souvent. Je t'aime, ma fille.

— Je t'aime, papa !

— Ma belle, regarde ici.

Elle redescendit sur sa chaise pour ne pas risquer de lui faire mal, tourna la tête vers la table de nuit et aperçut une photo d'elle. Elle la prit et vit qu'il y en avait beaucoup d'autres.

— Ce sont les photos du défilé de mode que tu m'as offertes. Il faudra en faire faire de nouvelles car, tu vois, elles ont eu la vie dure. Elles ne m'ont pas quitté. Je les ai traînées sur moi dans l'avion, à l'hôpital en Espagne et maintenant ici... J'ai beaucoup pensé à toi.

Elle se colla de nouveau contre lui.

Judith resta encore cinq minutes auprès de son père, avant qu'une infirmière vienne lui demander de sortir pour ne pas épuiser le patient. Christopher promit qu'il la reverrait bientôt.

Érika vint lui dire qu'elle passerait son séjour de vacances forcées chez ses parents. Elle lui demanda de ne pas hésiter à la contacter s'il avait besoin d'elle... ou envie de la voir. Elle précisa aussi que Richard et elle avaient décidé de tenter de réunir leur équipe, un mois plus tard, pour qu'ils puissent faire le point et décider de leur avenir. Il acquiesça, l'embrassa sur la joue et lui demanda qui se trouvait encore dans la salle d'attente. Il était impatient de voir Mathieu mais voulait dire un mot à Richard. Celui-ci entra le premier et Christopher le remercia de lui avoir sauvé la vie. Touché et à bout de nerfs, Richard étreignit son ami, l'assura que c'était tout naturel et promit de prendre de ses nouvelles sous peu.

Mathieu entra ensuite et c'est avec lui que Christopher discuta le plus longtemps. Le médecin s'intéressait autant à son état physique que psychologique.

— Rémy sera ravi de t'avoir chez lui, il me l'a dit. Toutefois, si ton état l'exige, j'aimerais que tu demeures chez moi quelques jours, le temps que tu prennes du mieux.

— Merci, Mathieu.

Dès que celui-ci fut parti, Christopher sombra dans un sommeil artificiel, sans rêves ni cauchemars.

81

Deux jours après son arrivée à Montréal, Christopher commença à faire un peu de physiothérapie. Selon la spécialiste, il aurait besoin de trois à six mois pour retrouver l'entière mobilité de son bras.

Christopher avait discuté avec Benjamin au téléphone et celui-ci lui avait envoyé, au lieu du traditionnel bouquet de fleurs, un énorme plat de fruits frais. En plus du cadeau, Christopher appréciait d'avoir quelque chose de bon à se mettre sous la dent. Il dédaignait la plupart des repas d'hôpital, y compris leur café, des « verres d'eau » comme il les appelait.

Il croquait dans une pomme quand Rémy ouvrit la porte. Les deux vieux copains d'enfance se comprenaient très bien. D'une façon très différente, ils avaient eu la frousse de mourir.

Plus de trois semaines après l'attaque, Rémy se remettait bien. Il était heureux d'avoir retrouvé Andréanne et s'était promis de ne se consacrer qu'à elle. Il était cependant conscient qu'il avait encore du chemin à parcourir avant d'être à la hauteur. Du reste, il comptait sur la présence à long terme de l'archéologue pour l'aider à se décider à faire le grand saut.

Entre son usine, ses enfants, sa femme enceinte, Benjamin n'avait pas de temps pour le reste, même pour ses amis.

Quant à Mathieu, il était amoureux et ça se voyait. Rémy en était si heureux qu'il voulait le déranger le moins possible. Malgré cela, le médecin était toujours présent et l'invitait régulièrement à venir prendre un bon repas préparé par Cathou.

Rémy offrit à Christopher une carte de prompt rétablissement. L'archéologue eut quelque difficulté à ouvrir l'enveloppe et il trouva un papier glissé à l'intérieur. Il y était écrit : « Ceci est un bon pour l'hébergement et les repas à volonté pendant une période illimitée. Sincèrement, de ton vieux copain, Rémy. »

— Tu ne te sens pas trop envahi ? Tu sais que je pourrais me débrouiller autrement, Rémy. Je ne veux pas que tu te sentes obligé...

— Ce n'est pas du tout le cas, mon cher. Ça me fait même plaisir ! Quand tu voudras la paix, ma copine est toute heureuse de m'accueillir chez elle. Elle m'a même offert une clé de son appartement, afin que je puisse y aller quand bon me semble.

Rémy était parti depuis une demi-heure à peine quand Mathieu, ayant terminé sa journée, arriva avec deux cafés, ce qui fit bien plaisir à Christopher.

— Enfin, du vrai café ! Tu l'as trouvé à la cafétéria ?

— Non, au poste des infirmières. Je t'en apporterai une autre tasse demain matin. J'ai croisé ton doc et il m'a dit que tu pourrais sortir dans moins d'une semaine si tu prenais bien soin de toi. Ça fait ton bonheur ?

— Oui. J'ai hâte d'avoir un bon lit !

— Rémy m'a dit que les draps seront propres et sentiront bon chez lui. Et dans ta tête, comment ça se passe ?

Le visage de Christopher s'assombrit subitement. Pourrait-il trouver les mots pour avouer tout ce qui le tracassait depuis qu'il avait été transporté à l'hôpital espagnol ?

Par où commencer ?

Il n'avait jamais avoué à ses amis, ainsi qu'à sa femme, qu'une centaine d'archéologues travaillaient dans la province de Québec. Sur ce nombre, quatre-vingts étaient autonomes et travaillaient à contrats, selon les besoins. Ils gagnaient bien leur vie. Quant aux vingt autres, ils étaient fonctionnaires, répartis entre le ministère de la Culture et des Communications, le ministère canadien des Parcs et des Forêts, le Vieux-Port de Montréal ainsi que les villes de Montréal et de Québec. En plus des postes d'enseignement à l'université, assez aisément accessibles aux docteurs en archéologie, Christopher pouvait se tourner vers les musées, les centres d'interprétation de la nature ou encore se diriger vers la restauration de biens archéologiques...

S'il décidait de rester, il aurait un emploi stable avant les fêtes de fin d'année. Et elles approchaient. Un poste, entre autres, venait de se libérer à Québec. Parmi le courrier que Valérie lui avait apporté de la maison, il y avait une lettre de l'administration de cette ville. Une offre d'emploi en bonne et due forme, quoi.

À quoi bon se priver de sa passion puisque, de toute façon, il avait déjà gâché son mariage, sa famille ? Pourquoi, tant qu'à en être rendu là, ne pas vivre tel qu'il se l'était promis, encore pour un dix ou douze ans de voyages à travers le monde ? Il serait alors temps, fort de son expérience, de se reposer, de changer le cours de sa carrière.

— Tu as toujours vu les choses ainsi, Christopher. Tu ne m'as jamais expliqué ta façon de penser autrement. Pourquoi, subitement, est-ce devenu aussi troublant ?

— Parce que j'ai failli mourir. Et perdre mon bras. Parce que la plupart des victimes d'écrasement d'avion ne veulent plus remonter dans ce gros engin volant... Parce que mon équipe est détruite, que la plupart de mes collègues et amis vont se diriger vers autre chose, que je devrai repartir à zéro avec une nouvelle troupe...

— Si ça ne te décourage pas trop pour l'équipe, moi, je repartirais. Je te connais bien, je sais que tu ne seras pas heureux si tu demeures ici. Il sera toujours possible de travailler pour un gouvernement dans dix, quinze ans. Tu sais le nombre d'accidents d'avion qu'il y a chaque année ? C'est minime, Christopher. Il faudrait que tu sois diablement malchanceux pour en vivre un autre d'ici la fin de ta carrière !

— Tu crois vraiment ce que tu dis ?

Il en était vraiment heureux parce qu'il ne s'imaginait pas travailler huit heures par jour, cinq jours par semaine, à cinquante dollars l'heure, à la restauration d'objets rapportés par d'autres archéologues. Quant à la recherche archéologique québécoise, elle était dans un si mauvais état qu'il n'y avait rien de tentant pour quelqu'un qui était habitué de travailler... dans le reste du monde. La plupart des pays protégeaient avec empressement leurs sites aussitôt qu'ils étaient découverts. C'était le cas de l'Espagne, de l'Égypte, de tous les pays européens, de la majorité des pays africains aussi, même les plus pauvres. Au Québec, les archéologues devaient courir – et vite – devant les pelles mécaniques. Combien de sites avaient été horriblement mutilés par de vulgaires travaux : métro, canalisations de gaz, d'électricité, de téléphone ?

Les gouvernements canadien et québécois investissaient peu d'argent en archéologie et presque uniquement sur les sites en dix mille morceaux des villes de Québec et de Montréal. Les sites régionaux, plus beaux, en meilleur état et bien plus intéressants du point de vue archéologique passaient après et bien souvent, *après*, il n'y avait plus d'argent.

— Il faut faire ce que nous aimons dans la vie parce que nous n'en avons qu'une seule à vivre. Je le vois tous les jours au premier étage de cet hôpital et toi, tu viens de le constater de particulièrement près...

— Es-tu d'accord avec moi si je te dis que la vie est parfois très forte ?

— Certainement. Qu'est-ce qui te l'a fait découvrir ?

Christopher avoua que tout le temps qu'il avait passé dans l'avion, Richard et Érika lui avaient juré qu'il ne faisait pas de fièvre, malgré ses symptômes. On ne le lui avait pas dit non plus en Espagne. Quelques heures plus tôt, son médecin, ignorant probablement qu'il ne le savait pas, lui avait affirmé le contraire.

L'archéologue s'en était pourtant douté, même dans l'avion. Il avait eu froid, avait frissonné, tremblé, était passé subitement de cet état de glace à celui de grosses chaleurs, sueurs, etc. Quant au sentiment de faiblesse qu'il avait ressenti, aux étourdissements, à son incapacité de penser longtemps, de rester éveillé plus de quinze minutes, ils étaient dus au manque de sang. Le médecin espagnol et Richard ne lui avaient pas caché qu'il en avait perdu beaucoup. Et qu'il aurait pu mourir s'il ne s'était pas battu pour rester en vie.

Quand il se sentait au bord du gouffre, Christopher songeait à sa fille. Mais le troisième jour, cela ne suffisait plus. Il n'en pouvait plus. Ses forces l'abandonnaient. Avec un peu de recul, il comparait cet état à celui de quelqu'un qui, pendant un mois, ne dormirait pas du tout et continuerait de travailler quand même.

Au moment où il allait lâcher, abandonner la partie pour se laisser emporter par la mort, quelque chose s'était produit. Une nouvelle source d'énergie avait surgi du plus profond de lui.

Christopher avait alors compris que le corps humain était une machine extraordinaire, pleine de sagesse, qui n'avait jamais dit son dernier mot. Il y avait toujours une réserve d'énergie insoupçonnée quelque part. Au moment où l'esprit allait lâcher, elle explosait et permettait de le propulser en avant. C'était doublement sage car si cette énergie n'était pas cachée, l'esprit la dilapiderait bêtement.

À ce moment-là, Christopher avait utilisé le moindre atome d'énergie disponible. Il devait maintenant, en plus de guérir les blessures physiques et psychologiques, remplir de nouveau la banque d'énergie, la régénérer. Au cas où elle devrait, un jour, servir de nouveau...

— Je vais repartir, Mathieu. Je te confie ma fille. Serre-moi la main.

Mathieu ressentit malgré lui un certain soulagement, qui n'était pas exempt de culpabilité.

82

Catherine cuisinait, bien décidée à nourrir convenablement l'archéologue et le journaliste. Pour se détendre, et parce qu'il appréciait la bonne chère... quand il en avait le temps, Mathieu tranchait les légumes à ses côtés. Assise à la table, Valérie feuilletait un livre de recettes.

— Quand allez-vous habiter ensemble ? Et quand vous déciderez-vous à annoncer cette belle nouvelle à vos filles ? demanda Cathou.

Elle avait tenté de poser ces questions d'un ton détaché, tout simplement curieux, mais rien à faire : Mathieu et Valérie avaient compris qu'elle s'inquiétait.

— Nous allons probablement habiter ensemble en juillet. Ma belle envisage même de mettre sa maison en vente. Ce sera bien plus simple pour Judith de n'avoir qu'un seul domicile.

— J'ai effectivement remarqué qu'elle commence à trouver la situation compliquée...

— Tu as raison, Cathou, ce n'est pas sain pour elle. Les filles commencent à trouver que Valérie est souvent ici le matin. Dès que Christopher ira mieux, nous leur annoncerons la nouvelle. Notre période d'essai a été concluante : Valérie et moi sommes rassurés sur notre avenir ensemble, sur nos chances de réussir notre couple. Crois-tu que les filles vont bien le prendre ?

— J'en suis certaine...

— Et toi, Cathou ? demanda Valérie en lui touchant le bras. Sincèrement...

Elle garda un moment de silence, les yeux baissés.

— J'envisage des solutions. Je suis profondément heureuse pour vous mais je ne pourrai pas demeurer ici quand vous habiterez ensemble. Les filles grandissant, j'imagine aussi que, maintenant que vous êtes en couple, vous n'aurez plus besoin de mes services. Je réfléchis à ce que je vais faire.

— Nous avons besoin de toi, Catherine !

Mathieu prit une chaise et la regarda bien fixement. Pour les filles après l'école et lors des jours de congé, pour tout ce qu'elle faisait dans la maison, pour les repas, ils ne pouvaient pas – et ne voulaient pas – se passer d'elle. Et les petites la chérissaient ! Ni Valérie ni Mathieu ne voyaient d'inconvénients à ce qu'elle demeure chez eux, même si Judith et Valérie y emménageaient. Et il ne fallait pas oublier : ils voulaient un enfant. Pas tout de suite mais ça viendrait. Qui d'autre qu'elle pourrait garder ce bébé ?

Cathou était à la fois ravie et touchée.

— Je vais l'adorer, c'est certain. Mais pour le loyer, c'est impossible. Je ne veux pas devenir une voleuse d'intimité. Sachant que votre décision est prise, je vais chercher un appartement pas très loin d'ici. Je préfère me déplacer tous les matins, quitte à dormir dans une petite chambre s'il vous arrive de rentrer tard le soir.

— Laisse-moi ça entre les mains, Catherine. J'ai déjà une petite idée derrière la tête. Et c'est promis, je ne signe rien sans que tu visites les lieux et que tu décides. Marché conclu ?

— Si ça ne te cause pas trop d'inconvénients, marché conclu. Je suis vraiment comblée pour vous deux, pour vous quatre avec les filles. Vous êtes tous comme mes enfants !

Elle les embrassa tour à tour et Mathieu lui demanda pourquoi elle n'avait pas soulevé la question avant si ça l'angoissait autant.

— Je ne sais pas. Je ne voulais pas vous déranger. Et j'avais un peu peur des réponses, je suppose.

— Pauvre Cathou ! J'aurais dû y penser, le prévoir... Excuse-moi...

Pour toute réponse, elle lui sourit, le regard rempli d'amour.

83

Cela faisait plus d'une heure que Rémy était couché, sans parvenir à s'endormir. La tête appuyée contre l'épaule d'Andréanne, il ne faisait aucun effort particulier pour qu'elle s'endorme ! Il la caressait, chantonnait, mais elle ne bougeait pas. Ce ne fut qu'après une série de baisers dans le cou qu'elle remua un peu. Aussitôt qu'il la sentit éveillée, il feignit d'être à demi endormi et la regarda.

— Tu ne dors pas ? s'étonna-t-il.

— Tu te moques de moi ? Je sens ton petit manège depuis longtemps mais j'ai sommeil, alors j'espérais que tu finisses par me laisser tranquille... Qu'est-ce qu'il y a ?

— J'ai envie d'avoir une discussion avec toi.

— Demain, d'accord ? Rémy, je suis épuisée.

— J'ai envie de m'engager sérieusement avec toi. De t'en faire la promesse en bonne et due forme.

Andréanne se redressa, s'étira pour allumer la lumière. Elle fit un grand effort pour se réveiller totalement et elle avoua que ça en valait la peine.

— Tu sais, je n'ai jamais rien dit de tel à quiconque. Je me sens comme un adolescent, alors que j'ai déjà de longues années de vie et d'expériences derrière moi.

Andréanne le regardait attentivement.

— Je me sens coupable de te dire tout ça maintenant. Je me savais amoureux depuis quelque temps mais il a fallu cette agression pour que j'arrive à l'accepter. Ce n'est pas de la lâcheté, ça ? Tu es toujours présente, Andréanne, toujours attentive, toujours douce. Je sais que je ne te mérite pas. Je sais que je n'ai presque rien à t'offrir en retour.

— Tu pourrais remplacer « lâcheté » par « peur » ?

— Les deux sont vrais. Andréanne, je t'aime.

Le cœur de Rémy se serra. C'était la première fois qu'il prononçait ces mots. La jeune femme semblait ravie. Ses yeux brillaient.

— Je t'aime, Rémy. Oh, merci ! Merci de m'avoir dit ça, c'est tellement bon !

— Puis-je me permettre de t'emprisonner ainsi, Andréanne ? Qu'est-ce qu'un gars comme moi peut bien offrir à une jeune femme aussi magnifique que toi ?

— Est-ce que tu te sens capable de m'offrir ta fidélité ?

— J'ai commencé à la vivre avant même l'agression, tout naturellement. Je ne désire plus que toi, Andréanne. Ma vie est pleine d'échecs, des petits comme des grands. Cette fois-ci, je veux réussir et je suis persuadé d'en être capable.

Émue, elle l'embrassa doucement. Elle ne savait que dire.

— Est-ce que tu sais le nombre de femmes qu'il y a eu dans mon lit, Andréanne ?

— Je le sais. Ce sont toutes ces expériences qui ont fait de toi l'homme que tu es aujourd'hui.

— Je serai direct. Il y a quelques années, je me disais que je ne pouvais plus rien vivre de nouveau en sexualité. Je me trompais. Je ne savais pas ce que c'était de faire l'amour à quelqu'un que l'on aime.

Rémy lui expliqua ensuite qu'il aspirait à une relation « libre » pour débuter. Ils ne seraient pas prisonniers de leur couple, chacun pourrait voir ses amis ou sortir à sa guise, ils ne ressentiraient pas le besoin de se voir tous les soirs et chaque week-end. Pour se donner une meilleure chance de réussir, il espérait franchir les étapes graduellement, une à une, sans rien bousculer. Il tenait à ce que chacune de leur rencontre, dans l'avenir, les rende heureux et de bonne humeur. Il n'était pas prêt à partager son appartement, tout comme il ne se sentait pas prêt à se marier ou à avoir des enfants.

— Tu as eu des dizaines de conquêtes dans ta vie, Rémy. Pourquoi m'as-tu choisie parmi toutes les autres ?

— Je sais que tu es celle qu'il me faut. Il y a quelques années, j'aurais choisi de te perdre plutôt que de me caser. Je t'aime, ma belle !

Il lui proposa également d'en discuter avec elle si une tentation se présentait à lui. Il ne voulait vraiment rien lui cacher.

— Je suis d'accord. De mon côté, je ne vois plus et je ne désire plus personne d'autre que toi depuis plusieurs semaines.

— On ne sait jamais. Vaut mieux prévenir que guérir.

— Je suis bien d'accord !

— L'étape numéro deux serait peut-être de cohabiter ensemble ? Mais pas à court terme. Il faut du temps à un vieux célibataire pour changer ses habitudes. Pour l'instant, je ne peux concevoir que quiconque déplace ma télécommande ou replace le bouchon sur ma bouteille de shampooing !

Andréanne éclata de rire.

— De plus, je tiens à mon coloc, Christopher.

— Je comprends mais j'aimerais beaucoup que nous partagions nos appartements moitié-moitié. Je ne serais pas à l'aise de toujours être *en voyage* chez toi.

— D'accord.

— Et dire qu'il faudra attendre encore plusieurs mois avant de « célébrer » notre union officielle ! C'est triste, surtout ce soir, soupira-t-elle.

— Je trouve ça au moins aussi dur que toi, Andréanne. Mais il est hors de question que nous fassions la moindre entorse à la règle. Premièrement, la leçon ne serait pas encore assez dure pour moi. Deuxièmement, le risque est trop élevé de te transmettre le virus et c'est la dernière chose au monde que je souhaite !

— Tu as raison sur ce deuxième point mais cesse de te taper sur la tête, Rémy. La leçon est déjà bien assez dure pour toi, tu n'as besoin d'en rajouter.

— J'ai une dernière chose à ajouter avant de te laisser te reposer, ma douce. Tu dois me promettre que nous allons tout remettre en cause si je suis séropositif. Il est hors de question que je te fasse vivre avec une épée de Damoclès au-dessus de la tête pendant des années.

— Nous ferions mieux d'en reparler plus tard car je ne suis pas d'accord. Je t'aime envers et contre tout, Rémy.

— Nous en discuterons bientôt, Andréanne. Allons, dormons ! Tu as beaucoup de travail devant toi, demain.

— J'en conviens. Est-ce que tu pourrais me répéter ces mots magnifiques afin qu'ils bercent mon sommeil ?

— Je t'aime, Andréanne. Je t'aime !

Ils s'endormirent en même temps, serrés l'un contre l'autre. Andréanne était comblée.

84

Ce fut un lundi soir que Mathieu et Valérie décidèrent de prendre leur courage à deux mains et d'annoncer leur union aux filles. Mathieu ne croyait pas que Sandrine réagirait mal. Elle adorait Valérie et Judith, était prête à tout partager avec elles. De plus, comme chacune aurait sa chambre, son petit coin à elle, il ne voyait pas quels inconvénients sa fille y trouverait.

Judith, c'était une autre affaire. Plus renfermée, plus timide, elle aurait peut-être peur de perdre sa mère, ou son identité... Qu'en dirait-elle ? Penserait-elle à son père ? Mathieu voulait la protéger et qu'elle ne se sente pas abandonnée.

Les enfants dévoraient leur assiette de pâté chinois. C'était un de leurs plats préférés.

— Nous avons quelque chose à vous annoncer, mesdemoiselles, déclara Mathieu d'un ton doux. C'est assez important. Serez-vous bien attentives à ce que Valérie et moi allons vous expliquer ?

— Papa est mort ! s'exclama Judith en blêmissant.

— Mais non ! Ton père va bien, Judith, tu l'as vu hier.

Valérie la serra contre elle pendant quelques secondes. Judith se rassura rapidement.

— Écoutez-nous bien. Nous allons en discuter ensuite, promit Mathieu.

— Mathieu et moi, nous voulons que vous soyez heureuses. Nous allons tout faire pour cela. C'est donc important que vous nous disiez ce que vous ressentez vraiment.

Judith et Sandrine se regardèrent, sans s'arrêter de manger, l'air de se dire que les parents en faisaient tout un plat. Valérie se décida avant Mathieu et avoua tout en quelques mots bien choisis.

Les fillettes semblèrent vivement surprises. Mathieu regardait sa fille, Valérie la sienne. Les fillettes ne mangeaient plus, elles réfléchissaient. Sandrine s'anima rapidement.

— Je le savais que tu étais amoureux de Valérie, papa !

— Pourquoi donc ? s'étonna-t-il.

— Parce que tu la regardais toujours avec des beaux yeux !

Il leva ces beaux yeux vers Valérie et ils éclatèrent de rire tous les deux. Pas bêtes, les enfants !

— Est-ce que nous allons pouvoir toujours dormir ensemble ? demanda Judith en reprenant une bouchée de son plat favori.

— Si vous voulez mais nous allons te faire une jolie chambre, dans la chambre d'amis, Judith. Tu y auras ton lit, tes vêtements, tes meubles, tes jouets. Rien ne vous empêchera de dormir dans l'un ou l'autre de vos fameux lits.

— Et mes pierres ?

— Maman et toi apporterez tout ce que vous avez, ma belle ! En fait, la vie continuera un peu comme elle est depuis quelques semaines, sauf qu'il n'y aura plus de deuxième maison. Ici, ça deviendra aussi votre vraie maison à toi et à Valérie.

— C'est une bonne idée, avoua Judith. Je vais pouvoir m'occuper de mes pierres plus souvent.

La jeune Sandrine sembla soudain prise d'une inspiration. Elle se leva, mit ses mains dans le dos et fit trois fois le tour de la table, ne sentant pas les regards qui la suivaient. Elle s'arrêta à côté de Valérie et prit sa main droite entre les siennes. Mathieu et la future épouse sentaient que le moment était important, même s'ils ignoraient encore ce qui se dirait.

— Valérie, tu vas devenir la femme de mon papa... Est-ce que tu veux devenir ma maman ? Est-ce que je pourrai t'appeler maman ? Ma mère est morte, je l'aime mais je ne la vois pas... Ça me ferait tellement plaisir !

Troublée, émue, Valérie jeta un bref coup d'œil à Mathieu. Comme il souriait, elle comprit qu'il était autant d'accord qu'elle !

— Bien sûr, ma belle chouette, bien sûr ! Allez, viens m'embrasser !

Sandrine ne se fit pas prier, elles s'étreignirent très fort et échangèrent un baiser. Fort heureuse, Sandrine se rassit ensuite et Valérie se tourna vers sa *vraie* fille. Elle lui demanda ce qu'elle pensait de tout cela.

— Je suis contente pour Sandrine mais c'est drôle. Nous avons la même mère mais nous avons chacune un père !

Prête à tout pour ne pas perdre sa mère nouvellement acquise, Sandrine dit à sa *sœur* :

— Tu peux appeler mon père *papa*, toi aussi ! De toute façon, Judith, toi, tu as deux pères. Moi, j'en ai juste un...

La petite s'assombrit, prenant conscience que Judith avait encore quelque chose de plus qu'elle.

— Tu as seulement un père, Sandrine, mais qu'est-ce qu'il est gentil !

L'éclat de rire fut spontané et Mathieu constata que les filles étaient vraiment heureuses de former maintenant une vraie famille. Certes, il y aurait sûrement des ajustements à faire, au fil des mois, mais qu'est-ce que cela pouvait représenter quand l'amour et le bonheur étaient présents ?

Valérie nageait dans le même bien-être que lui.

85

Les fêtes de fin d'année passèrent tranquillement, dans la joie et dans la paix. Christopher, qui retrouvait doucement la forme, avait été de toutes les fêtes. Il avait été invité au réveillon par Mathieu et Valérie, avait passé la journée de Noël avec Rémy, sans famille et pas très désireux d'aller dans celle de sa petite amie, et il avait passé une partie du lendemain de Noël avec la famille de Benjamin. Il avait bien failli avoir une attaque quand Valérie lui avait annoncé qu'elle acceptait qu'il mange au restaurant avec sa fille et... Érika, sa maîtresse ! Certes, il ne l'avait pas présentée à Judith comme telle mais il avait apprécié cette sortie. Il avait passé le jour de l'An avec Érika et encore beaucoup de temps à gauche, à droite, chez ses amis.

Ses côtes le faisaient de moins en moins souffrir, son bras retrouvait tranquillement un peu de mobilité. Il prévoyait retourner sur un site archéologique au printemps, de façon à pouvoir revenir et emmener les filles au cours de l'été. Tous les membres de son équipe avaient convenu de se réunir au début du mois de mars. Mais presque chacun prévoyait revenir dans l'équipe. Sauf Richard, personne n'envisageait de pratiquer son art au Québec. Reconnaissant envers son sauveteur, Christopher avait tant bien que mal tenté de le convaincre de revenir, lui aussi. Au moins avait-il promis d'assister à la réunion et de réfléchir jusque-là.

Quant à Rémy, il rentrait au travail dans deux semaines. Il avait accepté de remplacer pour six mois un journaliste qui prenait un congé sabbatique. Il considérait avoir vécu bien assez d'événements tragiques au cours de ses années passées aux faits divers. Il irait donc lire les manchettes d'actualité au cours de l'émission matinale de la Chaîne nationale d'informations, de six heures à neuf heures. Andréanne s'était demandée comment il ferait pour se réveiller tous les matins vers trois heures mais comme, en temps normal, il dormait assez peu, Rémy s'était montré optimiste sur ses chances de s'habituer à son nouvel horaire. Et tant pis, dans six mois à peine, il retournerait aux faits divers.

Mathieu avait peint la chambre d'amis pour l'offrir à sa deuxième petite fille et pour lui faire plaisir, il avait vite déménagé la bibliothèque de pierres chez lui.

Mathieu et Valérie avaient trouvé une solution concernant le logement de Caterine. La boutique de Valérie se trouvait au rez-de-chaussée d'une maison ancienne, bien entretenue et rénovée. Plusieurs années plus tôt, Valérie avait eu un coup de foudre pour cet endroit, car il apportait un cachet bien particulier à sa boutique. Elle avait donc été très déçue lorsque les propriétaires étaient venus lui annoncer qu'ils avaient l'intention de vendre. Mathieu et elle en avaient longuement discuté : Valérie avait finalement décidé d'acheter. Elle aurait ainsi plus de place pour entreposer son matériel et ça ne lui coûterait pas beaucoup plus cher que le prix de la location actuel. De plus, elle aurait un endroit idéal pour héberger Catherine. Un beau trois pièces et demi, situé au deuxième étage de la maison, avait hébergé les propriétaires pendant toutes ces années. Ça lui coûterait... rien du tout ! Valérie et Mathieu y tenaient, reconnaissants de tout ce qu'elle avait fait pour eux au fil des années.

Un lundi soir, après le coucher des enfants, Valérie se plongea dans la paperasse de son commerce. Mathieu fit de même avec ses livres médicaux. Il était fort important que les urgentologues poursuivent une formation continue.

— Tout va tellement bien à la boutique, dit-elle en fin de soirée. Qu'en penses-tu si mon employée à temps partiel le devenait à temps plein ? Elle pourrait faire le samedi après-midi et le vendredi soir... Je pourrais passer plus de temps avec toi et avec nos filles.

Il semblait tellement surpris qu'elle se mit à rire.

— Tu vas jouer au squash tous les samedi matins et moi, j'ai une routine bien établie à ce moment-là. Sauf exception, on pourrait bien se passer de moi à la boutique le samedi après-midi et aussi le vendredi soir. Est-ce que ça te ferait plaisir ?

— Me faire plaisir, tu parles ! J'y pensais mais je n'osais pas t'en parler. C'est ta décision, c'est ta boutique et je ne voulais surtout pas m'immiscer dans tes affaires. Je ne pensais pas que tu ferais une telle proposition, si tôt en plus...

Il se leva, monta les escaliers après l'avoir priée de patienter une minute. Au retour, il l'entraîna jusqu'au divan.

— Je ne sais pas si tu vas accepter. Sens-toi bien libre de le faire. Si tu acceptes de m'épouser à une date que nous pourrons choisir ensemble, ceci est à toi.

Dans la boîte, elle découvrit une splendide bague de fiançailles. Les larmes aux yeux, Valérie la sortit de l'écrin et la glissa à son doigt. Elle serra Mathieu par le cou.

— J'accepte, Mathieu ! Je t'aime, je suis heureuse, je veux devenir ta femme ! Les petites seront les bouquetières ?

— Ce serait parfait. Quel temps te paraît le mieux, chérie ?

— À la fin de l'été... Les filles seront de retour de leur voyage, nous serons bronzés, ça va nous rendre heureux avant l'arrivée de l'automne, de l'hiver... Geneviève aura accouché, tu seras parrain, tout le monde sera un peu plus libre, remis de ses émotions... Avec tout ce qui s'est passé depuis un an... Qu'en dis-tu ?

— J'en dis que je suis parfaitement d'accord et très heureux.

— Après notre mariage, si les enfants sont heureux et nous aussi, nous agrandirons la famille... Qu'en penses-tu ?

— Wow, wow ! Valérie, tu veux vraiment un autre enfant ? Tu sais que c'est l'un de mes rêves les plus chers mais je ne veux pas que tu sentes une pression quelconque.

— C'est un rêve que je partage avec toi, Mathieu. Cette fois-ci, je sais que mon enfant aura un père merveilleux !

— Et quelle maman il aura !

— Pour Cathou, si elle craint de s'ennuyer d'ici la naissance de notre enfant, j'ai peut-être une solution. Comme elle est fort sympathique et qu'elle aime le monde, je pourrais l'engager pour combler les heures achalandées et pour me donner un coup de main à la boutique. Bonne idée ?

— Elle en serait très heureuse. Oh, Valérie, je t'aime...

En se réveillant le lendemain matin, la paperasse de Valérie était sur la table de la cuisine et les livres de Mathieu, sur celle du salon.

86

Christopher célébrait son rétablissement : il allait mieux de jour en jour. Rémy fêtait, lui, son intégration à l'équipe matinale de la CNI. En deux semaines, il s'était fait des amis, des complices dans l'équipe, il aimait son rôle de lecteur et, déjà, il avait reçu des commentaires positifs du public.

Ils avaient donc décidé de sortir dans un bar pour prendre un verre, se détendre dans une autre ambiance que celle, monotone, de son appartement, où Andréanne et lui ne s'entendaient jamais sur le choix de la musique. N'étant plus célibataire et à la recherche de conquêtes, le journaliste avait promis de ne pas laisser trop souvent seul son compagnon pour aller danser.

— Bien le bonsoir, messieurs ! Comment va Monsieur Matin ?

L'animatrice de toutes les émissions portant sur la mode de la CNI s'assoyait sans invitation à leur table, imitée par une de ses copines que Rémy ne connaissait pas. Après avoir échangé quelques banalités, l'animatrice invita Rémy à danser et sa copine convia Christopher. Rémy accepta après avoir vidé son verre, mais pas l'archéologue. Il lui expliqua ce qui lui était arrivé pendant que les autres s'épuisaient sur la piste de danse.

De fil en aiguille, Rémy buvait et devenait de plus en plus intime avec la jeune et jolie femme. Dans sa tête, il se battait entre l'idée qu'il avait une belle possibilité et la promesse qu'il avait faite à Andréanne. Il se sentait fort, pourtant. Ce n'étaient que ses vieilles habitudes qui le poussaient à être charmant, charmeur, à accepter d'être courtisé. Dans son cœur, il ne désirait qu'une femme : Andréanne.

— Écoute, Maryse, je suis engagé avec Andréanne. Et je l'aime.

Aussitôt dans la voiture, Christopher lui avoua qu'il l'avait laissé faire pour voir jusqu'où il serait allé. « Mais je ne t'aurais pas laissé partir avec elle, mon cher. Et si ça n'avait pas marché, j'aurais téléphoné à ta copine... » Rémy affirma qu'il aurait eu raison parce qu'il aurait seulement mérité, alors, un vigoureux coup de pied au bon endroit.

Rémy frissonna en songeant au chagrin qu'il aurait causé à Andréanne. Et au sien, aussi. Il apprenait à dire « je t'aime » à une femme. Il apprenait une relation de partage, d'amour, de confiance, d'entraide, de patience. Il était heureux.

L'événement avait aussi fait réfléchir l'archéologue. C'était si facile de tromper, de trahir quelqu'un. Il s'en voulait terriblement pour ce qu'il avait fait subir à sa femme. Lui aussi se promettait – *d'essayer* – d'être honnête et intègre à l'avenir. Mais il avait du boulot devant lui, tout comme Rémy en avait devant lui.

87

L'événement avait été assez court, s'était déclenché avec une semaine d'avance et un mardi soir en plus, jour des réunions de Benjamin. Les parents de Geneviève l'avaient rejointe, avaient vérifié avec elle la durée et la fréquence des contractions et, à l'arrivée de Benjamin, il était temps de quitter la maison. Il prit une douche rapide, changea de vêtements et il accompagna son épouse à l'hôpital.

Vers sept heures du matin, naquit Charles Magnan. Une demi-heure plus tard, le bébé était de retour dans la chambre de sa mère après la visite de routine chez le pédiatre. Geneviève le serra contre elle, heureuse et émue.

— Qu'il est beau, notre petit Charles... Merci de m'avoir donné un troisième enfant, Geneviève.

Elle lui rendit son baiser et se remit à contempler l'enfant tout neuf. Pendant un certain temps, ils s'amusèrent à lui trouver des ressemblances. Finalement, Geneviève conclut qu'il ressemblait davantage à son père, donc à son grand frère Louis.

— Appelle le parrain et la marraine avant qu'ils n'aillent travailler. Ils pourront venir admirer ce magnifique trésor ce soir.

Qu'il était utile de pouvoir les trouver dans la même maison ! Mathieu était fort heureux d'apprendre la nouvelle, impatient de voir son filleul, Valérie était émue. Pendant près d'une minute, la marraine fut incapable de prononcer un seul mot. Elle finit par féliciter les heureux parents et les assura qu'elle passerait voir le poupon le plus vite possible.

— Je crois que Valérie est vraiment heureuse d'être la marraine de notre bébé, avoua Benjamin. C'est une belle idée. S'il devait nous arriver quelque chose, je sais que Charles serait bien avec eux.

— Ils sont, en plus, des amis sincères.

— C'est bien vrai. Je t'aime, mon amour. Je me sens vraiment étrange. C'est notre troisième bébé mais c'est comme si c'était le premier. Le sentiment d'émerveillement, de bonheur, de fierté est le même chaque fois.

Geneviève lui caressa la joue avec douceur.

— Leila sera déçue. Elle voulait une petite sœur, dit Geneviève.

La veille, au souper, le plus sérieusement du monde, Leila lui avait dit : « Je veux une sœur parce que les garçons, ils sont trop turbulents ! À l'école, il y en a qui ne sont pas gentils. » Louis avait rétorqué : « Je ne suis pas tubulent ! » Scène de bonheur familial intense.

— Tu la connais, quand elle va le voir, son instinct maternel va prendre le dessus et elle va l'adorer. Je suis ravi d'avoir deux garçons parce que ma fille, si elle poursuit dans sa voie actuelle, va préférer la maternité à l'entreprise...

— Eh ! Ne dis pas ça ! On ne sait jamais. Elle doit être libre.

— Bien entendu, je serais particulièrement fier que mon aînée prenne la relève. Moi, pour autant que mes petits sont heureux, je ne demande rien de plus. Et ma femme, aussi...

Ils se regardèrent, les yeux brillants. Benjamin se rappela un bref instant que ce bébé avait été conçu dans les semaines qui avaient suivi l'explosion de l'usine, où trois de ses employés avaient trouvé la mort. Une ombre traversa ses yeux et Geneviève, s'en apercevant, posa une main sur sa figure.

— C'est fini, mon amour. Ne gâche pas ton bonheur avec ce drame qui est survenu il y a déjà presque dix mois.

Benjamin le savait et pourtant... Quand Charles pleura, réclamant le lait maternel, l'homme d'affaires se permit d'oublier le drame et de savourer son bonheur.

88

Benjamin était au salon et il reconnut les voix de Sandrine et de Judith. Il se leva, Charles dans les bras.

— Viens voir mon petit frère ! s'exclama Louis en tirant Valérie par la main. Il est beau ! Il s'appelle Charles Magnan ! Oh ! c'est papa qui tient Charles. C'est fragile, un petit bébé, je ne peux pas le prendre dans mes bras, moi !

En riant, Benjamin invita tout le monde à passer au salon. Il offrit à la marraine de prendre son filleul. Andréanne, Sandrine et Judith se précipitèrent pour regarder le bébé car aucune des trois ne l'avait encore vu. Plus patients, le parrain et Rémy attendirent leur tour. Leila entraîna ensuite ses amies – ses idoles – dans sa chambre. Elles n'avaient pas encore vu son cadeau de Noël préféré.

— Tu es resplendissante, Geneviève, quelques jours à peine après ton accouchement, lui dit Valérie. Tu es tellement belle et tu sembles tellement heureuse que ça me donne envie d'en avoir un autre... tout de suite !

— Merci, répondit-elle. J'en veux un quatrième. Peut-être un cinquième. Nous serons peut-être enceintes en même temps ? J'imagine que tu ne voudras pas devenir enceinte avant ton mariage, alors ça me laisse quelques mois pour retrouver la forme...

— Sais-tu quoi, Geneviève, je préfère presque ça ne se produise pas en même temps, répliqua Mathieu le plus sérieusement du monde. La première fois, ça n'a pas été augure de bonnes nouvelles. Deux beaux bébés sont nés, certes, mais on sait à quel prix...

— Je comprends mais ouf, il serait bien étonnant qu'il se produise deux fois le même drame, rétorqua-t-elle. Veux-tu le prendre un peu, Andréanne ?

La journaliste observait le nourrisson avec fascination.

— Non, non, merci. Je ne m'y connais pas en bébés et c'est si fragile... Je ne veux pas lui faire mal.

Andréanne en mourait d'envie, Geneviève et Valérie le sentaient bien. Valérie lui montra comment le tenir, bien calé dans le creux de ses bras.

— Attention, n'essayez pas de lui donner envie d'en avoir un ! protesta Rémy.

— Il est tellement beau, Rémy !

Louis et les trois filles revenaient alors de l'étage. Très excitée, Leila demanda à son père si, bientôt, Sandrine et Judith pourraient dormir chez elle, dans son nouveau lit à deux étages, pour toute une nuit.

— Bien sûr, pourquoi pas ? Nous arrangerons ça une fin de semaine au cours de l'été, Leila.

Louis approcha, tendit sa jambe gauche, qu'il posa sur le divan entre Valérie et Mathieu pour leur montrer son pansement à l'effigie de la *Petite sirène*, juste sous le genou.

— Moi, j'en veux pas, un lit à deux étages. Ça fait trop mal quand on tombe d'en haut !

L'éclat de rire fut général alors que Geneviève racontait l'anecdote. Deux jours plus tôt, à peine rentrée de l'hôpital, elle était dans la chambre du bébé quand elle avait entendu un « bang ! » provenant du petit royaume de Leila, un instant de silence et un grand hurlement. Selon elle, le pied de son fils avait manqué une des dernières marches de l'échelle et il s'était frotté la jambe contre le barreau. Résultat : plus de peur que de mal et une petite entaille. Un beau pansement et des gros câlins avaient guéri tout ça.

Quelques coups furent frappés à la porte. Christopher arrivait, d'excellente humeur. Il fut un peu nostalgique, regarda sa fille de huit ans en se rappelant qu'elle aussi, un jour, avait été aussi menue que bébé Charles.

Benjamin l'avait invité à venir accompagné de celle qui était officiellement devenue son amie mais, après mûre réflexion, Christopher avait décliné l'invitation. Pourtant, tout le monde la connaissait. Benjamin avait pris l'avion avec eux jusqu'à New York ; Rémy et Mathieu étaient allés sur le site en Espagne ; Valérie l'avait croisée à l'hôpital ; Judith avait mangé avec elle et lui au restaurant. En plus, Valérie était elle-même accompagnée de son nouvel amoureux. Mais il l'avait trompée pendant longtemps. Il préférait tout faire pour épargner son ex-femme. Elle était tellement ouverte pour ses droits de visite, il ne voulait rien gâcher. Elle et Mathieu, en sa présence, évitaient aussi toutes paroles et gestes intimes. Quand seraient-ils tous les trois à l'aise dans cette situation pour le moins ambiguë ?

— J'ai parlé à mon patron, juste avant de partir, déclara Christopher. Il a confirmé que je repars au mois de mai avec mon équipe presque entière pour l'Espagne... Vol direct, pas de détour par la France, vous comprenez pourquoi... Je vais revenir quelques jours en juillet pour emmener les filles. Je reviendrai ensuite pour le mariage, le 31 août. Aussi, après cette bonne nouvelle, j'ai téléphoné à Richard, le « pseudodocteur ». Il réintègre l'équipe et j'en suis fort heureux. Il m'a dit, mot pour mot : « J'ai bien réfléchi et j'en ai conclu une chose. Qu'est-ce que vous feriez sans moi s'il y avait un autre accident ? »

Tous éclatèrent de rire.

L'enquête avait enfin révélé les raisons de l'accident. Le moteur critique, le gauche, était tombé en panne. Voilà pourquoi l'avion penchait ainsi sur la gauche, tirant sur la droite. Un phénomène, communément appelé *vapour lock*, s'était produit. Un espace d'air s'était formé entre les réservoirs et le moteur, dû à l'évaporation d'essence.

De plus, selon l'enquête, le chargement des bagages avait été mal fait, augmentant ainsi la pression sur le côté gauche.

Le Convair CV 580 requérant une piste d'atterrissage pour atterrir et décoller, voilà pourquoi il avait eu tant de mal à se poser dans la clairière des Pyrénées.

— Est-ce que cela est dû à un mauvais entretien de l'appareil par le propriétaire ?

— Non, il semble que ce soit un problème qui puisse arriver n'importe quand, à n'importe quel appareil. Nous serons tous dédommagés par la compagnie.

Benjamin changea peu après de sujet :

— Avec un troisième enfant, je tenais à engager quelqu'un pour que Geneviève n'ait pas à faire tout le ménage. Le jour même où j'ai pris cette décision, la femme du plus vieux employé décédé m'a appelée pour me donner de ses nouvelles. Et devinez quoi, l'emploi l'intéresse ! Elle est venue quelques jours à la maison et tout s'est bien passé. Elle a semblé heureuse, alors que les petits et Geneviève l'ont bien aimée. Je suis satisfait. Cette dame – notre Cathou à nous ! – est bien contente d'avoir un revenu supplémentaire et cela permettra un peu de repos à mon épouse !

Benjamin alla s'asseoir par terre, à côté de sa femme, s'appuya sur le divan et posa la main sur sa jambe. Louis vint aussitôt s'asseoir sur lui. Mathieu le regardait et le trouvait « beau ». Benjamin était radieux, tout simple. Vêtu d'un jean et d'un t-shirt, il semblait un homme ordinaire. Depuis qu'il avait compris que la beauté et le bonheur ne se trouvaient pas nécessairement dans l'archipropreté et dans la qualité des vêtements, Mathieu voyait toute une différence dans l'attitude de ses enfants et dans celle de Geneviève. Benjamin se remettait tranquillement de l'accident survenu dans son usine, reprenait des forces graduellement, travaillait encore beaucoup mais se fixait des limites... qu'il respectait ! Il ne trouvait pas facile de déléguer ses responsabilités mais il était si heureux de profiter davantage de sa famille qu'aucun retour en arrière ne lui semblait possible. Dans les semaines qui avaient suivi l'explosion, il s'était littéralement épuisé et il voulait que ça ne se reproduise plus jamais.

— Bonne nouvelle de mon côté aussi, ajouta ensuite Rémy. J'ai eu le résultat de la prise de sang des six mois, hier. Négatif ! Je devrai en avoir une autre dans six mois mais le médecin m'a affirmé que les risques étaient maintenant infimes. J'ai enfin poussé un « Ouf ! » de soulagement.

— Super ! Je suis contente pour toi !

— Vous avez célébré ça, hier, je suppose ? demanda Mathieu avec un clin d'œil.

— Une aussi bonne nouvelle méritait bien une bouteille de champagne ! Mais finalement, nous n'en avons pas bu tant que ça !

Geneviève lui mit le bébé entre les bras. Il le garda longtemps, le trouvant ravissant, attachant. Puis ce fut au tour de Christopher de le prendre. Il le nicha au creux de son bras droit, car le gauche était encore faible et douloureux. Il en avait encore pour quelques mois avant qu'il puisse le considérer comme complètement guéri. Il ne resterait plus que les cicatrices à soigner, ensuite. Physiques et psychologiques.

89

— Vous pouvez embrasser la mariée.

Mathieu ne se le fit pas dire deux fois. Sous les applaudissements, il embrassa amoureusement celle qui était son amie de cœur depuis quelques mois déjà. La cinquantaine d'invités applaudirent chaleureusement dans la salle du palais de justice. En plus des familles des mariés, les amis de Mathieu avaient bonne place. Rémy était bien entendu accompagné d'Andréanne, avec qui il filait le parfait bonheur. Benjamin et son épouse avaient emmené leurs aînés, le dernier-né étant resté à la maison avec la gardienne, affectueusement surnommée Lulu, pour Lucienne. Après réflexion, Christopher avait accepté qu'Érika l'accompagne. Valérie, la nouvelle mariée, lui avait dit que ce serait une excellente façon de tourner la page. Son nouveau bonheur aidant, elle ne ressentait plus aucune animosité envers cette femme qui lui avait pris son mari – mais il s'était laissé prendre... – alors qu'officiellement, il était toujours uni à elle.

Mathieu trouvait étrange d'inviter l'ex-mari au second mariage de l'épouse mais il avait accepté, désirant lui aussi boucler la boucle pour de bon. Judith était de toute façon ravie. Lors de ses deux semaines en Espagne, elle avait bien compris quelle relation unissait Érika et son père. Revenues émerveillées, fascinées, d'excellente humeur et délicieusement bronzées de leur périple espagnol, Sandrine et Judith s'étaient préparées pour le retour en classe avec le même bonheur que pour le mariage.

Cathou était bien sûr présente, assise entre Rémy et Christopher. Elle portait une création de Valérie, comme plusieurs autres femmes présentes à la cérémonie. La veille, elle avait appris que Valérie ne ferait pas renouveler sa prescription de pilules contraceptives. La nouvelle l'avait ravie. Elle était impatiente de s'occuper d'un bébé, tout en continuant de chérir ses belles Judith et Sandrine.

Leila avait remis les alliances aux nouveaux mariés, Sandrine et Judith étaient les bouquetières. Elles étaient superbes et le cœur de Mathieu débordait de fierté.

La mère de Valérie regarda les nouveaux mariés s'embrasser avec une grande tendresse. Non, elle n'avait pas détesté Christopher. C'était un garçon bien, gentil, généreux, qui travaillait sans hésitation pour offrir le meilleur possible à sa famille. Mais sa passion pour son métier avait été trop forte et avait entraîné le divorce... Alors que Mathieu, lui, était l'homme rêvé pour Valérie. La maman, car une maman s'inquiète toujours pour ses enfants, était enfin soulagée. Le médecin prendrait soin de Valérie et de Judith. Sa fille et sa petite-fille s'épanouiraient.

Au cours de la réception, Valérie sentit un enfant s'accrocher à elle.

— Maman, je t'aime.

— Je t'aime aussi, ma belle Sandrine... As-tu aimé être bouquetière ?

— Oui. J'espère que vous allez vous remarier ! Ce serait bien, hein ?

— Tu crois ? Je pense qu'une fois, c'est assez. Il faut maintenant rester mariés pour toujours.

— Je sais. Benjamin a dit que ce devait être un merveilleux jour pour papa et toi. Tiens, il m'a demandé de vous donner ça, à tous les deux.

Mathieu s'approcha et embrassa lui aussi sa fille pendant que Valérie ouvrait l'enveloppe. Dans la carte, étaient brochés deux billets d'avion Montréal-Nice, ainsi qu'un forfait pour une chambre d'hôtel et pour la location d'une voiture !

Surpris, Mathieu et Valérie se regardèrent. Ils n'avaient prévu qu'un bref voyage de noces de quelques jours à New York, préférant se payer un voyage en famille après les fêtes. Comme toujours, Benjamin avait choisi de faire un cadeau extravagant, bien que gentil et si généreux. Mathieu demanda à Sandrine d'aller le chercher. Celui-ci arriva avec son plus beau sourire et leur demanda s'ils étaient heureux.

— C'est trop, Benjamin, tu le sais... Deux semaines sur la Côte d'Azur, tu parles d'un cadeau !

— Mathieu, ce n'est pas ma faute ! Charles m'a clairement dit qu'il rêvait d'avoir un hochet français, sans parler d'un ourson avec le nom « Nice » écrit sur le ventre ! De plus, il m'a dit : « Papa ! Il faut que ça vienne de mon parrain et de ma marraine ! »

— Tu es fou, Benjamin ! s'exclama Valérie en riant de bon cœur.

— Si être fou signifie « faire plaisir à ses amis », je me considère très heureux d'être fou ! J'espère que vous en profiterez et si vous en avez besoin, Geneviève sera ravie de garder vos deux filles. Allez, profitez de votre journée, elle est superbe et bien réussie. Vous pourrez planifier ce voyage quand bon vous semblera.

Valérie l'embrassa sur les joues pour le remercier, Mathieu lui donna une tape amicale dans le dos.

Christopher vint ensuite féliciter les mariés. Son bonheur pour eux était sincère. Il leur souhaita le meilleur possible, assura que, pour lui aussi, la page était tournée. Valérie n'était plus sa femme mais celle de son ami.

Jugeant qu'ils avaient droit à une nuit de noces digne de ce nom, Rémy leur offrit une suite nuptiale dans un hôtel chic et Cathou s'occuperait des filles. Vers minuit, lorsqu'ils arrivèrent à leur chambre d'hôtel, Mathieu souleva Valérie avec douceur et la porta jusqu'au lit.

Tous deux étaient comblés.

Vous pouvez visiter le site Internet de l'auteure aux adresses suivantes :

http ://www.angelfire.com/vt/mcvincent

http ://www.mcvincent.ca.tc

Vous pouvez écrire à l'auteure à l'adresse Internet suivante :

mariechristinevincent@yahoo.fr

transcontinental
IMPRESSION
IMPRIMERIE GAGNÉ